Le roman de
LAURA
SECORD

Catalogage avant publication de Bibliothèque et Archives nationales
du Québec et Bibliothèque et Archives Canada

Gougeon, Richard, 1947-
Le roman de Laura Secord
Sommaire: t. 2. À la défense du pays.
ISBN 978-2-89585-048-9 (v. 2)
1. Secord, Laura, 1775-1868 - Romans, nouvelles, etc. I. Titre.
II. Titre: À la défense du pays.
PS8613.O85R65 2010   C843'.6   C2009-942283-2
PS9613.O85R65 2010

© 2011 Les Éditeurs réunis (LÉR).

Image de couverture : Goupil

Les Éditeurs réunis bénéficient du soutien financier de la SODEC
et du Programme de crédits d'impôt du gouvernement du Québec.

Nous remercions le Conseil des Arts du Canada
de l'aide accordée à notre programme de publication.

Nous reconnaissons l'aide financière du gouvernement du Canada
par l'entremise du Fonds du livre du Canada pour nos activités d'édition.

Édition :
LES ÉDITEURS RÉUNIS
www.lesediteursreunis.com

Distribution au Canada :   *Distribution en Europe :*
PROLOGUE   DNM
www.prologue.ca   www.librairieduquebec.fr

 *Suivez Les Éditeurs réunis sur Facebook.*

Imprimé au Canada

Dépôt légal : 2011
Bibliothèque et Archives nationales du Québec
Bibliothèque nationale du Canada
Bibliothèque nationale de France

Richard Gougeon

Le roman de
LAURA
SECORD

Tome 2
À la défense du pays

LER
LES ÉDITEURS RÉUNIS

1
Des nuages de guerre

L'existence paisible de Laura et de James s'harmonisait autour de la petite marmaille et du travail au Secord Store. La famille comptait à présent cinq enfants : Mary Lawrence, Harriet Hopkins, Charlotte, Charles Badeau et Appolonia. La présence rassurante et efficace des domestiques Archibald et Tiffany permettait à Laura d'exercer son métier de magasinière au commerce toujours florissant. D'ailleurs, elle convenait que la prospérité de leurs affaires était intimement liée, entre autres, à son implication – trois ans auparavant – dans la défense des Noirs, et de l'esclave Barack en particulier.

Thomas Ingersoll vivait encore à la campagne avec trois de ses fils : Paul et les jumeaux. Sa princesse indienne avait donné naissance à deux enfants qui avaient les yeux en amande et le teint argileux de leur mère. Elizabeth était retournée à Niagara enseigner aux enfants de familles aisées. David, le plus vieux des frères de Laura, exploitait la Taverne Ingersoll avec Magdalena. Ils avaient retiré leur fils Leonard de l'école, et le cuisinier Justin avait appris à l'enfant à couper des légumes et à préparer les assiettes des clients. Quant à Charles Ingersoll, le rouquin, il s'était fiancé à Liz Secord et vivait maintenant à St. David chez sa belle-mère, Hannah Secord, la veuve de Stephen, un frère de James.

Les parents de James coulaient une vie tranquille dans l'aisance de leur petit château entouré de vergers. Dick et Anthony avaient presque entièrement pris la relève de leur père auprès des travailleurs noirs de la plantation. Le vieux lieutenant Secord s'était retiré dans sa gentilhommière et s'alimentait de plus en plus des rumeurs de guerre sous les épais nuages qui assombrissaient les relations entre l'Angleterre et les États-Unis. Il avait suivi l'épisode du vaisseau anglais *Leopard* – à la recherche de déserteurs britanniques – qui avait arraisonné le navire *USS Chesapeake* et tué trois marins américains. Il s'inquiétait des conséquences des barrières économiques d'un tel événement et de la tension qui montait en Amérique. Madeleine Secord craignait les emportements de son mari. Mais heureusement que ce dernier pouvait discuter de politique avec James, car ses deux autres fils se désintéressaient totalement du sujet.

C'est ainsi qu'un dimanche de mai 1812, dans une chaleur supportable, la charrette de Laura et de James cahotait sur la route menant à Niagara. En haut de la côte, les chevaux s'immobilisèrent pour reprendre leur souffle. Ils s'ébrouèrent énergiquement en relevant la queue. Une corneille croassa. Deux petits tamias rayés se pourchassant passèrent à proximité sous le regard émerveillé des enfants. Le chariot repartit et traversa un boisé de conifères. Un cardinal effrayé s'envola. Puis l'attelage dévala la colline au petit trot.

— Pas si vite, James ! recommanda Laura qui tenait la chétive Appolonia tout contre elle. Les yeux des enfants ne sont pas assez grands pour apprécier la beauté des vergers en fleurs, et leurs poumons n'ont pas le temps de s'emplir du délicat parfum des fleurs de pommiers.

— OK, madame Secord ! acquiesça James, souriant. Au fond, ce n'est pas grave si nous arrivons un peu en retard.

Mais finalement, ils seraient à l'heure au dîner. Tiffany et Archibald profiteraient du voyage pour visiter les Noirs de la plantation. Comme à l'accoutumée, Laura appréhendait les visites dominicales chez sa belle-mère que l'âge rendait parfois irascible. La vieille dame supportait de moins en moins les enfants. Même si les petits de James étaient sages, elle avait épuisé toutes ses réserves de patience avec les rejetons de Dick et d'Anthony.

Pendant le repas, la bouche encore pleine, monsieur Secord mit peu de temps à monter sur ses grands chevaux :

— On ne se le cachera pas, James. Comme les Américains ne peuvent se battre en mer contre les Anglais, ils vont les combattre dans leurs colonies et tenter du même coup de réaliser leur rêve expansionniste d'envahir le Canada. Décidément, la marine anglaise est très forte ! conclut-il, le visage empourpré, avant de verser du cidre dans la coupe de son fils.

— Oui, reconnut James. Et en Europe, la France de Napoléon domine sur presque tout le continent alors que l'Angleterre de George est la maîtresse des mers.

— Si jamais les États-Unis nous attaquaient, j'ai bien peur que nous ne puissions compter seulement sur le régiment de soldats irlandais, se désola le père Secord. N'oublions pas que le mois dernier le président américain Madison a reçu l'autorisation du Congrès d'appeler sous les drapeaux cent mille miliciens ! Tout ce que notre lieutenant-gouverneur Brock a réussi à faire, c'est former des petites compagnies de volontaires à cause de l'obstruction de virulents protestataires comme Joseph Willcocks. En plus, avec son *Freeman's Journal,* ce détracteur poursuit sans vergogne son opposition au gouvernement alors que nous avons besoin de rassembler nos troupes. On dirait qu'il veut saccager le pouvoir en place. C'est honteux ! s'insurgea-t-il en regardant James d'un œil contrarié. Au moins, je me console à l'idée que, en tant que politicien, ton frère David se sente interpelé par la défense de la patrie.

James savait que la remarque désobligeante de son père le visait tout particulièrement. Mais plutôt que de lui servir une boutade sur l'engagement de ses frères Dick et Anthony, il déclara :

— C'est que Brock les voyait venir avec leurs gros sabots, ces Américains. Pour le moment, nous devons lui faire confiance.

— James me le répète assez souvent : avec le major général Brock, on peut dormir l'esprit tranquille, renchérit Laura.

Madeleine Secord prit une grande inspiration et darda un regard de réprobation sur sa belle-fille.

— La politique est l'affaire des hommes comme David, le frère de James, énonça-t-elle platement. Vous ne devriez pas vous en mêler, Laura ! Il n'y a pas si longtemps, vous avez été sur la sellette avec votre histoire d'esclaves. Un peu plus et on vous enfermait derrière les barreaux. En plus, vous étiez enceinte de Charles. Cet enfant aurait pu naître avec une malformation.

— Comme vous le voyez, votre petit-fils respire la santé, dit Laura en interceptant son bambin qui courait autour de la table.

— Il faut le surveiller. Vous n'avez pas les moyens de perdre votre garçon ! sermonna madame Secord. C'est le seul de votre progéniture qui peut perpétuer le nom de James.

Laura accusa la remarque de sa belle-mère, qui mit un point final à leur bref échange. Elle continua de nourrir Appolonia qui pignochait avec ses petits doigts dans son assiette. Le ton avait monté. Mary Lawrence avait réprimé à grand-peine son désir de défendre sa mère. James avait interrompu sa conversation avec son père pour intervenir :

— Vous savez que Laura n'a recueilli que des éloges de la part de la population. Il y a peu de femmes qui auraient accompli un tel geste pour la cause des esclaves. Grâce à elle, les Noirs bénéficient maintenant d'une meilleure reconnaissance de leur travail. Dieu sait que leur apport dans notre société est considérable.

Déroutée, Madeleine Secord eut un regard évasif. Puis elle changea de propos :

— En tout cas, James, avec ton succès en affaires, tu pourrais t'arranger pour que ta femme demeure à la maison pour mieux s'occuper de tes enfants. Harriet, Charlotte et Charles courent partout ; ça m'énerve.

Offusqué, James se leva de table.

— Je m'excuse, mère. Mes enfants sont en vie et ils le manifestent. Cela n'a rien à voir avec la présence ou l'absence de ma femme à la maison. Viens, Laura, nous rentrons ! décida-t-il.

— Tu pousses un peu loin, Madeleine, la réprouva son mari.

Monsieur Secord se leva à son tour. Laura rassembla ses choses et se dirigea vers la porte.

— Nous reviendrons quand vous serez plus aimable, mère, décréta James.

Il se rendit vers les petites habitations pour saluer Elliot et les employés et signaler le départ de la plantation à Tiffany et Archibald.

* * *

Le week-end, Mary Lawrence assistait ses parents au commerce. Elle savait comment éduquer les enfants, tenir une maison, cuisiner, faire du pain, fabriquer du savon, exécuter des travaux à l'aiguille, ravauder les vêtements et entretenir un potager. Très tôt, elle avait manifesté de l'intérêt pour travailler au magasin. Elle servait la clientèle et tenait la caisse, ce qui soulageait grandement son père lors de l'affluence du samedi. Elle connaissait très bien la marchandise que recelait le Secord Store et les nouveautés garnissant les tablettes qu'elle se faisait une joie d'offrir aux clients. Laura pouvait ainsi se consacrer à son travail de magasinière tout en permettant à sa grande fille de s'initier au monde des affaires.

Depuis quelques semaines, James passait beaucoup de temps à parler politique avec tout un chacun. Un matin, postés en demi-cercle devant le marchand appuyé sur le coin d'un étalage, certains remettaient en question leur attachement à l'Angleterre, d'autres s'enflammaient pour la mère patrie, tandis que plusieurs dénonçaient l'attitude arrogante des États-Unis.

— Une chose est certaine, lança James, le major général Isaac Brock ne se laissera pas intimider par les Américains. C'est un homme de caractère et un excellent commandant !

Dans l'arrière-boutique, Laura n'arrivait plus à se concentrer. Elle délaissa ses bons de commande et se leva promptement de son pupitre. Agglutinés près de son mari, une dizaine de fouineurs discutaient pendant que Mary Lawrence s'évertuait à répondre aux besoins de clients qui commençaient à se plaindre de la piètre qualité du service.

Laura lança, les poings sur les hanches :

— Je m'excuse, messieurs : y en a-t-il un seul parmi vous qui soit disponible pour nous aider en attendant que la guerre éclate ? dit-elle en jetant un regard amusé à James.

— Peut-être que votre mari, Dame Laura, serait apte à remplir cette commande ? s'esclaffa un obèse dont le rire secoua ses bajoues de dogue.

La tension s'estompa. Puis les hommes se dispersèrent, échangeant entre eux sur des sujets futiles en sortant du magasin.

Peu avant le dîner, dès qu'elle put se libérer, Mary Lawrence s'approcha de son père et lui livra le message qu'elle avait refoulé :

— Je ne voudrais pas vous empêcher de deviser avec vos amis, père, mais je vous saurais gré de ne pas me refiler toute la clientèle. Je dois vous avouer que ce matin, à un moment donné, j'en avais plein les bras.

— Je te promets de faire attention à l'avenir, ma fille ! déclara James, l'air repentant.

* * *

Le samedi suivant, Laura conduisit sa fille sur la ferme des Springfield dans le voisinage de Queenston. Mary Lawrence avait obtenu la permission de son père de participer à la fenaison chez son amie Jennifer. Laura lui avait proposé de se rendre chez son grand-père Secord et de travailler aux côtés des enfants de Dick et d'Anthony, mais elle préférait passer la journée avec une copine de son âge. Jennifer était affublée d'une pâle beauté qu'elle tenait de son père, un homme trapu à la large figure dont la chevelure prenait naissance à la cime d'un front bas. Quoique d'une joliesse comparable, la mère de la jeune fille, Maggy Springfield, paraissait beaucoup plus belle, grâce au sourire perpétuel qui illuminait son visage parcheminé.

Aux premières lueurs du jour, sur le chemin ourlé de prêles et de silènes, le soleil inondait la campagne ensommeillée, dissipant hâtivement la rosée du matin qui perlait sur les champs de boutons d'or. L'escapade avait obligé Laura et sa fille à se lever tôt, mais l'éloignement du village permettrait à Mary Lawrence de se rapprocher de la nature.

La charrette se fraya un passage entre les poules, qui s'épouvantèrent dans un soulèvement de plumes, et s'immobilisa devant la maison. Un grand chien jaune au pelage ras se précipita en aboyant vers Mary Lawrence qui s'apprêtait à descendre de voiture.

— N'aie pas peur, dit Laura. Le chien va sentir ton odeur et il te reconnaîtra.

Jennifer sortit sur la galerie dans un claquement de porte et accourut :

— Doucement, Baxter, doucement ! dit-elle avant d'encercler de ses bras le cou de la bête pour la retenir.

Le chien se calma. Mary Lawrence posa le pied au sol. Baxter se dressa sur ses longues pattes arrière effilées et lécha avidement le visage de la visiteuse.

— Ouach! s'exclama-t-elle. Ce n'est pas très ragoûtant!

— C'est une marque d'affection! exprima Jennifer, qui lissait la toison de l'animal.

La fermière apparut, chassant d'une main leste les mouches qui tournoyaient aux abords du seau de lait qu'elle tenait de son autre main.

— Descends, Laura, invita-t-elle. On va piquer une bonne jasette.

— J'aimerais bien, Maggy, mais je dois retourner en ville. Je ne veux pas laisser tout le travail à James, d'autant plus que ça lui arrive de bavarder avec les clients qui s'attardent au magasin. Tu sais, les hommes, parfois…

— Dis donc, Laura, à l'avenir Mary Lawrence pourrait monter le cheval et venir toute seule à la campagne.

— Peut-être bien! Je suis parfois mère poule, je crois, avoua Laura.

— Tu salueras James de ma part et de celle d'Allan. À ce soir, alors!

* * *

Les esprits s'échauffaient. Un rougeaud au crâne dégarni brandissait tout haut l'*Upper Canada Gazette* lorsque Laura entra dans le magasin, faisant tinter la clochette suspendue au plafond.

— Jefferson lance un appel à une déclaration de guerre avec l'Angleterre! vociféra Wright.

— Par tous les diables ! pesta James. L'idée a fait son chemin et nous voilà au bord de la guerre. Si vous voulez mon avis, je crois que le major général Brock aura du pain sur la planche.

— La guerre ? s'étonna Laura. Montrez-moi le journal, monsieur Wright.

L'homme baissa le journal puis montra la une. Par-dessus le bras frisotté de poils foncés de Wright, Laura lut l'effroyable article qui évoquait la possibilité d'un conflit armé entre les États-Unis et les colonies anglaises d'Amérique.

— C'est l'ancien président Thomas Jefferson qui a fait la proposition, commenta-t-elle. Le président Madison est résolument pacifiste, que je sache !

— Madison aura beau agir en apôtre de la paix, c'est le Sénat américain qui va décider ! rétorqua Wright qui ne dérougissait pas.

La porte du commerce s'ouvrit toute grande ; d'autres habitués du Secord Store se ruèrent à l'intérieur pour rapporter l'information. Bientôt, il n'y eut que bourdonnement et agitation. Exaspéré, James hurla :

— Par tous les diables, sortez tous ! Qui que vous soyez, sortez ! proféra-t-il en balayant l'espace de ses bras. Je ne veux plus voir personne !

Instantanément, le commerce régurgita presque tous ses clients. Interloqué, à peine refroidi, Wright s'offusqua :

— Qu'est-ce qui te prend, James ? Tu nous flanques à la porte. Ce n'est pas très bon pour ton magasin…

— De toute manière, un conflit est imminent ! déclara le marchand. Et, en temps de guerre, les affaires ne sont pas toujours très bonnes !

Sans plus attendre, Wright et les quelques personnes qui avaient résisté à l'expulsion dégagèrent la place au désespoir de Laura.

— Voyons, James ! réagit-elle. J'ai l'impression que tu étais assis sur une poudrière qui sautait au moment même où je suis arrivée.

— C'est toi-même qui me disais récemment de ne pas perdre de temps avec les bavardages, Laura !

— Je ne t'ai jamais dit de mettre tout le monde dehors ! On est bien avancés maintenant ! se désola-t-elle.

Les yeux hagards, James baissa la tête. Laura s'approcha de lui, promena affectueusement la main dans sa chevelure châtaine.

— Tu as peur des conséquences, James, mais nous n'en sommes pas là…

James se radoucit :

— Il faut voir plus loin que le bout de notre nez, Laura : il y a toi, les enfants, le magasin et la vie que nous menons paisiblement à Queenston, exposa-t-il. Tout cela peut être chambardé, anéanti en quelques minutes !

— Et le bonheur d'être ensemble, nous deux, dit Laura, esquissant un sourire. Mais je comprends ta hantise de devoir t'engager dans la milice et de combattre sous les drapeaux pour la défense du territoire et de ses habitants.

James releva la tête, puis il jeta un regard circulaire sur les étalages de son magasin. Laura enchaîna :

— Tu devrais prendre congé le reste de la journée. Va faire un tour à la taverne. Bois une bière avec David et joue aux cartes avec les buveurs. Ça te fera du bien de changer d'air.

James se pencha vers elle, affichant un air contrit.

— Je n'ai pas l'habitude d'abandonner mon travail. J'ai peur d'être rongé par les remords si j'accepte.

— Une chose, cependant !

— Quoi donc ?

— J'aimerais que tu ailles chercher Mary Lawrence chez les Springfield au début de la soirée. Tu en profiteras pour jaser avec ton ami Allan.

— Proposition acceptée ! répondit James.

* * *

Quelques jours passèrent pendant lesquels James éplucha les journaux avec une grande fébrilité. Il n'avait pas la tête aux affaires. Le sachant très préoccupé par les tensions canado-américaines, Laura délaissait son travail de magasinière, tâchant de le seconder comme vendeuse.

— Tu me surveilles pour que je n'engage pas de conversations, exprima-t-il, après qu'une cliente régulière ait passé le seuil de la porte avec un peigne et des broches à tricoter.

— Mais non, James. J'essaie simplement de te tenir compagnie. Depuis quelque temps, tu développes une susceptibilité que je ne te connaissais pas. Bon ! Puisque c'est comme ça, je m'en retourne dans l'arrière-boutique.

— Attends, Laura ! Ce n'est pas ce que je voulais dire.

Il se pencha vers elle, l'entoura de ses bras et déposa un baiser sur son front.

— Une chance que tu es là, toi qui supportes les variations de mon humeur et qui essaies de me comprendre. Je réfléchis beaucoup ces temps-ci, Laura. Et toutes ces réflexions me conduisent à une décision que je qualifie d'incontournable.

— Je te vois venir, James. C'est un moment que j'appréhendais par-dessus tout, confia-t-elle, relevant ses grands yeux noisette vers son mari. La milice…

— Oui, la milice ! Je pense que je vais rejoindre mon régiment. Dans les circonstances, je crois sincèrement que c'est ce que j'ai de mieux à faire. Si des gens comme moi se refusent à servir, qui le fera ? Et avec le major général Brock…

— Il n'y a rien à craindre… coupa-t-elle avec un sourire contenu. J'espère que tu dis vrai, James. En attendant que tu reviennes de ton engagement, je m'occuperai du magasin. Mary Lawrence pourra me seconder pendant que Tiffany et Archibald continueront de travailler pour nous à la maison.

Le soir, vers la fin du repas, après avoir raconté quelques anecdotes amusantes sur des clients capricieux à ses enfants et aux domestiques, James but une dernière gorgée de thé à la mélisse. Il emprunta ensuite un air grave, se tamponna la bouche de sa serviette de table qu'il déposa devant lui. Il prit Charles sur ses genoux et le serra comme s'il étreignait ses cinq enfants en même temps.

— Dans quelques jours, je rejoindrai la 1ʳᵉ milice de Lincoln, annonça-t-il.

Il reprit sa serviette de table et s'épongea les lèvres comme pour étouffer les mots qu'il réussissait à grand-peine à retenir.

— Père, vous n'allez pas nous abandonner à notre propre sort ! clama Mary Lawrence. Qu'allons-nous devenir sans vous ? larmoya-t-elle.

— Il y a toi, ta mère et nos fidèles domestiques que vous aimez tant, ton frère et tes sœurs. Et puis, je serai en garnison tout près d'ici. Je viendrai vous voir souvent.

Archibald s'approcha de James et le fixa de ses grands yeux de biche.

— Autant vous faire à l'idée tout de suite, monsieur Secord…

Suspendus à ses lèvres, Laura et James, inquiets, regardèrent leur domestique.

— J'avais l'intention de me porter volontaire dans un bataillon de Noirs, annonça Archibald.

— Ce serait la plus grande bêtise de ta vie, s'objecta aussitôt James.

— Ce n'est pas à toi de te battre pour sauver notre patrie, appuya Laura. Il y a bien assez de ce Pennington qui t'a enlevé une partie de ta jeunesse et qui t'a impunément exploité. S'il y a un endroit où tu peux être utile à la patrie, c'est bien dans cette maison, Archibald. En définitive, la décision t'appartient, mais sache que tu as toujours ta place parmi nous, plaida-t-elle.

— Je vous remercie, Dame Laura, mais je suis peiné à l'idée qu'il pourrait survenir quelque chose à votre mari.

Tiffany n'avait rien dit. De toute évidence, à voir son air de contentement, la répartie de Laura l'avait profondément rassérénée.

Le domestique se retourna vers le maître de la maison :

— Si jamais vous changiez d'idée, monsieur Secord, sachez que je pourrais me présenter à votre place n'importe quand.

— J'en prends bonne note, mon garçon, répondit James, satisfait.

* * *

Le dimanche suivant, Laura et James se rendirent à la plantation. Le ciel moucheté de nuages épars protégeait des rayons ardents du soleil de feu qui éclatait dans les vergers. Parfois, au tournant de la route, une odeur envoûtante surprenait les passagers et agrémentait le voyage que les plus jeunes trouvaient exagérément long.

Pour fêter l'arrivée de la belle saison, Madeleine Secord avait décrété que le dîner se prendrait à l'ombre sur la terrasse près de la résidence. En guise de table, Dick et Anthony avaient procédé à l'installation de planches sur des caisses de pommes. David avait également été invité, mais avec son moulin à farine, sa forge et son magasin général, le politicien avait peu de temps à consacrer à la famille. James l'admirait pour la prospérité de ses affaires à St. David et son succès en politique. Ses rapports avec lui demeuraient très peu fréquents étant donné la grande différence d'âge qui les séparait. Mais il préférait de loin s'entretenir avec lui plutôt qu'avec Dick ou Anthony. Il souhaitait vivement sa présence. Mais, à l'heure qu'il était, on n'attendait plus David avec les siens et on s'était attablés.

L'hôtesse avait fait préparer un repas froid au goût de son mari. Cependant, le vieux Secord avait l'humeur bougonne. Plutôt taciturne, on le voyait de moins en moins dans la plantation. Il se déplaçait à présent à l'aide d'une canne et pestait contre la décision de sa femme de l'obliger à marcher sur un terrain tortueux aux détestables inégalités. Et la pensée qu'aucun de ses fils qui travaillaient à la plantation n'avait manifesté le désir de s'enrôler le mettait en rogne.

— Stephen, lui, au moins, se serait engagé dans la milice, grogna-t-il avant de se remettre à gruger sa cuisse de poulet.

— Qu'est-ce que vous en savez, père, maintenant qu'il est mort? contesta Anthony. D'ailleurs, David, Dick et moi avons fait notre effort pour la patrie avec vous quand on a accompagné des Loyalistes pour les emmener en lieu sûr au Canada.

— Ne me parlez plus de Stephen, implora Madeleine Secord, épongeant les larmes qui avaient jailli à l'évocation du prénom de son fils décédé. Cela remue trop de douloureux souvenirs. Il y a bien assez de David qui est major dans la 2e milice de Lincoln et qui peut être appelé sous les drapeaux.

D'ailleurs, plutôt que de s'engager dans une guerre, il devrait continuer de mener ses activités d'homme d'affaires, de juge de paix et d'homme politique.

Sur les entrefaites, une luxueuse berline s'immobilisa dans un nuage de poussière qui se répandit sur la longue table des convives. David arrivait avec Jessie et leurs enfants. Il s'excusa de son retard.

Secord se leva pour accueillir son fils.

— De la belle grande visite ! s'exclama-t-il, perdant subitement son humeur sombre. Tu ne viens pas nous voir souvent.

— Ce n'est pas un reproche, père ? badina David en s'esclaffant.

— Bien sûr que non ! le rassura Secord. Assoyez-vous qu'on vous serve, dit-il tout en balayant l'air d'un geste de la main.

David Secord et sa femme s'attablèrent comme s'ils avaient été des invités d'honneur. Les enfants prirent place entre leurs cousins. Les domestiques s'empressèrent de servir. Après des salutations de convenance, la conversation bifurqua vers la politique et les dangers d'une guerre imminente. James écoutait avec ferveur son grand frère et il brûlait d'envie de lui annoncer son engagement dans la milice. Si David était demeuré à la plantation, il aurait sûrement travaillé à ses côtés. Mais les choses s'étaient passées autrement et c'était bien ainsi, à présent.

De son côté, Laura pensait à son père et à son propre frère David qui avaient décidé de s'enrôler, et à Charles, son autre frère, qui demeurait chez la veuve de Stephen. « En voilà un qui ne ferait pas comme mon James ! » se dit-elle. En même temps, elle songea à ces cas pathétiques dont elle avait entendu parler en lisant le journal : celui d'un père qui promettait de livrer son fils déserteur aux autorités militaires ou encore celui de cette mère qui exhortait le sien à ne pas mettre les pieds dans la maison car elle ne voulait pas avoir la douleur de voir un fils « rebelle aux ordres de sa mère ou à ceux de son roi ».

— Vous ne me verrez plus très souvent dans les prochains mois ! annonça James avec une fierté non dissimulée.

— Tu entres chez les sœurs ? persifla méchamment Dick.

— Tu n'es pas plus fin que dans le temps ! observa David. Laisse-le donc parler.

— Merci, David, dit James.

Puis, se tournant vers Dick, il riposta, sur le point de se lever pour clouer le bec de son frère :

— Je rentre dans la milice, moucheron.

— James ! éclata Madeleine Secord. Tu veux tuer ta vieille mère ? ajouta-t-elle en ressortant son mouchoir.

— Félicitations, James ! dit David, levant sa coupe de vin. Ce n'est pas en restant dans le confort de vos maisons que vous allez sauver le Canada, les gars, précisa-t-il en regardant Dick et Anthony.

— Là, tu parles, mon homme ! s'extasia Secord qui cessa de déchirer les lambeaux sur sa cuisse de poulet. Pendant que tu seras à la garnison, ta femme pourra faire rouler le commerce.

— Il n'y a pas de danger qu'elle aille sur le champ de bataille, protesta Madeleine Secord.

James se porta aussitôt à la défense de Laura :

— Mère, si ce n'était des enfants et du commerce, ma femme serait capable de s'engager comme soignante.

Laura déchiquetait une poitrine pour en donner des bouchées à Charlotte et à Appolonia. Elle saisit la remarque au vol :

— Si je ne m'abuse, madame Secord, ne m'avez-vous pas déjà dit que ma place était à la maison auprès de ma marmaille ? argumenta-t-elle.

Madeleine Secord ravala son commentaire en même temps que son morceau de viande brune. Semblable à un petit soldat, la canne de son grand-père sur l'épaule, Charles marchait autour de la table pendant que Harriet Hopkins tambourinait sur son assiette renversée avec ses ustensiles.

— Laura, vous ne pourriez pas nous épargner de telles scènes ? réagit Madeleine Secord, piquée au vif par la dernière remarque de sa belle-fille.

— Harriet, veux-tu cesser, ma chérie ? intervint James. Tu nous casses un peu les oreilles avec ta musique militaire.

— Oui, père, dit la petite fille obéissante.

Secord lança au loin son os aux chiens qui rôdaient près de la tablée. Exaspéré par le tintamarre et les cris des enfants qui couraient, il réclama sa canne à son petit-fils et, de sa démarche vacillante, alla se cloîtrer dans sa demeure.

— Tu m'excuseras, David, mais je rentre à la maison, décida James. Il y a toujours quelqu'un pour nous empoisonner l'existence, précisa-t-il en regardant sa mère.

—James ! protesta madame Secord.

— Il n'y a pas de James qui tienne, mère ! Vous êtes d'une impertinence !

— Prends garde à toi, James ! recommanda David sur un ton paternel.

Laura se doutait qu'elle ne reviendrait pas de sitôt chez ses beaux-parents.

* * *

Dans la semaine qui suivit, surtout encouragé par son frère David et avec une résignation alliée à un sens élevé du devoir, James rejoignit la garnison casernée à proximité de Queenston. D'autres hommes avaient aussi rallié les rangs, parmi lesquels Allan Springfield, l'ami de James, et son fils Joshua. Après que le marchand eut fait ses bagages, au moment d'embrasser Laura et les enfants, il se rappela son premier engagement dans la milice avant de connaître la femme de sa vie alors que son père l'avait exhorté à se frotter à la vie militaire plutôt que de végéter durant la saison morte.

Laura se débrouillait avec la maisonnée et le commerce. Elle pourrait sans doute tenir le coup avec ses domestiques et l'aide précieuse de Mary Lawrence qui l'assistait au magasin. Tout compte fait, les affaires n'avaient pas périclité, mais elle observait des comportements quelque peu irrationnels chez certains consommateurs. Des vieillards stockaient des quantités exagérées de nourriture en cas d'attaques ennemies alors que d'autres, à l'inverse, s'approvisionnaient le moins possible, craignant un départ précipité du village. Curieusement, des acheteurs développèrent des manies compulsives même pour des articles qui n'étaient pas de première nécessité, comme cette vieillarde décatie au dos voûté qui s'amenait justement, la mine inquiète.

— Susan, c'est la troisième fois que vous venez aujourd'hui pour me demander si votre commande est rentrée ! s'étonna Mary Lawrence. Patientez un instant, je reviens.

Mary Lawrence se rendit dans l'arrière-boutique.

— Je ne sais plus quoi dire à cette dame, mère. Elle m'exaspère !

— Dis-lui que j'attends une pleine cargaison de cadenas, mais que le bateau ne s'arrête pas tous les jours à Queenston, plaisanta Laura.

Mary Lawrence retourna auprès de la vieille femme.

— Mère fait dire que vous êtes la première sur la liste, que vous aurez de quoi cadenasser toutes les portes de la péninsule si vous le désirez et que vous bénéficierez d'un prix réduit parce que vous achetez en grosse quantité, débita-t-elle du même souffle.

La dame parut rassurée. Elle s'apprêtait à tourner les talons lorsque Laura l'intercepta :

— Pour vous, nous ferons une exception, Susan, nous livrerons à domicile, annonça-t-elle, décochant un clin d'œil complice à sa fille qui s'en était bien tirée.

* * *

Il serait faux de prétendre que la ferveur de Laura pour la religion avait augmenté, mais on remarquait sa présence plus assidue à l'office du dimanche depuis l'entrée en garnison de James. D'ailleurs, sa fréquentation du lieu de culte n'était pas étrangère à ses absences de visites chez ses beaux-parents. Les rumeurs de guerre qui flottaient dans le ciel des colonies s'intensifiaient et les brebis égarées qui avaient délaissé la pratique revenaient peu à peu à la réconfortante bergerie. Et il se trouvait aussi de nouveaux fidèles qui adhéraient spontanément à ce qui se murmurait derrière les portes de la petite église.

Magdalena, la fille du pasteur, assistait également à la messe dominicale. Elle avait pris l'habitude d'emmener Leonard qui insistait pour la suivre. Il était fasciné par la singulière ambiance de recueillement qui régnait dans la petite enceinte et de voir ses grands-parents Grove qui s'animaient en avant : sa grand-mère entonnait des chants de sa voix chevrotante et son grand-père s'adressait à l'assistance.

Or, un certain dimanche qui demeura gravé dans sa mémoire, Laura, agenouillée et les mains jointes, venait de supplier le ciel de protéger James.

Le prêtre, se réjouissant encore de sa neutralité en matière d'actualité, termina sa prédication par les paroles que la foule voulait entendre :

— Priez, mes frères, exhorta le pasteur, pour que le Seigneur nous garde à l'abri des hostilités et que nos familles soient protégées contre les horreurs de la guerre.

« Il y a bien pire que la guerre, pensa Magdalena, ruminant la perte de Neil et la naissance de Leonard qui avait suivie. Je ne sais pas ce que je vous ai fait, mon Dieu, pour que pareille calamité survienne dans ma vie. Au moins, faites que David ne s'enrôle pas, qu'il reste près de moi et m'aide à supporter l'enfant que vous nous avez imposé. » Et elle songea à tout l'argent que les travailleurs engloutissaient dans les tavernes pendant cette période où flottait l'odeur saumâtre de la mort.

Le même soir, James revint au foyer dans ses habits de milicien. Après un entraînement intensif à la garnison avec Allan et son fils Joshua, on lui accordait quelques jours de congé. Pour l'instant, rien ne laissait présager une recrudescence des tensions entre les Américains et les colonies anglaises du Canada, mais des développements pouvaient survenir n'importe quand. Laura et les enfants accueillirent James comme un héros revenant du front, couvert de médailles. Interdite, Laura détailla son mari de pied en cap. Celui-ci était élégamment vêtu : il portait une culotte blanche enserrée en son bas de guêtres noires et une tunique rouge aux parements également noirs. Ses bandoulières étaient entrecroisées sur sa poitrine et maintenues par une boucle en laiton, et sur sa tunique il y avait des boutons ornés de numéros et des décorations régimentaires. Mais elle s'étonna encore plus de son shako, risible coiffure en feutre noir décorée d'une plaque de laiton et agrémentée d'une cocarde et d'une plume de couleur.

— Que faites-vous avec votre tuyau de poêle sur la tête, père ? s'esclaffa Harriet.

— C'est la coiffure réglementaire, ma chouette, expliqua Laura.

— C'est à s'y méprendre, dit James. Les uniformes des miliciens sont très variés, mais le mien est semblable à ceux que portent les soldats de métier.

James chercha les yeux noisette de sa femme. Elle lui sourit. Il s'avança vers elle pour l'embrasser. Charlotte freina son élan en se braquant devant lui.

— Papa a tué beaucoup d'ennemis, déclara Charles qui ne comprenait strictement rien à ce qui se déroulait entre les éventuels belligérants.

Le petit courut vers son père et se jeta dans ses bras.

— La guerre n'est pas déclarée, mon fiston, et je n'ai encore tué personne, rétablit James en soulevant son fils.

— Je veux que tu restes avec nous, papa ; je ne veux plus jamais que tu partes, supplia Harriet.

Appolonia se mit à pleurer. Mary Lawrence accourut pour la consoler.

— Heureux de vous savoir de retour, monsieur James, dit Archibald comme s'il s'exprimait en son nom et en celui de Tiffany, qui hocha la tête.

— Alors, James, raconte-nous comment ça s'est passé à la garnison, demanda Laura. Assois-toi, je t'en prie. Je te sers un thé.

Tous se rassemblèrent autour de la table. À l'exception d'Appolonia qui ne balbutiait encore que quelques mots, chacun raconta son ennui et ses journées depuis le départ de James.

Puis les enfants allèrent se coucher, et les domestiques rentrèrent chez leur logeuse. Ces derniers reviendraient tôt le lendemain matin. Laura prit la main de James et l'entraîna à l'extérieur.

— Regarde, James, comme la nuit est belle ! C'est très bientôt le jour le plus long, le solstice d'été.

Ensemble, ils s'émerveillèrent du soleil qui s'évanouissait derrière l'horizon, du ciel irisé, précurseur de beau temps.

— Tout à l'heure, les enfants t'ont accaparé, exprima Laura. J'ai vu qu'ils t'avaient aussi manqué. J'espère qu'il reste une toute petite place pour moi…

James prit Laura par la taille, plongea son regard dans ses yeux foncés.

— Le jour est long, mais la nuit sera courte. Viens, Laura, regagnons notre chambre. Je vais te prouver que tu détiens la toute première place dans mon cœur…

* * *

Au matin, des gens affolés couraient dans les rues comme si on avait incendié le petit village. Ils avertissaient les habitants de se barricader en raison d'une invasion imminente.

— Par tous les diables, il n'y a pas moyen de dormir en paix ! s'écria James, qui venait de se réveiller en sursaut.

Il bondit hors du lit.

— Qu'est-ce que c'est que cette pétarade ? dit-il en se précipitant à la fenêtre.

— C'est la guerre ! C'est la guerre ! Les Américains ont déclaré la guerre ! entendait-on.

On frappa sans ménagement à la porte de la maison. Tiffany s'occupait des enfants pendant qu'Archibald préparait le petit-déjeuner. Le domestique alla répondre sans tarder.

Une minute plus tard, il vint cogner à la porte de la chambre de James et Laura.

— Monsieur James, votre beau-frère désire vous parler. C'est urgent !

James accourut auprès du visiteur.

— Que se passe-t-il, David ?

— J'apporte de mauvaises nouvelles, James : le pays est en guerre ! Tiens, prends le journal qui a été publié exceptionnellement cette nuit.

James s'assit et posa le journal devant lui sur la table. Brutalement extirpée de sa nuit de rêve, Laura vint embrasser son frère du bout des lèvres, puis elle lut par-dessus l'épaule de son mari. Le journal rapportait la déclaration historique du 18 juin 1812 :

LE CRI DE GUERRE

ACTE

Qui déclare la guerre entre le Royaume-Uni de la Grande-Bretagne et d'Irlande et leurs dépendances, et les États-Unis d'Amérique et leurs territoires :

Qu'il soit statué par le Sénat de la Chambre des représentants des États-Unis d'Amérique, assemblés en Congrès, que la guerre soit, et elle est par les présentes déclarée exister entre le Royaume-Uni de la Grande-Bretagne et d'Irlande et leurs dépendances, et les États-Unis de l'Amérique et leurs territoires ; et que le résident des États-Unis soit, et il est par les présentes autorisé à faire usage de toutes les forces navales et de terre des États-Unis pour la mettre à exécution, et à publier des commissions de vaisseaux armés particuliers des États-Unis ou lettres de marque et de représailles générales, en telle forme qu'il jugera à propos, et sous le sceau des États-Unis, contre les vaisseaux, marchandises et effets du gouvernement dit Royaume-Uni de la Grande-Bretagne et d'Irlande et les sujets de celui-ci.

Approuvé,

James Madison

— Ça y est ! laissa tomber James. Nous sommes en guerre…

Il se retourna vers Laura, posa sa tête ébouriffée contre le ventre de son épouse et l'entoura de ses mains tremblantes.

2
Le général Brock

Alors commandant des troupes canadiennes, Brock avait amélioré le système de défense en instaurant une flotte capable de s'engager dans des opérations militaires aux Grands Lacs en temps de guerre. Il s'était également employé à reconstruire les murs donnant sur les plaines d'Abraham et avait fait dresser des pièces d'artillerie lourde pour renforcer les fortifications de Québec. Par la suite, il avait occupé un poste de général de brigade à Montréal avant de retourner à Québec jusqu'en juillet 1810, où il fut nommé au commandement du Haut-Canada.

Malgré tout, Isaac Brock s'ennuyait. Dans sa correspondance, il se plaignait d'être «enterré dans ce coin reculé où il ne se passe jamais rien» alors que des troupes britanniques remportaient des batailles dans les guerres napoléoniennes en Europe. Londres avait finalement entendu son appel et s'était montré disposé à utiliser ses services sur l'autre continent. Cependant, les choses s'annonçaient mal en Amérique à ce moment-là. Brock avait alors demandé à conserver son poste de major général et, en octobre 1811, il était devenu chef de l'armée et du gouvernement civil de la province lors du départ en permission du lieutenant-gouverneur Francis Gore pour l'Angleterre. En décembre de la même année, dans une lettre au gouverneur Prevost, Brock avait exposé ses stratégies militaires. Il se proposait d'attaquer le fort Mackinac en ralliant les autochtones du fameux chef Tecumseh, et ensuite Detroit, deux endroits stratégiques. Mais d'abord, pour s'allier les faveurs du grand chef, il devait absolument rejoindre «l'homme aux cheveux rouges», un commerçant de fourrures qui jouissait d'un immense respect chez les Indiens.

— Trouvez-moi Robert Dickson, coûte que coûte ! ordonna Brock à son messager. Demandez-lui de conduire un groupe de guerriers jusqu'à nos positions à l'île Saint-Joseph. De là, le capitaine Charles Roberts attendra mes ordres pour s'emparer du fort Mackinac. Rhéaume, je vous sais courageux. C'est la mission la plus importante que je vous ai confiée à ce jour, mais de celle-là dépend probablement notre première victoire.

— Ne vous tracassez pas, général, répondit Francis Rhéaume à l'homme de haute stature qui se tenait droit devant lui. Je suis honoré de la confiance que vous me témoignez.

* * *

Trois mois plus tard, pendant lesquels Isaac Brock avait peaufiné ses stratégies et s'était morfondu à attendre, le messager revint, après avoir parcouru des milles en canoé.

— Vous pouvez compter sur Dickson, mon général. Des guerriers sioux, winnebagos et menominees se joindront aux forces britanniques au fort Saint-Joseph, rapporta-t-il.

Et, finalement, au début de l'année 1812, Brock – qui avait pressenti une guerre avec les États-Unis – avait réussi à obtenir de la Chambre qu'elle autorise la formation d'une réserve de soldats. Perspicace, il s'attendait à l'irrémédiable. Ironiquement, il devait apprendre l'effroyable nouvelle le 18 juin 1812, le jour même où le président James Madison avait signé la déclaration de guerre à la Grande-Bretagne, alors qu'il recevait à dîner des officiers américains.

Au fort George, dans une ambiance feutrée et en apparence amicale, à la lumière des riches candélabres en argent, on s'entretenait des bonnes relations qui coexistaient de part et d'autre de la frontière du Niagara. Les coupes s'entrechoquaient à la table abondamment garnie de fruits, de plats raffinés et de carafons de vin rouge. Au-dessus des panses pleines des officiers arborant fièrement écharpes et épaulettes rouges, la fumée des cigares montait en volutes s'entrecroisant comme le souffle funeste des canons ennemis. L'aide de camp frappa discrètement à la porte de la salle à manger. Le major général était demandé. L'homme imposant, qui avait avalé avec appétit l'oie bouillie, le chou rouge à l'étuvée et le filet de poisson à la sauce aux anchois, repoussa sa crème anglaise, s'excusa et se retira dans le passage attenant.

— Mon général! salua le commissionnaire en claquant les talons de ses bottes.

— Pourquoi me déranger maintenant, MacDonnel? grommela Brock. Ça ne pouvait pas attendre?

L'aide de camp tendit une missive au général. Brock la déplia fébrilement et la parcourut.

— Ah, les saligauds! Ces satanés hypocrites! s'irrita-t-il en essayant de se contenir. La guerre est déclarée, murmura-t-il. Depuis le temps que je les vois venir, ces Américains, il ne faut pas s'en étonner. Vous pouvez disposer, MacDonnel.

Dissimulant un profond mépris, il camoufla la dépêche dans sa veste d'officier et retourna à la table. Subodorant que le général britannique venait d'apprendre la nouvelle, les officiers américains se levèrent et trinquèrent au bonheur de leur rencontre.

* * *

Aussitôt après le déclenchement de la guerre, Brock renforça la frontière du Niagara en y dépêchant des troupes. Les semaines passèrent. Le général se désespérait d'attendre, de devoir réprimer sa hâte d'attaquer. Or, le matin du 15 juillet, l'envahisseur américain s'étant manifesté trois jours plus tôt, Brock fit venir le lieutenant-colonel John MacDonnel dans son bureau.

— Vous connaissez mon empressement à passer à l'action, John, dit-il avant d'expirer longuement la fumée épaisse de son cigare.

— Je constate que vous ne tenez plus en place, surtout depuis la capture de la goélette *Cuyahoga,* mon général.

— Grâce à cet intrépide lieutenant canadien-français Frédéric Rolette qui a arraisonné le navire avec une poignée d'hommes armés de mousquets, nous sommes en possession de renseignements sur les stratégies offensives de l'armée américaine, son armement et sa marche vers le fort Detroit dans un territoire infesté de moustiques. Et avant de découvrir les précieuses informations, une fois la goélette interceptée, Rolette est rentré au port, obligeant les Américains humiliés à jouer le *God Save the King* tandis que la *Cuyahoga* entrait dans notre port d'Amherstburg.

Les deux hommes s'esclaffèrent. Brock aspira machinalement une bouffée de son cigare et enchaîna :

— J'aimerais passer à l'attaque et montrer aux Américains que prendre le pays ne sera pas « une simple promenade militaire » comme le prétendait l'ancien président Thomas Jefferson, transmit Brock à son aide de camp.

— À ce que je vois, vous piaffez d'impatience autant que votre monture, général, risqua MacDonnel qui connaissait le sens de l'humour de son supérieur.

Brock aspira longuement son cigare.

— Ne soyez pas ridicule, MacDonnel, rétorqua-t-il. Mais je sais que tout comme moi Alfred sera à la hauteur le moment venu. Je passe mon temps à retenir le capitaine Roberts de prendre le fort Mackinac. Dans ma dernière lettre, j'ai osé lui permettre d'attaquer, selon son évaluation de la situation. Mais là…

— Ce n'est pas à moi de vous dire quoi faire, mon général. Cependant, malgré les efforts que vous avez déployés depuis plusieurs mois, vous connaissez la faiblesse de vos troupes. De plus, les lettres du gouverneur Prevost vous enjoignent à demeurer sur la défensive.

Brock maugréa quelques jurons avant de lancer avec véhémence :

— L'heure n'est plus aux négociations diplomatiques comme le prétend Prevost. Les intentions belligérantes des Américains sont maintenant évidentes. Hull a commencé à envahir le Haut-Canada avec deux mille hommes à Sandwich, et notre garnison de trois cents soldats n'a opposé aucune résistance. Nos troupes, même si elles sont moins nombreuses, sont certainement mieux entraînées que celles de nos adversaires !

— Je n'en doute pas un seul instant, mon général, dit l'officier. Par contre, le capitaine Roberts se plaint de votre régiment de vieux soldats minés par l'ivrognerie et trop âgés pour combattre. Vous vous souvenez de ses dernières paroles à ce sujet : « Il semble bien que ni l'amour de la gloire ni l'honneur de leur patrie ne puissent les inciter à fournir des efforts hors de l'ordinaire. »

La remarque de MacDonnel secoua le commandant.

— Dites à mon messager de venir, exigea-t-il sur un ton impératif.

Quelques minutes après, Francis Rhéaume entrait dans le bureau de Brock.

— Vous m'avez fait demander, mon général ?

— Assoyez-vous et prenez la plume ; je vais vous dicter une missive que vous acheminerez au capitaine Roberts. Le pauvre est exaspéré d'entendre les chants de guerre des Indiens que je lui ai envoyés par l'intermédiaire de Robert Dickson. Nous allons riposter à l'attaque américaine !

* * *

Au fort Mackinac, avant-poste de la garnison américaine, les relations avec les populations autochtones s'étaient « inexplicablement refroidies ». Au surplus, un nombre croissant d'Indiens cheminaient vers le fort britannique de l'île Saint-Joseph. Le commandant américain Hanks s'énervait. Il chargea un commerçant de fourrures de s'enquérir de ce qui se tramait. L'homme croisa son ami Dickson et ses attaquants. Il leur révéla que personne au fort Mackinac n'était au courant que la guerre était déclarée et les informa de l'état des défenses américaines. C'est ainsi qu'à l'aube du 17 juillet le capitaine Charles Roberts n'attendit pas l'ordre officiel de Brock pour attaquer les Américains.

— Nous allons les prendre en plein sommeil, dit Roberts. Dans la forteresse, ils sont une soixantaine d'hommes. De notre côté, je commande trois cents soldats et près de sept cents Indiens. Et je vous jure que le réveil sera brutal, confia-t-il à « l'homme aux cheveux rouges ».

— D'autant plus que Hanks ignore que la guerre a été déclenchée, renchérit Dickson.

À l'aurore, la troupe débarqua à proximité, sur la pointe nord de l'île. Deux canons furent postés en surplomb sur une colline et braqués sur le fort. Tous les citoyens du village avaient été évacués ; ils étaient cachés dans une distillerie. À part Porter Hanks, le lieutenant responsable du fort, et son petit bataillon de soldats, tout le monde savait que l'île était envahie par les Britanniques.

Lorsque Hanks se réveilla, il courut à un bastion et réalisa la présence menaçante des ennemis. Les soldats bien armés et les Indiens poussant des cris de guerre l'apeurèrent. Ils étaient supérieurs en nombre et particulièrement bien postés.

Hanks fut pris de panique :

— Nos soldats ne sont pas préparés et plusieurs d'entre eux sont malades, dit-il à son assistant. Si nous prenons les armes, nous serons tous massacrés.

— Nous risquons le tribunal militaire, réagit le second. Mais à entendre tous ces Sauvages déchaînés, je crois que nous n'avons aucune chance. Regardez, mon lieutenant! Un drapeau blanc!

— Hanks, s'écria le capitaine Roberts qui avait placé ses mains en porte-voix, vous savez que nous sommes beaucoup plus nombreux que vous et, surtout, beaucoup mieux préparés.

Roberts pointa le doigt vers la colline et menaça:

— Nos canons s'apprêtent à cracher des boulets pour vous pulvériser, Hanks.

Du haut de son bastion, le visage défait, le commandant du fort baissa les yeux vers les soldats et leurs alliés autochtones et promena son regard sur la colline. Il hésita. Sur les entrefaites, des otages civils accompagnant le détachement britannique s'approchèrent du fort. Ils le pressèrent d'accepter la proposition de se rendre sans effusion de sang.

Hanks céda:

— C'est bon, nous nous rendons!

— Emmenez-les! ordonna le capitaine Roberts, victorieux.

Après le départ de Hanks et de ses hommes, le fort Mackinac fut avidement pillé de ses provisions de porc, de whisky et de fourrures.

* * *

La prise du fort Mackinac par le capitaine Charles Roberts constituait la première victoire britannique de la guerre. Cependant, Brock ressassait quelque inquiétude qu'il partagea avec son aide de camp.

— MacDonnel, dire que la population croyait que la province devait inévitablement succomber! Avec le succès que nous venons de remporter, il me semble qu'elle va nous accorder sa confiance pour la suite des choses.

— Probablement. Mais un bon nombre de miliciens désertent et passent dans le camp américain…

— Cela est inévitable, mon cher! Écoutez-moi bien, MacDonnel! l'interpella-t-il.

Brock s'avança près du guéridon sur lequel reposait une boîte de cigares. Il la prit et offrit un cigare à son subalterne.

— Non merci, général. Vous le savez, je ne fume pas.

— Pardonnez-moi, j'oubliais.

Brock s'alluma, puis il avança vers une table sur laquelle un plan était déroulé. Il poursuivit ses confidences:

— Depuis son invasion, Hull aurait établi ses quartiers généraux à Sandwich. Nous allons prendre le fort Detroit, indiqua-t-il en désignant l'endroit de son index noueux.

— Rien ne vous arrête, s'étonna MacDonnel.

— Plutôt que d'éparpiller nos troupes en formation défensive, nous allons les regrouper en une seule et même force offensive.

MacDonnel parut soudainement très inquiet.

— Audacieux, mon général, d'autant plus que vous mettez tous vos œufs dans le même panier!

— Que voulez-vous dire?

— Que vous laisseriez le Haut-Canada vulnérable aux attaques des Américains…

Brock épousseta une poussière imaginaire de sa tunique rouge avant de préciser:

— N'oubliez pas, MacDonnel, que nous avons bénéficié de la correspondance personnelle de Hull avec le secrétaire d'État à la Guerre lors de la capture du *Cuyahoga*. Je sais qu'il dispose de deux mille cinq cents hommes, je connais son équipement en pièces d'artillerie. Au surplus, le général n'a probablement plus la confiance des siens…

Brock s'esclaffa. Il enchaîna avec un ricanement malicieux :

— Et son journal révèle qu'il avait franchi la rivière Detroit pour se rendre à Sandwich sans le consentement de ses colonels.

— Mon général, vous êtes un petit coquin ! Entre nous, en matière d'obéissance, vous n'avez de leçons à donner à personne puisque vous n'avez pas suivi les recommandations du gouverneur Prevost.

— Vous savez ce que je pense de Sir Prevost : sa politique me répugne ! Ce petit homme délicat et mince est un diplomate de talent, mais un très mauvais chef militaire. Alors ne me faites pas parler, MacDonnel ! La guerre, c'est la guerre ! justifia l'imposant militaire de six pieds et deux pouces avant d'expirer une bouffée de cigare qui indisposa son aide de camp.

— Vous savez ce qu'on raconte à propos d'Anne, la fille de Prevost ? demanda MacDonnel, bifurquant sur un autre sujet.

— Vous versez dans le potinage, maintenant ?

— Il paraît qu'elle ne manque pas de cavaliers et de prétendants. Vous qui êtes célibataire, mon général, elle pourrait vous accompagner dans vos déplacements. Elle préfère monter à cheval à la pratique des menus travaux de broderie et de couture. Pensez au bonheur d'Alfred de chevaucher avec une belle femme à ses flancs.

— Trêve de balivernes, MacDonnel ! Elle est beaucoup trop jeune. Vous savez quelle carrière je mène. Avec moi, elle s'ennuierait à mourir comme une pierre. Alors qu'avec vous, mon ami…

— Vous connaissez mon attachement pour Mary Boyles Powell, la fille de notre éminent politicien et homme de loi.

— Je sais, vous lui avez déjà donné des livres de poésie. Cela est de nature à enflammer sa bien-aimée, mon cher. Et vous m'avez confié qu'elle aurait une conduite capricieuse qui ne vous a pas encore découragé. À votre place, j'aurais démissionné bien avant de devenir un amant éconduit…

— Mais, mon général, je blaguais, tout simplement! répartit son aide de camp. Il faut bien se détendre un peu, non? se défendit-il.

— Bien sûr, MacDonnel, bien sûr! Mais revenons à nos moutons. Vous savez que je vous considère beaucoup et que votre collaboration m'est indispensable dans la préparation de cette guerre.

— Je vous écoute, mon général…

* * *

Le 5 août 1812, bien en selle sur Alfred, le général Brock partit pour le front avec ses troupes. Il se dirigea d'abord vers le fort Érié par voie terrestre, recrutant en cours de route des soldats et des miliciens. Sitôt arrivé, il réquisitionna dix bateaux des habitants et, malgré les embarcations qui prenaient l'eau, sa modeste troupe débarqua sur la rive est de la rivière Detroit en attente de son commandement. Puis Brock se rendit au fort Malden à Amherstburg où il espérait rencontrer le légendaire chef indien Tecumseh. En chemin, il établit un campement sous des tentes avec une petite réserve de soldats. Un messager se présenta au moment où il s'entretenait avec MacDonnel.

— Mon général, j'arrive du fort Sandwich! haleta le commissionnaire exalté qu'un soldat de garde venait d'introduire dans la grande tente de Brock.

— Prenez le temps de souffler, Jarvis!

L'adolescent faisait partie des volontaires de l'armée. Il se distinguait par ce bandeau sale qui lui cerclait la tête à l'indienne.

— C'est que Hull a…

— Prenez sur vous, Jarvis! l'exhorta MacDonnel. Le général vous écoute.

— Hull a décampé, livra le messager.

— Vous voulez dire que William Hull a abandonné ses quartiers maîtres de Sandwich?

— Exactement! Et selon mes informations, il se replierait vers Detroit, de l'autre côté de la rivière.

— Excellent, Jarvis!

Brock se tourna vers MacDonnel.

— Nous allons d'abord atteindre le fort Malden à Amherstburg comme prévu. J'ai hâte de rencontrer Tecumseh; sa contribution est primordiale, nota-t-il. Ensuite, nous nous dirigerons vers le fort Sandwich que Hull a gentiment délaissé. De là, nous traverserons la rivière pour l'attaquer au fort Detroit. Vous me suivez, MacDonnel?

— Parfaitement, mon général!

* * *

Le 14 août, installé dans ses quartiers au fort Malden, Isaac Brock ruminait ses tactiques pour s'emparer du fort Detroit. Il préparait sa première confrontation majeure de la guerre, conscient qu'il outrepassait ainsi le mandat qu'on lui avait confié. Peu après minuit, une lueur bleutée éclairait son bureau envahi par la fumée de cigare que MacDonnel tentait de disperser de la main. Brock marchait de long en large. On frappa à la porte. Un des aides de camp entra en compagnie d'un prestigieux personnage qui s'avançait en boitant. L'Indien était tombé de cheval lors d'une chasse au bison.

— Bonjour, capitaine Glegg! salua Brock.

— Bonjour, mon général. Je vous présente le chef Tecumseh.

— Général, dit l'Indien, s'inclinant légèrement. Le Grand Esprit a permis que nos sentiers se croisent.

Malgré sa stature plus petite, l'homme au teint un peu cuivré et à la longue chevelure noire qui apparaissait dans la lumière blafarde en imposait par ses yeux foncés qui illuminaient son visage ovale. Sa tête était entourée d'une bande de cuir retenant une plume de rapace. Trois anneaux d'argent perçaient le cartilage de son nez aquilin. Brock remarqua les vêtements en peau de daim, les mocassins agrémentés d'aiguillons de porc-épic teints et, en particulier, le grand médaillon à l'effigie de George, attaché à une corde colorée pendue à son cou et qui ornait joliment sa veste. Les hommes se regroupèrent autour d'une grande table. Rapidement, le chef exprima ses doléances. Depuis longtemps, les Indiens résistaient à l'envahissement des colons américains. Dans ces affrontements, le chef Tecumseh avait perdu son père et son frère aîné.

— De fières tribus de notre peuple ont disparu à cause de l'avarice et de l'oppression de l'homme blanc, comme la neige au soleil du printemps. Allons-nous nous laisser anéantir à notre tour sans faire un effort digne de notre race ? Allons-nous abandonner sans combattre nos terres et les tombes de nos morts et tout ce qui nous est cher et sacré ? Jamais ! déclara-t-il avec toute la force et la détermination qui le caractérisaient et qu'il utilisait pour galvaniser les autochtones.

— Je comprends votre grande frustration et votre désespoir, compatit Brock. Nous allons lutter ensemble comme des frères contre les Américains.

— Les hommes rouges ont subi de grands torts. Mon peuple est déterminé à se venger : il boira le sang des hommes blancs. Déjà, nous avons affronté l'ennemi en empêchant des ravitaillements désespérément attendus d'atteindre la forteresse de Detroit.

— Excellent! Hull vous craint, c'est évident. C'est pourquoi je vous propose de vous rendre à Sandwich avec vos guerriers. Là, nous évaluerons la situation.

— Six cents guerriers rejoindront vos forces, annonça le chef.

Brock se leva, détacha sa ceinture et la tendit à l'Indien.

— Grand chef Tecumseh, en symbole de notre union je vous remets ma ceinture, dit-il en empruntant un ton protocolaire.

Tecumseh prit l'objet, le déposa sur la table.

— Maintenant, je vous offre ce présent, en témoignage de notre appréciation et de notre confiance mutuelles, dit le chef en tendant sa ceinture fléchée au général.

L'Indien enfila la ceinture de l'homme blanc, et Brock enroula l'écharpe autour de sa taille. Les deux hommes se serrèrent vigoureusement la main.

* * *

Au matin, avant de quitter le fort Malden, Tecumseh réunit ses guerriers et leur fit part des discussions prometteuses qu'il avait tenues au cours de la nuit avec le général Brock. Il accepta de collaborer avec les Anglais. La main sur son médaillon, il prêta le serment d'allégeance au souverain britannique, persuadé que ce dernier voulait aider son peuple à repousser l'envahisseur américain. Il rejoignit ensuite Brock et ses hommes à Sandwich avant d'attaquer le fort Detroit sur la rive opposée.

Au cours de la nuit, devant le fort Detroit, Tecumseh fit défiler ses guerriers, le corps recouvert de tatouages, de peinture vermillon ou de glaise bleue. Pour créer l'impression d'une bande plus nombreuse, il les fit passer trois fois plutôt qu'une. Les Indiens lançaient des cris déchaînés. Pour tromper l'ennemi en donnant l'illusion d'une armée de carrière, Brock fit revêtir un uniforme de soldat à ses miliciens canadiens. Après ce menaçant spectacle haut en couleur, MacDonnel s'approcha de son supérieur.

— À présent, après toute cette trompeuse mascarade, mon général, quelles sont vos intentions ?

— Demain matin, nous avancerons sur la forteresse, répondit Brock.

Dès l'aube, le général mit en marche sa petite armée bigarrée et traversa la rivière à l'assaut du fort Detroit. Brock savait que les Américains étaient terrifiés par les Indiens. Pour intimider les ennemis, il convainquit Tecumseh de faire parader ses guerriers près des murs du fort et de se retirer par la suite.

— Faites demander mon messager ! ordonna-t-il à MacDonnel. Mais tout d'abord, prenez connaissance de la lettre que j'ai rédigée à l'intention de William Hull.

L'assistant lut à haute voix :

— *Monsieur, je répugne à participer à une guerre d'extermination. Mais vous devez comprendre que plusieurs groupes d'Indiens qui se sont joints à mes troupes échapperont à mon contrôle dès que la guerre sera engagée.*

Quelques minutes plus tard, Francis Rhéaume accourait auprès du général, prêt à exécuter l'ordre de livrer la missive au fort Detroit.

— Cette fois, vous devrez vous faire convaincant, railla Brock.

— Que voulez-vous dire, mon général ? s'étonna le messager.

— En fait, tout ce que j'attends de vous, c'est d'apporter ce message au général américain Hull.

— Pouvez-vous m'assurer que je serai couvert par nos soldats, mon général ?

— C'est bien la première fois que vous manifestez de la crainte, intrépide messager. Rassurez-vous, Hull est un couillon peureux. Il s'imagine que nous sommes plus nombreux, alors il n'osera pas ouvrir le feu par peur d'une contre-attaque dévastatrice.

Brock espérait la reddition de Hull, mais elle ne vint pas. Il donna l'ordre à son artillerie lourde d'ouvrir le feu. Pendant plus de deux heures, les canons tonnèrent sur la forteresse de Detroit. Les soldats britanniques attendirent l'ordre d'attaquer. Les Indiens étaient impatients de démontrer leur bravoure ; ils menaçaient de s'en prendre aux survivants. Cependant, Tecumseh exprima son aversion profonde pour l'inutile cruauté en défendant à ses hommes de recourir au massacre.

Brock croyait que les Américains riposteraient, mais cela n'arriva pas. Un officier sortit du fort avec un drapeau blanc. Le général britannique s'avança à sa rencontre.

— Nous demandons une trêve de trois jours, dit l'officier américain, l'air dépité.

— Si vous n'avez pas capitulé dans trois heures, je vous ferai sauter jusqu'au dernier ! répondit le général avec arrogance.

* * *

Au fort Detroit, Hull avait tergiversé devant ses officiers lorsqu'il avait reçu l'ultimatum de Brock. Il songeait maintenant à sa fille et à deux de ses petits-enfants qui se trouvaient parmi les civils du fort. « Mon Dieu, se dit-il, que vais-je faire de ces femmes et de ces enfants ? »

Son esprit fut envahi par d'effroyables scènes de massacres et de scalps comme ce que des survivants lui avaient rapporté lors des tentatives de ravitaillement.

— Pendant que les bombardements faisaient des victimes, vous n'avez même pas réagi, mon général, lui reprocha son principal aide de camp. Avec nos vingt-huit canons, vous auriez pu détruire la canonnière qui s'avançait sur l'eau. Vous ne semblez pas comprendre que nous sommes là pour combattre et non pour parlementer… ajouta-t-il avec véhémence.

— Vous ne réagissez même pas! s'indigna le capitaine Bacon. Malgré nos recommandations, vous avez refusé de répliquer. Il semble que la seule décision que vous soyez capable de prendre aujourd'hui est celle d'agiter un drapeau blanc pour capituler, grogna-t-il sévèrement.

— Pensez-y, Hull, vous allez sûrement être traduit devant le tribunal militaire sous des accusations de couardise et de trahison, renchérit l'aide de camp.

— J'ai l'intention de faire ce que ma conscience me dicte, messieurs, exprima le supérieur. Je vais sauver Detroit des horreurs d'un massacre indien, décida-t-il.

* * *

Peu après, à l'encontre de l'avis de ses subordonnés, le général William Hull hissa le drapeau blanc et apparut à l'extérieur de la fortification. Des cris de victoire fusèrent dans les rangs indiens et britanniques.

Le visage défait, complètement désarmé, Hull s'avança vers Brock.

— Je me rends, murmura-t-il, jetant son épée aux pieds de l'officier victorieux.

— Vous avez des morts et des blessés? s'enquit Brock.

— Sept des nôtres ont été tués. Avec votre armée et votre artillerie lourde, je dois admettre que vous êtes plus forts que nous. Et tous ces Sauvages qui poussent des hurlements d'enfer…

Brock accompagna Hull dans l'enceinte du fort et donna l'ordre à MacDonnel de s'occuper des prisonniers. L'air glorieux, le général vainqueur regarda le drapeau des Américains descendre et être remplacé par celui des Britanniques.

Puis, pour le salut au roi, les officiers se postèrent en rang aux côtés de Tecumseh et de quelques-uns de ses guerriers. Ironiquement, on utilisa le même canon qui avait été enlevé aux Britanniques pendant la guerre d'Indépendance américaine.

Ce jour-là, le général fit deux mille cinq cents prisonniers. Hull et ses six cents soldats de métier furent envoyés à Québec par bateaux tandis que les volontaires, les miliciens et les civils furent rapatriés chez eux. Brock s'empara de vivres, d'un arsenal de canons et de mousquets.

Le soir, penché sur son journal personnel, le général de brigade Brock écrivit :

Si vous n'avez pas entendu parler d'une action décisive d'ici quinze jours, nous n'aurons très probablement plus rien à craindre. Je dis une action décisive car, si je suis victorieux, je doute fort que les gentilshommes d'en face tentent une nouvelle offensive. Mais si je suis vaincu, la province est perdue.

* * *

Dans les jours qui suivirent, le général regagna le fort George, à Niagara, fier de retrouver ses quartiers. Mais son aide de camp MacDonnel surgit dans son bureau alors qu'il savourait le cigare de la victoire.

— Mon général, j'ai une bien triste nouvelle à vous annoncer, dit-il.

— Alfred est mort ! badina Brock.

— Vous ne serez pas d'humeur à blaguer quand vous apprendrez la teneur de mon propos. Croyez-le ou non, pendant que nous étions en campagne, le gouverneur général Prevost a signé un armistice avec le commandant en chef américain, Henry Dearborn.

D'un geste bref, Brock se leva.

— Cela ne m'étonne pas d'un si mauvais militaire, ragea-t-il. Prevost est une poule mouillée. Cette entente est une monumentale fumisterie ! Écoutez bien ce que je vous dis, MacDonnel : les adversaires vont reprendre leur souffle et ainsi préparer leur riposte contre le Canada. Moi, vous me voyez partout où j'envoie mes hommes, mais lui, ce minable politicien, vous ne le verrez jamais sur le champ de bataille…

MacDonnel s'approcha de son supérieur. Il posa la main sur son épaule pour tenter de désamorcer la charge contre Prevost.

— Je dois reconnaître, mon général, que l'homme ne se mouillerait pas le gros orteil. Je me demande même s'il a déjà monté à cheval ou s'il a déjà tiré un coup de mousquet ! ricana-t-il.

Le général s'esclaffa, mais il retrouva rapidement son sérieux.

— Quoiqu'il en soit, mon ami, vous et moi devons envisager un éventuel affrontement.

— Entre nous, la prochaine victoire ne sera pas nécessairement aussi facile, mon général, affirma le lieutenant-colonel MacDonnel.

3
Une inquiétante trêve

La population apprit la victoire de Brock. Le tiède patriotisme des Canadiens avait été ranimé. James n'avait que de bons mots pour celui qu'il admirait :

— Les Américains ne nous attaqueront plus jamais maintenant ! s'exclama-t-il devant les siens. D'autant plus que le général Brock a réintégré ses quartiers au fort George, tout près.

« Je n'en suis pas si certaine », réfléchit Laura, qui garda pour elle son avis. Elle souhaitait que son intuition la trompe.

Brock avait été acclamé à son retour au fort. Mais les soldats avaient appris son mécontentement concernant l'armistice entré en vigueur à son insu le 20 août. Comme le général, Laura croyait que le colonel Stephen Van Rensselaer rallierait des troupes à la frontière pendant ce qu'il considérait ni plus ni moins comme une trêve. Entre-temps, on pouvait circuler librement sur la rivière Niagara, mais beaucoup se méfiaient des Américains.

James revenait régulièrement à la maison. Il s'intéressait à Laura et aux enfants, mais son enthousiasme pour le Secord Store avait refroidi. Il ne s'y rendait que très sporadiquement. Malgré ses responsabilités accrues, Laura essayait de ne pas culpabiliser James pour ses absences. Elle n'avait d'autre choix que de le soutenir dans son engagement. Si la défense du Canada était désormais réalisable, c'était en partie grâce à des miliciens comme lui. C'est pour cela qu'elle s'efforçait de rendre la vie de sa famille la plus normale possible. Elle savait que les femmes de soldats n'avaient pas toutes l'existence facile, cependant. Elle pensait souvent à son amie Maggy, de nouveau enceinte, qui était aux prises avec sa marmaille et son travail de fermière pendant qu'Allan se dévouait au service de Sa Majesté à qui il vouait une fidélité sans borne, ce qui agaçait suprêmement sa femme. D'ailleurs, le souverain, qui montrait depuis longtemps des signes de folie, avait sombré complètement l'année précédente à la mort de sa fille Amélia. Depuis, c'était son fils, le régent, qui voyait aux affaires de l'État.

Il y avait longtemps que Laura n'avait visité son père. En fait, depuis la naissance de ses deux demi-frères nés de l'union de son père avec la princesse indienne, elle ne l'avait rencontré que quelques rares fois. Elle demanda à James s'il voulait se rendre à la campagne plutôt qu'à la plantation. Il accepta, considérant que Laura avait besoin de changer d'air et qu'elle déployait des efforts considérables pour mener la barque pendant le temps qu'il passait à la garnison. Quand ils arrivèrent à la résidence de Thomas Ingersoll, Paul, le frère de Laura, revenait des champs, l'air épuisé. Quand il aperçut la visiteuse, il se pressa vers la charrette.

— Laura! C'est toute une surprise! s'exclama-t-il, le visage soudainement radieux.

— Quel bonheur de te revoir! réagit-elle en ouvrant les bras.

James et les enfants descendirent de la voiture.

— Il y en a eu du changement depuis qu'on s'est vus, Laura. Tes deux derniers sont pas mal du même âge que les enfants de Katarina et père, fit remarquer Paul en regardant Charles et Appolonia.

Les enfants couraient sous l'œil bienveillant de Mary Lawrence vers une biquette qui tétait sa mère attachée à une corde. La chevrette cessa de boire et poussa des bêlements plaintifs qui effrayèrent Appolonia. Mary Lawrence prit sa sœur dans ses bras et s'approcha de ses parents, traînant Charles par la main.

Laura avoua:

— Ça me fait tout drôle de réaliser que notre père est aussi grand-père de deux petits qui ont l'âge des siens. Enfin ! termina-t-elle en soupirant.

Elle s'avança vers la porte avec James, appréciant les couleurs vives des hémérocalles qui enjolivaient les abords de la maison.

Paul intercepta sa sœur en la saisissant par le bras.

— Laura ! s'écria-t-il.

Il replaça le toupet de sa chevelure blonde avec ses longs doigts.

— Ne te surprends pas du personnage que tu verras, prévint-il.

— Du personnage ?

— De John Norton.

— Tu veux parler du chef iroquois ? s'exclama James. Comment se fait-il qu'il soit ici ?

— John Norton est le fils adoptif de Joseph Brant, le père de Katarina, les instruisit Paul. Il est de passage à la maison avec sa femme et son fils.

Intrigué, James prit les devants et entra. Au risque d'être impoli, il salua brièvement son beau-père et se présenta au chef iroquois. Le Métis aux traits fins dégageait une force qui imposait le plus grand respect. Fils d'un père cherokee et d'une mère écossaise, connaissant la langue et la culture mohawks, il avait été adopté par Brant dont il assurait à présent la succession. L'air digne, l'homme était habillé de vêtements de peau et chaussé de mocassins. Il portait une espèce de turban enroulé autour de sa tête. Des bandelettes décorées entouraient ses bras et ses chevilles, témoignages de ses actes de bravoure.

— J'ai entendu dire que vous aviez combattu aux côtés de Brock et de Tecumseh dans la victoire de Detroit, déclara James.

— C'est exact! Nous étions beaucoup moins nombreux et avons vaincu le général Hull. Le nombre ne garantissant pas toujours la victoire, ma trop petite troupe de braves ne devrait jamais m'enlever l'envie de me mesurer à l'ennemi – même quand une noble cause me pousse à donner toute ma confiance à Celui qui, au-dessus de moi, décide de l'issue de la bataille. Mais à qui ai-je l'honneur de parler? s'enquit le chef indien.

— James Secord. Je suis de la 1ʳᵉ milice de Lincoln. Contrairement à vous, je n'ai pas encore affronté l'ennemi, dit-il modestement, comme s'il s'accusait d'un acte répréhensible.

— Cela ne saurait tarder, mon ami, rétorqua le Métis. J'entretiens une grande méfiance à l'égard des politiciens. Mes guerriers et moi avons dressé notre campement à fort George, et nous agirons sous les ordres du général Brock au moment jugé opportun. Nous sommes sur un pied d'alerte, en attente de la levée de l'armistice, expliqua-t-il.

Laura entendit le commentaire de l'Indien. Elle sourit en songeant qu'il était préférable que James s'illusionne encore sur les offensives américaines. Elle poursuivit sa conversation avec Katarina et la femme du chef autochtone pendant que Mary Lawrence s'occupait des enfants.

Au cours du repas qui s'ensuivit, on dégusta de la viande boucanée et du maïs séché qui laissèrent un peu tout le monde sur son appétit. Katarina s'était appliquée à cuisiner un mets dont raffolaient les Mohawks. Laura avait avalé sa première bouchée de travers, mais elle chercha à se faire convaincante:

— Goûtez, les enfants, dit-elle en voyant le visage grimaçant des siens.

«Pauvres enfants, de la viande boucanée! se dit James. À ce compte-là, la soupe et le ragoût de l'armée ont bien meilleur goût.»

Katarina et l'Indien conversèrent dans leur langue. Froissée de se sentir tout à coup reléguée au rang d'étrangère, Laura regarda James et ses frères, songeant à tous les Blancs envahisseurs du territoire des Peaux-Rouges qui se sentaient eux aussi étrangers dans leur propre pays. Katarina et son frère s'esclaffèrent.

— Je ne comprends pas le mohawk, s'insurgea Ingersoll, un tantinet offusqué. Katarina, j'aimerais savoir ce que vous vous dites, John et toi.

— On se remémore la visite de notre père à Londres en 1775 alors qu'il était allé solliciter l'appui des Anglais pour protéger les territoires indiens en Amérique en échange d'une promesse de combattre les ennemis du roi, répondit la jeune femme.

— Mais qu'est-ce qui est si comique, alors? demanda Thomas Ingersoll.

— Père a dit à la presse londonienne que ce qu'il admirait le plus à Londres, c'était les chevaux et les femmes, rapporta Katarina. Il paraît que cela avait créé toute une commotion…

— Je n'en doute pas un seul instant, s'amusa Ingersoll.

— Et il aurait fait la remarque suivante lors d'une présentation de *Roméo et Juliette* de Shakespeare, dit Katarina, qui essaya de réprimer un fou rire en portant la main à sa bouche : «Si mon peuple devait faire l'amour de cette façon, notre race s'éteindrait en deux générations.»

— Père, vous ne devez pas connaître l'histoire de Roméo et Juliette, plaisanta Jeffrey.

Ingersoll se racla la gorge trois fois plutôt qu'une avant de se tourner vers Norton.

— Il y a une menace plus dangereuse et plus persistante qui pèse sur nous et sur nos enfants, énonça le chef indien, qui avait repris son sérieux : si nous n'agissons pas, nous risquons tout simplement l'extinction.

Le visage de Katarina se rembrunit.

— Voilà cinq ans que père est mort, rappela-t-elle.

Ingersoll la considéra un peu tristement, songeant à ce qui avait provoqué le départ précipité de Katarina de chez ses parents et le détachement de sa famille qu'elle n'avait pas revue depuis longtemps. Katarina se retourna vers John Norton et lui sourit en signe d'appréciation de sa présence.

Norton tira Ingersoll de ses réflexions :

— Vous devriez vous joindre à nous, Thomas, proposa-t-il.

Ingersoll s'absorba un moment, regarda Katarina et ses deux tout-petits qui s'amusaient sur le plancher avec les enfants de Laura.

— Pourquoi pas ? Enfin, je veux dire que je vais m'enrôler dans la milice comme mon gendre.

— Ce serait votre dernier gros effort pour la patrie, monsieur Ingersoll ! plaisanta James.

À ces mots, Laura se remémora les visées expansionnistes des Américains, ce qui demeurait l'une des causes fondamentales de la guerre, auxquelles ressemblaient, en un sens, les anciennes ambitions territoriales de son père. De lointaines images lui ramenèrent à la mémoire la guerre qui l'opposait maintenant à d'anciens compatriotes, des gens de la parenté, des amis, et à ce Jonathan qui l'avait désirée et qui s'était battu contre le regretté Shawn qu'elle avait tant aimé et qui avait été embroché par un Indien. Si les événements avaient tourné autrement, serait-il là, lui aussi, à combattre dans la milice aux côtés de James ? Et qu'était-il advenu de Mark, ce soldat anglais qu'elle avait repoussé ? Mais elle préférait penser à autre chose pour ne pas se faire du mal. À présent, elle était heureuse avec James et ses enfants. Et c'était tout ce qui importait.

* * *

Laura était retournée au magasin après sa visite de la veille. Mais elle avait le cœur lourd à la pensée que l'armistice signé par George Prevost serait probablement aussi éphémère que les promesses des ivrognes qui fréquentaient la Taverne Ingersoll, au temps où elle s'ennuyait derrière le comptoir. Sa rencontre avec John Norton avait confirmé ses appréhensions, et James avait regagné la garnison persuadé que tout était au beau fixe et que le danger d'une reprise des hostilités était presque définitivement écarté après les humiliants revers des Américains.

Mary Lawrence partageait un peu les mêmes inquiétudes que sa mère, mais tâchait de ne pas l'accabler avec ses préoccupations. En attendant des développements politiques qu'elle suivait assidûment comme Laura en lisant le journal quotidien, elle accomplissait un travail remarquable au commerce. Plus que jamais, elle sentait une certaine fébrilité parmi les habitants qu'elle côtoyait. Généralement, les clients évitaient le sujet de la guerre. Tout le monde semblait marcher sur des œufs. Cependant, l'arrivée au magasin d'un homme bizarrement accoutré, le visage raviné par la douleur, relança des débats échauffés autour d'éventuels affrontements.

— Votre mère est là, mademoiselle? dit-il, s'adressant à Mary Lawrence, l'air insistant.

Elle se pressa vers l'arrière-boutique :

— Mère, il y a là un individu qui demande à vous parler.

— Si c'est un vendeur, dis-lui de repasser, car nous avons le nécessaire pour le moment.

— Il porte une redingote sale avec une manche aussi tombante que ses basques. On dirait qu'il a un bras coupé…

Laura fouilla rapidement sa mémoire.

— Que me veut-il?

— Je ne sais pas.

— Fais-le passer dans l'arrière-boutique, exigea Laura.

Quelques secondes plus tard, elle entendit les pas de l'homme qui s'approchaient. Il frappa sur le chambranle de la porte.

— Mark! s'étonna Laura. Que venez-vous faire ici? Après tout ce temps…

— Laura! s'exclama l'homme en s'avançant d'un pas vers elle. Vous voyez, je ne peux même pas vous serrer dans mes bras, se désola-t-il.

— Comment m'avez-vous retrouvée? se surprit-elle, esquivant ainsi l'allusion.

— Pas plus tard qu'hier, je me suis présenté à la taverne où vous travailliez. Votre frère David m'a tout raconté : votre mariage avec James Secord, le commerce, les enfants et l'aînée qui travaille avec vous pendant l'absence de votre mari qui se trouve à la garnison de Queenston.

Laura tira une chaise à côté de son pupitre et, de la main, elle invita son visiteur à s'asseoir.

— Et vous, qu'êtes-vous devenu pendant toutes ces années où je vous croyais reparti en Angleterre?

— J'ai finalement tenté de refaire ma vie au Canada. Mais ça n'a pas marché. Je me suis engagé dans l'armée comme soldat de carrière. J'ai participé à la chute du fort Detroit sous le commandement du général Brock. Nos hommes ont tué sept Américains et nous avions deux blessés.

— Et vous étiez l'un de ceux-là, je présume, affirma Laura sur un ton accablé.

Des sanglots dans la voix, Mark relata qu'au cours de l'affrontement il avait reçu une balle au bras droit et que le chirurgien avait décidé de lui amputer le membre jusqu'au coude. Il expliqua que d'habitude, sur le champ de bataille, on opérait le patient très rapidement et sans anesthésie avec des instruments non stérilisés, et, qu'une fois la plaie cautérisée, on la bourrait de charpie.

— Voulez-vous voir ? proposa-t-il.

Laura détourna le regard.

— Je ne pourrais pas supporter la vue d'une telle atrocité, Mark, mais je compatis à votre souffrance, livra-t-elle. Que comptez-vous faire à présent ?

— Les mutilés ne sont pas d'une grande utilité dans l'armée, alors on a décidé de me rapatrier. Avant d'être soldat, j'étais tisserand de métier. Je ne pourrai manifestement plus travailler dans le même domaine. Je ne sais pas ce que je vais devenir avec une maigre pension, qui me donne à peine de quoi vivre. Ma vie est un échec.

Laura leva ses yeux vers lui, détailla son visage attristé.

— Si je pouvais faire quelque chose pour vous, Mark…

— J'ai bien peur que non, hélas, Laura. Mais je tenais à vous saluer avant de quitter cette terre d'Amérique où j'ai eu le bonheur de vous connaître.

Il se leva, s'éloigna du pupitre, puis se retourna.

— Si jamais il arrivait quelque chose à James, faites-le-moi savoir.

— Ne dites pas cela, Mark, ce serait lui porter malchance… s'empressa-t-elle de répondre.

Puis, de sa main unique, il griffonna son adresse sur un bout de papier qu'il laissa sur le coin du pupitre.

— Adieu, Laura! lança-t-il avant de traverser le magasin et de faire tinter la clochette au-dessus de la porte.

Elle prit le bout de papier et l'enfouit secrètement dans son corsage.

* * *

La discrétion de Mary Lawrence la porta à s'abstenir de questionner sa mère sur la visite impromptue de l'inconnu. Laura lui avait paru si bouleversée après le départ de l'homme. Cependant, lorsque son père revint pour passer la nuit, la jeune fille entendit sa mère parler de la visite qu'elle avait reçue. Les plus jeunes étaient couchés et les domestiques étaient rentrés chez leur logeuse. Laura savait que sa grande lisait au salon et pouvait tendre l'oreille.

— James, tu te souviens de Mark? demanda-t-elle tout bonnement.

— Bien sûr, Laura: le fameux revenant! Mais pourquoi me parles-tu de lui maintenant alors que je suis auprès de toi après toutes ces journées à la garnison?

Elle s'approcha de lui, l'embrassa tendrement sur la joue.

— Je ne veux pas qu'il y ait de secret entre nous, James. Je t'aime et tu le sais.

— Pourquoi m'entretenir de lui, alors? Au fond, je ne devrais pas me faire du mauvais sang avec cet homme, déclara-t-il en se levant. C'est un être diminué, une victime de la guerre.

— Tu es au courant?

— Tous les soldats de mon régiment savent que lui et un autre ont été blessés à Detroit. Il est passé te voir au magasin, c'est ça?

— Oui, et il m'a raconté ce qui lui était arrivé au bras, la balle qui l'a atteint…

— Est-ce qu'il t'a expliqué comment ça s'était passé par la suite ?

— Pas vraiment.

— À la garnison, on a rapporté qu'il avait refusé les procédures habituelles pour les amputations.

Laura déglutit, comme si elle pouvait se prémunir de ce que James allait lui dire. Ce dernier poursuivit :

— Mark a refusé d'être immobilisé par des infirmiers et qu'on lui bande les yeux. Après l'opération sous anesthésie, bien sûr, il a voulu savoir où on avait mis son bras. Quand il a appris que son membre avait été jeté sur un tas de fumier, il est devenu furieux et a frappé du poing l'infirmier qui s'en était débarrassé. Ensuite, il est allé récupérer son bras qu'il a placé dans un petit cercueil qu'il avait fabriqué. Et il a enterré le tout.

— C'est une histoire dont se délecterait la femme du docteur Bailey.

— Invraisemblable, n'est-ce pas ? Et pourtant…

— C'est précisément cet homme qui est venu me saluer cet après-midi avant de repartir définitivement en Grande-Bretagne. Et voilà, James, je n'ai rien d'autre à ajouter sur lui.

— Et même s'il demeurait encore au pays, dans son état, je pense qu'il ne constituerait pas une grande menace pour nous deux, Laura, se rassura James.

— Certainement pas.

Elle entraîna son mari dans leur chambre à la lueur du bougeoir. Puis elle extirpa de son corsage un bout de papier qu'elle présenta à la chandelle. Il s'enflamma aussitôt.

— Qu'est-ce que tu fais, Laura ? s'étonna James.

— C'est l'adresse de Mark qui se consume. Il n'y a que toi dans ma vie, James.

James moucha la chandelle. Les deux corps s'étreignirent jusqu'à l'aube.

* * *

Les hommes étaient à la garnison. Le hennissement d'un cheval qu'on attachait à la rambarde indiqua à Mary Lawrence qu'un client venait d'arriver devant le Secord Store. Le faible tintement de la clochette la fit se retourner. Le ventre rebondi, Maggy Springfield entra lourdement, le visage décomposé, les yeux enfoncés au creux de sa tête ronde. Elle avait perdu son habituel sourire et les rides qui lui froissaient la figure faisaient penser à la jeune commis aux traces laissées dans le sable sur une rive. Maggy salua civilement Mary Lawrence et se traîna jusqu'à l'arrière-boutique où Laura paperassait dans les factures non payées.

— Quel bon vent t'amène, Maggy ?

— Un vent de misère et de découragement, Laura, annonça la visiteuse en portant les mains au bas de ses reins.

— Assois-toi, tu me sembles si fatiguée. Je te sers une bonne tasse de thé à la mélisse ?

— Je ne te dérange pas, au moins ? Avec toute ta besogne...

Laura se rendit à l'âtre où elle fit réchauffer du thé. Elle revint vers son amie avec deux tasses.

— Tiens, ma chère ! Un petit remontant ; ça te fera du bien.

— J'ai de violentes migraines, Laura. Et cette grossesse m'appesantit. Je viens de voir le docteur Bailey. Il m'a recommandé de prendre de la tisane de tanaisie parce que, semble-t-il, mon état général est pauvre. Je me sens si faible, si lasse...

— Nos hommes ne nous aident pas beaucoup par les temps qui courent, je te le concède.

Maggy Springfield prit une bonne gorgée de thé qui sembla la revigorer. Elle se confia ensuite :

— À la maison, Jennifer et les garçons font ce qu'ils peuvent, mais c'est insuffisant. Avec le train quotidien, les récoltes… Allan et Joshua partis, j'ai besoin de main-d'œuvre. Plusieurs voisins sont dans la même situation, parfois pire. Des maris rentrent dans la milice et des fils désertent la terre parce qu'ils craignent une reprise des hostilités. Certains se cachent dans les bois, espérant que tout se calme. Mais entre toi et moi…

La visiteuse appuya sa joue dans le creux de sa main. Laura la prit en pitié.

— Écoute, Maggy, je propose de t'aider.

L'indigente releva la tête d'étonnement.

— De quelle façon ? C'est impensable, nous sommes prises toutes les deux, chacune à notre manière, larmoya-t-elle.

— Je pourrais t'envoyer Archibald, argua Laura, mais je préfère y aller moi-même. Je suis certaine qu'il accepterait de te dépanner, mais je vais lui demander de me remplacer au magasin pendant que Tiffany demeurera à la maison avec les petits. Mary Lawrence connaît déjà un peu la paperasse. Elle et Archibald feront une bonne équipe.

— C'est trop de bonté, Laura, je ne peux accepter ton offre.

— Aussi vrai que tu es là, Maggy, je serai chez toi ce soir, de bonne heure après le souper, le temps de me réorganiser et de distribuer les responsabilités de la maison et du commerce. J'irai te donner quelques jours d'ouvrage. Après, on verra. D'ailleurs, les affaires sont au ralenti. Tu vas voir, on ne se laissera pas abattre. Entre femmes, on peut s'entraider. Si on ne s'épaule pas, qui viendra à notre secours ?

— Dieu te le rendra au centuple, Laura!

— Centuple ou pas, Maggy, tout ce qui compte, c'est que tu
t'en sortes. Ce n'est pas quelques jours de ma vie consacrés à
une amie qui vont changer le cours de l'histoire…

* * *

Laura avait tenu parole sans en discuter au préalable avec
James qui n'était pas revenu de la garnison. En effet, Brock
appréhendait une fin imminente de l'armistice et exigeait que
ses soldats intensifient leur entraînement. En attendant le retour
des hommes, Laura participait à la traite des quelques vaches
et aux soins des animaux aussi bien qu'aux récoltes, préférant
laisser à Maggy la gouvernance de la maison et du temps pour
se reposer comme si elle était en période de relevailles.

Aux champs, les jupes relevées, Laura maniait la faucille et
conduisait les charrettes jusqu'à la grange vétuste. Le travail au
grand air avec les fils de Maggy lui remémorait sa jeunesse au
Massachusetts. Elle s'arrêta un court instant, replaça une mèche
sur son front en sueur et releva la tête vers la maison d'Allan et
de Maggy qui ne ressemblait en rien au riche manoir dont
l'image s'évanouissait dans les brumes de son lointain passé où
Shawn l'avait subjuguée. Elle réalisa que les années avaient aussi
émoussé le souvenir du visage du jeune homme et que celui de
James l'avait remplacé dans son cœur. Elle se sentit défaillir. Son
pouls s'accéléra. Elle ferma les yeux et imagina James agonisant
sur le champ de bataille, blessé à mort par une baïonnette enfoncée dans le ventre ou un éclat d'obus déchirant sa chair. La scène
la révulsa. Les battements de son cœur tambourinèrent sur ses
tempes. Le souffle court, elle rouvrit les yeux, posa la main sur
sa poitrine. «Il me faut continuer!», se dit-elle.

* * *

De jour en jour, Maggy s'encourageait et remontait la pente.
Le matin, elle se levait avec son habituel sourire et, le soir, elle
s'endormait avec la conviction que le lendemain serait encore

meilleur. Elle remerciait le ciel pour l'aide qu'elle recevait et priait pour que ses hommes et James soient épargnés des affres de la guerre. La générosité de Laura était sans borne. Comment ferait-elle pour lui rendre toute l'aide offerte comme elle le souhaitait tant ?

Cependant, une inquiétude croissante ressurgit. En effet, on répandait la nouvelle voulant que l'armistice avait été levé le 8 septembre, qu'il n'avait été qu'une trompeuse tactique et une malheureuse trêve.

* * *

On était à la fin de septembre, un soir un peu frisquet où la lune disparaissait derrière les nuages qui s'amoncelaient dans le ciel de Queenston. À présent, c'est Laura qui faisait de brefs séjours à la maison. Ce soir-là, James la morigéna devant les enfants à cause de sa décision d'aider les Springfield. Elle l'attendait avec ses arguments.

— Charité bien ordonnée… sermonna-t-il. Tu te rappelles ce que ça veut dire ?

— Il est aussi dit qu'il faut aimer son prochain comme soi-même, James. Maggy était découragée. Je n'avais pas le droit de la laisser croupir dans sa misère sans intervenir. Nous avons deux domestiques et les Springfield n'en ont aucun.

— Bon, supposons que tu aies raison, Laura, céda-t-il. Mais il ne faudrait pas que tu t'épuises à ton tour, maintenant que l'armistice a pris fin.

— Je te l'avais bien dit, James, que le feu couvait sous les cendres. Tu refusais de me croire… Pourtant, Brock lui-même aurait dû te convaincre.

Des coups secouèrent la porte. Laura et James cessèrent de discuter. Celui-ci questionna Laura du regard, fit quelques pas méfiants et alla ouvrir.

— Bonsoir, Charles ! dit-il. Qu'est-ce que tu deviens ?

— Charles! s'exclama Laura. Je pensais justement à toi ces jours-ci. Entre!

Elle embrassa son frère et se tourna vers sa fille aînée:

— Mary Lawrence, veux-tu coucher les plus jeunes, s'il te plaît? demanda-t-elle. On sera plus à l'aise pour parler.

Charles jeta un regard admiratif sur la progéniture de Laura et de James.

«Charles est le vrai portrait de sa mère», songea Laura. Plus il vieillissait, plus se dessinaient les traits d'Eleonore sur son visage. Les taches de rousseur sur sa peau claire et sa chevelure roussâtre accentuaient la ressemblance.

— Comment vas-tu, petit frère? On ne te voit pas souvent. Pourtant, St. David n'est pas si loin. Ta fiancée se porte-t-elle bien?

— Je ne vous vois pas souvent, je le sais, s'excusa Charles. De mon côté, ça va. Quant à Liz, elle a une santé vacillante comme la flamme d'une chandelle. Son estomac est capricieux. Heureusement que sa mère s'en occupe beaucoup.

— Et toi, tu continues de subvenir aux besoins de Liz et de ta belle-famille? s'enquit Laura.

— Oui, mais c'est un autre sujet qui m'amène aujourd'hui. La situation me paraît si préoccupante que j'ai voulu vous prévenir.

— Prendrais-tu un thé, Charles? offrit Laura. Un bon thé à la mélisse comme l'aime James.

— Volontiers!

Tiffany servit la boisson chaude.

— On t'écoute, mon beau-frère, dit James.

— Depuis quelques jours, des Indiens ont établi des campements dans les bois où j'ai l'habitude de chasser, confia Charles. Il se prépare quelque chose de pas très rassurant contre les Américains. Et n'oubliez pas qu'ils sont juste là, de l'autre côté de la rivière. S'ils décident d'attaquer, gare à vous ! Si j'étais à votre place, je sais ce que je ferais : je décamperais !

James sourcilla. Le visage de Laura s'assombrit :

— Ce que tu nous rapportes ne m'étonne pas, Charles, dit-elle. Il y a quelques semaines, nous avons rendu visite à père. Le chef mohawk John Norton était de passage chez lui.

— Que faisait-il chez notre père ? interrogea Charles.

— Il est le fils adoptif de l'ancien chef Joseph Brant, donc le frère de Katarina. Forcément, nous avons parlé de ce qui nous menace tous, surtout depuis l'armistice raté.

— Père ne se contente plus de sa princesse, il s'acoquine avec les Indiens maintenant ? badina le rouquin. Eux et leur mode de vie rudimentaire, leurs habitations ridicules et leurs danses insignifiantes…

— Ce n'est pas ce que tu penses, Charles ! rétorqua vivement Laura. Tu as quitté la ferme paternelle parce que tu ne pouvais supporter l'Indienne, je peux comprendre. Mais ne t'avise pas de ridiculiser son peuple. Avec ses guerriers, Norton veut combattre aux côtés de l'armée britannique, et c'est tout en son honneur. D'ailleurs, ton mode de vie de chasseur s'apparente étrangement à celui des Indiens que tu dénigres tant…

Ne pouvant soutenir le regard de sa sœur, Charles s'absorba dans la contemplation de sa tasse sans mot dire.

— Certains s'enrôlent comme volontaires, d'autres n'ont pas de couilles, mon cher beau-frère, osa James. Même ton frère David et ton père vont embarquer dans la mêlée. Tu devrais avoir honte, Charles.

— Je vous ferai remarquer que mes autres frères ne s'enrôlent pas non plus. Personne ne va m'obliger à m'engager dans cette maudite guerre stupide…

— Toute guerre est une aberration en soi, Charles, déclara Laura. Cependant, il faut convenir que nous ne pouvons pas demeurer indifférents.

— Bon, puisque c'est comme ça! s'offusqua Charles en se levant. Je pensais vous être utile et secourable. Je constate à regret que ma démarche est vaine. S'il survenait de fâcheux événements à Queenston, ne venez pas dire que je ne vous ai pas prévenus. Avant de rentrer, je vais m'arrêter chez Magdalena et David. Peut-être que des oreilles plus attentives vont m'écouter là-bas.

Charles traversa le seuil d'un pas rageur. Par la fenêtre, Laura le regarda enfourcher sa monture et partir en direction de la Taverne Ingersoll.

* * *

Quelques jours plus tard, au fort George, le major de brigade Thomas Evans rentra d'une courte mission. Il faisait les cent pas à la porte du bureau de Brock qui s'entretenait avec le lieutenant-colonel John MacDonnel et le major général Roger Sheaffe. Le général lui ouvrit en soufflant un nuage de fumée.

— Général, toussota Evans, il y a du mouvement sur l'autre rive, rapporta-t-il, dissipant de sa main les émanations de cigare.

— Que voulez-vous dire, major?

— Aujourd'hui même, comme vous me l'aviez demandé, avec le drapeau parlementaire déployé comme il se doit, je suis allé pour discuter de l'échange de prisonniers avec Solomon Van Rensselaer, le neveu du colonel. Or, en franchissant la Niagara à Queenston, des coups de feu ont été tirés dans notre direction. Inutile de vous dire que l'accueil a été plutôt méfiant et cela nous a rendus circonspects.

— Et alors, Evans ? Y a-t-il péril en la demeure ? s'amusa Brock, esquissant un demi-sourire traduisant une légèreté qui frôlait l'insouciance.

— Excusez-moi, général, rétorqua Evans, consterné, vous ne semblez pas disposé à m'écouter. Je peux revenir si vous le désirez. Néanmoins, ce que j'ai à vous transmettre mérite d'être entendu.

— Nous poursuivrons nos échanges plus tard, mon général, intervint poliment MacDonnel qui pressentait un entretien important.

— Allez-y, major Evans, je vous écoute, consentit Brock.

Le général aspira une longue bouffée de son cigare, s'assit en échappant de la cendre sur son bureau encombré de documents. Il déposa son cigare dans le cendrier, joignit ses mains qu'il renversa en se faisant craquer les jointures. Finalement, il releva la tête vers le major de brigade.

— Le secrétaire du général m'a signifié que Van Rensselaer était souffrant. Sur un ton sarcastique, il m'a lancé à plusieurs reprises « qu'aucun échange de prisonniers n'était possible avant après-demain ». J'ai donc rebroussé chemin.

— Pardonnez-moi, lieutenant Evans, dit le major général Sheaffe en gonflant le torse, mais nous n'avons aucune preuve de ce que vous prétendez, ricana-t-il.

Evans parut offensé. Il s'adressa à Brock, espérant une meilleure écoute et misant sur son pouvoir de conviction.

— Vous ne serez pas étonné d'apprendre qu'en quittant la rive américaine j'ai remarqué des embarcations camouflées dans les broussailles sur la berge. Des bateaux ennemis s'apprêtent à traverser...

Brock regarda à la fenêtre vers la Niagara. Sa mine s'aggrava soudainement.

— Vous êtes bien sûr de ce que vous avancez, major Evans ?

— Je n'ai pas l'humeur à la blague, mon général. Je ne saurais vous dire combien il y avait de bateaux, mais il ne s'agissait pas d'une simple chaloupe de riverains qui venaient pêcher près de nos côtes.

Le général éteignit longuement son cigare dans une épaisse couche de cendres qui déborda sur les documents épars. Il se leva. Inclinant la tête, il gratta de sa main large le haut de son front.

— Merci, Evans. Demeurez sur vos gardes, somma Brock. Retournez à Queenston et soyez vigilant. Vous pouvez disposer.

Le major claqua ses bottes en faisant son salut et se retira.

— C'est proprement ridicule ! argua Sheaffe. Vous n'allez pas croire ce petit subalterne, Brock ?

— Il faut reconnaître, Sheaffe, tempéra Brock, que le petit subalterne dont vous parlez est le principal responsable de la préparation de l'expédition qui a obligé le général Hull à capituler à Detroit le 16 août dernier.

MacDonnel s'approcha de son ami :

— Evans panique certainement.

— Je crois qu'il faut prendre ses paroles plus au sérieux que vous ne le pensez, MacDonnel.

— Vous disiez vous-même, général, répartit MacDonnel, que le fort George est la cible la plus vraisemblable d'une attaque, alors qu'Evans s'entête à croire que Queenston est l'objectif visé.

— J'affirmais aussi il y a à peine deux semaines qu'il ne se passait rien « le long de cette interminable frontière, pas une seule mort, qu'elle soit naturelle ou causée par l'épée », rappela Brock. Cependant, nous devons nous rendre à l'évidence, mon cher John : une nouvelle offensive américaine est imminente. Cela dit, je m'accorde quelques heures de réflexion et de repos. La nuit porte conseil, soupira-t-il.

Le major général Sheaffe se retira, décontenancé par l'attitude de Brock.

— Il peut bien parler, ce Sheaffe, lui qui a conclu l'armistice avec le colonel Van Rensselaer, s'insurgea MacDonnel.

— À sa décharge, il faut reconnaître que c'est sous les ordres de notre gouverneur général Prevost qu'il a signé la trêve. Quoi qu'il en soit, voyez où nous a menés cet armistice.

— Probablement que vous devrez bientôt faire seller Alfred, alors ! blagua MacDonnel.

— Vous me faites bien rire avec ma monture, mon cher ! En passant, veillez à ce qu'Alfred ne manque de rien.

Le général retourna à son bureau, prit du bout des doigts son mégot de cigare et tenta vainement de le rallumer.

— Sacripant ! grommela-t-il en se rendant à un petit cabinet de boisson.

Il en sortit deux verres et une bouteille.

— Un bon rhum de la Jamaïque bien corsé, John ?

— Vous savez que je ne bois jamais durant le service, Isaac. Mais à cette heure, nous pouvons considérer que la journée est terminée !

Brock servit. Les deux hommes enfilèrent une rasade.

— Bonne nuit, mon général, dit MacDonnel.

— Bonne nuit, John.

Le lieutenant-colonel amorça un pas vers la porte.

— MacDonnel ! s'écria Brock.

— Oui ?

L'aide de camp se retourna.

— Assurez-vous que le fort est prêt à se défendre. Envoyez des cavaliers pour alerter les milices de Lincoln et de York. Je vais m'étendre un peu. Au moindre signe, prévenez-moi.

— Très bien, mon général !

4
La bataille de Queenston Heights

À l'aurore le lendemain, le 13 octobre 1812, encore tout habillé, Brock se redressa subitement dans son lit comme s'il émergeait d'un terrifiant cauchemar. Les yeux hagards, l'air ahuri, il passa la main sur son front halitueux. Dans son rêve, l'armée américaine avait envahi le Canada sans que ses soldats à moitié endormis aient pu se défendre. Alertés par un messager, MacDonnel et ses hommes avaient quitté fort George sans le prévenir et sans son consentement. À son réveil, il s'était empressé de chevaucher à vive allure vers Queenston. En arrivant sur les lieux de l'affrontement, les pas d'Alfred avaient peine à se poser entre les corps mutilés et frémissants qui jonchaient le sol marbré de rouge. Parmi eux, les yeux fixes et horrifiés de MacDonnel semblaient lui reprocher de ne pas s'être réveillé à temps, d'avoir renoncé à ses engagements, d'avoir failli à son devoir. Des blessés, civils et militaires, tordus de douleur se lamentaient dans des plaintes déchirantes sans que quelqu'un puisse les secourir. On s'était emparé des canons et des fusils. Il avait progressé vers le visage hâve du major de brigade Thomas Evans qui s'éteignait en agitant de sa main faible le drapeau blanc souillé de taches sanguinolentes comme la brise légère qui froissait avec indolence la dentelle à la fenêtre de sa chambre. «Trop tard, mon général!» avait-il murmuré, soupirant à la fin de sa courte phrase avant de s'éteindre, au bout de son sang.

Mais Brock ne rêvait pas : on frappait avec insistance à la porte de sa chambre.

— Ouvrez, mon général! criait-on.

— J'arrive! bougonna Brock en se précipitant.

— Je ne vous réveille pas, général? demanda son aide de camp. Les Américains sont à quelques milles d'ici.

— Qu'est-ce que vous pensez, MacDonnel? Je ne suis pas sourd, nom de Dieu! J'entends comme vous la canonnade, s'emporta-t-il.

Brock se rendit à la fenêtre. Les canons parlaient de leur voix tonitruante.

— Que comptez-vous faire? Nos ennemis attaquent vraisemblablement à Queenston.

Le général se retourna vers son aide de camp.

— Les compagnies de grenadiers et de voltigeurs du 49e régiment ainsi que les milices de Lincoln et de York sont en mesure de riposter, ricana-t-il nerveusement. Du moins je l'espère parce que hier soir, après le rapport d'Evans, je vous ai donné l'ordre de les faire venir. Notre artillerie est toujours en place, John? s'informa-t-il, radouci.

— Oui. Nous avons des canons perchés sur les hauteurs de Queenston et logés sur la berge de la rivière.

— Parfait! Qu'on prépare Alfred, je vais m'enquérir de la situation.

— Je vous accompagne, Isaac, décida MacDonnel.

— Non, j'y vais seul! Je veux d'abord m'assurer qu'il s'agit d'une attaque réelle plutôt que d'une simple diversion avant de mobiliser les troupes du fort et les guerriers de Norton. Vous et Sheaffe allez attendre mes instructions avant de vous engager.

Brock hésita un moment, roulant sa chaîne en or entre ses doigts noueux. Puis il boutonna sa chemise et acheva de se préparer. Il revêtit sa tunique écarlate, enroula l'écharpe de Tecumseh autour de sa taille, mit son épée en bandoulière et, coiffé de son majestueux bicorne, il se rendit à l'écurie. Un palefrenier s'avança vers le général. Il avait déjà sellé Alfred.

— Vous êtes efficace, observa Brock.

— Il tonne là-bas. Tout le monde au fort est debout, mon général. On dirait que les tirs se sont intensifiés il y a quelques minutes. J'ai pensé que vous partiriez pour prendre le commandement à Queenston.

Brock tapota la croupe d'Alfred et lissa la belle crinière de l'animal. Le jour n'était pas encore levé. Au loin, des gerbes de lumière embrasaient le ciel. Alfred s'ébroua comme s'il pressentait le danger de la chevauchée qu'ils entreprendraient, son cavalier et lui. Le bicorne bien enfoncé sur la tête, Brock enfourcha sa monture. Il talonna les flancs de la bête et partit au galop, les pans de sa cape noire secoués par les flots du vent en furie.

Dans la pénombre de l'écurie, à côté de la stalle d'Alfred, MacDonnel s'avança en tirant la bride de son cheval vers la sortie. Le palefrenier se tourna vers le lieutenant-colonel. Ils échangèrent un sourire complice.

— Merci pour votre discrétion, jeune homme. Les soldats vont me rejoindre et nous partirons très bientôt. Je pense que le général va apprécier notre renfort, ajouta-t-il en entendant le crépitement des tirs.

— Soyez prudent, mon lieutenant ! clama le garçon d'écurie. Bonne chance !

* * *

Les habitants des villages frontaliers du Niagara avaient été réveillés par le grondement infernal des canons. Les Américains crachaient des obus sur Queenston. À la hâte, Laura s'était levée, avait revêtu ses jupes et sa blouse, puis elle s'était couverte de sa mante. Abasourdis, Archibald et Tiffany avaient quitté la maison de leur logeuse et étaient accourus à la porte des Secord.

— Archibald, attelle la jument! somma Laura. Tiffany, va aider Mary Lawrence à habiller les petits! Nous allons chez les Springfield.

«Mon Dieu, songea-t-elle dans son affolement, faites qu'il n'arrive rien à James!»

Quelques minutes plus tard, la charrette s'ébranlait vers la ferme d'Allan et de Maggy. Les enfants et les domestiques étaient entassés les uns contre les autres, une mine effrayée glaçant leurs visages abasourdis. Laura harcelait la jument; le claquement du fouet se mêlait à la canonnade et aux tirs des fusils.

Croyant qu'un orage sévissait, Maggy se leva et alluma une chandelle. Elle mit un temps avant de réaliser qu'il ne s'agissait pas d'une violente perturbation atmosphérique, mais d'une situation beaucoup plus grave. Elle fut prise d'un tremblement, pensa à ce qu'elle avait de mieux à faire et résolut de ne pas abandonner sa maison. Des soldats réussiraient sans doute à freiner la progression de l'ennemi. Une trentaine de minutes s'égrenèrent dans l'angoisse. La fermière fut rassurée lorsqu'elle entendit le hennissement d'un cheval; elle accourut à la porte.

Maggy fondit en larmes en apercevant son amie, qu'elle s'empressa d'embrasser.

— À cause de tout ce bruit, je pensais à toi et à ta famille, Laura. Venez tous vous mettre à l'abri.

— J'espère que les tirs ne nous atteindront pas, Maggy. Mais à Queenston, j'ai eu si peur, si tu savais! avoua Laura, tremblotante.

Charlotte, Charles et Appolonia s'agglutinèrent à Laura qui les entoura de ses bras.

— Il n'y a pas de danger, mes enfants, tenta-t-elle de les rassurer.

— Pourquoi êtes-vous si énervée alors, mère ? demanda Harriet.

Devant la pertinence de la question, Laura et Maggy se regardèrent, muettes d'étonnement.

— Qu'est-ce que c'est que tout ce raffut ? demanda le plus vieux des garçons Springfield en faisant irruption avec sa sœur Jennifer.

Maggy lui fit un bref résumé de la situation, puis elle annonça :

— Pour le reste de la nuit, nous allons partager les lits. Aussi, il y a de la place au salon.

Tant bien que mal, on se dispersa dans les pièces, les plus grands essayant d'apaiser les plus petits.

— Je suis désolée d'être débarquée comme ça en pleine nuit avec ma marmaille, dit Laura qui venait de prendre place sur le canapé.

Le grondement des feux cessa. Les deux mères de famille se regardèrent.

— Je suis persuadée que tu penses à la même chose que moi, Laura, exprima Maggy.

L'accalmie fut de courte durée. Le bruit reprit de plus belle, aussi insupportable. Maggy inclina la tête. Elle songeait aux siens en passant une main tremblante sur son ventre arrondi.

— Tu penses à Allan et à Joshua, dit Laura.

— Tu penses à James, répartit Maggy en relevant la tête lourde d'inquiétude.

— À James, aux deux David – le frère de James et le mien –, à mon père et à Allan et Joshua. On ne peut rien faire de plus pour le moment.

— Qu'attendre de mauvaises nouvelles, tu veux dire… s'inquiéta son amie.

Laura leva des yeux implorants vers le ciel :

— Il faut prier, Maggy, rien d'autre que prier. Dieu est plus puissant que la poudre des canons et des fusils…

* * *

À Queenston, David Ingersoll s'était précipité dans ses habits de milicien chez Laura, pendant que Magdalena et Leonard rejoignaient le pasteur Grove et sa femme pour filer vers St. David chez les Parker. Laura s'était déjà enfuie. «Elle s'est sûrement réfugiée chez les Springfield», se réjouit David. Sur la rue, dans la fraîcheur du matin, des habitants affolés avaient abandonné leur maison et leurs biens et se ruaient vers les campagnes dans les cris et les pleurs. Au moment de quitter les lieux sur sa monture, David entendit un cheval qui entrait au galop dans le village. Il se retourna. Altier, un militaire imposant à l'allure d'un général s'arrêta, étudia sommairement les alentours d'un regard circulaire.

«Le général Brock! Nous sommes entre bonnes mains», se dit David avant de remarquer le chapeau à cornes paré de ses plumes blanches d'autruche et de sa cocarde bicolore.

Rassuré par la présence du militaire, David déguerpit.

«Si les soldats de Van Rensselaer n'ont pas envahi le village, c'est que mes hommes les ont empêchés de traverser la rivière ou, au pire, qu'ils ont réussi à les contenir sur la grève», se rassura Brock.

Il plaisanta à voix haute, en tapotant fièrement le cou de sa monture :

— Qu'en penses-tu, Alfred?

Puis le général repartit vers les hauteurs de Queenston.

En arrivant à la batterie sur la côte, le général réalisa avec stupéfaction que des troupes américaines avaient escaladé les hauteurs et s'étaient emparées du canon de type redan qui dominait la falaise. Les canonniers désespérés aperçurent Brock et accoururent vers lui.

«Les Américains ont le dessus, mais ça ne se passera pas comme ça, nom de Dieu!» ragea intérieurement le général.

— Mon général, ils ont gravi les hauteurs par un sentier de pêcheurs et nous ont délogés, expliqua l'un des artilleurs. Heureusement, nous avons réussi à enclouer notre canon de dix-huit livres avant de nous enfuir.

Brock sortit sa lunette d'approche, qu'il promena sur la rive américaine de Lewiston. Il étudia le mouvement des soldats sur la Niagara. Puis il braqua la lunette sur la berge pour évaluer les pertes de son armée.

— Nous redescendrons la côte pour nous replier et rejoindre nos soldats puis nous remonterons de l'autre côté pour expulser l'ennemi avant qu'il ne reçoive des renforts. L'un de vous peut-il se rendre au fort George et demander au major général Sheaffe d'amener toutes les troupes disponibles?

— Moi, mon général! s'écria un volontaire dans la jeune vingtaine.

— Brave garçon! dit Brock. Tu connais l'urgence de la situation? Prends mon cheval. Alfred est un valeureux coureur; il saura te conduire rapidement à destination.

Le général n'avait pas aussitôt prononcé son dernier mot que le messager agrippait le pommeau de la selle d'Alfred et détalait vers la forteresse.

Brock emprunta le sentier rocailleux entre les ronces, les branchages et les affleurements rocheux qui rendaient la descente difficile. Au pied de la falaise, il entreprit de rassembler les troupes dispersées. Le capitaine James Dennis vint à sa rencontre.

— Mon général ! salua le capitaine.

— Repos, Dennis ! dit Brock.

— Vers trois heures ce matin, rapporta l'officier, une sentinelle a aperçu une dizaine de bateaux qui amorçaient la traversée. Plutôt que de tirer et de donner l'alarme, ce qui aurait alerté les Américains, la sentinelle s'est précipitée à mon quartier général à Queenston. Peu après, je suis arrivé avec mes hommes et nous avons ouvert le feu alors que les belligérants débarquaient encore. Le colonel Van Rensselaer a été touché d'une balle dès qu'il est sorti de son bateau, puis touché encore à plusieurs reprises alors qu'il tentait de rassembler ses troupes. C'est alors que nos canons ont commencé à tirer sur Lewiston pour empêcher d'autres tentatives de débarquement. Les Américains ont riposté en bombardant Queenston. Ils étaient environ mille deux cents soldats à traverser les eaux tumultueuses de la rivière, expliqua le capitaine. Des embarcations ont chaviré à cause de l'armement trop lourd et d'autres sont parties à la dérive. Nous avons tué un bon nombre d'ennemis, mais les autres ont réussi à monter par le sentier et à s'emparer du canon qui surplombe la falaise. Vous connaissez à peu près la suite…

— Bien, capitaine ! Maintenant que vos hommes sont regroupés, nous allons charger avec votre compagnie et celle de Williams.

— C'est risqué. Pourquoi ne pas attendre les renforts de Sheaffe, mon général ? Vous me semblez aussi impétueux que les eaux de la Niagara…

— Si Queenston Heights, qui est un lieu stratégique, tombe, alors le Haut-Canada sera dans une situation précaire, rétorqua Brock, les mâchoires serrées.

Avec leurs hommes, les capitaines emboîtèrent le pas au général dans le sentier. Ils atteignirent les hauteurs.

Brock parvint presque à dominer l'adversaire. Mais malgré des efforts louables pour reprendre la position occupée par les Américains, il fut refoulé sur la berge avec ses soldats en raison d'une contre-attaque rapide.

— Vous êtes blessé, général ? demanda Dennis qui s'inquiéta en constatant que la main du commandant avait pris la couleur de son uniforme.

— Une simple éraflure, capitaine. Je vais survivre, ne vous inquiétez pas.

Sheaffe et ses troupes se faisaient toujours attendre. Brock regretta d'avoir interdit à MacDonnel de le suivre. Le major Evans avait eu diablement raison et il se reprocha son hésitation avant de déployer ses forces. Il résolut d'attendre un peu et de se reprendre. Mais les tirs des Américains se faisaient toujours menaçants. C'est alors qu'il ordonna une autre tentative.

Le matin se levait. Le général resserra l'écharpe aux couleurs criardes enroulée autour de sa ceinture. Il songea à Tecumseh, dont il aurait aussi souhaité la présence en ce tournant de la bataille. « À ce que je sache, réfléchit Brock, il n'est pas de guerrier plus sagace ou plus vaillant que ce chef indien ! » MacDonnel combattait peut-être pour défendre les habitants de Queenston, il n'en savait rien. Mais il fallait tenter un nouvel assaut, sinon lui et ses hommes se feraient écraser.

— En avant, soldats ! hurla Brock en dégainant son épée.

Des habits rouges se rangèrent derrière lui et montèrent au combat. Des balles sifflèrent et blessèrent quelques soldats. Cependant, Brock poursuivit sa course. Il fut repéré par un tireur d'élite qui visa et l'atteignit en plein cœur.

* * *

Le capitaine Dennis apprit à MacDonnel que le général Brock était mort lorsqu'on transporta la dépouille dans une charrette vers Queenston.

— Il a été tué sur le coup, ajouta-t-il, démoralisé.

MacDonnel fut stigmatisé à la vue du corps de son ami dont on avait recouvert le visage convulsé de douleur. Allongé dans le fond de la voiture, l'homme n'avait jamais paru aussi grand. La tunique rouge de Brock avait été transpercée en pleine poitrine. MacDonnel fixa son regard déterminé vers les hauteurs de Queenston :

— Il faut venger le général ! Brock est mort, mais la guerre n'est pas terminée, déclara-t-il.

— Qui va prendre la relève alors, en attendant que Sheaffe et ses hommes surviennent ? questionna Dennis, tremblant.

— Moi, répondit spontanément le lieutenant-colonel. C'est à moi que revient la responsabilité des opérations. Je n'ai pas l'âme sensible d'un artiste comme vous, Dennis, l'insulta-t-il.

— Votre caractère bouillant et votre entêtement ne risquent-ils pas de nous perdre tous, mon lieutenant ? s'opposa le capitaine Dennis. Ne serait-il pas plus sage d'attendre le major général Sheaffe ? Si je ne m'abuse, vous n'avez aucune expérience de combat…

— C'est tout à fait exact, capitaine. Mais je dois prendre la relève et venger la mort du général, s'entêta MacDonnel.

Il enfourcha son cheval et fonça vers Queenston Heights. Dès son arrivée, des tirs s'engagèrent. MacDonnel intima l'ordre à ses hommes d'attaquer, bien déterminé à en découdre avec les Américains.

Mais le mauvais sort s'acharna sur lui. Dans la pétarade des tirs incessants, les hennissements des chevaux et les cris exaltés des soldats, il fut atteint de trois ou quatre balles qui le firent tomber de selle. Le cheval également blessé s'affola et se mit à piétiner son maître. Deux soldats accoururent aussitôt à la rescousse de leur chef et l'éloignèrent du combat. Ils transportèrent également le capitaine Williams, très sérieusement atteint.

Voyant cela, le capitaine Dennis murmura, en portant la main à son épaule blessée :

— La témérité de MacDonnel nous aura conduits à notre perte...

Il évalua la situation, qui lui paraissait de plus en plus désespérée : des soldats ennemis avaient rejoint leurs camarades. Il dut ordonner le repli de ses hommes vers le village.

* * *

Entre-temps, le chef mohawk John Norton progressait dans la forêt avec trois cents guerriers. Il apprit de miliciens en retraite que des milliers d'Américains occupaient maintenant Queenston Heights.

— Plus il y a de gibier, meilleure est la chasse, rétorquèrent certains guerriers intrépides.

— Il ne faut pas se jeter tout rond dans la gueule du loup ! désapprouvèrent d'autres, plus circonspects.

— Camarades et frères, rappelez-vous la gloire des anciens guerriers ! s'écria Norton. Ils n'ont jamais été intimidés par un ennemi supérieur en nombre. Nous savons pourquoi nous sommes venus... Ils sont là, il ne nous reste qu'à combattre.

Malgré son vibrant appel à l'héroïsme, Norton parvint à l'orée du bois avec un nombre très restreint de quatre-vingts autochtones. Ils menèrent des attaques répétées sur les avant-postes et réussirent à maintenir l'opposant en respect. Incapables d'évaluer les effectifs indiens, les ennemis résistèrent même s'ils étaient terrorisés. À Lewiston, sur la rive américaine, les blessés que l'on ramenait et les cris de guerre étaient si effrayants que Van Rensselaer ne réussit pas à convaincre la milice de traverser. Même les bateliers refusèrent d'aller récupérer les soldats sur la rive canadienne.

À deux heures de l'après-midi, Sheaffe arriva du fort George à Queenston avec ses hommes. Le capitaine Dennis le mit au fait des événements :

— Vous voilà enfin, major général. Ce n'est pas trop tôt, lui reprocha-t-il.

Sheaffe réprimanda vertement son interlocuteur :

— Avez-vous oublié que vous vous adressez à un supérieur, Dennis, et que vous me devez considération et obéissance ? Vous n'êtes qu'un petit capitaine de brigade !

— Je ne sais pas si on vous l'a appris, mais Brock est mort, MacDonnel est grièvement blessé et notre armée est en déroute. Actuellement, Norton et ses guerriers seraient les seuls à résister avec une poignée de combattants.

Le major général regarda au sol comme pour accuser les dures et tristes nouvelles et accorder une pensée à la mémoire du général disparu. Il lui avait fallu attendre le messager de Brock pour intervenir. Finalement, Evans avait eu raison ; Sheaffe regretta sa condescendance envers lui.

— Écoutez-moi bien, capitaine Dennis, dit-il, relevant la tête. Nous allons prendre le dessus. Plutôt que d'attaquer de front, et afin d'être hors de portée de l'artillerie, nous contournerons les hauteurs avec nos canons de trois livres, résolut l'officier supérieur qui avait repris son assurance habituelle. Également, j'ai demandé des renforts provenant des détachements de Fort Érié et de Chippawa.

Dennis toisa Sheaffe du regard. Il connaissait la mauvaise réputation du major général, probablement attribuable en partie à ses origines américaines. Il savait que certains des hommes du nouveau commandant avaient déjà ourdi un complot pour l'assassiner. Mais Sheaffe semblait farouchement déterminé à gagner la bataille. Le capitaine Dennis obtempéra.

* * *

Vers la fin de l'après-midi, exténué et pétrifié par ce que ses yeux avaient vu d'horreur et de désolation, Joshua Springfield rentra à la maison.

— Joshua! s'écria joyeusement Jennifer en apercevant par la fenêtre son frère boitillant.

— Joshua et Allan! s'exclama sa mère. Ils sont vivants.

— Père n'est pas là! se désola Jennifer, fixant l'homme qui s'amenait péniblement.

— Ton frère est seul, tu en es sûre? s'inquiéta madame Springfield.

— Constatez vous-même, mère, si vous ne me croyez pas! répartit Jennifer, qui craignait le pire pour son père.

Affairée près de l'âtre, Maggy s'essuya les mains sur son tablier et se précipita à la fenêtre.

Tout dépenaillé dans ses habits de milicien, mousquet à la main, Joshua Springfield entra, le visage défait et maculé de poussière.

— Tu es blessé, Joshua? Et qu'est-il arrivé à ton père? Parle, je t'en supplie.

— J'ai de bien tristes nouvelles à vous annoncer, balbutia-t-il en s'écrasant sur une chaise.

La tête appuyée sur la main, il s'efforça de livrer ce qu'il savait, éludant de prime abord l'interrogation de sa mère:

— Rien de grave en ce qui me concerne. Mais on répand la rumeur à l'effet que le général Brock est mort et que son corps aurait été transporté dans une maison de Queenston. Certains disent qu'en se retirant plus tôt ce matin les troupes britanniques l'auraient amené près d'ici, à Durnham's Farm, avec le lieutenant-colonel MacDonnel sérieusement blessé.

— Et ton père, Josh ? Ton père ? larmoya Maggy, le visage crispé.

Joshua inclina la tête.

— Lorsque je l'ai aperçu gisant face contre terre, je m'en suis approché. Il ne bougeait déjà plus. Son corps ensanglanté avait été transpercé par une baïonnette, mère.

La veuve poussa des cris déchirants qui épouvantèrent les enfants. Laura se précipita vers Maggy Springfield. Elle demeura un moment près d'elle, cherchant en vain des paroles de réconfort.

Laura se tourna vers Joshua :

— Qu'est-il arrivé à mon James ? s'informa-t-elle, essayant de cacher son désarroi devant la mine effrayée des gamins qui pleurnichaient.

— Votre mari est gravement blessé et vous réclame, madame Secord, révéla enfin le jeune soldat.

— James ! murmura Laura en portant les mains à son cœur. Il est en vie, alors ! Où est-il ?

Le milicien expliqua à Laura comment retrouver son mari.

— Je n'ai pas la force de tout vous raconter, soupira le jeune combattant. Mais je sais que le major général Sheaffe est arrivé en renfort après une farouche résistance des guerriers de Norton.

Entourée de Jennifer et de Mary Lawrence, Maggy demeurait inconsolable pendant que Tiffany et Archibald entouraient les plus jeunes. Sans perdre une seconde, Laura se couvrit de sa mante et quitta précipitamment la maison des Springfield.

— Maman! Maman! s'écrièrent les petites de Laura qui accoururent vers la porte.

* * *

Les tirs d'artillerie faisaient encore rage, mais les canons tourmentés avaient cessé de gronder leur fureur. Laura avait emprunté la route qui menait à Queenston Heights. Elle marchait d'un pas accéléré, en soulevant ses jupons, n'ayant pour seules armes que son courage, sa détermination et son amour inconditionnel pour James qui courait dans ses veines. Joshua Springfield était revenu à la ferme familiale, mais combien d'adolescents de son âge étaient tombés sous les balles, combien d'entre eux avaient rencontré le visage de la mort? Allan Springfield et Isaac Brock avaient été tués, et John MacDonnel grièvement blessé. James serait-il encore au nombre des survivants? Elle se pressait, ne ralentissant que pour reprendre son souffle, celui de l'espoir de sauver l'être qu'elle aimait, celui qui avait épousé son cœur et pour qui elle risquait maintenant sa vie. Il n'y avait rien pour l'arrêter. Ni la fatigue ni la peur ne freinaient ses pas volontaires, comme si elle défiait le diable en le fixant droit dans les yeux.

Au crépuscule, les rayons de soleil de la fin du jour s'étiolaient dans la brume naissante tandis que le voile funeste du soir recouvrait peu à peu le champ de bataille brièvement décrit par Joshua. Laura monta sur l'escarpement rocheux et commença à marcher sur les traces de la mort. C'était la désolation! Des soldats immobiles, habillés de rouge, de bleu sombre ou de vert, leurs corps sculptés dans le bronze exprimant d'atroces douleurs. D'autres frémissaient encore de vie dans les lamentations d'insupportables souffrances. La terre jonchée de centaines de cadavres et de blessés buvait à présent le sang mêlé de frères jusque-là ennemis.

Laura avança dans le cimetière de morts et d'agonisants, soulevant ses jupons pour franchir des corps inertes, aussi inutiles que les épées et les fusils qui reposaient à leurs flancs. Parmi les manteaux bleu foncé à col et à manches rouges des Américains, elle distinguait la tunique rouge ou les hauts-de-chausses blancs et les longues guêtres noires des Britanniques. Des doigts crochus se déployaient, des mains s'agrippaient à ses jupes. Des visages défaits se tournaient, des voix implorantes l'appelaient. Elle aurait aimé s'arrêter pour soigner l'un et secourir l'autre, qu'ils soient américains, britanniques ou indiens. La douleur n'avait pas de frontière. La guerre avait anéanti tous ces hommes et les avait rassemblés dans son âme de pierre.

Parmi les bruits incessants, Laura se penchait, essayant de trouver James. Plus elle avançait dans la brume du soir, plus elle se rapprochait de soldats qui s'affrontaient en corps à corps, s'acharnant sur l'adversaire à coups de baïonnette. Couteau ou tomahawk au poing, des Indiens au torse coloré ou tatoué, légèrement vêtus d'une culotte de toile, de jambières et de mocassins, se ruaient sur l'envahisseur en poussant des cris effroyables.

Des Américains aperçurent Laura qui ondoyait entre le rouge et le noir, au-dessus des morts, des moribonds, des mutilés et des estropiés. Ils lui jetèrent un regard de stupéfaction. Mais puisqu'elle ne portait aucune arme, ils la jugèrent inoffensive. Progressant toujours malgré les coups de feu, Laura entendit murmurer son nom. Elle s'approcha d'un milicien dont le shako de feutre avait roulé à ses côtés.

— Oh! James, es-tu gravement blessé? demanda-t-elle, tombant à genoux et se ployant sur son visage.

— Assez gravement... répondit-il.

James porta une main tachée de sang à son épaule, qu'il retira prestement.

— Une balle m'a atteint à cet endroit, Laura. Le sang ne cesse de couler. Aide-moi!» supplia-t-il.

Rapidement, Laura déchira un morceau de l'ourlet de son jupon de toile et l'appliqua sur la blessure. Avec le bas de sa jupe, elle épongea la figure de son mari. Elle se releva ensuite.

— Peux-tu te redresser, James ? demanda-t-elle, tout en cherchant des yeux un compatriote qui pourrait les assister.

— J'ai une jambe en compote, mais je vais essayer de me lever et de marcher.

Subitement, trois soldats américains s'approchèrent, menaçants. Laura se trouva face à des adversaires intolérants qui la repoussèrent violemment.

— NON ! s'époumona Laura de toute la force de son être. Épargnez-le, je vous en conjure !

Le cœur de Laura battait à se rompre. Deux des trois soldats rouèrent James de coups pendant que le troisième empoignait son mousquet. Horrifiée, Laura détourna le visage. Comme le militaire s'apprêtait à fracasser le crâne du blessé avec sa crosse, un officier arborant une écharpe et des épaulettes rouges intervint :

— Arrêtez ! Arrêtez !

Laura se retourna vers l'officier dont elle avait cru reconnaî-tre la voix.

— Jonathan ! s'exclama-t-elle, devinant le regard troublé de l'homme sous la courte visière de son casque.

Elle se releva, fit quelques pas vers lui.

— Je ne t'ai jamais oubliée, Laura Ingersoll, murmura-t-il, s'abandonnant dans ses yeux noisette.

Puis se tournant vers le soldat qui avait menacé James de son mousquet, il ordonna péremptoirement :

— Allez, ramène-les à leur maison.

— Ton acte de chevalerie t'honore, Jonathan. Je n'oublierai jamais ce que tu as fait pour mon mari et moi.

Le soldat dévisagea son chef comme pour confirmer son imprévisible décision, puis il s'exécuta. Péniblement, James se leva. Il chancela après son premier pas, mais il s'empressa malgré tout d'évacuer le champ de bataille le plus rapidement possible, soutenu par Laura et le soldat américain. Bouleversée, Laura ne put s'empêcher de jeter un dernier regard de reconnaissance vers son ancien soupirant, le palefrenier de son père, le rival de Shawn et maintenant un auguste chevalier.

* * *

Sous le commandement de Sheaffe, les Britanniques et les Mohawks avaient refoulé les troupes ennemies sur la berge où gisaient des morts et des dizaines de blessés ballottés par le ressac. Tout renfort américain semblait désormais impossible. C'était la débandade! Dans une indescriptible confusion, des soldats affolés sautèrent de la falaise, d'autres désespérés plongèrent dans la rivière et tentèrent de regagner la rive américaine à la nage. Sheaffe savait que toute retraite était impossible pour les Américains. Cependant, des autochtones scalpaient les morts, s'emparaient du butin des blessés, et quelques-uns de ses soldats poursuivaient leur harcèlement auprès des opposants. Sheaffe était sur le point d'être déclaré victorieux. «Ce n'est qu'une question de temps», se réjouit-il, analysant la réaction du lieutenant-colonel américain Windfield Scott.

Alors que Scott s'apprêtait à rendre les armes, un guerrier mohawk exhibant un scalp sanguinolent attaché par les cheveux à sa ceinture se projeta sur lui. L'Américain évita de justesse le tomahawk qui allait lui enfoncer le crâne. Dans une scène pathétique, brandissant le drapeau blanc, un premier soldat s'avança. On entendit une détonation et il fut tué sur le coup. Puis un deuxième subit le même sort.

— Ils capitulent! cria le major général. Ne tirez pas!

Il venait assurément d'éviter un massacre. Dépité, c'est la mort dans l'âme que le lieutenant-colonel américain fit quelques pas timides vers Sheaffe, le drapeau de capitulation attaché à son épée sanglante.

* * *

Laura et James avaient décidé de regagner leur maison à Queenston. La piètre condition physique du blessé les avait contraints à ne pas aller chez les Springfield. Tout le long du chemin, le soldat américain ne prononça que de rares paroles pour s'assurer que Laura pouvait poursuivre et pour s'enquérir de l'état du blessé. Laura lui en voulut. Mais elle se ravisa lorsqu'il tendit sa gourde de bois à James pour que celui-ci étanche sa soif et répande un peu d'eau sur sa figure grimaçante. Laura se retint de lui demander pourquoi il combattait aux côtés des envahisseurs et pourquoi il avait voulu abattre son mari alors qu'il était capable de compassion. Elle jugea sa réflexion insignifiante, car le comportement du militaire avait été assujetti aux règles cruelles et intransigeantes de la guerre. Elle se contenta de fermer les yeux et de remercier Jonathan, de qui elle garderait dorénavant un meilleur et impérissable souvenir.

Aux abords du village, tout n'était que tristesse et consternation. Les flammes des maisons incendiées éclairaient les cadavres qui jonchaient les rues poussiéreuses maculées de sang. On avait vraisemblablement conduit les blessés britanniques dans un petit dispensaire de fortune. Des civils et des militaires s'acharnaient à éteindre les feux avec des seaux d'eau et à ramasser les morts. Les rues offraient un spectacle désolant : habitations calcinées ou encore fumantes et commerces aux façades éraillées de projectiles ou complètement détruits. Laura se tourna vers le visage honteux du soldat américain qui baissa les yeux.

— Dans quel état trouvera-t-on notre maison et notre magasin, Laura ? soupira James, se traînant sur la rue qui menait à leur domicile.

— L'important, c'est que tu sois en vie, James, répondit Laura.

Mais comme son mari, Laura appréhendait le pire. Et lorsqu'au tournant de la rue, entre le feuillage des arbres, elle réalisa que sa maison n'avait pas été la proie des flammes, elle remercia le ciel. Cependant, tous les carreaux des fenêtres avaient volé en éclats.

Le soldat bienveillant abandonna Laura et James au seuil de leur propriété. Avant de les quitter, il enleva son shako et s'inclina révérencieusement. Laura chercha le regard de l'homme, mais celui-ci plaça aussitôt devant ses yeux la main qui portait la coiffure militaire.

— Vous remercierez encore celui qui nous a sauvé la vie, exprima-t-elle avec une pointe de malice dans la voix.

— Bien, madame, je n'y manquerai pas, répondit le soldat.

Avant de pousser la porte de la maison, elle regarda s'éloigner celui qui avait obéi à un ordre de Jonathan et pour qui elle éprouvait une certaine pitié : l'ennemi parviendrait-il à regagner sa troupe ou serait-il abattu comme l'animal qui ne réussit pas à atteindre son antre ?

Dans la maison, tout ce qui n'avait pas été saccagé avait été subtilisé. Une réplique du champ de bataille, cadavres en moins. Laura réprima un afflux de larmes. James s'effondra au pied de l'escalier. Exténuée, puisant dans des réserves insoupçonnées, Laura monta à l'étage ; heureusement, les pièces y avaient été épargnées. Dans sa chambre, elle s'empara d'une couverture duveteuse. Elle ouvrit le banc de quêteux, prit la paillasse, redescendit puis l'étendit près de l'entrée. Tout recroquevillé, le visage crispé, James se traîna sur le lit de fortune. Laura lui enleva le tampon de sang coagulé. Puis elle déchira la manche de la chemise et tenta de désinfecter la plaie avec des linges humectés d'eau qu'elle fit bouillir dans le chaudron pendu à la crémaillère. Elle appliqua ensuite des compresses d'eau froide sur le genou fracturé. Puis elle couvrit son mari d'un édredon.

— Comme ça, Joshua a réussi à te prévenir. Mais qu'est-il arrivé à son père ?

— Allan est mort sur le champ de bataille, annonça Laura d'une voix douce.

James plissa douloureusement les yeux, puis il se recueillit un bref moment.

— Il faut que les enfants sachent que je suis de retour à la maison, murmura-t-il. Il faut les rassurer, Laura. Au plus tôt !

— Nous le leur dirons demain, James, promit Laura en lui lavant la figure.

James était à bout de forces. Son épaule pansée le faisait à présent moins souffrir que son genou fracturé sur lequel il avait dû s'appuyer tout le long de la route pour enfin parvenir à Queenston.

Avant de s'endormir, il se tourna vers Laura :

— La mort du général Brock est une perte dont nous ne pourrons jamais nous relever. C'était un grand homme ! balbutia-t-il. Il aurait été fier de voir ses hommes au combat.

Laura plaça une main rassurante sur la tête broussailleuse de son mari :

— Essaie de dormir, dit-elle. Le combat est fini maintenant.

5
Après la bataille

Laura avait résolu de coucher sur le sofa du salon pour être prête à intervenir aux moindres gémissements de douleur de James. Dès qu'il se lamentait, elle se levait et se rendait près de lui, la mine inquiète, le visage compatissant. La plupart du temps, ses appels plaintifs n'étaient que des manifestations d'un délire passager. Elle se penchait alors sur son mari, détaillait son corps de milicien anéanti, étirait vers lui une main qu'elle retirait aussitôt pour ne pas troubler son sommeil si fragile. Parfois, tenaillé par des images trop saisissantes de terreur ou de cruauté, la tête bourdonnante du sifflement des balles et du grondement des canons, James se réveillait. Se dressant sur son flanc, il poussait des cris d'horreur. Chaque fois, Laura se pressait contre lui, murmurant des paroles apaisantes : « C'est fini ! Je suis là, près de toi ! » lui disait-elle invariablement. Puis il se recouchait.

Au matin, un calme inhabituel enveloppait le petit village de Queenston ; la bataille était vraisemblablement terminée. Une brise lugubre emportant des odeurs de fumée s'insinuait entre les carreaux brisés des fenêtres. Après une nuit tourmentée, Laura se réveilla, habitée par un étrange sentiment de solitude. Pas un pleur d'enfant à l'étage ; aucun bruissement de pas des domestiques ou de bruits de vaisselle dans la cuisine. Ni même la voix de passants dans le voisinage. Que des jappements de petits chiens errants dans les rues dévastées à la recherche de leur maître. Son regard se posa sur l'horloge fracassée qu'on avait délogée du manteau de la cheminée d'une main rageuse ou à la pointe du mousquet. Mais l'heure n'avait plus d'importance maintenant. Le temps s'était arrêté. La veille, elle n'avait pas remarqué tous les bibelots éclatés, les toiles écorchées de

Tiffany, les meubles abîmés et renversés ni le petit bureau dans le coin où elle s'assoyait pour écrire et dont l'encre noire avait maculé le tapis.

À pas feutrés, elle s'approcha de James, qui reposait en chien de fusil sur la maigre paillasse de quêteux. Il tressautait, agité de petites secousses de douleur. Elle se rendit à la cuisine, s'inclina au-dessus du plat ébréché sur le comptoir. Dans le creux de ses mains, elle recueillit de l'eau dont elle s'humecta la figure. Elle sourit en pensant à chacun de ses enfants, songea au bonheur de les retrouver le jour même chez Maggy Springfield. Allan était mort sur le champ de bataille. James avait miraculeusement survécu, grâce à la compassion de Jonathan dont elle avait maintes fois repoussé les avances, pourtant. L'ancien palefrenier avait sauvé la vie de James, elle s'en souviendrait.

Laura pressa doucement la clenche de la porte et sortit. Ses pas la menèrent entre les ruines fuligineuses, les décombres fumants des boulets américains et certaines habitations que les tirs ennemis n'avaient pas atteintes. Le cœur battant, elle souleva ses jupons et courut vers le magasin, respirant l'air souillé qui la ralentissait. Elle s'arrêta. Des éclats d'obus n'avaient pas épargné les commerces avoisinants, mais le Secord Store semblait intact. Du moins de l'extérieur. Haletante, elle porta la main à sa poitrine comme pour ralentir les battements qui la secouaient. Elle entra. Un fouillis! La commerçante posa les mains sur ses hanches et promena un regard de stupéfaction sur la marchandise des tablettes. On avait apparemment dépouillé le magasin de tous ses objets de valeur. Elle se remémora le cambriolage des lieux à son retour de Niagara, chez les parents de James. Le pauvre en avait été ébranlé. Était-ce le fait de voleurs du village au moment où Queenston se vidait en catastrophe de ses habitants ou les gestes de soldats américains s'emparant sans vergogne de ce qu'ils croyaient leur appartenir dorénavant?

En regagnant la maison, elle bifurqua vers la chapelle réduite en braises ardentes d'où montaient de petites colonnes fumeuses comme des chandelles de suif et au-dessus de laquelle voletait un sinistre corbeau. Le presbytère du pasteur Grove avait subi le même triste sort. Laura s'en indigna. Elle se rappela son mariage et le baptême des enfants dans l'enceinte du petit lieu de culte, les fréquentations houleuses de son frère David qui avait eu de curieux accès de piété. Songeant à James qui l'appellerait peut-être à son chevet, elle obliqua vers la Taverne Ingersoll qui avait supporté assez bien les bombardements contrairement à la résidence de Brad Smith, dont les tours ne s'élèveraient plus orgueilleusement devant le regard ébaubi des habitants. Heureusement, le cabinet du médecin pourrait encore accueillir des malades. Cependant, le docteur Bailey avait-il définitivement quitté le village ou reviendrait-il bientôt ? D'ailleurs, ses services avaient sûrement été requis à l'hôpital militaire de la garnison ou à Fort George.

Laura s'apprêtait à s'engouffrer chez elle, fuyant l'air malsain souillé de débris calcinés. Elle entendit le trot d'un cheval qui s'amenait. Son frère David en descendit, tenant la bride de sa monture.

— Toi! Ici! Que fais-tu là ? demanda-t-il en toussotant. Je te croyais partie à la campagne avec les tiens.

— J'y étais, David! Mais James a été blessé et je l'ai ramené à la maison avec l'aide d'un soldat américain.

— Un soldat américain ? s'étonna-t-il, écarquillant les yeux.

— Oui, exactement! Une histoire invraisemblable.

— Pour James, ce n'est pas grave, j'espère ? s'inquiéta David, se culpabilisant d'avoir rebroussé chemin, effrayé par l'ennemi.

— Une balle à une épaule et un genou fracassé. Entre donc. C'est moins suffocant à l'intérieur même si les carreaux sont brisés !

Elle mit la main sur la poignée de la porte, hésita avant d'entrer. Elle se retourna vers David :

— Il s'en remettra, le rassura-t-elle à voix basse. Toi, tu t'en es bien tiré à ce que je vois.

— J'ai eu la trouille, Laura. Je m'en accuse amèrement, dit-il, baissant la tête.

Sans faire de bruit, Laura poussa la porte. David suivit les pas de sa sœur. James dormait. Ils passèrent à la cuisine et refermèrent la porte. Laura se dépouilla de sa mante. Elle et David s'assirent à la petite table. Elle narra le retour de Joshua chez ses parents, sa course effrénée vers le champ de bataille pour répondre à l'appel de James qui la réclamait, le soldat américain, le palefrenier Jonathan…

— Tes enfants sont encore chez Maggy Springfield?

— Oui, et j'ai hâte de les voir, exprima-t-elle avec émotion. Ils ne savent pas ce qui nous est arrivé, à James et à moi. Ils doivent se morfondre d'inquiétude… Mais toi, comment se fait-il que tu sois déjà revenu au village?

— À St. David, chez les Parker, où je me suis réfugié avec Leonard, Magdalena et Justin, des soldats ont rapporté que notre armée était victorieuse et que tout danger était maintenant écarté. Du moins, pour le moment. Nous avons fait une centaine de morts, quelques centaines de blessés, et on compte presque mille prisonniers américains. J'ai donc décidé de venir voir ce qui restait du village, de ma propriété – où l'ennemi a raflé mes meilleures bouteilles –, de la vôtre, du magasin, de la chapelle, du presbytère…

Baissant la tête, Laura poussa un profond soupir. Puis elle leva les yeux vers son frère.

— Tu sais que Brock est mort, David?

— Hélas, trois fois hélas! C'est une grande perte, se désola-t-il. C'est le jeune volontaire Benjamin Jarvis qui nous l'a appris. Il a même vu tomber Brock au combat.

Les lèvres de David tremblèrent. Il prit une longue inspiration pour contenir un afflux de larmes, avant de reprendre :

— Et MacDonnel est mort cette nuit. Il n'a malheureusement pas survécu à ses blessures après vingt heures d'atroces souffrances et de bonnes pensées pour son ami disparu.

— Ah non ! Pas John MacDonnel, l'aide de camp de Brock ? Quelle effroyable nouvelle ! réagit Laura. J'en informerai James en temps et lieu. Et notre père, David ? Tu te rends compte… À son âge, sur le champ de bataille… Que lui est-il arrivé ?

— Je n'en sais rien, Laura.

De l'air frais envahit la pièce et Laura fut secouée d'un frisson. Elle se frictionna vigoureusement les bras.

— Je vais allumer un feu, décida-t-elle, et elle s'avança vers l'âtre.

Sur les entrefaites, de sourds geignements parvinrent à la cuisine. Laura se pressa vers son mari. Elle s'agenouilla à ses côtés, appliqua la paume de sa main sur le front fiévreux de James.

— J'ai mal, Laura, se plaignit le blessé, portant la main à sa jambe.

— James, mon pauvre James ! compatit-elle, l'embrassant sur sa joue rêche. Au moins, tu ne fais presque plus de fièvre.

Elle retira l'édredon de sur sa jambe. Il grimaça de douleur. L'enflure s'était peu résorbée.

— Je vais préparer des compresses d'eau froide, dit Laura. Mais auparavant, montre-moi cette épaule amochée.

Il retint son souffle. Précautionneusement, avec sa main gauche, James découvrit sa blessure grumelée de rouge et encore sanguinolente.

— C'est déjà beaucoup mieux qu'hier ; c'est encourageant, constata Laura.

Le feu crépita dans l'âtre.

— Qu'est-ce que j'entends, Laura ? Qui est là : Archibald ou Tiffany ?

— C'est David. Il n'a pas combattu et il est revenu au village pour s'enquérir de l'état des lieux.

Laura se rendit à la cuisine, se couvrit de sa mante qu'elle resserra sur son corps.

— Comment va James ? questionna David.

— Mieux qu'hier. Son épaule va guérir assez vite, mais la convalescence sera longue pour sa jambe, à mon avis.

Laura décrocha un seau suspendu à proximité de la porte et sortit. Elle se rendit au puits. David s'approcha de son beau-frère.

— Voilà notre miraculé ! blagua David, assis à croupetons près du blessé. Laura m'a raconté…

— Et toi, où étais-tu pendant que nous tentions de repousser l'ennemi, que des soldats britanniques et nos compatriotes tombaient sous les balles ou étaient mortellement embrochés à la baïonnette ? Tu n'arrives même pas à la cheville d'un troufion ! le blâma James.

Le visage de David se couvrit de honte.

— Ta figure devient aussi écarlate que mes blessures, David, se moqua James. C'est une manière de compatir avec ton beau-frère ? Je te croyais moins trouillard. Ta sœur, elle, m'a secouru sur les hauteurs de Queenston. Même ton père a combattu…

Voulant échapper au regard moralisateur de James, David retourna à la cuisine. Peu après, Laura rentra avec sa chaudière remplie d'eau. Elle constata la mine assombrie de son frère.

— James t'a adressé des reproches ?

— À tout le moins de blessantes insinuations, mais je les mérite amplement. Et toi, ma sœur bien-aimée, tu as été beaucoup plus téméraire que moi...

— Il ne faut pas que tu tiennes rigueur à James. Il est souffrant et, comme je le connais, les remontrances vont rapidement prendre le chemin de l'oubli. Quant à moi, je ne pouvais décliner l'appel pressant de mon mari. À aucun moment je n'ai douté de ma détermination et de mon courage.

David plongea un regard tourmenté dans les yeux noisette de sa sœur.

— À présent, Laura, je reste auprès de James. En ton absence, je le soignerai, lui donnerai à boire et à manger et je veillerai sur lui.

— Mais David...

— Il n'y a pas de «Mais David» qui tienne, Laura, l'interrompit-il. Ce sera une façon bien modeste de me faire pardonner... un peu.

— David ! dit-elle en le prenant par le bras et le fixant droit dans les yeux.

— N'insiste pas, Laura ; tu dois retourner auprès des tiens. Magdalena et Leonard savent qu'il ne m'est rien arrivé alors que tes enfants ignorent que leur père a survécu... Allez, prends mon cheval et rends-toi au plus vite à la ferme des Springfield.

Elle délaissa son frère et s'approcha de la couche de James.

— Je ne t'abandonne pas, expliqua-t-elle à son mari. Les enfants doivent m'espérer. Je pars avec le cheval de David et je les ramènerai. En attendant, je te confie aux bons soins de mon frère.

Elle embrassa tendrement James :

— Reviens vite, Laura. Moi aussi, je t'espère, soupira-t-il.

* * *

Mante au vent, Laura chevaucha allègrement vers la ferme des Springfield. À un moment, elle arrêta la monture de David. Elle se retourna vers son petit village maintenant coiffé d'un chapeau de fumée qui s'évanouissait dans l'air de la péninsule. Elle se réjouit à la pensée que James survivrait à ses blessures et que leur famille serait bientôt réunie. Maggy n'avait hélas pas eu la même chance. Laura leva les yeux au ciel, interrogeant le Créateur. « Pourquoi, mon Dieu, avez-vous permis que tout cela arrive ? » Des larmes ruisselèrent sur ses joues empourprées qu'elle essuya du revers de la main. Puis elle éperonna la monture et repartit.

Une ribambelle de gamins l'assaillirent joyeusement en sortant de leur cachette lorsque Laura immobilisa le cheval. Des petits Springfield accoururent en criant avec les siens. Près de la grange-étable, le dos tourné et la figure dans les mains, Mary Lawrence arrêta net son décompte, agrippa Appolonia qui s'amusait dans le sable à ses pieds et se précipita.

— Mère ! s'exclama-t-elle, s'entourant de Charlotte, Harriet et Charles. Vous nous avez tant manqué !

— Qué ! Qué ! répéta Appolonia qui tendait ses bras maigres vers sa mère.

— Mes enfants ! s'extasia Laura, qui mit pied à terre avant de prendre dans ses bras sa petite dernière.

Les enfants de Laura l'entourèrent comme pour la garder prisonnière.

— Je suis là, mes chéris, et votre père est vivant ! Blessé, mais vivant ! se réjouit Laura qui embrassa ses enfants l'un après l'autre.

Après ces mots prononcés avec soulagement, elle regarda la porte de la masure.

— Quelque chose vous chicote, mère ? demanda Harriet.

— Je pense à Maggy, et à Allan qui ne reviendra jamais, s'attrista Laura.

— Maggy a accouché cette nuit, mère.

Les yeux de Laura s'agrandirent d'étonnement.

— Il ne manquait plus que ça ! dit-elle avant de pousser un long soupir de découragement. Je m'en doutais : le choc de la disparition d'Allan aura accéléré le travail…

Laura se mordilla les lèvres, mais se ressaisit aussitôt. Elle souleva ses jupes et courut vers la maison. Discrètement, avec retenue, elle cogna à la porte.

— Entrez, madame Secord, dit Jennifer.

Laura regarda vers la chambre du couple Springfield. La fille de Maggy esquissa un sourire mitigé puis elle avoua :

— J'ai peine à me réjouir de la naissance de mon petit frère, madame Secord. Il arrive à un bien mauvais moment.

Larmoyante, elle se jeta dans les bras de la visiteuse.

— Je suis là, Jennifer. Sèche tes larmes. Et comment se portent ta mère et l'enfant ?

— Mon petit frère est un adorable poupon tout rose, dit la jeune fille en essuyant ses yeux brouillés. Cependant, mère est d'une désolante tristesse, affirma la fille laide.

Ayant laissé la porte entrebâillée, Tiffany s'éloigna lentement de la chambre de Maggy et s'avança vers sa maîtresse. Laura embrassa sa domestique et pénétra dans la pièce où reposaient Maggy et son nouveau-né.

— Laura ! balbutia Maggy, les paupières papillotantes et la tête engoncée entre les oreillers de son lit rustique. Je suis lasse, mais si contente de te revoir, manifesta-t-elle, affichant malgré tout un sourire sur ses lèvres desséchées.

— Et moi donc !

— Joshua a entendu dire que la bataille a été remportée par les Britanniques. Est-ce le cas ?

— Oui, avec l'aide indispensable des Noirs et des Indiens, précisa Laura.

Le visage plissé de Maggy paraissait vieilli, comme celui d'une grand-mère qui viendrait de donner miraculeusement naissance à son dernier rejeton. La visiteuse se pencha vers le berceau.

— Il ressemble à… se retint Laura de justesse.

— … à Allan ! compléta Maggy. La ressemblance est étonnante.

— Je n'aurais pas dû… s'excusa Laura.

— Ne t'en fais pas, mon amie. Je continuerai de prononcer ce prénom puisque mon nouveau-né s'appellera Allan. D'ailleurs, le temps n'est pas à la désolation, mais à la vie qui renaît. Je prends exemple sur toi, tu sais. Te revoir me fait déjà beaucoup de bien.

— Ce ne sera pas suffisant, Maggy. Il y a Joshua, Jennifer et les autres, et le labeur est grand. Je vais tout faire pour que vous vous en sortiez. Dire que je m'étais réfugiée ici avec les miens et que, maintenant, c'est toi qui as besoin d'aide et de réconfort.

Maggy parut agacée par sa position inconfortable.

— Je vais replacer tes oreillers, proposa Laura.

— Merci. Tu sais que Tiffany m'a assistée lors de l'accouchement ? Ce n'était pas sa première expérience. À la plantation des parents de James, ça lui est arrivé quelquefois de seconder sa mère auprès des esclaves qui accouchaient. Je lui suis extrêmement reconnaissante. D'ailleurs, ça me fait penser, en parlant de James… Comment va-t-il ?

Laura relata le fil des événements, sa course effrénée pour retrouver son mari sur le champ de bataille et tout ce qui s'ensuivit : le village dévasté, les rares habitations et les commerces épargnés. Cependant, elle ne voulut pas tourner le fer dans la plaie encore vive et douloureuse de la disparition d'Allan.

— Revenons à toi, Maggy. Pendant que tu refais tes forces, Tiffany va demeurer ici, le temps de tes relevailles.

Laura se rendit dans l'encadrement de la porte entrouverte. Tiffany s'avança vers elle ; Laura chuchota brièvement quelques mots à la jeune femme. Elle revint ensuite vers Maggy, avec le consentement de sa domestique qui resterait à la ferme le temps nécessaire.

— C'est trop, beaucoup trop, Laura ! Après ce que tu m'as raconté, ce n'est pas raisonnable. Tu dois t'occuper de James, des enfants, et il y a tant à faire pour tout replacer chez toi et au magasin.

— Je vais retrousser mes manches, Maggy. Comme tu le disais toi-même, il n'est pas permis de s'apitoyer sur son sort. Bon ! Il est temps de repartir.

— Je te le rendrai au…

— … au centuple, coupa Laura. Je sais, Maggy, je sais. Mais sache que de te voir peu à peu renaître me comble déjà. Allez, il faut que j'aille rassembler ma marmaille. Archibald va atteler mon cheval et attacher la jument de David à la charrette.

Laura enserra le poignet exsangue de Maggy. Un sourire reconnaissant illumina le visage apaisé de celle-ci. La visiteuse rapailla les vêtements des enfants. Peu après, elle reprit la route de son village.

* * *

À Queenston, depuis deux jours, des soldats et des villageois s'affairaient à dégager les objets récupérables ensevelis sous les décombres. Le vent avait entièrement dissipé la fumée et dénudé les carcasses noircies. Quelques habitations nécessitaient des réparations mineures mais, dans bien des cas, il faudrait tout reconstruire. À proximité des charrettes chargées de bois neuf, on avait installé des tréteaux pour mesurer et scier les madriers et les planches. Le général Sheaffe avait ordonné à une poignée d'hommes de participer à la tâche fastidieuse sous la conduite d'un certain Archibald Hamilton. Ironiquement, croyant protéger son bien, au moment où les troupes britanniques transportant les corps de Brock et de MacDonnel s'étaient repliées au village, le capitaine de milice avait établi une position de tir dans la cour intérieure de sa maison. Toutefois, en raison de son emplacement stratégique, la résidence d'Archibald Hamilton avait été une des plus touchées.

Or, parmi les ouvriers se trouvait celui-là même qui avait vu tomber le général Brock au combat. En tant que volontaire, il avait décidé de prêter main-forte à l'équipe du capitaine de milice Hamilton qui semblait complètement découragé et dépassé par l'ampleur de la tâche à accomplir. Après sa journée de travail sur le vaste chantier, il se rendit chez les Secord, avant de rentrer à la garnison.

— Qui êtes-vous, jeune homme ? demanda Laura, détaillant les mains sales et la figure charbonneuse de l'inconnu ainsi que le bandeau à l'indienne qui lui enserrait la tête.

— George Stephen Benjamin Jarvis, madame, volontaire maintenant rattaché à la garnison de Queenston, mais appelez-moi simplement Benjamin, débita d'un trait l'adolescent.

— Vous désirez ?

— Je viens m'enquérir de l'état de santé de monsieur Secord.

— C'est très gentil à vous. Entrez.

Assis sur une chaise de la salle à manger, un bras en écharpe et une jambe allongée, James parcourait l'inventaire que lui avait dressé Laura relativement à la marchandise disparue ou endommagée du magasin.

— Je m'appelle Benjamin Jarvis, dit le jeune homme, donnant une cordiale poignée de main à James. J'ai passé la journée à Queenston pour aider les villageois à se relever. On m'a dit que vous aviez été blessé lors de l'engagement il y a deux jours et que votre femme vous avait secouru au péril de sa vie.

— Euh! Euh! toussota James, comme pour atténuer l'exploit de sa femme.

Le milicien se retourna vers Laura.

— Vous êtes très courageuse, madame.

— Mon mari blessé me réclamait; je me devais d'intervenir, c'est tout! répartit Laura.

— Votre humilité vous honore, madame Secord. Vous avez posé un geste remarquable.

Laura déclara sur un ton emporté:

— Dans la guerre que les hommes ont déclenchée, elles sont légion les femmes qui soutiennent leur mari sans brandir le fusil ou nourrir la bouche des canons. Elles ramassent les cadavres ou soignent les blessés, calment les enfants terrorisés et font l'impossible pour continuer de vivre malgré la mort.

Le visiteur parut stupéfait par l'envolée de l'hôtesse. Il tenta une habile diversion, en s'adressant au malade:

— Et comment vous portez-vous, monsieur Secord? s'enquit le milicien.

— Avec les bons soins de ma femme, je suis persuadé que je guérirai, répondit James, qui décocha une œillade à Laura.

Avez-vous eu connaissance de la mort du général ? enchaîna James, qui sollicitait sa part d'attention.

— Ce fut un bien triste moment, confia le volontaire. Nous avons tous été consternés par sa mort et celle de son aide de camp par la suite. Je pourrais vous raconter ce qui est arrivé exactement, exprima-t-il en bombant le torse avec fierté.

James emprunta soudainement un air taciturne.

— Jamais on ne remplacera Isaac Brock, jamais ! marmonna-t-il.

— Il va falloir que tu te fasses à l'idée, James. Brock a grandement contribué à la cause patriotique. Nous avons perdu un héros, mais nous devons poursuivre malgré tout. Tu vois, Sheaffe est brillamment intervenu après la disparition de Brock.

Laura se tourna vers le milicien.

— Assoyez-vous, Benjamin, je vous garde à souper, dit-elle sur un ton qui n'admettait aucune réplique. Vous devez avoir un appétit d'ogre après toute la besogne de la journée. D'ailleurs, ils peuvent bien se passer de vous à la garnison.

— À vos ordres, mon général ! acquiesça Jarvis, badin. Cependant, si vous n'y voyez pas d'inconvénient, je souhaiterais me débarbouiller un peu avant de m'attabler.

Benjamin disparut dans la cuisine. Mary Lawrence et Archibald dressèrent le couvert pendant que Laura, la pleurnicharde Appolonia agrippée à son cou, faisait ses recommandations aux enfants pour qu'ils démontrent de bonnes manières devant la visite.

Une odeur de pain chaud rassembla la maisonnée autour de la table. À cause de ses blessures, James s'était inconfortablement installé à un bout, assis un peu de travers. Empoignant la miche, les pouces écartant une grigne formée par la cuisson de la pâte, Benjamin se servit un quignon dont il engloutit une énorme bouchée sous le regard étonné des enfants. Archibald déposa une soupière et offrit le consistant potage aux poireaux.

— Qu'adviendra-t-il de notre pays maintenant que Brock et MacDonnel sont disparus? réfléchit James tout haut en essayant maladroitement de porter sa cuillère à sa bouche.

— Nos forces ne sont pas en déroute, monsieur Secord. Nous allons nous remettre de ces morts douloureuses, raisonna Jarvis, philosophe.

— Brock a été tué sur le coup et MacDonnel aurait souffert le martyre une vingtaine d'heures pendant lesquelles il ressassait des paroles d'affliction à l'égard du général, dit James. C'est ce que David, le frère de ma femme, m'a rapporté hier matin, précisa-t-il. Celui-là a su ma façon de penser pour avoir manqué de couilles, pesta James, renversant un peu de potage sur sa chemise.

— Je t'en prie, James, regarde ce que tu fais! réagit Laura qui se précipita vers lui avec une serviette de table. Il faut que tu réapprennes à manger, compatit-elle, regrettant déjà son léger emportement.

La serviette de table que Laura frottait sur la chemise de James rappela au visiteur de tristes anecdotes.

— J'ai entendu dire que les deux hommes avaient déjà été provoqués en duel, mentionna le milicien.

— Vous en savez des choses, Benjamin! s'exclama Mary Lawrence, ses joues se parant aussitôt du rouge de la gêne.

— Brock fut entraîné dans une querelle par un militaire de son régiment et provoqué en duel, exposa l'adolescent. Il accepta, mais à condition que la distance habituelle à laquelle devait normalement s'échanger les coups de feu soit réduite à la largeur d'un mouchoir.

— Brock a descendu son adversaire… supposa James.

— Non, ce n'est pas ce que vous croyez, rectifia Jarvis. Le duelliste refusa et, conséquemment, il dut quitter le régiment.

— Pan! Pan! cria Charles, levant son petit index en direction des carreaux brisés de la salle à manger.

— Au moins, Charles, tu ne risques pas d'aggraver les dommages, ironisa Laura.

— Ça nous coûtera moins cher de taxes! blagua James, retrouvant soudainement une humeur plus joyeuse. Pardonnez-nous, Benjamin, s'excusa-t-il. Nous sommes des esprits indisciplinés dans cette chaumière! Et MacDonnel?

— Délicieux, ce potage, complimenta le jeune milicien, qui regardait Mary Lawrence.

Il semblait apprécier la jeune fille encore plus que ce qu'il dégustait.

— Poursuivez, mon garçon… s'impatienta James.

— Ce que je viens de vous raconter remonte à plusieurs années. Mais en ce qui concerne John MacDonnel, il a été provoqué en duel il y a quelques mois par William Warren Baldwin, un Irlandais d'origine. Vous savez comme moi que les Irlandais sont réputés pour leur caractère belliqueux. Même si Baldwin prétendait le contraire, il jalousait l'ascension fulgurante du jeune avocat ambitieux et compétent. En cour, lors d'un procès où chacun représentait un client, Baldwin exigea des excuses après que MacDonnel lui eut adressé des remarques personnelles «gratuites et désobligeantes». MacDonnel refusa de se rétracter et Baldwin le provoqua en duel. Au moment où les deux hommes se rencontrèrent, MacDonnel ne leva pas son pistolet. Les deux adversaires se donnèrent la main. L'incident fut clos sur-le-champ.

— Un peu plus et je n'aurais jamais eu l'honneur de servir sous le commandement de Brock, déclara James. À présent, parlez-nous un peu de vous.

— Je suis né de parents loyalistes émigrés au Canada après la Révolution américaine. Dès le déclenchement de la guerre, j'ai interrompu mes études pour m'engager comme gentleman volontaire dans le 49ᵉ régiment. Un jour, si Dieu le veut, quand la guerre sera terminée, je poursuivrai mes études dans le but de pratiquer le droit. En attendant, je me dois de défendre la cause patriotique. J'ai participé aux principaux engagements militaires au Haut-Canada jusqu'ici, et puis me voilà en train de causer avec vous. Bon! fit-il en se levant de table. Je ne voudrais pas abuser de votre gentillesse et de votre hospitalité...

Laura repoussa sa chaise et accompagna Benjamin Jarvis à la porte. Il lui chuchota des informations sur l'heure et le lieu des funérailles.

— Madame Secord! salua-t-il en s'inclinant avant de franchir le seuil.

— À demain, Benjamin! lança-t-elle.

6

Les funérailles

Le lendemain matin, 16 octobre 1812, Laura descendit de l'étage des chambres, chaudement habillée. Elle espérait passer la porte avant le réveil de la maisonnée. Elle se couvrit de sa mante doublée accrochée à la patère et longea subrepticement la paillasse de James avant d'affronter un nordet mordant. Elle attela son cheval à la calèche et entreprit de se rendre à Niagara.

Les corps d'Isaac Brock et de John MacDonnel avaient été exposés dans la Maison du gouvernement afin de permettre à la population de rendre un ultime hommage à leurs héros. Au fond d'une grande salle aux majestueuses colonnades, où les drapeaux britanniques et de la garnison locale étaient en berne, des centaines de personnes consternées avaient défilé sur le marbre froid devant les dépouilles flanquées de soldats. Les gens attendaient à présent dans les rues avoisinantes que le cortège se mette en branle. Des militaires veillaient à ce que la foule bigarrée de colons, de citadins, de Noirs et d'Indiens dégage le plus possible le parvis. Parmi l'assistance, il y avait des gens bien vêtus de longs manteaux de drap et de redingotes à la mode, des habitants dépenaillés et des victimes de la guerre : estropiés en béquilles, veuves, orphelins de père. Tous témoignaient leur peine à l'égard de la disparition du général et de son valeureux aide de camp et se questionnaient sur la suite des événements. Comme les autres, Laura s'était recueillie un court instant devant les cercueils en songeant aux quatorze personnes tombées au combat, dont Allan Springfield. Elle avait eu une pensée pour James que le ciel lui avait laissé et qui comptait parmi les soixante-dix-sept blessés de l'affrontement.

Se rendant à la Maison de l'État, plusieurs étrangers étaient passés devant l'église St. Mark, émerveillés par la grâce de son architecture. D'aucuns considéraient cette église comme la plus belle de la colonie. La construction récente faisait l'envie des villages environnants, d'autant plus que la petite chapelle de Queenston avait été incendiée lors des bombardements trois jours plus tôt. Mais le ravissement s'était rapidement transformé en charge contre les activités séculières de son pasteur Robert Addison. En effet, le saint homme se livrait à des spéculations foncières en essayant d'acquérir des concessions du gouvernement, ce qui n'était pas sans rappeler à Laura les ambitions terriennes de son père au Massachusetts, de qui elle n'avait encore reçu aucune nouvelle après sa participation à la bataille de Queenston Heights. Sous une apparente indifférence, Laura avait écouté les récriminations, justifiées pour la plupart mais parfois de mauvais goût.

— C'est le révérend Addison qui va présider la cérémonie ce matin, annonça un maigrichon aux cheveux en broussaille.

— Après tout, c'est un aumônier militaire, argua son voisin. En tant que pasteur de Niagara, c'est à lui que l'honneur revient.

Le maigrelet reprit la parole :

— J'aurais préféré le révérend John Strachan, aumônier du Conseil législatif et de la garnison de York, qui a été nommé par Isaac Brock lui-même. C'est un homme d'une grande intégrité et qui a son franc-parler.

Laura n'osa pas participer à l'échange, mais elle connaissait les idées patriotiques de Strachan et son attachement à la Couronne britannique. Elle se souvenait, entre autres, d'un article paru dans la *Gazette* où il fustigeait les États-Unis parce qu'ils appuyaient Napoléon, le «tyran le plus cruel qui soit jamais apparu», selon lui. Et de cet autre article sur l'école qu'il avait fondée pour préparer l'élite de demain. Il enseignait aux fils des hommes les plus prestigieux de la province qui occupaient des postes au gouvernement, exerçaient des professions libérales ou évoluaient dans le milieu des affaires. Il inculquait à ses élèves l'amour du pays, l'importance de s'acquitter de ses devoirs civiques et le respect de la Constitution. Laura avait été fascinée par le personnage qui se dévouait à la cause de l'éducation et qu'elle souhaitait rencontrer un jour. Cependant, la guerre avait dramatiquement écorché le cours de l'existence des gens et elle n'espérait plus que le retour de la paix.

La respiration de chacun dessinait des volutes de buée dans l'air frais matinal d'automne. Des mains se réchauffaient en se frottant vigoureusement. Des pieds sautillaient dans des souliers percés. Laura observait autour d'elle, espérant revoir Benjamin Jarvis. Elle rapprocha les pans de sa cape. Soudain, elle regretta d'avoir quitté si discrètement son domicile comme une voleuse sans même avoir gribouillé un petit mot sur le coin de la table. Mais elle se ressaisit. James aurait tellement aimé assister aux mémorables funérailles. Elle lui expliquerait son geste. Il comprendrait.

Entre les gens massés en petits groupes informes, Laura aperçut le visage de l'adolescent qui accourait vers elle. Un militaire s'amenait derrière lui.

— Madame Secord! haleta Benjamin. Je suis heureux de vous retrouver dans la foule. Quand je suis sorti de la salle, je vous ai cherchée partout. Je commençais à désespérer.

— Comme vous voyez, je suis là. Je tenais à assister à cet événement historique.

— Je vous présente le major de brigade Thomas Evans, dit l'adolescent en désignant le militaire qui les avait rejoints.

— Enchanté, madame, dit Evans qui s'inclina légèrement. Puis-je connaître votre nom?

— Je m'appelle Laura Secord. Je suis la femme de James Secord, blessé au combat et en convalescence à la maison.

— Ce n'est pas trop grave, j'espère ?

Laura n'eut pas le temps de répondre. On entendit le hennissement de chevaux qui s'immobilisaient. Benjamin se retourna vers la rue. Il s'écria :

— C'est Sheaffe qui arrive !

Une rumeur confuse parcourut le rassemblement. Escorté par une douzaine de soldats à cheval, le général descendit de sa monture. Devant la prestance de l'homme, plusieurs badauds s'écartèrent. Sheaffe fendit la foule d'un pas décidé vers l'édifice gouvernemental. Pas de cris ni d'élévation de la voix ; seuls de sourds murmures circulèrent dans la masse maintenant béate d'étonnement. Ensuite, le haut gradé s'engouffra dans la bâtisse de l'État.

— On vous a dit que le général avait arrêté les conditions d'une trêve de trois jours immédiatement après la bataille pour permettre aux deux opposants de panser les blessés, de ramasser les morts et d'échanger les prisonniers ? s'enquit l'adolescent, s'adressant à Laura.

— Malgré la victoire des Britanniques ? s'étonna Laura. C'est comme un jeu, rien de moins, s'indigna-t-elle. C'est ridicule ! On s'entretue, on s'entend sur une période de pause pour ramasser les éclopés et faire le décompte des cadavres, puis on recommence…

— Ce qui est le plus étonnant, madame, rétorqua Evans, c'est qu'à la demande des Américains Sheaffe a accepté de prolonger la trêve pour un temps indéterminé.

— James va grogner quand il apprendra cela. Brock n'aurait jamais négocié une telle entente. Je me souviens du cessez-le-feu que Prevost avait conclu avec les Américains pendant que Brock combattait à Detroit.

— Je sais, madame Secord, j'y étais, annonça Evans. Sous le commandement de Brock, j'ai moi-même préparé l'expédition qui a obligé le général Hull à capituler, se réjouit-il en bombant orgueilleusement le torse. Et dire que c'est ce même Prevost qui blâmait le général Sheaffe de ne pas avoir profité de l'occasion pour traverser la rivière et s'emparer du fort Niagara! Mon idée, c'est qu'il a dû tirer une leçon du mois d'août dernier à Detroit...

— Et vous, qu'auriez-vous fait, major Evans? demanda candidement Laura, l'acculant au pied du mur.

— J'aurais traversé la rivière et récupéré le fort Niagara qui a déjà appartenu aux Britanniques, répondit-il.

— Grâce au major Evans, Brock a pu réagir assez rapidement et contrer l'invasion des Américains à Queenston Heights, lança le jeune Jarvis, admiratif.

— C'est exact! confirma Evans, se réjouissant des propos de son compagnon. C'est moi qui ai prévenu le général Brock d'une attaque imminente à Queenston alors qu'il s'entretenait avec Sheaffe. Brock a pris un temps pour réfléchir tandis que Sheaffe s'est contenté de me ridiculiser. Maintenant, il devrait reconnaître que j'avais raison, mais il est trop orgueilleux pour le faire, jugea-t-il. En revanche, je dois admettre que sa brillante manœuvre d'il y a trois jours nous a conduits à la victoire.

Le major se tenait lui-même en haute estime. Mais ses dernières paroles rachetèrent l'idée négative que Laura commençait à se faire de l'officier prétentieux qui se tenait devant elle.

Un carrosse s'arrêta à proximité. Le cocher s'empressa vers la porte de la voiture, de laquelle un petit homme sec descendit. Tendant la main, un boiteux s'approcha de l'inconnu, qui le repoussa négligemment du pied. Puis le malappris exigea sa canne – dont il n'avait visiblement pas besoin – en nasillant d'un ton péremptoire qui déplut à Laura.

— C'est Joseph Willcocks! En voilà un qui n'hésiterait pas à traverser la rivière… mais pour nous vendre aux Américains, railla Evans.

— Pourquoi dites-vous cela? demanda Laura, à qui la remarque apparut comme un jugement téméraire.

Evans se tut. Il attendit que l'affreux personnage s'éloigne vers l'édifice, puis il expliqua:

— Il y a quelques années, Willcocks s'est fait élire lors d'une élection partielle, mais son mépris pour l'autorité de la Chambre lui a valu l'emprisonnement. Il vient d'être réélu à l'Assemblée du Haut-Canada. Il est l'un de nos plus redoutables politiciens et jouit maintenant d'une grande influence. Autour de lui se polarise l'opposition au régime. Ce bonhomme a déjà été congédié de son poste de shérif pour mauvaise conduite. C'est un esprit retors qui s'est élevé avec sa petite clique contre le soi-disant despotisme du gouvernement colonial. Peu de temps après avoir été destitué de ses fonctions, il a fondé l'*Upper Canada Guardian*, qu'il a publié jusqu'en juin dernier, pour enrayer, semble-t-il, la progression du pouvoir abusif. Il y en a même qui prétendent qu'il recevait l'aide de rédacteurs américains et qu'il désire «révolutionner la province», débita-t-il. Et ce n'est pas tout…

Laura se souvint des paroles peu louangeuses de son beau-père à l'égard de Willcocks. Elle écoutait le major Evans tandis que Benjamin Jarvis regardait autour de lui. Visiblement, le jeune homme s'ennuyait.

Voyant l'intérêt que Laura lui manifestait, le major s'inclina vers elle et enchaîna sur un ton de confidence:

— En tant qu'administrateur de la colonie, lorsque Brock a voulu faire voter des mesures préventives à l'approche de la guerre, Willcocks a usé de son influence en Chambre pour ne pas les faire adopter. Enfin… conclut-il, se redressant.

— Il n'a pas dû combattre à Queenston, alors ? s'informa Laura.

— Étonnamment, oui, concéda Evans. Mais sa présence fut très discrète, je vous prie de me croire. Entre vous et moi, il marche avec une canne pour simuler une blessure. Cela dit sans méchanceté, bien entendu !

Joseph Willcocks sortit seul de la Maison de l'État. Il s'apprêtait à remettre son haut-de-forme, mais retint son geste lorsqu'un représentant de la Chambre lui tendit la main pour le saluer. Sur les entrefaites, un pigeon quitta la corniche de la bâtisse et largua sa fiente infecte sur le haut du crâne dégarni de Willcocks. Autour de lui, des gens s'esclaffèrent, ce qui majora d'un cran son degré d'humiliation. Insultée, la victime brandit sa canne, menaçant le pigeon qui revenait d'une courte virée sur un immeuble voisin. Voyant le pauvre homme désemparé, Laura, compatissante, délaissa Evans et Jarvis et se pressa vers le politicien.

— Cocher, cocher ! hurlait ce dernier de sa voix nasillarde. Faites quelque chose ! s'écria-t-il, cherchant désespérément son laquais.

— J'ai ce qu'il faut, assura Laura, qui farfouillait sous sa mante.

Elle tendit un mouchoir à Willcocks. L'homme le chiffonna et se tamponna ensuite le front et le toupet. Son serviteur courut à son secours. Willcocks lui remit le mouchoir souillé :

— Vous n'êtes jamais là quand une catastrophe survient, vous ! marmotta le politicien en fusillant l'homme du regard.

Willcocks jeta un regard méprisant à Laura et regagna son carrosse. Il n'avait pas adressé un seul mot de remerciement à la femme venue à sa rescousse.

Peu après, la foule s'anima. Deux voitures funéraires s'avancèrent au bord de la rue. Des rangées de soldats se formèrent, une de chaque côté de l'entrée. Les deux cercueils sortirent de la Maison du gouvernement et les porteurs les déposèrent dans les corbillards tractés par cinq chevaux. Pour donner encore plus de sens à la procession, on avait placé Alfred en tête de l'attelage. Des soldats à cheval prirent place en avant de la procession, puis vinrent des dignitaires, dont le général Sheaffe. D'autres militaires se postèrent derrière les voitures. La foule s'égrena ensuite et se plaça selon un alignement discipliné. Le convoi funèbre s'ébranla lentement vers le fort George.

Jarvis et le major Evans retrouvèrent Laura qui était demeurée sur le parvis.

— Vous venez avec nous, madame Secord? s'enquit Jarvis.

— J'avais l'intention de rentrer chez moi.

— Si vous le désirez, je peux vous faire entrer dans l'enceinte du fort George, proposa fièrement Evans.

Laura hésita un instant.

— D'accord! accepta-t-elle finalement.

Les deux militaires montèrent dans la calèche de Laura. Jarvis prit les rênes et Thomas Evans s'installa près de Laura… mais beaucoup trop près:

— Vous êtes marié, major Evans? demanda Laura, mal à l'aise.

— Je pourrais vous répondre que non et profiter de votre présence, émit faiblement Evans.

— Que faites-vous de moi, alors? Vous savez que mon époux blessé et mes enfants m'attendent à la maison. Ça ne compte pas pour vous? réagit énergiquement Laura, qui repoussa la main baladeuse du major. Et que faites-vous des convenances, major Evans? Nous nous rendons à des funérailles…

Elle eut la tentation de faire descendre son passager, mais elle se ravisa lorsqu'il reprit le cours de la conversation.

— Je me suis marié il y a un peu plus de deux ans à Montréal avec Harriet Lawrence Ogden, avoua-t-il. C'est la fille d'un juge.

— Comme c'est curieux! s'exclama Laura. Deux de mes filles portent ces prénoms: l'une s'appelle Mary Lawrence et l'autre, Harriet Hopkins. Vous vous êtes marié à Montréal, dites-vous? Votre femme parle-t-elle français?

— Non! Mais pour revenir à ce qui nous réunit aujourd'hui, saviez-vous que notre illustre Brock s'exprimait bien en français également?

— Vous me l'apprenez, major.

Un peu froissé par la rebuffade de Laura, Evans s'en était un peu distancé. Il se pencha vers le conducteur.

— Plus vite, Jarvis, si nous voulons entrer avant la cohue, commanda-t-il.

Pour éviter l'interminable cortège funèbre, la calèche emprunta une rue de travers tapissée de feuilles d'automne multicolores. Jarvis fouetta la jument qui gambada vers le lieu de rassemblement. Evans questionna peu Laura. Elle se contenta de réponses évasives sur sa vie d'épouse, de mère et de marchande. Elle préféra écouter Evans qui se plaisait à évoquer son glorieux passé militaire, sa participation comme lieutenant dans le King's Regiment, son service aux Antilles, l'arraisonnement du navire qui le ramenait en Angleterre et qui l'avait obligé, quinze ans plus tôt, à passer plusieurs mois au secret à Saintes, en France.

La calèche dut s'immobiliser loin de l'entrée de la forteresse. Des milliers d'hommes étaient disposés de part et d'autre des larges portes. Les guerriers des Premières Nations et les miliciens se tenaient face aux soldats britanniques. Derrière l'imposante garde, des gens endeuillés s'étaient déjà agglutinés à proximité de l'enceinte. Parmi eux, des miliciens éclopés, des femmes et des enfants éplorés attendaient patiemment l'arrivée du convoi. Des mendiants tendaient la main aux notables, aux politiciens bien vêtus et aux dames à capeline qui descendaient des carrosses.

Des larmes affluèrent aux yeux de Laura. Elle n'avait jamais été témoin d'un tel déploiement. La vue des indigents, des femmes attristées, des pauvres que la guerre avait cruellement engendrés la chavira. Comment aider à présent tous ces malades, ces affamés, ces sans-abri, ces malheureux ? Evans prit les devants avec Jarvis. Quand Laura s'arrêta, le milicien perçut le trouble qui l'habitait. Il voulut l'entraîner avec lui. Mais une miséreuse Noire se détacha de la foule, s'approcha de Laura et tomba à ses pieds.

— C'est bien vous, Dame Laura ? larmoya la femme en s'agrippant aux jupes de Laura. La magasinière de Queenston ? Celle qui a pris la défense de l'esclave Barack ?

— C'est bien moi ! acquiesça Laura.

— Pouvez-vous faire quelque chose pour moi et mes enfants ? Nous n'avons plus rien à manger ; tout a été détruit, se lamenta-t-elle.

— Hélas, je ne peux rien faire pour vous, ma pauvre dame ! soupira Laura.

Le major Evans se retourna, impitoyable :

— N'importunez pas madame Secord, la réprouva-t-il, jetant à la femme un regard désapprobateur.

Laura s'apitoya :

— Ne m'en veuillez pas, madame. Je vous assure que je compatis à votre souffrance.

Elle fouilla sous sa mante et offrit quelques pièces de monnaie à la nécessiteuse qui s'en empara comme d'un trésor.

— Venez, madame Secord, ce n'est pas le temps de s'attendrir auprès de tous les quémandeurs, dit Evans.

— Je viens, je viens! dit Laura qui se tourna vers le lieutenant.

Jarvis et Laura emboîtèrent le pas au major qui traversa sans ambages de l'autre côté de la palissade de pieux, sur le pont reliant deux bastions de terre et de bois rond. Ils s'avancèrent vers une scène aménagée en plein air, sorte de sanctuaire où l'on avait installé un autel pour la cérémonie, et prirent place sur des chaises réservées au gratin civil et à des officiers militaires. Laura et Jarvis venaient de s'asseoir quand Thomas Evans vit s'approcher John Beverley Robinson, qui se faufila avec le juge William Dummer Powell dans la rangée du général Sheaffe.

— Regardez celui qui s'assoit un peu en avant sur notre droite, dit Evans à l'adresse de Laura.

Elle remarqua le charmant jeune homme qui conversait avec de hauts gradés et des politiciens.

— En voilà un autre qui s'est illustré aux côtés de Brock pour repousser l'invasion du général Hull, reprit Evans. En dépit de ses vingt et un ans, Robinson s'est joint aux troupes régulières et a commandé des volontaires pour prendre possession du fort Detroit en août dernier, expliqua-t-il.

— C'est une de mes idoles! s'enthousiasma Jarvis. Je veux devenir avocat, comme lui. Il y a trois jours, on lui a confié le commandement d'une des compagnies de flancs-gardes lorsque les envahisseurs ont traversé à Queenston, ce qui n'est pas peu dire. Et lorsqu'il est retourné à York avec les prisonniers, il a appris qu'on l'avait nommé procureur général intérimaire de la province même s'il n'est pas encore membre du Barreau.

Evans sourcilla, un peu agacé par l'admiration de son camarade à l'endroit de Robinson.

— Grâce à l'influence du juge Powell, bien évidemment, s'empressa-t-il de préciser. Mais vous, Benjamin, vous avez vu mourir le général alors que Robinson est arrivé sur les lieux quelques instants après, dit Evans pour atténuer l'importance de ce dernier.

— Il faut reconnaître qu'il est un ancien et brillant élève de John Strachan, mentionna Jarvis. C'en est un autre qui a interrompu ses études en droit au cabinet de John MacDonnel, justement pour grossir les rangs d'une compagnie de flancs-gardes.

— Ne trouvez-vous pas que la guerre est un désolant gaspillage du potentiel humain ? demanda Laura pendant que tout le monde chuchotait autour d'eux.

— Avons-nous le choix, madame Secord ? réagit Evans.

— Cependant, si MacDonnel n'avait pas tenté un effort désespéré pour reprendre le terrain perdu après la mort de Brock, il n'y aurait peut-être eu qu'une grande perte au lieu de deux, avança Jarvis.

Devant l'estrade, dans la première rangée de chaises, on amena une femme voilée, titubante de chagrin. Elle semblait inconsolable.

— Qui est cette femme qu'on supporte comme si elle allait s'effondrer ? s'enquit Laura.

— C'est Mary Boyles Powell, répondit Evans. On prétend qu'elle était la fiancée de MacDonnel, mais je sais que cela est faux. Toutes les femmes se pâmaient pour John, un homme bon, intègre, bourré de talents et au sommet de sa carrière à vingt-cinq ans. On dit que mademoiselle Powell était la seule à repousser un si bon parti, qu'elle se cachait même en dehors de la capitale pour éviter MacDonnel. À sa gauche, celle qui lui tapote la main, c'est Anne Powell, la sœur de Mary Boyles, et à droite, c'est Donald, un frère de John MacDonnel.

— Elle doit regretter son comportement à présent, exprima Jarvis.

Laura servit une mise en garde au jeune homme :

— Il ne faut pas juger trop hâtivement, Benjamin.

— Tu ne connais rien à l'amour, Jarvis ! Tu n'as pas encore le nombril sec ! riposta platement Evans, s'assoyant sur le bout de sa chaise pour parler à son camarade.

— Vous n'allez pas vous battre, messieurs ! Tout de même, tempéra Laura, c'est inconvenant !

Les yeux de Laura se portèrent sur Anne Powell qui, tout en essayant de consoler sa sœur éplorée, semblait se retourner constamment vers John Beverley Robinson qui lui adressait des sourires.

Un petit homme appuyé sur le pommeau de sa canne s'avança près de l'estrade d'honneur, nasillant des imprécations contre ceux qui lui bloquaient le passage. Laura reconnut l'énigmatique personnage qu'elle avait rencontré devant la Maison de l'État. En tant que membre de l'Assemblée du Haut-Canada, il cherchait une place parmi les dignitaires, non loin du général Sheaffe et de John Brant, représentant des Premières Nations. À l'entendre morigéner, il estimait avoir le droit d'être aux premières loges pour assister à l'événement. Le major Evans, qui ne semblait guère apprécier Willcocks, ne put réprimer un autre de ses commentaires désobligeants :

— Parbleu ! Le pauvre imbécile se prend pour un autre. Si ce n'était que de moi, il serait invité à s'asseoir par terre, ricana Evans.

Laura lui jeta un regard démonté. Afin de régler la question et de permettre à la cérémonie de débuter, un soldat avenant ajouta une chaise pour le politicien… qui se fit avare de remerciements.

Les corbillards s'immobilisèrent au bout de l'allée centrale, entre deux rangées de soldats au garde-à-vous. Solennellement, au son des tambours et du fifre, les cercueils furent acheminés sur l'estrade. John Norton – qui avait joué un rôle de premier plan dans la victoire à Queenston – rejoignit le pasteur sur la scène. L'Indien avait revêtu des vêtements de peau et sa tête était couronnée d'un panache de plumes d'aigle. Laura se remémora alors sa rencontre avec le chef chez son père avec sa famille et le repas mohawk – préparé par Katarina – que les enfants avaient boudé. Elle fut soudainement affligée de remords en pensant à James qui aurait aimé l'accompagner aux funérailles et qu'elle n'avait même pas averti avant de quitter la maison. «Je ne suis quand même pas une mauvaise épouse et une mère dénaturée, se dit-elle. Peut-être aurais-je mieux fait de demeurer quand même auprès de James et des enfants?» se demanda-t-elle.

Un silence respectueux envahit la forteresse. Le révérend Addison promena ostensiblement son regard sur l'assistance, ce qui le porta au comble du bonheur. Jamais il ne pourrait rassembler autant de fidèles dans l'église St. Mark. Il ferma ses yeux pour remercier le ciel d'avoir permis un tel rassemblement d'individus se réclamant de différentes confessions. Confiant, il s'appuyait sur sa réputation de bon prédicateur qui réussissait à attirer habituellement beaucoup de fidèles aux offices pour prétendre à la réussite des funérailles. Même revêtu de ses plus beaux vêtements sacerdotaux, il s'imagina coiffé d'une mitre, la main solidement agrippée à une crosse dorée, pasteur déambulant au milieu d'une foule recueillie. En tant que ministre de l'Église d'Angleterre, il officiait une cérémonie que monseigneur Mountain lui-même, avec sa prestance et sa préciosité, aurait sans doute aimé présider. Il rouvrit les yeux, se racla la gorge et commença la célébration.

À l'homélie, Addison glissa cérémonieusement vers l'ambon où se tenait John Norton qui lui avait souvent servi d'interprète lors de son ministère auprès des Six Nations. Addison brossa une biographie de chacun des illustres disparus, relatant leur carrière militaire et leur mort héroïque pour la patrie. Il mentionna, en particulier, la nomination de Brock – quatre jours avant sa mort – par le prince Edward Auguste comme chevalier extraordinaire de l'ordre du Bain en reconnaissance de sa victoire à Detroit. Après quelques phrases méthodiquement prononcées sur un ton emphatique, il s'arrêtait, se tournait vers le Métis pour lui permettre de traduire. Il reprenait ensuite ses pompeuses déclamations. Puis, rappelant les exploits du major général Roger Sheaffe qui avait conduit ses hommes à la victoire, il cita ses paroles : « Ce brillant succès, cependant, est assombri à tout jamais par la mort tant regrettée du général de division Brock… » En terminant, comme Addison allait regagner l'autel, Norton profita de la tribune pour renchérir sur les propos du prêtre en ajoutant en langue indienne :

— Non seulement notre peuple est endeuillé par la perte d'un chef britannique qui avait su gagner notre admiration et notre confiance, mais nous avons aussi perdu celui qui nous avait promis un pays autochtone.

Addison jeta un œil interrogateur à son interprète et regagna l'autel.

À la fin de la cérémonie, le célébrant murmura de longues prières au-dessus des dépouilles dans un chuintement de pleurs et de reniflements. Des soldats s'emparèrent des cercueils et marchèrent à pas mesurés vers le bastion nord-ouest de la forteresse où l'on avait creusé une fosse commune. Laura crut que le moment était propice pour quitter le fort George. Toutefois, Evans étira le bras pour la retenir.

— Suivez-moi, dit-il, si vous désirez assister à la dernière partie de la cérémonie.

Se rebiffant, Laura retira son bras de l'étreinte du major, mais consentit à le suivre avec Benjamin Jarvis.

Le major se fraya un chemin vers le lieu d'ensevelissement et réussit à s'en approcher. Après un défilé solennel, le célébrant se recueillit brièvement, fit le signe de la croix. Près de la tombe, Laura se découvrit la tête et joignit ses mains. Elle pensa à son mari et à tous les soldats morts ou blessés sur le champ de bataille.

Au son pathétique du clairon, on amorça la descente des bières. Deux pelletées de terre furent jetées, une sur chaque cercueil. Puis on procéda au tir d'une salve d'honneur à laquelle firent écho les canons américains.

— On aurait bien pu se passer de ces terribles grondements de tonnerre, émit Laura. Tout le monde les a déjà assez entendus, se révolta-t-elle.

— Comme c'est curieux! commenta alors Benjamin Jarvis. Les Américains répliquent...

— Ils nous ont demandé la permission de rendre un dernier hommage à leur façon, expliqua Evans.

— Au moins, les Américains reconnaissent dans le camp adverse la tristesse et la douleur de la disparition de Brock et de MacDonnel, fit remarquer Laura. C'est dire à quel point la souffrance peut rapprocher les ennemis. Si on mettait autant de cœur et de bonne volonté à entretenir la paix, la guerre n'existerait pas, s'entendit-elle exprimer à voix haute.

— Oui, madame Secord, reconnut Evans. Cependant, le fait est que nous devons nous défendre quand l'ennemi nous envahit.

— Ça, je vous le concède, major Evans. Hélas! L'homme est trop ambitieux. Tant que la souffrance n'aura pas fait couler assez de larmes dans les yeux des rois et des présidents, la guerre continuera. Maintenant, excusez-moi, mais je dois rentrer.

— Alors je vous raccompagne, madame, proposa Evans.

— Je crois qu'il serait préférable de ne plus jamais nous revoir, major Evans. Je vous remercie de m'avoir servi de guide. Cependant, en ce qui me concerne, notre relation doit se borner à cette seule rencontre.

— Vous m'en voyez désolé, souffla Evans. Nous aurions pu…

— N'insistez pas! coupa Laura.

Puis, se tournant vers le jeune milicien, elle ajouta :

— Venez, Benjamin !

Laura se couvrit de son chaperon, puis elle s'approcha des sœurs Powell que leur père et Robinson avaient rejointes.

— Mes condoléances, mademoiselle Powell, dit Laura.

Mary Boyles Powell ne redressa pas la tête, ignorant la personne qui venait de lui offrir ses condoléances.

— Ma sœur est trop affligée, madame. Qui êtes-vous, je vous prie ? demanda Anne Powell.

— Laura Secord, une simple marchande de Queenston.

— Ne vous sous-estimez pas, madame Secord. Enchantée de vous connaître, dit la jeune femme en tendant sa main gantée. Je vous présente mon père et John Robinson.

Laura tendit la main à monsieur Powell qui la salua avec grande civilité. Elle se tourna ensuite vers le prétendant d'Anne :

— Je suis heureuse de faire votre connaissance, monsieur Robinson. J'ai entendu beaucoup de bien à votre sujet, complimenta Laura.

— Vraiment ? Enchanté, dit Robinson en s'inclinant.

La fille de l'éminent juriste apparut à Laura d'un commerce assez agréable, mais d'une nervosité un peu troublante. Ses yeux remuaient sans cesse et elle jetait continuellement des regards obliques vers Robinson comme si elle craignait qu'une quelconque rivale s'empare de lui.

Jarvis engagea la conversation avec Robinson. Anne Powell ne détachait pas ses yeux de celui que son père, le juge William Dummer Powell, considérait comme un jeune homme prometteur et un excellent parti pour sa fille. Autant Powell s'était-il désolé des amours déchues de Mary Boyles avec John MacDonnel, autant il se réjouissait des perspectives d'avenir de sa fille Anne avec Robinson.

— Mon Dieu! s'exclama Anne Powell. Tu es toute pâle, ma sœur.

Péniblement, Mary Boyles s'approcha encore plus près de la fosse:

— Je ne mérite pas de vivre, murmura-t-elle, se sentant défaillir.

Elle s'effondra. Aussitôt, Jarvis et Robinson se précipitèrent vers la pauvre jeune femme.

— Les sels! Vite, il faut lui faire inhaler des sels! s'écria Laura. Écartez-vous tous, s'il vous plaît.

— Je vous accompagne, émit Robinson, délaissant Mary Boyles.

Elle accourut vers le mess des officiers et revint avec des sels et une gourde remplie d'eau. Plusieurs curieux s'étaient agglutinés près du corps inanimé.

— Reviens à toi, Mary! Reviens à toi! ne cessait de répéter Anne tout en agitant nerveusement un mélange alcalin sous le nez de sa sœur défaillante.

Lentement, Mary Boyles revint à elle.

— Où… suis-je ? Que… m'est-il… arrivé ? balbutia-t-elle, hébétée.

Laura se pencha vers elle.

— Vous avez eu une faiblesse, Mary. Prenez un peu d'eau, cela vous fera du bien.

Avec l'aide de sa sœur et de Laura, Mary Boyles se redressa et avala quelques gorgées d'eau qui semblèrent la ranimer un peu.

— Nous allons vous conduire à l'infirmerie, décida Laura.

— Robinson, emmenez-la avec votre jeune camarade ! ordonna Powell. La pauvre enfant est complètement chavirée.

Soutenue par Jarvis et Robinson, Mary Boyles progressa vers l'infirmerie. On l'allongea sur une paillasse, la tête posée sur un oreiller. Laura s'avança vers elle, lui présenta à nouveau la gourde.

— Je ne suis pas malade, fichez-moi la paix ! protesta la fille de Powell.

— Les funérailles de John te bouleversent, dit Anne. Tu as besoin de repos, Mary. Tout cet énervement qu'on te fait subir !

— Calmez-vous, Mary, dit posément Robinson, sinon vous allez nuire à votre santé.

— John a raison, approuva Powell.

— Je désire rentrer à la maison, père, exigea Mary Boyles d'une voix dolente.

— Vous êtes une femme admirable, madame Secord, déclara Powell.

— Ce que j'ai fait est bien peu, monsieur Powell, pour soulager toute la souffrance de la guerre, répondit Laura.

— Je vous raccompagne, madame Secord, déclara Jarvis. Je dois retourner à la garnison de Queenston.

Laura et Benjamin Jarvis saluèrent John Robinson et les trois membres de la famille Powell, puis ils rentrèrent à Queenston.

7
Un peu d'espoir

Les forces britanniques avaient expulsé l'envahisseur américain de Queenston. Roger Hale Sheaffe avait succédé à Isaac Brock au poste de commandant militaire du Haut-Canada et comme président et administrateur civil du gouvernement provincial. À Niagara, York et Kingston, il forma des commissions pour étudier le cas de ceux qui prétendaient à la citoyenneté américaine afin de s'exempter du service militaire. Sheaffe proclama que quiconque omettrait de se présenter avant le 1er janvier 1813 « serait considéré comme étranger ennemi [...] et passible d'être traité comme prisonnier de guerre ou comme espion, selon le cas ». Également, il s'employa à la réorganisation de l'armée et à l'approvisionnement des fournitures militaires qui commençaient à faire cruellement défaut. Une trêve avait été signée. Mais les Américains pouvaient renaître de leurs cendres ; n'importe où et à peu près n'importe quand, le jour comme la nuit. Dans ses quartiers généraux, Sheaffe décrochait, l'âme remplie d'amertume, le portrait d'Isaac Brock lorsque le major Thomas Evans entra.

— Laissez-nous le temps de faire notre deuil, mon général !

— Brock a eu droit à tous les honneurs, rétorqua le commandant sur un ton qui dénotait une évidente jalousie. J'attends d'une minute à l'autre l'arrivée du capitaine Dennis pour peindre mon portrait qui remplacera celui de l'illustre disparu. Le capitaine Dennis a été légèrement blessé au combat, mais l'artiste est apte à troquer le fusil pour le pinceau.

— Notre armée va manquer de vivres au cours de l'hiver, mon général, déclara Thomas Evans, qui venait de réaliser que son supérieur était préoccupé par son image personnelle.

— Ne seriez-vous pas un tantinet alarmiste, Evans? Je n'y suis pour rien. Je vous ferai remarquer que c'est Brock qui était là avant moi. Il était davantage un homme d'action qu'un homme de gestion, ce cher Isaac! À n'en pas douter, j'ai un esprit plus pragmatique. Mais chaque chose en son temps…

— Vous êtes froissé qu'on ne se soit pas répandu en éloges sur vous, osa Evans. C'est pour cela que vous mettez la responsabilité de l'impréparation sur le dos de Brock.

Sheaffe se déporta derrière son bureau, glissa nonchalamment sa main sur le lustre du meuble.

— Si je n'avais pas eu le flair d'intervenir à temps sur les hauteurs de Queenston, ce n'est pas seulement Brock qui serait disparu, mais le Haut-Canada tout entier, argua fièrement le commandant en chef. Il faut savoir agir efficacement, Evans.

— En parlant d'efficacité… Sauf votre respect, mon général, la veille de la bataille, vous n'étiez pas tellement prompt à intervenir lorsque je vous ai rapporté que les Américains allaient nous attaquer. Brock, lui, m'a fait confiance et a cru en ma parole. Il vous a ouvert la voie, admettez-le.

— Êtes-vous en train de vous prendre pour le sauveur du Canada, major Evans?

Le subalterne inspira fortement pour réprimer l'insulte qu'il aurait aimé lancer au visage de son supérieur. Puis il répondit:

— Écoutez bien ce que je vous dis, général Sheaffe: je ne vous donne pas trois mois avant d'être contraint d'imposer la loi martiale pour obliger les fermiers à vendre des produits à l'armée.

Il salua son chef, claqua les talons et sortit.

* * *

Quelques jours après le mémorable enterrement de Brock et de MacDonnel, Laura alla mettre de l'ordre au magasin. Même si la valeur des pertes matérielles était assez considérable, elle se sentait privilégiée de ne pas avoir écopé davantage des séquelles de la bataille. Le commerce était sauf, mais était-il voué à disparaître ? La reprise des affaires tarderait à venir, car Queenston s'était pratiquement vidé de ses habitants. Avec une mélancolie qu'elle combattait, la magasinière s'absorba dans sa paperasse, évaluant les comptes à payer aux fournisseurs et les piles de factures impayées de la clientèle. Elle ne pouvait décemment rien réclamer à ceux qui avaient tout perdu. Il y avait de quoi s'arracher les cheveux. Elle décida de rentrer à la maison.

Au cours de la journée, Archibald avait bricolé une paire de béquilles pour le maître de la maison. Il avait aussi bloqué de quelques planches les carreaux de fenêtres brisés qui rendaient le chauffage plus difficile en cette période automnale. Du côté nord, le vent s'engouffrerait moins et la clarté réduite serait compensée par le feu de l'âtre. James avait déblatéré une partie de la journée contre la maudite guerre qui l'avait cloué sur sa paillasse ou dans la chaise berçante de la cuisine, près de la cheminée. Mary Lawrence avait supporté les bougonnements de son père qui s'exaspérait facilement des circonvolutions des plus jeunes autour de lui. Elle avait fini par confier à sa sœur Harriet la surveillance de Charlotte et de Charles qui s'amuseraient dehors avec l'interdiction de s'approcher des ruines du voisinage.

Mary Lawrence n'avait cessé de penser à Benjamin Jarvis en espérant qu'il rendrait visite au blessé. L'heure du souper approchait. Avec fébrilité, elle avait mis un couvert de plus pour le jeune milicien, mais s'était ravisée sous le regard désapprobateur d'Archibald.

Jarvis se présenta au moment même où les Secord s'attablaient pour le souper. Laura l'invita poliment à casser la croûte. Avec ravissement, Mary Lawrence sortit un couvert de plus.

— Nous sommes à reconstruire, dit Jarvis. Il faut faire vite avant les fortes gelées qui engourdissent les doigts.

— J'ai entendu cogner toute la journée, rapporta James. C'est la preuve que les travaux progressent.

— Vous allez bien aujourd'hui, monsieur Secord ? s'informa Jarvis.

— Ma jambe m'élance comme si on donnait des coups de marteau dessus, Benjamin.

— D'une certaine manière, vous contribuez à la reconstruction du village, alors, railla le jeune milicien.

— Si on peut dire, rétorqua James.

— Tu dois reconnaître que, grâce à Archibald, tes béquilles vont faciliter de beaucoup tes déplacements, James, dit Laura en jetant un coup d'œil au domestique.

— Merci, Dame Laura, apprécia Archibald.

Mary Lawrence avait détourné le regard vers le visiteur.

— Vous en avez pour des mois à rebâtir, Benjamin ? questionna-t-elle.

— Ça dépend des soldats disponibles ; plusieurs ont voulu regagner leur maison en dehors du village après la bataille, expliqua le jeune homme. Aussi, au rythme où vont les choses, le moulin à scie de monsieur David Secord ne pourra peut-être pas fournir les matériaux nécessaires à temps avant la saison froide.

— En tant que politicien et militaire, mon frère David ne doit pas savoir où donner de la tête actuellement, estima James.

Après un réconfortant potage aux carottes, Laura venait d'attaquer le plat de résistance lorsqu'on frappa à la porte.

— On vous demande, Dame Laura, annonça placidement Archibald.

Laura repoussa son assiette et se rendit prestement à la porte. Elle s'exclama :

— Entre, Paul, entre, on ne chauffe pas le dehors !

Le visage soucieux, Paul déclara :

— Notre père est au plus mal, Laura. Si tu veux le voir avant qu'il soit trop tard, tu ne dois pas tarder.

— J'étais persuadée qu'il s'était sorti indemne de la bataille puisque je n'avais eu aucune nouvelle de lui, murmura-t-elle en portant les mains à son visage.

— On te savait fort occupée. Notre frère David nous avait informés de tout ce qui vous est arrivé, à James et à toi, et nous n'avons pas voulu te causer de tracas supplémentaires. Toute la famille se trouve auprès de père ; il ne manque que toi.

* * *

Peu après, Paul et Laura chevauchaient à vive allure dans la campagne vers la ferme paternelle. Laura tenait de son père sa grande détermination et son regard obstiné. Avec un peu de chance, elle parviendrait à partager les derniers instants de vie du mourant. Elle avait regroupé les pans de sa cape sur le pommeau de la selle pour éviter que le froid du soir ne s'engouffre sous ses vêtements. Elle suivait Paul qui, lui, avait hérité de la sensibilité d'Elizabeth, leur mère ; malgré tout, il ne lui avait pas semblé secoué autant qu'elle par l'agonie de leur père. Dans la vie de Paul, personne n'avait pu remplacer Elizabeth. Il l'adorait en secret et s'en était toujours tenu éloigné pour ne pas s'attirer les commentaires désobligeants de ses frères moqueurs qui avaient jeté leur dévolu sur Charles, le vulnérable rouquin. Depuis la disparition d'Elizabeth, Paul s'était refermé dans sa coquille, que même la tendresse de Laura n'était pas parvenue à ouvrir. Les pensées de Laura la ramenèrent sur le champ de bataille. Elle revoyait le visage atroce de la souffrance, celui de James, se rappelait l'odeur âcre du sang, entendait le cri du désespoir. Elle releva la tête vers la fumée qui se tortillait en montant au-dessus de la maison de son père.

Katarina sanglotait à genoux au chevet d'Ingersoll. Mike et Jeffrey tentaient de distraire les marmots qui réclamaient leur mère. David, Charles et Elizabeth embrassèrent Laura qui se dévêtit de sa cape et se précipita vers le lit.

— J'espérais que tu viennes, Laura, murmura l'agonisant.

— Je suis là, père, votre grande fille est là, susurra Laura, qui prit la main alanguie du mourant entre les siennes.

— Il ne manquait plus que toi, Laura, soupira Thomas Ingersoll.

Le visage grave, Laura se retourna vers sa sœur et ses frères qui s'approchèrent du mourant.

— Nous sommes réunis une dernière fois. Je me sens mourir…

Laura s'exprima comme si elle parlait au nom des autres qui se tenaient debout près du lit :

— Vous nous avez emmenés dans ce pays où vous souhaitiez le meilleur pour chacun de nous. Pendant des années, vous avez besogné très fort pour nous faire vivre. Vous étiez attaché à votre nouvelle patrie et vous avez délibérément choisi de défendre votre terre d'adoption en vous aventurant sur le champ de bataille. Vous n'avez rien à vous reprocher, père.

— Mes enfants, je crois que le temps est venu de retrouver votre mère, murmura Ingersoll.

Le moribond roula ses yeux vitreux vers les six enfants qu'il avait eus avec sa première femme. Son regard se posa un long moment sur Charles, le rouquin, le fils d'Eleonore, la servante, avant que ses paupières ne se referment sur Katarina qui étouffait des sanglots, la tête dans les mains.

* * *

Novembre 1812. Queenston cicatrisait lentement de ses graves blessures. Le petit village presque fantôme renaissait de ses cendres grâce au courage de ses habitants et à l'indispensable collaboration de l'armée. La magasinière n'ouvrait qu'en matinée pour accommoder ceux qui voulaient se procurer les articles ménagers disparus dans les décombres. Au moins une fois par semaine, elle se rendait chez Maggy. Tiffany se trouvait toujours à la ferme où elle prenait soin de la marmaille de madame Springfield. Celle-ci avait recouvré presque toutes ses forces, mais Laura tenait à ce que sa domestique l'assiste encore, le temps que le petit Allan fasse ses nuits.

À la maison, Laura se consacrait au bonheur de ses enfants et au rétablissement de son mari. James était heureux parmi les siens, entouré de sa femme et de ses enfants, mais il se sentait parfois inutile. « Prends le temps de récupérer ; tu peux t'amuser avec les enfants et je m'occupe du reste », lui disait souvent Laura. Il aurait bien voulu s'accommoder des paroles apaisantes de sa femme qui avaient mis pendant un temps un baume sur ses blessures, mais Benjamin Jarvis s'était montré de plus en plus nerveux lors de ses derniers repas chez les Secord. Cela laissait présager une recrudescence des hostilités. Pourtant, rien n'avait changé au hameau.

Benjamin Jarvis était devenu un visiteur assidu chez les Secord. Il avait offert de fendre du bois et de le corder près de la porte pour l'hiver, mais Archibald avait protesté en prétextant que la corvée lui incombait. Mary Lawrence était toujours en pâmoison devant le milicien. D'une journée à l'autre, elle entretenait le désir intense de le revoir. Mais sa hâte finirait par souffrir d'une attente angoissante puisqu'on s'agitait de l'autre côté de la frontière.

Un soir, à la fin d'un repas où Mary Lawrence n'avait pas lâché des yeux Benjamin, l'adolescent déposa sa fourchette à dessert et amena finement le sujet avant de déballer ce qui le tourmentait :

— Je ne sais pas si vous avez entendu dire que des colons américains récemment émigrés au Canada songeaient à retourner aux États-Unis ? demanda-t-il.

— Ceux-là ne devaient pas s'attendre à la guerre, supposa James. Je leur souhaite la meilleure des chances.

— Je vous dis ça parce que notre procureur général Robinson est fortement préoccupé par ces questions de loyauté envers le Canada, dit le milicien.

— À mon humble avis, quand il s'agit de colons inoffensifs, c'est une chose, avança Laura. Mais des politiciens comme Joseph Willcocks, qui ont déblatéré ouvertement dans un journal ou en Chambre contre le gouvernement tout en représentant le peuple, sont davantage à craindre.

— Bien sûr ! approuva Benjamin.

Il regarda du côté de Mary Lawrence, appuya ses coudes sur la table, ajusta son bandeau et enchaîna :

— Loin de moi l'idée de vous effrayer, commença-t-il, mais une importante rumeur s'amplifie.

— On ne vous reverra plus, Benjamin, réagit Mary Lawrence dont le visage rosissant trahit à ce moment un attachement certain.

— Après la bataille de Queenston Heights, expliqua le milicien, Stephen Van Rensselaer est tombé en disgrâce, et c'est le général américain Smyth qui a pris le commandement de l'Armée du Centre. On prétend que Smyth est un vantard qui veut redorer le blason de l'armée américaine ternie par la débâcle de Queenston Heights.

— Jusque-là, rien d'inquiétant, dit James. Les prétentieux finissent toujours par mordre la poussière.

— Le plus grave, c'est que Smyth déclare à qui veut l'entendre qu'il envahira le Canada en prenant le fort Érié, précisa Jarvis.

— Je m'en doutais, exprima Laura. Ah, ces hypocrites! dit-elle, enragée. Mais nous nous défendrons jusqu'au bout.

— Ils ne vont quand même pas rappliquer à Queenston: ils ont tout détruit! ragea James.

Mary Lawrence se leva prestement et se retira à l'étage. Archibald ferma les yeux, agacé par l'attachement de la jeune fille pour le milicien. Il repoussa sa chaise et commença à desservir.

* * *

Benjamin Jarvis avait dit vrai. Le lendemain et les jours suivants, il n'était pas revenu. Tous les militaires disponibles étaient en poste à Fort George, à Fort Érié et dans les différentes garnisons de la péninsule. Le 28 novembre, deux détachements quittaient Black Rock sous les ordres des colonels William Winder et Charles Boerstler. Le premier devait détruire la batterie ennemie de l'autre côté de la Niagara et le second, le pont de Frenchman's Creek pour couper les éventuels renforts de Fort George et de Chippawa. Sans connaître exactement ce qui se tramait, James ne tenait plus en place. Le soir avant l'attaque, appuyé sur ses béquilles, il marchait de long en large dans la cuisine, pestant contre son incapacité à participer aux engagements. Dans sa chambre, Mary Lawrence tentait de se concentrer sur un livre qui n'arrivait pas à détourner ses songeries de Benjamin. Pour sa part, Archibald rentrait quelques bûches pour la nuit.

— Je serais capable de tenir un fusil, Laura, énonça James.

— Mais je ne te vois pas courir après l'ennemi avec tes deux bâtons, un mousquet à la main, badina-t-elle.

James s'assit pesamment dans la chaise berçante et laissa tomber avec fracas ses béquilles dans le coin de la pièce.

— Tu agis comme un enfant, James, sois raisonnable, le blâma Laura. Tu n'es pas en état de te faire tuer, ajouta-t-elle, sarcastique. D'habitude, on envoie des bien-portants à la guerre, pas des blessés comme toi…

Coquine, elle s'approcha de la chaise de son mari et lui murmura langoureusement à l'oreille :

— On pourrait regagner notre chambre, James, pour vérifier ton état de santé. Après un bref examen, je pourrai te dire si tu es apte au combat.

Puis, s'adressant à son domestique, elle lança :

— Ce sera tout pour aujourd'hui, Archibald. Tu peux rentrer chez ta logeuse.

Devant l'âtre, le domestique empoigna le tisonnier et replaça une bûche qui avait roulé de côté.

— Cette fois, c'est décidé ! dit-il, voyant que le couple s'apprêtait à quitter la cuisine. Je m'engage dans le corps des Noirs volontaires.

— On a déjà discuté de cette question, Archibald, et je n'ai pas l'intention de revenir sur le sujet, le réprima aussitôt Laura.

Elle s'avança vers le jeune homme, passa les doigts dans sa toison crêpelée. Archibald baissa la tête, mais Laura la releva de sa main douce. Elle plongea son regard de mère dans les yeux tourmentés du domestique :

— J'aurais trop de peine à te voir partir, Archibald. Le danger est grand…

— Tu es comme l'aîné de la famille ; je tiens à toi, dit James. Je t'ai donné le mauvais exemple tantôt en disant que je désirais combattre. J'ai parfois un comportement à l'emporte-pièce, tu le sais.

— C'est l'amour qui te rend malheureux, Archibald ? demanda Laura.

— Comment pouvez-vous insinuer pareille chose, Dame Laura ?

— Cela crève les yeux, Archibald : tu éprouves de forts sentiments pour ma Mary Lawrence.

— J'aime votre fille, Dame Laura, et je veux lui prouver que je suis un valeureux combattant qui mérite son cœur…

— … comme l'étranger qui venait souper dans cette maison, compléta Laura. Mais tu n'as pas à risquer ta vie pour celle que tu aimes, Archibald. N'as-tu pas déjà assez souffert à cause de ce Pennington, ce minable personnage qui a abusé de toi et t'a fait subir de mauvais traitements ?

— Monsieur Secord vous aime et, pourtant, il a combattu pour nous défendre. Et vous, Dame Laura, vous n'avez pas hésité à le secourir sur le champ de bataille en sachant que vos enfants vous espéraient. Imaginez un instant si on vous avait tué tous les deux !

Laura baissa le regard, comme si elle essuyait une remontrance.

— Et si tu ne revenais pas, Archibald ? interrogea James.

— Je reviendrai ! promit-il.

Archibald se dirigea vers l'entrée, prit son manteau accroché à la patère. Il leva ses grands yeux tristes vers le haut de l'escalier et partit.

* * *

Une dizaine de jours plus tôt, six mille combattants s'étaient approchés de la frontière du Bas-Canada, au sud de Montréal, sous le commandement de Henry Dearborn. Les Américains s'étaient emparés du moulin de Lacolle où avaient résisté tant bien que mal trois cents voltigeurs canadiens et deux cent trente Mohawks avant de se retrancher. Or, durant la nuit, l'avant-poste fut attaqué par une unité amie qui avait décidé de franchir la rivière plus tardivement. Les deux troupes s'entre-tuèrent. Avec ses hommes, Charles de Salaberry profita alors de cette terrible méprise pour lancer sa contre-attaque. Effondrés, les Américains se replièrent. Peu après, Dearborn demanda encore une fois de « se retirer dans l'ombre de la vie privée d'où il pourrait demeurer un simple spectateur intéressé ». Le président James Madison accepta finalement sa démission.

Dans ses quartiers de Fort George, au Haut-Canada, le général Sheaffe ne s'inquiétait pas. Il savait que son attitude défensive épousait celle du gouverneur général Prevost ; elle consistait essentiellement à défendre Québec et Montréal au Bas-Canada. Et rien ne laissait entrevoir de nouvelles attaques dans l'immédiat. Il se tenait devant la toile qui le représentait debout dans ses habits militaires d'apparat, la main droite appuyée sur son épée, la main gauche à plat sur un coussin de velours posé sur un guéridon. Le matin même, on avait suspendu son portrait admirablement exécuté par le capitaine Dennis durant sa convalescence. Il aimait cet air glorieux qui traduisait sa force de caractère et que l'artiste avait su faire ressortir si habilement. Le rouge de ses habits paraissait un peu trop flamboyant mais, dans l'ensemble, les couleurs semblaient très réelles. Désormais, il occuperait officiellement le bureau de Brock. Il se plaça un peu en retrait pour apprécier le tableau sous un angle différent. C'est alors que Thomas Evans et Christopher Myers, deux de ses proches officiers, surgirent dans son bureau, porteurs d'une effroyable dépêche.

— Hier, en pleine nuit, les Américains ont débarqué sur les côtes canadiennes en face de Black Rock pour attaquer le fort Érié, rapporta Myers. C'est exactement ce qu'on appréhendait, mon général ! Les hommes du lieutenant-colonel Bisshopp les ont repoussés comme ils ont pu et ont même réussi à couler quelques-uns des bateaux de l'ennemi.

— Ils ont fait leur boulot. Vous pourrez leur transmettre mes félicitations, Myers, transmit sèchement le général.

— Cependant, vous devez savoir que le colonel Winder est parvenu à s'emparer des canons, précisa Evans.

L'air songeur, Sheaffe fit quelques pas vers son bureau.

— Quant à Boerstler, il faut dire qu'il a été moins chanceux, dit Myers. Ses instruments de génie auraient été oubliés dans les bateaux, de sorte que la contre-attaque des nôtres a été cinglante : deux des bateaux de l'ennemi ont été détruits par l'artillerie.

— C'est ce pauvre général Smyth qui a dû avaler de travers, lui qui croyait faire mieux que son prédécesseur Stephen Van Rensselaer, un autre incompétent que j'ai écrasé à Queenston ! ricana Sheaffe. Des pertes ? demanda-t-il machinalement.

— De part et d'autre, une centaine de morts, blessés ou prisonniers, répondit Myers.

— C'est tout l'effet que cela vous fait, général ? s'indigna Thomas Evans devant l'impassibilité de Sheaffe.

— Je vous interdis, Evans, de me traiter comme un subalterne !

— Vous êtes le grand responsable de l'armée du Haut-Canada, général, rappela Myers. Nous n'avons pas à vous dicter votre ligne de conduite, mais…

— Pour tout vous dire, mon général, le lieutenant-colonel Cecil Bisshopp craint une nouvelle offensive et réclame du renfort, exprima Evans, revenant à la charge.

— Je ne peux envoyer de troupes au fort Érié, c'est trop loin, le rabroua Sheaffe.

— Que suggérez-vous alors ? insista Myers.

— Le major Evans va s'y rendre, plaisanta méchamment Sheaffe. Il a déjà sauvé une fois le Canada à Queenston Heights, après tout !

— Ce que vous proposez ne tient pas debout, général ! s'insurgea Evans, insulté.

— Faites savoir à Bisshopp que je lui recommande de se replier à Chippawa en cas de nouvelle attaque, dit Sheaffe. C'est le mieux que nous puissions faire.

— La décision vous appartient, mon général, déclara Myers.

— Ce sera exactement comme vous le voudrez, mon général, céda Evans. Mais je ne souhaite pas que votre décision atteigne les oreilles sensibles du gouverneur général Prevost parce que vous risquez de sérieuses réprimandes.

— Vous l'avez dit, major Evans : ce sera exactement comme je le veux, approuva Sheaffe, constatant la soumission de l'officier.

Subitement, le général porta la main à sa poitrine et ferma les yeux, le visage crispé.

— Vous êtes souffrant, mon général ? demanda Myers.

— Ce n'est rien, messieurs. Ce n'est qu'un banal malaise passager. Vous pouvez disposer.

* * *

Mi-décembre. Malgré une santé chancelante, Sheaffe se préoccupait d'assurer une présence militaire sur les Grands Lacs avant l'ouverture de la saison de navigation du printemps 1813. Il s'employa à équiper les navires militaires à Amherstburg, York et Kingston. Son idée de retraite vers Chippawa avait été mal accueillie par le lieutenant-colonel Bisshopp et une vague de protestations commençait à déferler sur la population dont les critiques les plus virulentes accusaient Sheaffe de traîtrise.

Dans la région de Niagara, les habitants appréhendaient les rigueurs de l'hiver et le manque de nourriture bien plus que les attaques américaines. À Queenston, quelques modestes maisons avaient été reconstruites. Les bâtisseurs avaient habillé le squelette des constructions et recouvert les toitures, ce qui étouffait le cognement des clous et le chuintement des égoïnes. Le hameau se réanimait lentement, malgré l'engourdissement dans lequel la froidure et la neige le plongeaient.

Le vent se lamentait aux portes et aux fenêtres que James avait calfeutrées du mieux qu'il le pouvait en l'absence d'Archibald. À l'étage, les petits dormaient, bien emmitouflés sous les édredons. Assise près de l'âtre de la cuisine, Laura venait de déposer son livre de lecture et manipulait à présent avec rapidité ses broches à tricoter. James se berçait doucement pour ne pas trop solliciter son genou fracassé.

Mary Lawrence observait les doigts agiles de sa mère.

— Si vous désirez que j'apprenne, il faudrait aller moins vite, dit-elle, posant sur elle son ouvrage. Une fois que j'ai monté mes côtes avec des mailles à l'endroit et des mailles à l'envers, comment dois-je faire pour mes augmentations au talon ?

— Excuse-moi, ma chérie, dit Laura. Je songeais à ma famille que je n'ai pas revue depuis les funérailles de ton grand-père Ingersoll. Regarde, c'est ainsi que tu dois procéder : le doigt placé de cette façon et la laine par-dessus… Montre-moi ton tricot. Oups, il y a des petites erreurs à corriger…

La tricoteuse expérimentée tira sur la laine pour défaire quelques mailles.

— Pas trop, mère, vous allez m'obliger à tout reprendre.

— Cent fois sur le métier… Voilà, tu peux continuer ton travail.

— Ça y est, mère, j'ai saisi ! s'exclama Mary Lawrence en reprenant son tricot.

— Dis-moi donc, Laura, tricotes-tu des chaussettes pour l'armée au grand complet ? se moqua James.

— Penses-tu que les familles qui reviennent passer l'hiver au village ont de quoi se vêtir ? J'ai plusieurs paires de bas en avance ; je vais bientôt en commencer la distribution aux nécessiteux du voisinage.

— Il ne doit pas rester une seule pelote de laine au magasin !

— Dis-toi bien, mon cher James, que certains ont tout perdu et que c'est le temps de partager le peu que l'on possède, répliqua Laura.

Songeant à Benjamin Jarvis, Mary Lawrence ferma les yeux.

— Tu t'endors, ma fille ? s'enquit Laura.

— Mary Lawrence doit penser à son petit amoureux, Laura. Elle veut lui tricoter la plus belle paire de chaussettes qui soit. Ensuite, ce sera le foulard et les mitaines.

— Père, je vous en prie…

— Je te taquine, ma fille. N'empêche que j'ai hâte de savoir ce qui lui est arrivé, à ton Benjamin.

— Il ne faut pas oublier Archibald, non plus, dit Laura.

La porte de la maison s'ouvrit. On entendit le secouement de bottes sur la carpette pour en enlever la neige. Mary Lawrence se précipita à l'entrée. Quelques instants plus tard, elle revint, voilant à peine sa déception.

— Tu parles d'un temps pour sortir, David ! s'écria Laura. Enlève ta bougrine et viens près du feu.

Le visiteur déposa son bagage, secoua son manteau et l'accrocha sur la patère. Puis il s'approcha de l'âtre en se frottant vigoureusement les mains. Il embrassa sa sœur et sa nièce, salua son beau-frère. Il s'assit ensuite près de la cheminée, les yeux fixés sur le feu qui tortillait ses mèches jaunâtres.

— Je ne m'attendais pas à te voir aujourd'hui, David, exprima Laura.

Elle se leva et abandonna son tricot sur sa chaise.

— Regarde-moi ; tu me sembles accablé, mon pauvre frère.

— Je n'en peux plus, Laura ; je suis à bout de nerfs. J'en ai assez de vivre chez les Parker dans l'entassement d'une chaumière avec une bande de morveux et mes beaux-parents qui se plaignent tout le temps. C'est intolérable ! Le pasteur Grove est devenu invivable. Ma belle-mère m'adresse continuellement des reproches à propos de Leonard ; elle me blâme pour son retard mental comme si j'en étais responsable.

— Qu'advient-il de Magdalena dans tout cela ? s'informa Laura.

David ouvrit la bouche pour répondre, mais au même moment la porte de la demeure couina sur ses gonds. Mary Lawrence déposa son tricot et s'empressa vers l'entrée. Quelques secondes plus tard, elle réapparut dans la cuisine :

— C'est Justin ! annonça-t-elle d'un air déconfit.

— Je croyais que tu étais seul, David ! s'étonna James en se tournant vers son beau-frère.

Laura se rendit à l'entrée. Justin revenait de conduire le cheval de David à l'étable. Le vieux cuisinier retira ses bottes, enleva son manteau et suivit les pas de Laura à la cuisine.

— David nous a raconté comment se passait votre séjour chez les Parker, mentionna James, se désolant de l'arrivée du vieillard qu'il n'aimait guère.

Il lui sembla que l'homme avait le dos plus courbé qu'auparavant, mais que ses petits yeux fouineurs avaient conservé toute leur vivacité.

— Je ne pouvais me détacher de la famille, exprima Justin qui prit place sur une chaise bancale.

— J'imagine que ta famille et toi retournerez à votre logis au-dessus de la taverne, dit James, s'adressant à David.

— Maintenant que père est décédé, je souhaite m'établir dans sa maison avec Paul et les jumeaux. Je pense que la vie à la campagne sera plus facile au lieu de m'établir dans un village désert et de vendre de la boisson à des fantômes. Pour le moment, en tout cas…

— Dans les circonstances, je peux comprendre, approuva Laura.

— Et la princesse indienne ? questionna James avec une pointe d'ironie dans la voix.

— Quoi, la princesse indienne ? dit David, feignant de ne pas comprendre. Puisque notre père est mort, j'imagine qu'elle va quitter la péninsule.

— Tu penses vraiment qu'elle retournera dans sa famille ou ira vivre dans les bourgades avec les Mohawks ? rétorqua Laura, sceptique. Et puis, tu n'as pas répondu à la question que je t'ai posée avant l'arrivée de Justin et qui concernait Magdalena…

— Elle a préféré demeurer chez les Parker. En vérité, je dois reconnaître que c'est fini entre Magdalena et moi, livra-t-il. Et si ce n'est pas trop vous demander, je souhaiterais passer la nuit ici.

* * *

Il s'écoula encore quelques jours pendant lesquels Mary Lawrence tenta de dissimuler ses sentiments sous les traits d'un visage qui trahissait indéniablement sa peine et son inquiétude. Benjamin Jarvis était-il à présent rattaché au fort Érié ou à quelque autre garnison de la péninsule ? Était-il seulement en vie ? Comme sa mère avec son père, elle aurait été prête à s'engager dans une course effrénée, contournant les cadavres de soldats ou de miliciens, cherchant le corps blessé de Benjamin parmi les autres, l'oreille attentive à sa voix faiblissante, l'imaginant étirer la main pour agripper ses jupons. Elle en rêvait presque. Il était si beau et si noble, cet adolescent de quinze ans qui la faisait frémir de tout son être. Certes, il aurait été plus simple de s'éprendre d'Archibald. À cause d'elle, comme un vaillant chevalier, il était parti conquérir son cœur sur les champs de bataille. Une fois, peu avant de connaître Benjamin, alors qu'ils étaient seuls tous les deux, Archibald s'était dévêtu à moitié pour lui montrer ses cicatrices dans le dos. Elle avait touché ses blessures, les traces de lacération laissées par le fouet de l'hôtelier Pennington, son ancien maître. Il avait apprécié la main chaude parcourant son torse dénudé. Elle avait senti le souffle saccadé d'Archibald, un halètement empreint de désir, qui avait fait suinter leurs corps de plaisir sous la lumière de l'âtre.

Près de la cheminée, Mary Lawrence déposa sa dernière brassée de bois. Heureusement qu'Archibald en avait fendu une huitaine de cordes avant son départ. Son père ne pourrait sans doute se livrer à quelque besogne astreignante avant plusieurs mois. Néanmoins, il prenait son mal en patience. Sa mère le surprenait parfois à jongler avec des projets d'agrandissement de son commerce, qu'il dessinait sur une tablette. Laura le ramenait alors vite sur terre en lui rappelant qu'il fallait d'abord se remplir l'estomac plutôt que de se farcir la tête de lubies de songe-creux. Mary Lawrence avait hâte que Tiffany revienne à la maison pour la libérer un peu de ses corvées. Hélas, la domestique assistait toujours Maggy Springfield dans ses relevailles, car le petit Allan prenait encore la nuit pour le jour.

Il restait à mettre au lit la chétive Appolonia qui perçait des dents et pleurait à fendre l'âme. Laura l'avait bercée dans la chaise de James en frottant son doigt sur ses gencives douloureuses. Harriet Hopkins lisait des historiettes à Charles Badeau et à Charlotte qui avaient les yeux ronds comme la pleine lune.

— Allez, hop, mes amours, au lit! lança Laura. De la nuit naîtra une autre belle journée, tout aussi merveilleuse que celle d'aujourd'hui. Et n'oubliez pas de faire votre prière à Jésus.

— L'histoire n'est pas terminée, mère, protesta Charlotte.

— Tu peux rêver à la fin, imaginer celle que tu veux et tu me la raconteras au réveil. Allez, des câlins, les enfants! Ensuite, vous montez vous coucher.

Un peu plus tard, alors que Mary Lawrence sortait son tricot du panier à ouvrage, la voix de sa mère retentit:

— S'il te plaît, va ouvrir, Mary Lawrence, je monte voir Appolonia.

L'aînée se rendit nonchalamment à la porte.

— Benjamin! s'exclama-t-elle. D'où venez-vous? J'ai cru qu'il vous était arrivé quelque chose. Entrez, dépêchez-vous! Comme dirait ma mère, on ne chauffe pas le dehors!

Benjamin serra la jeune fille contre lui et se délesta de son manteau. James, qui avait récupéré sa chaise berçante, avait reconnu la voix du milicien:

— Jarvis! se réjouit-il. Tirez-vous une bûche et rapportez-moi ce qui s'est passé depuis votre départ.

— Père, ne soyez pas si impatient. Vous devriez attendre que mère redescende.

— La voilà, justement, dit James.

— Benjamin, quelle joie de vous retrouver! s'exclama Laura.

— Je suis arrivé hier dans les parages, un peu exténué par mon voyage, raconta le visiteur. J'ai pensé à vous toute la journée. Aujourd'hui, le soir est clément. Je me suis dit qu'il était temps de m'enquérir de votre état de santé, monsieur Secord, exposa-t-il.

Laura et James se jetèrent une œillade de connivence.

— Comme vous le voyez, Benjamin, ça va, dit James.

Presque avec enthousiasme, le jeune homme narra la déconfiture des Américains à Fort Érié et à Frenchman's Creek, et la difficulté de faire la guerre par temps froid et sur les sols neigeux.

— De tels engagements amènent nécessairement des pertes, supposa Laura.

— C'est ça qui est dommage, madame Secord. Des vies humaines, de pures pertes, approuva-t-il.

Le visage du milicien se rembrunit.

— J'ai le regret de vous informer qu'Archibald, votre domestique, est tombé sous les balles.

— Oh non ! fit Laura, bouleversée.

Sans prendre appui sur ses béquilles, James s'approcha d'elle, sautillant sur une jambe.

— Comme toi, je suis peiné, Laura.

Des larmes ruisselèrent des yeux noisette de Laura. James les épongea en embrassant les paupières de sa femme.

8
L'engagement de Laura

La petite chapelle et le presbytère de Queenston ayant été incendiés, les Grove durent prendre des décisions concernant leur avenir. Excédés de vivre dans une gênante promiscuité chez les Parker, ils avaient quitté les poux d'une chaumière pour les souris d'une masure de St. David abandonnée par des immigrants américains qui avaient choisi de rentrer au pays. D'aimables paroissiens avaient fourni des meubles pour accommoder la famille Grove et lui procurer un respectable confort. David Secord, le grand frère de James, avait également contribué au bien-être des nouveaux résidants du village en leur fournissant gracieusement des articles ménagers de son magasin général. Chaque dimanche, le petit salon se convertissait en minuscule chapelle où s'agglutinaient des âmes désireuses de se rapprocher du Tout-Puissant en assistant à la célébration du pasteur. Aussi, de fidèles paroissiens avaient procédé à une collecte de fonds pour acheter un orgue au lieu de culte et permettre à la voix grelottante de Betty Grove de trémoler ses chants liturgiques.

* * *

Lorsque la température le permettait, Laura se rendait à l'église St. Mark de Niagara. Même si elle entretenait parfois des doutes sur la bonté du Créateur qui permettait aux hommes de s'entretuer, elle persistait à croire que le pays se sortirait de la guerre. Mais à quel prix ? La cruauté des hommes était commandée par leur insatiable cupidité. Comme d'autres, elle venait puiser dans les offices du dimanche une sérénité et une force qui la soutenaient dans ses actions quotidiennes. Au village et dans les maisons environnantes, elle avait entrepris la distribution de paires de chaussettes et de mitaines tricotées par

Mary Lawrence et elle. Elle poursuivait ses visites chez Maggy Springfield qui avait fini par se faire une raison, deux mois après la disparition de son mari. Allan ne reviendrait pas. Cependant, son amie pouvait encore compter sur l'aide de Tiffany même si Archibald était tombé au combat. Toutefois, de là à engager un domestique pour le remplacer, il faudrait attendre une reprise des activités économiques.

Chaque fois qu'elle pénétrait dans l'église de Niagara, la résidante de Queenston se remémorait les funérailles de MacDonnel et de Brock présidées par le pasteur Robert Addison. Elle se souvenait de sa rencontre avec le major de brigade Thomas Evans dont elle avait dû repousser les avances et qu'elle espérait ne plus revoir. Elle se rappelait également la rencontre avec les sœurs Powell qui étaient venues de la capitale pour assister à l'impressionnante cérémonie du fort George. Souvent, elle se demandait ce qui était advenu de Mary Boyles, effondrée de remords après la disparition de MacDonnel, et d'Anne, qui soupirait pour le beau John Beverley Robinson, le modèle de Benjamin Jarvis. Avant longtemps, elle écrirait certainement un petit mot aux Powell.

Cependant, Mary Boyles Powell la devança. Un jour, Benjamin Jarvis apporta une lettre de la jeune femme à Laura. Mary Lawrence se rendit à la porte. Le milicien lui remit l'enveloppe, qu'elle déposa sur le guéridon.

— C'est pour votre mère, Mary, il ne faudrait pas l'oublier.

— J'étais distraite. Pardonnez-moi, Benjamin.

Mary Lawrence se rendit à la cuisine, où elle tendit l'enveloppe à sa mère. Benjamin rejoignit Laura et sa fille.

— Pensez donc! s'exclama Laura. Une lettre en provenance de la capitale m'est adressée. Merci, Benjamin.

— De rien, madame Secord. Depuis que je suis cantonné au fort George pour l'hiver, je n'ai qu'à faire un petit crochet au comptoir postal de Niagara avant de rendre visite au blessé…

— Encore un de tes amoureux, badina James qui avait remarqué la grande fébrilité de Laura qui décachetait le pli. Je peux voir ? dit-il, saisissant ses béquilles.

Laura s'assit à la table. James se plaça derrière sa femme et lut par-dessus son épaule.

Bonjour Madame Secord,

Deux longs mois se sont écoulés depuis notre rencontre aux funérailles de John MacDonnel. Deux mois qui n'ont pas réussi à apaiser ma douleur malgré l'attention que tout le monde a déployée autour de moi. John tenait tellement à moi qu'il m'a gratifiée d'un généreux legs, ce qui m'a plongée dans une culpabilité encore plus grande. Par contre, si je l'avais aimé, ma peine aurait été plus éprouvante et plus insupportable. Mère a craint que je ne m'enfonce dans une détresse profonde de laquelle il aurait été difficile de me tirer. Mais enfin, je crois que je m'en remettrai.

Les fonctions de John Beverley Robinson au poste de procureur général de la province le retiennent et creusent une brèche dans ses fréquentations avec ma sœur, brèche qu'il ne sera pas facile de colmater, j'en ai bien peur. Ce qui est évidemment de nature à attiser le désir d'Anne de le revoir.

La guerre a laissé de douloureuses cicatrices qui ne se refermeront jamais. Je pense fréquemment à vous, à votre famille et aux rigueurs de l'hiver qui s'abattent sur la péninsule. Sachez que votre misère nous touche profondément. C'est pourquoi je recueille des dons auprès de la population de York afin de les remettre à la Loyal and Patriotic Society of Upper Canada dont l'objectif premier est de secourir les familles démunies. À cet effet, la fondation est à la recherche d'une personne de votre trempe pour distribuer de l'argent et des denrées à Queenston et dans les environs de votre petit hameau.

Si cela vous convient, écrivez-moi au plus tôt. Nous pourrions sans problème vous recevoir à la maison avant la fin de l'année.

Mary Boyles Powell

— C'est un honneur, Laura, qu'on te confie une telle responsabilité ! Mais, en même temps, ce ne sera pas facile de rejoindre toutes les familles touchées.

— Je vais commencer par me rendre dans la capitale. On verra ensuite pour le reste. Et si on peut soulager quelques familles, tant mieux.

— Qu'est-ce que tu fais, Laura ? s'enquit James en voyant sa femme se diriger vers le salon.

— Je m'en vais écrire à mademoiselle Powell, voyons ! Je veux que Benjamin apporte ma lettre avec lui avant de s'en retourner au fort George.

* * *

En ce troisième dimanche de décembre, alors que tous les fidèles se croyaient à l'abri d'une quête en faveur des défavorisés, le ministre Addison farfouilla dans les replis de sa soutane pour enfouir les grandes idées de l'homélie qu'il venait de prononcer. Il retroussa ses manches, s'appuya sur le haut de sa chaire et, après s'être raclé la gorge :

— Bien chers paroissiens, vous n'êtes pas sans savoir que nous vivons des temps difficiles. À Queenston, des familles complètes ont fui leur maison pour se réfugier dans la parenté ou chez des amis à Niagara ou ailleurs. C'est un bel exemple d'accueil, d'entraide et de partage auquel le Seigneur nous convie.

« Nul ne sait combien de temps nous aurons à repousser les attaques de l'ennemi – sanglantes, sournoises et inutiles –, et nul ne sait quand et comment l'attaquant frappera. Mais je sais que les besoins sont criants. Jusqu'ici, Dieu soit loué, le village de Niagara a été épargné. Demain, peut-être serons-nous de ceux qui réclameront un gîte pour nous abriter, des vêtements pour nous couvrir, de la nourriture pour nous alimenter ! Faut-il avoir faim pour comprendre ? Faut-il être dépouillé de ses biens pour tendre la main à celui qui souffre, à celui qui pleure ? Et que dire de ceux qui ont perdu un proche, ceux qui consolent les affligés, ceux qui soignent les blessés ? "Ce que vous faites au plus petit d'entre les miens, c'est à moi que vous le faites", a dit le Seigneur. Amen ! »

Le pasteur s'arrêta un moment. Il promena un regard circulaire sur l'assemblée et enchaîna :

— Ce matin, je fais appel à votre grande générosité, à ce que votre cœur a de plus noble. La deuxième quête sera exclusivement consacrée à des dons qui serviront à soulager la misère des malheureux habitants de la région. Au nom du Seigneur, je vous remercie à l'avance de votre contribution, si minime soit-elle.

À la fin de la messe, Laura formula une dernière prière pour James et les enfants. Elle sortit ensuite sur le parvis de l'église. Le temps était doux. Il neigeotait de fines étoiles qui fondaient presque aussitôt qu'elles atteignaient le sol. Avant de se couvrir de son chaperon, elle s'attarda à écouter les bavardages. De mauvaises langues foulaient la neige en gibelotte, rouspétant contre le sermon d'Addison.

— Si le pasteur vendait ne serait-ce qu'un centième de ses lopins de terre, il pourrait subvenir aux besoins des miséreux ! clamait-on.

— L'argent de sa deuxième quête va sûrement contribuer à l'enrichir davantage, marmonna un petit moustachu.

Une dame portant un ridicule petit chapeau rond s'approcha :

— Vous êtes injustes ! protesta-t-elle, désireuse de rétablir la réputation d'Addison. Des calomnies, de pures calomnies, messieurs ! affirma-t-elle. Notre pasteur apporte son soutien aux soldats blessés du fort George et aux familles dans le besoin de la péninsule. Et vous, que faites-vous pour soulager la misère des autres ? s'insurgea-t-elle.

Les propos entendus donnaient à réfléchir. Laura se rappela la journée des funérailles et les critiques acerbes qui avaient plu sur la tête auréolée du pasteur Addison devant la Maison de l'État. Jusqu'à preuve du contraire, elle décida d'accorder le bénéfice du doute au saint homme. Quoi qu'il en soit, Laura était résolue à se rendre chez les Powell. Elle en rapporterait assurément un peu d'argent de l'œuvre de bienfaisance. Elle remonta son capuchon, retrouva sa calèche et rentra.

* * *

James avait jugé imprudent que Laura se rende seule dans la capitale en plein mois de décembre. Les routes n'étaient pas toujours carrossables et une tempête pouvait survenir pendant le voyage. Mais elle ne voulait pas reporter sa visite. Il fallait bien plus que des chaussettes et des mitaines pour aider les habitants de Queenston. L'avant-veille de son départ, au dîner, James avait tenté une dernière fois de la retenir :

— Par tous les diables, c'est impensable, Laura ! le réalises-tu ? York n'est pas à la porte et tu vas risquer ta vie pour une poignée d'argent…

— Rappelle-toi, James, que tu m'as encouragée à répondre favorablement à l'invitation des Powell.

— De prime abord, le projet m'a paru réalisable. Mais maintenant…

— Maintenant, il te paraît déraisonnable, je suppose.

Laura expira bruyamment et reprit :

— Écoute, mon chéri. Nous sommes là à nous disputer devant les enfants pour une broutille…

— Ce n'est pas une broutille, Laura ! explosa James. Je tiens à toi, tu sais.

Le silence se fit autour de la table. Laura porta une petite cuillère à la bouche d'Appolonia qui pignochait dans son bol.

— Cette enfant n'a pas d'appétit, émit James. Elle doit couver quelque maladie.

— Je la nourris comme les autres, pourtant, déclara Laura. Appolonia a une santé fragile.

Laura prit la petite dans ses bras et continua de manger d'une main.

— Il me faudra un garde du corps quand je reviendrai de York à cause de l'argent que l'on m'aura remis. Si je demandais à Benjamin de m'accompagner, serais-tu d'accord, James ?

— Tu es intraitable, Laura ! s'exclama James. Si je ne me retenais pas, je te dirais que tu as hérité de la tête de pioche de ton père. Tu as toujours le dernier mot !

— Si mère n'était pas aussi déterminée, elle vous aurait laissé croupir sur le champ de bataille, lui rappela Mary Lawrence. Je pourrais les accompagner aussi, suggéra-t-elle, tendant une perche.

— Mary, on ne peut confier la maisonnée à Harriet ! objecta Laura.

— Je suis grande à présent, je pourrais me débrouiller, réagit l'enfant de six ans.

— Tu es bien gentille, mais la présence de Mary Lawrence est indispensable, dit Laura qui mit ainsi fin à la discussion.

* * *

La majestueuse résidence des Powell s'élevait sur York Street dans un quartier cossu de la capitale. La haute maison de bois parfaitement symétrique comportait une grande galerie encastrée à l'étage qui reliait les deux parties de la façade. À l'arrière, un agrandissement avait été ajouté ; il conférait à l'habitation une profondeur peu commune.

Originaire de Boston, au Massachusetts, William Dummer Powell avait quitté les colonies en raison de ses activités loyalistes et il avait choisi d'élever sa famille à York. Ses liens avec sa parenté américaine étaient rompus depuis longtemps. Sa carrière de politicien et à la magistrature faisait de lui un homme respecté. Il s'était impliqué dans sa communauté en souscrivant à la construction d'une église et d'une caserne de pompiers. À la demande du pasteur John Strachan, il siégeait au conseil d'administration de la Loyal and Patriotic Society of Upper Canada. Il était fier d'apporter sa contribution, qu'il qualifiait de normale pour son rang social, même s'il se plaignait de plus en plus de la cherté de la vie. Et pour ajouter à ses préoccupations financières, son fils Grant, chirurgien de la marine provinciale à York, le grugeait peu à peu. Le médecin dépensait avec frivolité, réclamant des « avances » sur son héritage.

Madame Powell reçut Laura et Benjamin dans un immense salon, aux murs ornés de tableaux sombres, éclairé par des candélabres de cristal. Des meubles somptueux étaient disposés près de l'âtre habillé d'un manteau de marbre blanc. Près du pianoforte judicieusement placé devant une des larges fenêtres, de gigantesques ficus agrémentaient la pièce.

— Votre fils, je présume, madame Secord, dit la femme du juge, dont les yeux bougeaient constamment derrière des lunettes rondes.

— Non, répondit Laura. Il s'agit de Benjamin Jarvis, un ami de la famille. Ce futur avocat a déjà connu des moments glorieux pour son jeune âge.

— Vous étiez aux funérailles de ce pauvre MacDonnel, n'est-ce pas, madame Secord ?

Laura observa la curieuse échancrure au milieu des lèvres de l'hôtesse, ce qui lui conférait une sorte de bec de poule. De plus, le bonnet blanc à la dentelle froncée qui ornementait son visage digne s'apparentait à une crête de coq.

— En effet, madame Powell, nous y étions tous les deux, précisa Laura.

— Mes filles vont nous rejoindre au salon avant le souper, expliqua madame Powell. Suivez-moi, je vous prie.

L'hôtesse se déplaça vers un agencement de fauteuils où discutaient bruyamment quatre personnes élégamment vêtues. Elle fit les présentations :

— Voici William, mon mari ; mon fils Grant ; le pasteur John Strachan, et John Beverley Robinson. Messieurs, je vous présente Laura Secord et Benjamin Jarvis.

Les messieurs s'inclinèrent avec civilité devant Laura.

— Nous avons déjà fait la connaissance de ces gentilshommes aux funérailles de Brock et de MacDonnel, précisa-t-elle.

Benjamin leur serra la main, enchanté de rencontrer Robinson. Laura s'imagina le maître de la maison, imposant, dans sa toge de magistrat. Le prétendant d'Anne lui parut encore plus beau que dans ses souvenirs et elle se surprit des curieux favoris qui déviaient sur les joues du pasteur Strachan.

— Tiens, voilà Anne, Mary et Eliza ! s'exclama madame Powell en observant ses filles qui venaient d'apparaître sur le seuil de la pièce.

Radieuse, Anne s'approcha des voyageurs dans le froufroutement de sa robe de velours magenta, la tête empanachée d'une haute coiffure excentrique dont les mèches frisottées encadraient son visage triangulaire. Elle salua chaleureusement Laura et Benjamin. Très réservée, tristement fagotée dans une modeste robe marron, Eliza demeura d'abord interdite, puis murmura quelques syllabes qui ressemblaient à un mot de bienvenue. Mary Boyles s'approcha de Laura pour lui donner l'accolade.

— Si vous voulez vous donner la peine de me suivre, dit l'hôte d'un ton protocolaire, dépliant le bras de son veston vers la salle à manger.

L'affabilité qui se dégageait de sa mine un tantinet boudeuse et de ses bajoues débordant par-dessus son collet empesé attribuait au maître de la maison un air fort sympathique. Son crâne dépouillé et ses sourcils broussailleux accentuaient sa prestance. Powell prit le pas devant les convives et leur assigna une place à la table.

Le ministre John Strachan interrogea Laura :

— Seriez-vous parente avec David Secord qui a siégé pendant la cinquième législature, madame ?

— En effet ; c'est le frère de mon mari. Il a été plus chanceux que lui depuis le début de la guerre. James a été blessé lors de l'attaque à Queenston Heights, sinon il m'aurait accompagnée aujourd'hui. D'ailleurs, il avait de fortes réticences à me voir partir seule. Cela explique la présence de Benjamin à cette table.

— Vous avez bien fait, madame Secord, approuva le juge Powell en secouant son double menton. N'oubliez pas que vous allez rapporter une somme appréciable et que vous devez voyager incognito et en sécurité. Vous étiez la personne toute désignée pour distribuer des dons aux gens éprouvés de Queenston. Autrement, en passant par le pasteur Addison, l'argent aurait pu être détourné vers ses coffres, vous comprenez ? Nous ne sommes pas certains que cela aurait pu se produire, mais des rumeurs circulent à Niagara. Robert Addison est un des plus gros propriétaires terriens de la colonie et cela donne à croire qu'il est très ambitieux.

— Madame Secord est une dame de confiance et je n'entretiens aucun doute sur son désir d'aider les miséreux de Queenston, formula Mary Boyles Powell.

Laura apprécia la remarque de la jeune femme. Un peu plus tard, elle prit la parole :

— Pasteur Strachan et monsieur Powell, nous sommes extrêmement reconnaissants de votre initiative.

— Encore une chance que mon frère Grant ne fasse pas partie du conseil d'administration. Sinon il dilapiderait en pures futilités le petit magot, intervint Anne qui secoua les mèches de sa coiffure en signe de désapprobation.

Madame Powell déposa avec fracas son couteau dans son assiette.

— Anne, je t'interdis !

L'aînée des trois filles avait dépassé les bornes. Semblant accuser la remarque de sa mère, Anne baissa son visage triangulaire vers la table. Puis elle se leva et disparut de la salle à manger. Décontenancé, John Beverley Robinson se tourna vers le frère d'Anne.

— Merci, mère, d'intercéder en ma faveur, approuva Grant.

Pour excuser l'attitude désinvolte de sa fille, madame Powell s'adressa aux convives :

— Anne a parfois de ces réactions inopportunes, affirmat-elle. Maintenant, messieurs, si vous le voulez bien, les dames et moi allons nous retirer pour vous permettre de deviser entre hommes. Nous prendrons notre dessert au salon.

Anne les avait devancées dans la grande pièce. Debout près de la cheminée, elle affichait un air de défi, paraissant savourer sa petite incartade. Madame Powell invita Laura à s'asseoir dans un fauteuil et prit place avec Mary Boyles dans une causeuse près d'une table basse où elle faisait habituellement servir le thé à ses convives. Très discrètement, Eliza s'assit sur une chaise, un peu en retrait.

Anne se rapprocha de la voyageuse avant de l'interroger de but en blanc :

— Comment trouvez-vous John Beverley, Laura ?

— C'est un… très joli garçon ! dit Laura, un peu hésitante. Je l'avais remarqué aux funérailles, mais il est encore plus beau que dans mon souvenir.

Anne se plaignit à sa mère :

— John Beverley surpasse de loin en beauté ce misérable pichou de Robert Nichol que vous m'avez imposé et qui m'a fréquentée trop longtemps.

— Ce jeune et riche marchand et minotier t'a fait une longue cour fervente. Il avait une conduite presque irréprochable, Anne, et tu l'as repoussé. Heureusement qu'il a trouvé à se marier. Theresa Wright et lui forment un couple parfait, paraît-il…

— Il me répugnait, mère, dit Anne, exaspérée. La nature ne l'avait pas gratifié d'une grande beauté et il louchait horriblement. En plus, il était affublé d'une vanité débordante.

— Il a un seul petit défaut, ton John, avança madame Powell. Tu es de quatre ans son aînée.

— Mais vous n'allez pas le congédier lui aussi, mère ! s'offusqua la jeune femme.

— Tu fais sans doute référence à cette « brute » de Laurent Quetton Saint-George. J'estime que la demande en mariage de cette espèce de libertin français, épicurien et coureur des bois était très présomptueuse. Au surplus, Saint-George parlait un anglais imparfait, et ses écrits contenaient des gallicismes et des bizarreries orthographiques.

Une servante apporta le dessert et le thé sur un plateau d'argent qu'elle déposa sur la table basse.

— Rappelez-vous votre jeunesse, mère, riposta Anne.

— Je te concède, ma fille, que c'est un vrai roman !

Madame Powell raconta son histoire pour Laura, qui ne l'avait jamais entendue :

— Ma famille vivait en Angleterre, débuta-t-elle. J'avais de nombreux frères et sœurs, et mes parents ne pouvaient subvenir décemment à nos besoins. Or, ma tante Elizabeth venait d'hériter de son second mari, un distillateur de Boston. Riche et sans enfant, elle amena les trois aînés en Amérique. Comme elle attachait de l'importance aux affaires – elle avait été boutiquière –, on ouvrit un magasin de mode. Ma sœur tenait le magasin et la comptabilité alors que je m'adonnais aux travaux d'aiguille. J'étais très industrieuse, selon elle.

— Tenir un magasin devait être contraire à la mentalité de l'époque, mentionna Laura, songeant à son propre travail de magasinière.

— Tout à fait, madame Secord, répondit l'hôtesse qui s'empara gracieusement de sa fourchette.

Elle prit une petite bouchée qu'elle avala rapidement et poursuivit :

— Ma sœur avait le mal du pays. Elle rentra en Angleterre et je devins gérante de la boutique. Je n'aimais pas du tout ce travail qui ne me convenait pas.

Elle prit un petit air hautain.

— Je préférais le labeur discret de l'arrière-boutique à la gérance du magasin. Il faut dire que les modistes étaient considérées comme socialement inférieures et, pendant des années, j'ai dû, croyez-le ou non, subir une insupportable humiliation, exposa-t-elle.

— Mais ce n'est pas en demeurant dans votre retranchement d'artisane que vous auriez pu faire la connaissance de père, intervint Mary Boyles, soudainement intéressée par la conversation.

— Non. Je faisais partie de la société commerçante de Boston, surtout composée d'hommes, et c'est là que j'ai connu ton père, fils d'un marchand bien en vue. Nous sommes tombés amoureux l'un de l'autre et nous voulions nous marier. Réalisant que nous nous aimions et que nous voulions quitter l'Amérique en raison des activités loyalistes de mon prétendant, ma tante approuva à regret notre union. Cependant, mes parents refusèrent leur consentement. Et William ne parla même pas de notre projet à son père tant il était certain de son désaccord. Finalement, nous nous sommes mariés juste avant de nous embarquer pour l'Angleterre.

— Vous seriez alors bien malvenue de vous immiscer dans ma relation amoureuse avec John Beverley, lança Anne sur un ton agressif.

— Quand des parents jugent qu'une idylle est déraisonnable et vouée à l'échec, c'est de leur devoir d'intervenir afin d'éviter une catastrophe, ma fille ! rétorqua madame Powell.

Laura écoutait les échanges d'Anne et de Mary Boyles avec leur mère. Eliza demeura muette. Madame Powell semblait une femme capable de donner son avis et de le faire respecter. Nul doute que si les fréquentations de sa fille avec John Beverley Robinson lui avaient paru douteuses, elle n'aurait pas hésité à les désapprouver. Anne but une dernière gorgée de sa tasse de fine porcelaine, la posa sur le plateau d'argent et se mit au pianoforte. En se donnant des airs de concertiste habitée par sa musique, la jeune femme exécuta par cœur quelques extraits de son répertoire. Laura jugea quelconque l'interprétation de la musicienne. Après que celle-ci eut terminé de jouer, elle se retourna sur son banc en quête d'une appréciation. Les convives applaudirent poliment. Mary Boyles se leva et conduisit Laura à la chambre où elle passerait la nuit.

* * *

Mary Boyles et Laura s'étaient quittées avec le ferme propos de s'écrire. Laura avait hâte d'expédier une première lettre à la jeune femme. Elle lui raconterait son voyage agréable et adresserait des mots de reconnaissance au juge Powell et au pasteur Strachan.

Après un court séjour dans la capitale, Laura rapportait une bourse qu'elle avait attachée à une ceinture sous ses jupes. Benjamin était fier de l'accompagner. Il savait que sa partenaire de voyage transportait une somme rondelette. Avec son pied, il tâta le fond de la carriole et buta sur le mousquet. Le danger qui pouvait surgir durant le retour représentait bien peu en regard de celui que Laura et lui avaient couru sur le champ de bataille. Ce qui importait, c'est que la vie de plusieurs villageois serait adoucie grâce à la contribution des habitants de York et au dévouement de Laura.

La carriole glissait doucement sur la blanche pelisse de neige. Benjamin tenait distraitement les guides par-dessus l'édredon épais qui tenait au chaud les passagers. Il ne restait que quelques milles à parcourir. Plus Benjamin approchait de Queenston, plus il songeait à Mary Lawrence.

— Je devine à quoi vous pensez, Benjamin.

— À rien, madame Secord.

— C'est drôle que le fait de ne penser à rien vous confère un visage angélique ! badina-t-elle. Vous êtes amoureux de ma fille, ça se voit. J'aime que vous rendez visite à James, mais votre intérêt pour Mary Lawrence vous trahit, mon garçon.

Benjamin rit. Malgré le froid qui sévissait, son visage se couvrit d'une légère pruine semblable à la couche poudreuse qui recouvre parfois certains fruits. Il fit claquer les guides sur les fesses de la jument. Laura sourit en pensant à chacun de ses enfants, à James et au bonheur d'être bientôt en famille.

La brunante enveloppait progressivement la campagne pendant que la lune naissante irradiait de ses faibles rayons. Le noir du ciel se mariait au blanc féerique du sol et se confondait avec les sillons de neige des traîneaux. Un ébrouement de chevaux déchira le silence. La carriole s'arrêta. Des cavaliers brandissant des fusils surgirent de derrière un bosquet de conifères et fondirent sur les voyageurs.

— Descendez, madame ! intima la voix grave d'un type vêtu d'une redingote sombre.

L'homme mit pied à terre et s'avança vers Laura pendant que son compagnon tenait les passagers en respect. Laura demeura immobile, feignant de ne pas avoir entendu la sommation. De son pied, Benjamin fouilla le plancher de la voiture pour repérer son arme.

— Descendez, que je vous dis, madame ! répéta l'inconnu d'une voix impatiente. Vous semblez ne rien comprendre… Allez, pressez-vous ! On n'est pas au coin du feu.

Les bottes de Laura foulèrent la neige. Son pouls s'accéléra, mais elle parvint à surmonter sa crainte.

— Que nous voulez-vous, au juste ? s'enquit Laura, suspectant les mauvaises intentions des brigands.

« S'il fallait ! » pensa-t-elle, posant sa main sur la bourse cachée à sa ceinture.

Profitant de la pénombre, Benjamin s'inclina et souleva lentement l'édredon.

— Pas un geste ou je tire ! brama le cavalier qui était resté en selle.

Bouillant de rage, Benjamin se redressa.

— Vous n'allez pas vous attaquer à cette pauvre femme ! protesta-t-il.

— Que voulez-vous, Benjamin, ce sont des lâches ! déclara Laura, impavide, en fixant le visage masqué du larron maintenant à ses côtés. Vous ne trouverez pas ce que vous cherchez, messieurs, puisque nous n'avons rien.

L'homme leva la main pour empoigner la mante de Laura, mais elle s'esquiva et le poussa dans la neige qui bordait le fossé. Elle se débarrassa de ses mitaines, saisit l'arme de son assaillant et la pointa vers lui. Au même instant, Benjamin sauta en bas du traîneau, contourna la jument et se précipita pour désarçonner le cavalier qui tomba à la renverse en tirant un coup de mousquet dans le vide. Benjamin s'empara de l'arme et la braqua vers l'inconnu. Dans l'escarmouche, les chevaux des brigands s'étaient affolés et avaient pris un peu les devants.

— Messieurs, relevez-vous et retournez d'où vous venez! commanda Benjamin Jarvis.

Persuadée que les deux vauriens n'agissaient pas seuls dans cette affaire, Laura les interpella :

— Attendez! Dites-nous qui vous a envoyé.

Aucun des deux malfaiteurs ne voulait se compromettre en dévoilant un nom.

— Personne, dit le type à la voix grave. Nous agissons pour notre propre compte.

Laura s'approcha de l'autre malfaiteur :

— Avouez, sinon j'abats vos chevaux sur-le-champ! insista Laura. Je commence à avoir des engelures aux pieds, et mes doigts se crispent sur la détente. Quelqu'un de York?

L'homme ne répondit pas.

— Benjamin, vous pouvez abattre les chevaux de ces gentilshommes!

— Non! s'écria le dernier brigand apostrophé. C'est Grant Powell qui a tout machiné; c'est lui le coupable…

— Qui l'aurait dit? grommela Laura, fortement indignée.

Elle tira un coup de mousquet qui résonna dans l'air. Les chevaux s'épouvantèrent et prirent la direction de Queenston.

— Maintenant, c'est le temps de rebrousser chemin! railla Benjamin.

Les malfrats reprirent le chemin à pied vers York, marchant l'un derrière l'autre dans les échancrures de la route. Laura et Benjamin montèrent dans le traîneau. Le garçon fouetta la jument et la carriole glissa sur ses patins de frêne en direction du village.

* * *

Les voyageurs rentrèrent à une heure tardive. James offrit le gîte à Benjamin, ce qui porta Mary Lawrence au firmament du bonheur.

L'échauffourée avait failli mal tourner pour Laura et Benjamin. Ils avaient été ébranlés, certes, mais ils avaient choisi de taire l'incident à James. D'autant plus que Laura éprouvait un grand malaise à l'idée de dénoncer l'instigateur du méfait. Grant Powell n'était donc pas que le dépensier dont avait parlé sa sœur Anne. Le fils Powell s'avérait également un voleur de grand chemin! Dépossédée de la bourse, Laura n'aurait pu se consacrer à la préparation de paniers de provisions.

Le lendemain de son retour, Laura se rendit à St. David, au magasin général de David Secord, le frère de James. Elle trouverait là toutes les denrées nécessaires au dépannage des familles éprouvées. Sa belle-sœur Jessie, une grande mince aux joues creuses, était seule dans le commerce. Elle accueillit Laura plutôt froidement:

— Tiens! Tu t'es fait accompagner par Mary Lawrence et un petit copain.

— Bonjour, madame, dit Benjamin, se débarrassant de ses mitaines sur le comptoir.

Jessie Secord se rendit à la fenêtre.

— Laura, que fais-tu avec ton attelage à deux chevaux? demanda-t-elle. As-tu l'intention de dévaliser le magasin?

— On manque de presque tout à Queenston, expliqua Laura. Heureusement pour toi, les Américains ne sont pas venus à St. David pour chiper ou brûler la marchandise de ton commerce.

— Penses-tu que je vais te faire la charité ? riposta sa belle-sœur.

— Je n'ai pas dit ça, Jessie !

Laura lorgnait les tablettes bien garnies. La commerçante, qui s'en était rendu compte, cracha sur un ton vindicatif :

— En tout cas, Laura, même si tu es ma belle-sœur, je n'ai pas l'intention de te faire de cadeau. Et je n'ai pas l'idée de te monter une facture payable seulement le mois prochain. Il va falloir que tu craches comme tout le monde. Ça me prend du *cash*. C'est ça ou rien du tout ! Les affaires sont les affaires, même dans la famille. Tu dois en savoir quelque chose. C'est comme ça dans le négoce…

Au bord de l'éclatement, Laura fouilla sous sa jupe, sortit sa bourse et la laissa tomber pesamment sur le comptoir. Benjamin jeta une œillade d'amusement à Mary Lawrence.

La grande mince plissa le front d'étonnement, ses joues creuses s'empourprèrent.

— Où as-tu pris cet argent-là ? interrogea-t-elle, le regard calculateur.

— Ça n'a pas d'importance, dit Laura. Pour toi non plus, j'imagine, Jessie ? Pourvu que le client paie, c'est tout ce qui compte, non ?

Puis, glorieuse, elle se tourna vers Mary Lawrence et Benjamin.

— Vous pouvez commencer à faire vos emplettes, vous deux, jeta-t-elle.

— James a bénéficié d'une prime parce qu'il a été blessé ? s'enquit Jessie.

— Ça n'a rien à voir, Jessie ! Tu sais, moi, le gouvernement… Penses-tu qu'on sera indemnisés pour les pertes et les dommages encourus ? Justement, ton mari a siégé pendant la cinquième législature. Il devrait plaider notre cause.

— On s'en reparlera, éluda la commerçante d'un ton radouci. Pour l'instant, tu peux acheter tout ce que tu désires, Laura.

Le comptoir se remplissait de toutes sortes de produits comestibles que Mary Lawrence et Benjamin rapportaient des tablettes. Pendant ce temps, Jessie s'empressait de répondre aux demandes de Laura, avec un sourire de ravissement, en puisant derrière elle dans les étalages inaccessibles aux clients. Les achats complétés, la magasinière calcula le montant de la facture pendant que les jeunes se chargeaient de les transporter dans la charrette de Laura.

* * *

Le matin suivant, Laura entreprit avec Benjamin la distribution des denrées périssables dans les familles de Queenston qui avaient regagné leur maison. Ses paniers de provisions bien garnis répondaient assurément à des besoins essentiels. Cependant, elle savait que cela ne soutiendrait qu'un temps les nécessiteux et qu'il lui faudrait poursuivre son dévouement. Elle n'avait pas dépensé tout l'argent qu'on lui avait remis et préférait que Benjamin réside encore avec elle et les siens pour les protéger. Grant Powell n'engagerait certes pas d'autres émissaires, mais des rôdeurs pourraient se manifester.

Au cours de ses déplacements dans les chaumières, Laura avait constaté des besoins d'autres natures à combler. Parfois, le manque de vêtements convenables pour affronter les rigueurs de la saison froide ou une maladie passagère n'étaient rien à côté de l'absence d'un père mort au combat ou invalide. Par ses mots d'encouragement et son infatigable sourire, elle encourageait les uns et les autres à garder espoir. Maintes fois, elle pensa à Maggy Springfield qui devait se débrouiller avec sa marmaille et à Tiffany qui la soutenait dans les besognes quotidiennes. Et, dans les rares moments où son courage glissait vers le désespoir, elle levait les yeux au ciel et demandait, comme le Fils à son Père : « Seigneur, pourquoi nous as-tu abandonnés ? »

Le dimanche qui suivit son voyage à York, Laura se rendit à l'église St. Mark. Elle avait besoin de refaire ses forces avant d'entreprendre une autre semaine. Chaque fois qu'elle s'éloignait de la maison, elle ressentait cet étrange sentiment de culpabilité qui l'habitait. Elle essayait de se convaincre qu'elle se donnait beaucoup à ses enfants, mais elle ne pouvait se dissocier de la misère qui accablait les pauvres et les indigents de son village – ce dernier se résumant à présent à quelques habitations éparses. Du haut de sa chaire, le pasteur Addison continuait de solliciter les âmes charitables pour qu'elles s'engagent dans la communauté de Niagara. Mais ses fidèles semblaient indifférents aux malheurs qui s'étaient abattus sur le hameau de Queenston.

Au soir, Laura déposa son livre de lecture et décida que le moment était venu d'écrire à Mary Boyles Powell. Benjamin repartait pour le fort George le lendemain ; il acheminerait sa lettre à Niagara. Elle s'assit à sa table d'écriture. La plume à la main, elle tira vers elle le bougeoir pour mieux éclairer son texte.

James s'approcha.

— Je pensais que tu monterais après ta lecture, Laura. Tu devrais aller te coucher. Tu dois être fatiguée.

Laura déposa sa plume, délaissa son écritoire et se leva :

— Je dois absolument écrire à mademoiselle Powell, chuchota-t-elle. Mary doit s'impatienter. J'ai peur qu'elle me prenne pour une ingrate, James. Tant de journées sans un mot…

— Tant de journées sans s'aimer, Laura, émit James comme un reproche.

Il alla appuyer ses béquilles dans le coin de la pièce et s'avança jusqu'à sa femme. Son regard coula dans les yeux noisette.

— Tu me manques, Laura.

Frémissante, Laura posa la tête sur la toison bouclée du torse de son mari. James promena une main fiévreuse le long du dos de son épouse et l'enlaça.

— Durant le jour, je suis presque une nullité, mais la nuit, je n'ai rien d'un impotent, Laura.

— Le jour, quand je ne suis pas là, ta présence est indispensable, James. Tu sais à quel point nous voulons tous ta guérison. Les enfants t'aiment. Et la nuit…

— La nuit… soupira-t-il.

Laura se haussa sur le bout des orteils.

— La nuit, je te garde pour moi seule, murmura-t-elle, en lui mordillant l'oreille. Tu es toujours aussi séduisant.

Laura se libéra doucement des mains enveloppantes, prit le bougeoir et, minaudant, attira James vers l'escalier. L'homme gravit les marches avec moins de lenteur qu'à l'accoutumée. Laura jeta un œil furtif à la cuisine. Mary Lawrence était dans sa chambre et Benjamin devait dormir sur la paillasse du quêteux…

* * *

James reposait à présent dans un état plénier de béatitude. Il avait ardemment honoré sa femme et s'était endormi dans les bras de l'amour. Il était couché sur le flanc, la tête recouverte d'épaisses couvertures. Pour sa part, Laura ne dormait pas. Des idées pressantes se bousculaient dans sa tête. Elle se devait de les écrire. À la lueur de la lune, elle se couvrit de sa chaude robe de nuit, redescendit au salon et rejoignit son écritoire.

Le feu mourait dans l'âtre. Laura l'alimenta de quelques rondins de merisier et d'écorce de bouleau pour l'activer. Aussitôt, la lumière chatouilla le mur de crépi blanc. Puis elle alluma le bougeoir et s'assit à l'écritoire pour rédiger sa lettre.

Chère Mary,

Je vous remercie sincèrement pour votre accueil chaleureux lors de mon trop bref séjour à York. Il fut des plus agréables et nous a permis de faire plus ample connaissance que lors des funérailles des regrettés Brock et MacDonnel.

Dès mon retour, je me suis procuré des denrées alimentaires et les ai distribuées aux miséreux de mon petit village. Des mines attristées se moulaient en sourires reconnaissants. La générosité que les habitants de la capitale ont manifestée me dépasse encore. Autant l'homme est impitoyable dans la guerre, autant il est capable d'ouvrir son cœur et de tendre la main à celui qui souffre, à celui qui pleure. Je ne comprendrai jamais la méchanceté des hommes ; cela me fascine et me bouleverse tout à la fois.

Vous avez été fortement secouée après la disparition de John MacDonnel, mais vous ne me semblez pas de celles qui s'accrochent au passé et qui ruminent des remords pendant des années. Il faut se raisonner, retrouver le bon sens. Un jour viendra où vous rencontrerez l'homme qui vous est destiné. C'est facile de dire une telle chose, j'en conviens, mais vous avez tout intérêt à vous distraire et à vous intéresser à la vie. Je parle en connaissance de cause, ayant personnellement fait le deuil d'un premier amour en arrivant au Canada. Il s'appelait Shawn. Il était plein d'attentions pour moi. Il était beau comme un dieu. Nous nous aimions tant. Pourtant, la vie me l'a arraché dramatiquement. Cependant, malgré la douleur qui m'animait, j'ai dû retrousser mes jupes et continuer ma route. Je crois que la vie m'a récompensée. James est adorable. Comme quoi le ciel nous réserve quelquefois un imprévisible destin !

Votre mère m'a conquise par la grâce qu'elle dégage et la noblesse de son rang. C'est une femme dotée d'une grande intelligence et qui jouit d'une vaste culture. Une dame qui brille dans les salons et la haute société dans laquelle vous évoluez. Elle me semble épauler admirablement votre père. Cependant, j'ai cru déceler un climat de mésentente entre elle et votre sœur Anne. Cela m'a chagrinée. À ce que j'ai pu percevoir, les fréquentations d'Anne ont connu des périodes houleuses et ses prétendants n'ont pas toujours bénéficié des bonnes grâces de votre mère. Pour ce qui est de John Beverley Robinson, il serait le poulain de votre père et il ne semble éprouver aucune difficulté à trouver l'assentiment de votre mère. C'est un garçon brillant qui peut envisager un avenir des plus prometteurs. Je me réjouis pour Anne. Quant à votre sœur Eliza, elle incarne la discrétion même. J'ai eu l'impression de côtoyer une religieuse en visite chez ses parents.

J'ai longtemps réfléchi avant de vous dévoiler l'objet d'un désagrément qui me tenaille. J'essaie de trouver les mots. Je ne voudrais surtout pas que notre amitié naissante soit compromise par le déplorable fait que je tarde à vous révéler. Le voici enfin! Sur le chemin du retour, Benjamin et moi avons connu une… comment dire… une certaine infortune. En effet, deux brigands nous ont attaqués alors que nous approchions de Queenston : ils voulaient la bourse que je rapportais de York. Nous avons pu les déjouer, nous défendre et faire échec à leur projet. Avant qu'ils repartent bredouilles, nous avons réussi à leur soutirer qu'ils étaient à la solde de quelqu'un qui gravite dans votre entourage. Il s'agit de votre frère Grant. L'étonnement qui m'habite n'est probablement que le pâle reflet de la honte qui jaillit en vous à la lecture de ces lignes. Dans mon émoi, je me suis rappelé l'allusion malhabile de votre sœur Anne qui dénotait toutefois un fond de vérité au sujet de votre frère. Qu'adviendra-t-il de Grant? Je l'ignore. Par contre, croyez-moi, je n'ai aucunement l'intention de le dénoncer. Mon propos n'a d'autre dessein que d'empêcher un autre grave dérèglement malhonnête qu'on ne peut qualifier de simple écart de conduite.

Vous excuserez la franchise de ma lettre qui se termine si abruptement. L'âtre ne me procure plus que la chaleur de sa braise. Mes doigts n'obéissent plus à la loquacité de ma plume qui aurait tellement à vous raconter. Vous prendrez le temps de gratifier votre honorable père et le pasteur Strachan d'une profusion de remerciements au nom de tous ceux qui ont bénéficié des dons qu'ils ont si vaillamment recueillis.

Je demeure sensible à la noble cause qui nous unit.

Avec affection,

Laura Secord

Laura déposa sa plume d'aigle sur l'écritoire et relut son texte. Le passage concernant Grant Powell l'agaça au point où elle se demanda si elle ne devait pas recommencer sa lettre et ignorer l'incident dont ils avaient été victimes, elle et Benjamin. Mais elle était fatiguée et le froid commençait à lui engourdir les membres. Songeuse, elle ferma les yeux et releva la tête en pensant à l'effet que son pli produirait sur Mary Boyles. Dans la chambre au-dessus, des pas irréguliers la tirèrent de sa réflexion et couvrirent le murmure de la braise. James s'était levé. Laura glissa furtivement sa lettre sous l'écritoire, puis elle alla entrouvrir la porte du salon. Prêtant l'oreille, elle entendit des couinements dans l'escalier. Son éclopé descendait et s'en venait la rejoindre.

— Que fais-tu au salon à une heure pareille, Laura ?

— J'écris une lettre à Mary Powell, avoua-t-elle candidement. Je ne pouvais attendre ; Benjamin nous quitte demain. D'ailleurs, ce garçon a besoin d'une bonne nuit de sommeil. Tu aurais pu le réveiller, James.

— Pas toi, Laura ? répartit-il sur un ton vif.

Elle préféra ne pas répondre. Visiblement, elle avait un peu froissé son mari en faisant allusion au pas traînant de celui-ci.

— Il ne fait pas chaud dans cette pièce, réagit-il.

Il se frotta énergiquement les mains et observa le petit secrétaire duquel la chaise était écartée.

— Je vais monter bientôt, dit-elle, se pressant contre son mari pour détourner son regard fureteur. Ça ne sera pas tellement long, le temps de relire ma lettre, ajouta-t-elle.

James s'approcha d'elle, puis il constella son visage de baisers.

— Il me vient une idée folle, Laura, chuchota-t-il.

Sans mot dire, il reluqua le sofa.

— James, tu n'es pas sérieux ! On pourrait nous surprendre !

De ses lèvres, il recouvrit doucement la bouche de Laura pour la réduire au silence. Ensuite, il referma la porte du salon. Sur la pointe de ses pantoufles, Laura regagna la cheminée, enfourna quelques bûches dans l'âtre. James vit qu'elle attisait le feu moribond. Il s'allongea sur la courtepointe du sofa. Laura se retourna vers lui. Elle découvrit ses seins et s'avança lascivement vers la lumière qui dansait dans les yeux de son époux.

9
Un hiver long et froid

Quelques semaines plus tard, la péninsule était ensevelie sous la neige épaisse. On s'entassait dans les chaumières ; on écoutait le vent sinistre qui geignait aux portes et aux fenêtres, et le froid qui faisait craquer les branches gelées. Les villageois s'entraidaient en partageant une partie de leur réserve de nourriture et les paysans s'arrangeaient pour se suffire à eux-mêmes, ne frappant chez le voisin que lorsque l'ennui se faisait trop lourd à porter. Laura attendait une lettre de Mary Boyles Powell. Entre-temps, elle avait poursuivi son œuvre de bienfaisance en s'assurant que les familles de Queenston puissent survivre à l'hiver et, si possible, se payer un peu de bon temps. C'est ainsi que des habitants du hameau découvrirent les talents de violoniste de Benjamin Jarvis lors de soirées où l'on se rassemblait chez les Secord pour danser et fredonner quelques chansons. Pour sa part, Mary Lawrence dédaignait ces rencontres où des voisines entreprenantes se disputaient les faveurs de l'artiste pendant ses pauses. Presque tout le monde s'amusait. Même James réussissait à oublier sa blessure au genou et se risquait à faire quelques pas de danse avec ses béquilles.

* * *

Au fort George, le général Sheaffe était fortement préoccupé par les questions militaires et il commençait à craindre une pénurie de victuailles dans quelques régions. Depuis un certain temps, sa santé défaillante l'avait contraint à réduire ses activités au point où il songeait à délaisser le commandement de la province. Il était écrasé dans son fauteuil lorsque le major Evans frappa à la porte de son bureau.

— Entrez ! émit faiblement l'officier supérieur.

— Vous me semblez particulièrement accablé, mon général, exprima le major de brigade.

— J'ai de sérieux maux de tête et des problèmes de digestion, Evans. Cette colonie est en train de miner ma santé, déplora-t-il.

Evans emprunta un air compatissant qui se modula aussitôt :

— Un message en provenance du gouverneur Prevost, dit le major, tendant un pli.

Une main sur le ventre, Sheaffe tendit l'autre. Il déplia le message, le lut à voix basse en grossissant les yeux. Puis il se leva en s'appuyant sur les bras de son fauteuil.

— Le gouverneur général nous permet d'imposer partiellement la loi martiale sur les vivres, affirma-t-il.

— Est-ce à dire que les fermiers seront contraints de vendre leurs produits à l'armée ?

— Tout à fait. Je dois reconnaître que vous aviez vu juste, major Evans.

— Par contre, au fort George, nous avons de quoi passer l'hiver. Selon mes informations, les familles de Queenston ne pourront tenir encore bien longtemps, avança le subalterne. Avec votre permission, nous pourrions partager avec les villageois. Cela m'apparaît même impératif.

— Sous le patronage de mon ami le juge Powell, un des principaux instigateurs du projet, la Loyal and Patriotic Society a contribué pour une bonne part à soutenir ces pauvres victimes de la guerre…

Sheaffe fut pris d'un malaise. Il porta la main à l'estomac et se plia en deux.

— Assoyez-vous, mon général, dit Evans.

Sheaffe recula de quelques pas et se laissa choir dans son fauteuil. Thomas Evans se rappela alors de la personne qu'il avait rencontrée le 16 octobre précédent avec Benjamin Jarvis devant la Maison de l'État. Il lui arrivait fréquemment de se remémorer le visage de cette femme aux yeux noisette qu'il avait vainement tenté de bannir de ses pensées.

— Il paraît qu'une certaine Laura Secord s'est chargée de la distribution des victuailles achetées avec les dons recueillis par la société, dit Evans. C'est la femme d'un des soixante-dix-sept blessés de la bataille de Queenston Heights.

— Dites donc, Evans, de qui tenez-vous ce renseignement ?

— De Benjamin Jarvis, celui qui a vu tomber Brock au combat, général.

— Encore et toujours ce Brock ! ragea Sheaffe, le visage cramoisi. On ne finira donc jamais de parler de ce général qui n'a fait rien d'autre que son devoir. Je vous rappelle que c'est moi, après tout, qui suis intervenu pour prendre en main la situation et faire en sorte qu'elle tourne en notre faveur ! rappela Sheaffe, esquissant un rictus amer. Et si ça continue, on va ériger un monument à la mémoire de son cheval Alfred.

Sheaffe, réalisant qu'il s'était mis en colère, se calma sur-le-champ. Il appuya la paume de ses mains moites sur les bras du fauteuil.

— Evans, veuillez vous enquérir de l'état du convalescent. Aussi, veillez personnellement à ce que les habitants du hameau ne manquent pas de l'essentiel.

* * *

Le surlendemain, Benjamin Jarvis rapportait la recommandation de Prevost et l'intention de Sheaffe d'y donner suite. Laura s'inquiéta pour Maggy Springfield et prit sur elle de courir au-devant des coups. Elle s'était elle-même échinée aux travaux des champs et aux soins des animaux pendant que les hommes se préparaient au combat. Il y avait un peu de son labeur dans ces récoltes que des militaires viendraient acheter pour presque rien. Elle n'avait aucune certitude, mais pressentait un appel de Maggy à prendre sa défense.

— Tu montes encore aux barricades, Laura, s'enflamma James. Les signes de pénurie dont parle Benjamin se manifestent dans le district de Western, pas ici ! À Queenston, comme victimes de la guerre, nous avons eu l'immense privilège d'être secourus. Tu as accompli un travail remarquable, Laura, et nous t'en sommes tous redevables.

— Mais j'ai déjà distribué presque toutes les denrées achetées avec les dons de la Loyal and Patriotic Society, James !

— Alors je me demande bien ce qui va nous arriver…

— Rassurez-vous, monsieur Secord, intervint Benjamin. Jeudi de cette semaine, le major Thomas Evans procédera à une distribution de vivres au village. Sachant que je fréquente cette maison, il m'a demandé de l'accompagner.

— Bon ! Va pour la défense de Maggy, dit Laura. Toutefois, pour ce qui est de la contribution des militaires, on peut très bien s'arranger, ajouta-t-elle, se rappelant les manières par trop entreprenantes du major de brigade, le jour des funérailles de Brock.

— Tu ne peux refuser pareille offre, Laura, protesta James.

— Tu l'auras voulu, James ! conclut Laura, se soumettant à la volonté de son mari.

* * *

Laura n'attendit pas. Elle s'ennuyait de Maggy et toutes deux devaient discuter de la suite des choses concernant Tiffany. Par une matinée calme et soleilleuse, elle se rendit chez Maggy Springfield. De sa corne d'or, l'astre diurne déversait sa lumière à travers les carreaux étroits des fenêtres. La veuve s'affairait à la lessive dans une marmite où elle avait mis à tremper des vêtements souillés qu'elle remuait avec une énorme cuillère en bois. Lorsqu'elle entendit l'ébrouement d'un cheval près de la maison, elle tordit le linge de ses grosses mains rougies et le mit à sécher sur la corde, près de la cheminée. Les grands n'étaient pas revenus de l'étable. Le tablier noué au cou, Jennifer pétrissait le pain sur le comptoir enfariné. Le dernier-né gazouillait dans son ber. Deux petits se pourchassaient en courant autour de la table pendant que Tiffany guidait la main de la plus jeune des filles pour l'aider à dessiner un paysage hivernal.

— Laura! dit la paysanne en ouvrant les bras.

Les femmes se donnèrent une chaude accolade. Laura se débarrassa de son manteau et de ses bottes. Tiffany délaissa la main de l'enfant. Suivie de sa petite élève, elle marcha jusqu'à la visiteuse.

— Dame Laura! Vous êtes venue pour me ramener maintenant que le petit Allan fait ses nuits…

— Je ne sais pas comment te le dire, Tiffany… La vérité, c'est que nous n'avons plus les moyens de payer une domestique. Cela me chagrine beaucoup, crois-moi. En plus, les denrées se faisant de plus en plus rares, nous ne pouvons décemment assurer la subsistance d'une autre bouche à nourrir, expliqua Laura. Jusqu'à maintenant, nous avons pu bénéficier de la générosité des gens de la capitale, mais les fonds ne sont pas inépuisables. Nos réserves sont si basses que l'armée va nous prêter assistance.

— Ne t'en fais pas pour nous, Laura, dit Maggy, le visage serein. Grâce à toi, à Tiffany et à mes enfants, nous avons de quoi subsister jusqu'au printemps. Si Dieu le veut…

Tiffany baissa ses grands yeux noirs; son visage s'assombrit.

— Pourquoi te désoles-tu, Tiffany? demanda la paysanne.

— Je pense retourner à la plantation. J'étais heureuse avec vous et les enfants, madame Springfield, comme je l'ai été chez les Secord, exprima Tiffany, déchirée.

— Qui a dit que nous te mettions à la porte ? réagit joyeusement Maggy. Je peux t'offrir le gîte et le couvert, aussi longtemps que tu le voudras, rétablit la veuve. En temps de guerre, il est souvent plus facile de se débrouiller à la campagne.

Les paroles réconfortantes de Maggy rassérénèrent Tiffany. Laura esquissa un sourire béat. Elle se désolait de ne pouvoir rien faire de plus pour l'esclave que James avait rescapée de la plantation. La petite élève prit la main de Tiffany et la ramena à la table pour achever son dessin.

— Mais où ai-je donc la tête ? s'écria Maggy. Je ne suis pas très accueillante, Laura ; je ne t'ai même pas offert de t'asseoir. Allez, installe-toi. Je t'apporte à l'instant une tasse de tisane à la menthe avec de bonnes galettes chaudes.

Laura préféra ne pas aborder la question des victuailles achetées par l'armée et la loi martiale qui serait imposée dans certaines régions de la province. James avait bien fait de la raisonner. Elle reconnaissait qu'elle cédait parfois à des emportements. Et amener de tels propos dans la discussion n'aurait soulevé que des inquiétudes dont Maggy pouvait très bien se passer. Par contre, la venue du major Thomas Evans chez elle la chicotait un brin et elle voulait se confier à son amie. En chuchotant, elle lui narra les circonstances de sa rencontre avec lui, son insistance pour la ramener à la maison après les funérailles et sa visite imminente à Queenston.

— Cet homme est marié, en plus, Maggy. J'ai réussi à m'en défaire la première fois, mais il est collant comme une mouche.

— Avec la force de caractère que je te connais, il faudra que tu t'affirmes, Laura. Tu n'en es pas à tes premières armes, que je sache. D'autant plus que James va rôder dans la cabane en veillant sur son bien ! ricana la paysanne.

— Le major va nous apporter des victuailles, je ne pourrai tout de même pas le mettre à la porte.

— Voyons, Laura, je t'ai déjà connue plus opiniâtre que ça. Serais-tu en train de faiblir ? Tu tiens à James ou pas ? Jamais je ne croirai que...

— Bon, oublions tout ça, Maggy, dit Laura qui n'avait pas l'habitude d'étaler ses sentiments.

Elle acheva de grignoter son dernier morceau de biscuit, avala le reste de sa boisson chaude et se leva. Elle annonça :

— J'ai promis de rentrer pour le dîner.

Puis elle se retourna vers la jeune cuisinière :

— Merci pour tes savoureuses galettes, Jennifer.

— De rien ! Vous saluerez Mary Lawrence de ma part, madame Secord.

— Je n'y manquerai pas.

Laura s'approcha de Tiffany et lui remit quelques pièces d'argent.

— Voilà ce que je te dois, dit-elle.

— C'est trop, beaucoup trop, Dame Laura ! protesta la domestique.

— Le compte y est ?

— C'est plus que ce à quoi je m'attendais, Dame Laura, s'exclama Tiffany.

— Tu as bien mérité ce que je te donne. N'en parlons plus, c'est réglé ! conclut la visiteuse.

Laura marcha jusqu'au mur près de l'entrée où Allan avait bricolé des crochets pour suspendre les manteaux. Elle chaussa ses bottes, revêtit sa mante, enroula un foulard autour de son cou et elle embrassa Tiffany et Maggy. Ensuite, elle enfila ses mitaines et sortit.

* * *

Laura avait ruminé quelque repentance pour avoir livré ses états d'âme à Maggy. Le lit de son amie devait être grand et froid comme l'hiver depuis la disparition d'Allan tandis qu'elle-même jouissait du plaisir de partager le sien avec James et qu'un militaire lorgnait de son côté. En vivant comme une recluse à la campagne, la veuve n'avait pas d'occasion d'être courtisée par un homme qui remplacerait Allan, éventuellement. Et envoyer le major chez elle n'était pas foncièrement une bonne idée. D'abord, le haut gradé avait avoué son mariage avec une Montréalaise et, ensuite, l'admirable Maggy n'avait d'autre dessein que de se consacrer au bonheur de ses enfants.

* * *

Au grand dam de Mary Lawrence, Laura avait invité des voisins à se joindre à la petite soirée. L'aînée était persuadée que Benjamin ferait tourner la tête des donzelles et qu'elle passerait de douloureuses minutes à se morfondre de les voir soupirer après son prétendant.

Pragmatique, Evans avait planifié sa tournée dans le hameau et réservé son dernier arrêt pour la demeure des Secord. Aucun habitant ne l'avait gardé à souper. Il se présenta donc chez le milicien avec des provisions, le ventre lui criant horriblement famine. Cependant, Laura avait décidé de le faire pâtir. Elle-même n'avait pas entamé les denrées des bénéficiaires de la Loyal and Patriotic Society lors de ses distributions. Evans ferait de même, un point, c'est tout !

Benjamin remit à Mary Lawrence son violon et son archet emmitouflés dans un linge qui servait d'étui. La jeune fille s'empressa de découvrir l'instrument afin qu'il prenne au plus tôt la température de la pièce et le déposa sur le secrétaire, près de l'écritoire. Peu de temps après, Benjamin entra, un sac de farine sur l'épaule, et secoua ses pieds enneigés sur le tapis. Luttant contre les bourrasques qui s'acharnaient sur la façade de l'habitation, le major lui remit une caisse de conserves avant de s'engouffrer et de refermer la porte.

— Accrochez vos manteaux, messieurs, dit James, qui se tenait sur ses béquilles. Et merci pour les victuailles.

Laura ne s'était pas présentée à l'entrée. Accablée d'une indomptable toux qui secouait sa frêle poitrine, Appolonia était agrippée à son cou et Charlotte la retenait à la cuisine pour jouer. Mais Laura préférait l'effacement aux retrouvailles avec Evans. Les hommes étaient passés au salon. Elle les entendait pérorer sur leur victoire à Queenston Heights et sur la guerre en dormance pendant la saison froide. Evans ne se gêna pas pour se gargariser de son sens inné de la prévoyance. Laura reconnut l'homme peu modeste qu'elle avait rencontré. Bientôt, des voisins arriveraient pour la danse et un brin de causette. James offrit un petit verre pour se réchauffer. Evans ne se fit pas prier pour enfiler une autre rasade de fort, mais Benjamin refusa, invoquant qu'il ne devait pas trop boire s'il voulait jouer correctement du violon. Mary Lawrence alla préparer à la cuisine un plat des bonbons au miel que sa mère avait confectionnés plus tôt dans la journée.

Aussitôt qu'elle entendit la musique, Appolonia gigota dans les bras de sa mère. Laura l'étreignit d'un gros câlin puis la déposa au sol afin qu'elle rejoigne Harriet et Charles qui s'étaient faufilés parmi les invités. Seule à la cuisine, elle acheva d'essuyer la vaisselle que Mary Lawrence avait oubliée dans son agitation. De toute manière, elle se demandait s'il ne valait pas mieux s'éloigner du major. Mais l'hôtesse de la maison ne pouvait décemment se tenir à l'écart toute la soirée. Elle amorça un pas vers le lieu de la réception, puis elle s'arrêta. Elle avait décidé de prendre son tricot dans le buffet lorsqu'un martèlement de béquilles grandit jusqu'à ses oreilles à travers d'amusantes ritournelles.

— Le major est affamé, Laura ! clama James. Il faut lui donner à manger !

— Demande à Mary Lawrence de lui offrir des bonbons au miel, ça lui sucrera le bec, répartit Laura avec dérision.

— Qu'est-ce que tu penses, Laura ? Il faut lui préparer à souper, voyons ! Le major a pris la peine de nous apporter des vivres. C'est toute la reconnaissance que tu démontres ?

— Sa Majesté Evans est de passage dans notre humble chaumière et nous devons nous soumettre à ses moindres volontés !

— On dirait que tu méprises le major, Laura.

James délaissa ses béquilles et sautilla vers sa femme sur une jambe.

— Ce serait plus convenable de lui préparer quelque chose à manger. Allez, fais-le pour moi, Laura.

— C'est pour toi ou pour lui que je ferai chauffer le potage, James ? se moqua-t-elle. Parce que, vois-tu, si je me mets à la cuisson, ton haut gradé, lui, va attendre la nuit pour se mettre une cuisse sous la dent.

— La tienne ou celle de notre voisine ? plaisanta James.

— Tu deviens grossier, James. Va dire à ton major que le potage sera bientôt servi, le temps de le réchauffer.

— Au fait, notre voisine te réclame. On invite les gens et tu te cloîtres dans la cuisine…

— Dis-lui que je souffre d'une désagréable migraine et que je ne suis pas très montrable.

L'estropié traversa la pièce en clopinant. Thomas Evans s'amena peu après dans la cuisine.

— Bonsoir, madame… hic… Secord, dit-il. Quelle joie… hic… de vous retrouver !

— Je ne peux en dire autant, monsieur Evans. Me relancer à mon domicile relève de l'impertinence. Qui aurait dit que vous iriez jusque-là ? Ici, vous êtes en présence de mon mari et de mes enfants, major…

— Et d'une jolie… hic… femme…

Il s'aventura près de Laura, mit la main sur son épaule. Elle se cambra et repoussa le militaire d'un geste décidé.

— Assoyez-vous, Evans. Vous n'avez aucun droit sur moi, tenez-vous-le pour dit !

Le major s'assit, reluquant le galbe attirant de son hôtesse. Elle mit à chauffer quelques louches de potage aux poireaux.

— Je vous avais pourtant dit qu'il était préférable de ne plus nous revoir. Je n'ai pas été assez claire, il faut croire…

— Vous êtes irré… hic… irré… sistible.

— J'avais sous-estimé votre grandeur d'âme, major ! ricana-t-elle. Vous me rappelez l'époque où j'étais tenancière à la taverne de mon père. Il y avait parfois de ces mains entreprenantes de marins qu'il fallait dompter…

— Vous me… hic… repoussez, Laura… hic… s'offusqua Evans en dodelinant de la tête.

Le major affamé émit de sonores borborygmes.

— Hic… C'est mon estomac… hic… qui se manifeste !

Laura rabroua le major :

— Cela ressemble aux gargouillements verbaux que vous émettez depuis que vous avez pénétré dans cette cuisine, major Evans, le rabroua-t-elle.

Elle lui apporta un quignon de pain afin qu'il se taise en attendant son bol. Mais ce ne fut pas assez.

— Lieutenant-colonel, madame… hic… lieutenant-colonel ! Je viens d'être honoré… hic… d'un brevet rétroactif au jour… hic… de la bataille de Queenston Heights… hic… le 13 octobre dernier.

— Vos honorables distinctions ne vous donnent pas pour autant du savoir-vivre, lieutenant-colonel. Si on décernait des galons pour la courtoisie envers les dames, vous auriez sûrement plusieurs échelons à gravir avant d'en recevoir un seul, se moqua Laura.

Accusant la répartie de l'hôtesse, Evans empoigna sa cuillère et prit une bruyante lampée de potage.

Mary Lawrence fit irruption dans la pièce. Elle tenait sa petite sœur par la main.

— Mère, Appolonia ne cesse de tousser, se plaignit-elle. C'est insupportable à la fin !

L'aînée abandonna la tousseuse. Les cordes du violon n'avaient pas fini de la faire vibrer et elle devait aller surveiller les visiteuses qui tournaient autour de Benjamin.

— Appolonia, tu devrais déjà être au lit depuis une heure, exprima Laura.

Elle toucha le front brûlant de sa benjamine, pressa le petit corps geignant contre son ventre, puis s'adressa au militaire :

— Vous devrez m'excuser, lieutenant ; je dois soigner ma fille.

— Lieutenant-colonel, madame Secord ! Lieutenant-colonel ! dit Evans, émettant un rot qui se répercuta sur les murs de crépi de la cuisine.

Laura agrippa la petite malade et, la soutenant d'un bras, elle chercha dans l'armoire le remède qui pourrait la guérir.

* * *

La maladive Appolonia étant trop jeune pour se gargariser avec de la tisane de racine de mandragore, Laura tenta de lui faire avaler du sirop de racine d'épinette pour lutter contre la toux. Mais la fièvre persistait et se répandait sur le corps chétif de l'enfant. Les nuits suivantes, elle dormirait dans la chambre de ses parents. Ainsi Laura pourrait intervenir à la moindre détérioration de sa santé ; de plus, cela éviterait de garder le reste de la progéniture en éveil.

Au lendemain de la visite d'Evans, Appolonia plongea dans une morne indolence. La petite refusa de manger, recroquevillée au creux de son ber, presque inanimée. Les services du docteur Bailey ayant été requis pour soigner les soldats blessés, Laura se pressa au fort George. On consentit à la laisser entrer dans la forteresse parce que son mari était dans la milice et que sa fille était souffrante. On lui mentionna qu'elle pouvait rencontrer le docteur à la condition expresse qu'elle soit accompagnée d'un soldat pour se rendre.

Elle frappa à la porte de l'infirmerie et demanda à voir le médecin. Après deux heures d'attente, elle expliqua à la préposée aux malades qu'elle venait de Queenston, qu'il s'agissait d'une urgence et que sa petite se trouvait dans un état inquiétant. Une autre demi-heure s'écoula dans l'espoir que le docteur Bailey surgisse de la salle d'opération et prescrive des médicaments qu'il prendrait dans l'apothicairerie de l'hôpital militaire. Laura ne cessait de penser à sa fille et au malheur qui pourrait s'abattre sur sa famille. James avait échappé à la mort, mais tout portait à croire que la Grande Faucheuse n'épargnerait pas la petite vie. Assise sur un banc, Laura joignit les mains dans les replis de sa mante. Elle avait envie de se mettre à genoux. Mais elle se prosterna devant un crucifix imaginaire et se mit à réciter toutes les prières qu'elle avait apprises, sans oublier le *Notre Père* qu'elle se promettait d'enseigner à Appolonia.

Un officier entra.

— Vous me rendez ma politesse, madame Secord, lança-t-il nerveusement.

— Ah, c'est vous, lieutenant-colonel Evans ! Si je m'attendais à vous trouver dans la forteresse ce matin !

— Le hasard fait parfois bien les choses, Laura, dit Evans en la prénommant pour la première fois.

— Je ne crois pas que le hasard me favorise en ce moment, Evans. Je suis venue consulter le docteur car l'état de ma petite dernière nous inquiète, mon mari et moi.

— Et moi, je viens pour le général Sheaffe ; il requiert constamment des soins.

— Vous passerez avant moi. La santé du général est plus importante que celle de ma fille, lieutenant-colonel.

— Je ne vous le fais pas dire.

— Cessez ces familiarités, Evans, rétorqua-t-elle.

Une porte s'ouvrit. Thomas Evans entra. Après quelques minutes, il ressortit de la pièce avec une fiole de médicament.

— Vous saluerez votre mari de ma part, dit Evans. Vous lui direz que les hommes bien-portants sont nombreux à reluquer les belles femmes comme vous.

La visiteuse n'eut pas le temps de répondre à pareille ineptie. Elle fut entraînée par une préposée l'invitant à entrer dans une salle exiguë.

Le docteur Bailey avait vieilli. Le front plissé de fatigue, il semblait écrasé par le poids des nouvelles responsabilités qui lui incombaient depuis le début de la guerre. Laura lui exposa les faits, élabora sur la santé fragile de sa benjamine. Puis, réprimant un accès de larmes, elle se libéra de la question qui lui entravait la gorge :

— Pensez-vous qu'on peut la sauver, docteur Bailey ?

— Les chances sont minces, madame Secord. Les circonstances font que je ne peux me rendre à Queenston. Bien sûr, vous ne pouviez me l'amener, au risque d'aggraver son état précaire. D'ailleurs, j'aurais beau vous recommander tous les sirops, toutes les tisanes et les potions, lui appliquer tous les cataplasmes et les onguents que recèle mon apothicairerie, cela ne donnerait rien. Je crains qu'il ne s'agisse d'un mal incurable.

Il baissa sa tête grise et murmura :

— À plus ou moins brève échéance, votre petite malade…

Laura éclata en sanglots.

Avant de quitter Niagara, elle résolut de se rendre à l'église St. Mark. De vieilles dames chuchotaient des prières à la lumière d'un cierge. Elles se retournèrent vers la jeune femme qui venait de s'agenouiller en pleurant. Laura chercha à se recueillir, fit le signe de la croix, pria puis invoqua la compréhension du Seigneur et son incommensurable bonté. « *"Notre Père qui êtes aux cieux, que votre nom soit sanctifié, que votre règne vienne, que votre volonté soit faite sur la terre comme au ciel… Et délivrez-nous du mal."* Seigneur, je ne crierai pas à l'injustice, je suis mauvais juge, mais ne trouvez-vous pas qu'il y a assez des misères de la guerre sans ajouter à la douleur et à l'affliction qui m'habitent ? Dieu du ciel, comment pouvez-vous me prendre ma fille ? Comme les autres, elle a grandi dans mon ventre. Je l'ai nourrie, je l'ai entourée, je l'ai aimée. Je sais que vous finirez par nous reprendre tous, un jour ou l'autre, mais donnez-lui le temps de vivre, je vous en conjure, Seigneur. »

Elle se signa et regagna le hameau avec la conviction que Dieu ne l'avait pas écoutée.

Laura avait eu raison d'appréhender le pire. Sa maigrichonne souffreteuse avait rendu l'âme peu après son départ vers la forteresse, étouffée par des sécrétions. Comme il se doit, le service funèbre officié par le pasteur Robert Addison eut lieu en l'église St. Mark de Niagara. Après quoi, le petit corps raidi, bien emmailloté et placé sur les genoux de Laura, fut transporté dans un traîneau jusqu'au cimetière de Queenston, derrière la chapelle incendiée.

* * *

Jusque-là, fin de janvier 1813, l'hiver avait permis d'engourdir les ardeurs des ennemis et de maintenir une relative quiétude au Canada. Les habitants de Queenston survivaient maintenant grâce au gibier que des Indiens leur apportaient et aux réserves de victuailles qui n'étaient pas épuisées. Laura ne s'était pas remise de la disparition de sa petite. Elle voyait son visage malingre dans toutes les pièces de la maison et n'arrivait pas à l'effacer de ses nuits cauchemardesques où elle se réveillait en sursaut. James tentait alors de l'apaiser en la serrant contre lui. Dans ses moments les plus tourmentés, elle s'imaginait que le lieutenant-colonel Evans la retenait de force pour l'empêcher de revenir au chevet d'Appolonia. Et si elle ne parvenait pas à se rendormir, elle s'assoupissait dans sa chaise berçante pendant le jour, essayant de chasser l'œil inquisiteur d'Evans qui la poursuivait.

* * *

Au quartier des officiers, Roger Hale Sheaffe s'était retiré dans sa chambre lorsque Evans frappa à la porte de son bureau.

— N'insistez pas, Evans, je viens, grommela le général qui avait reconnu le pas du lieutenant-colonel.

— Voici une dépêche provenant du fort Malden, dit le subalterne en brandissant le pli.

Sheaffe saisit le message, se cala dans son fauteuil et commença sa lecture. Quelques secondes après, il s'écria :

— Assoyez-vous, Evans, vous m'énervez au plus haut point !

Evans obéit sur-le-champ à la requête impérative. Considérant les plissements du visage de son supérieur, il se demanda s'ils traduisaient une indisposition provoquée par son système digestif capricieux ou par des informations relatant de malencontreux incidents.

— Avez-vous pris vos médicaments aujourd'hui ? s'enquit Evans.

— Sacrez-moi patience avec vos médicaments ! bougonna le général. J'ai mâchouillé des journées durant ces maudites racines de nervure de vigne prescrites par le docteur Bailey pour me calmer les nerfs et cela n'a servi à rien, se lamenta-t-il. Tenez, résumez-moi ça, dit-il en tendant la missive à son interlocuteur.

Le lieutenant-colonel se leva et prit la dépêche. Il s'accorda quelques minutes pour lire le message. Puis, devinant l'impatience de Sheaffe, il annonça :

— Il s'est produit un horrible massacre !

— Les Américains sont à nos portes ?

— Ce n'est pas ce que vous croyez, mon général ! Il y a eu une attaque à Frenchtown sur la rivière Raisin. Une véritable tuerie ! Winchester aurait dispersé certaines de nos troupes. En riposte, le colonel Procter aurait traversé la rivière Detroit gelée pour atteindre le village avec son artillerie et mille trois cents hommes, dont un bon nombre d'Indiens Wyandots.

— Et alors ? Cette vieille relique de la guerre d'Indépendance américaine a eu la vie dure ?

— Il s'est fait prendre les culottes baissées, si vous me passez l'expression. Une fois nos hommes éparpillés, Winchester se croyait en sécurité à l'intérieur de ses quartiers établis dans une maison isolée. Mais quand il s'est réveillé au son des coups de feu et de l'artillerie, il a tenté de rejoindre son poste de commandement et s'est fait capturer. Il n'a eu d'autre choix que de capituler avec son armée.

— Mais pourquoi me parliez-vous de massacre ?

— Procter a craint une contre-attaque de Harrison, commandant de l'armée du nord-ouest. Comme il ne disposait pas de suffisamment de traîneaux pour les blessés américains, il s'est replié en les abandonnant temporairement sous la garde d'un petit détachement dans l'espoir de les récupérer plus tard. Or, le lendemain, quand ils sont retournés pour venger les leurs, ils ont découvert que les guerriers Wyandots avaient exécuté les prisonniers américains blessés gardés dans des maisons avant d'y mettre le feu. Tenez, lisez par vous-même, mon général.

— Ça va, ça va, Evans !

Sheaffe porta la main à son ventre.

— Vous êtes souffrant, mon général. Voulez-vous que je vous raccompagne à votre chambre ?

— Non, grimaça l'officier supérieur. Aidez-moi plutôt à me lever. Je veux aller dans mon cabinet de travail.

Une fois debout, il leva les yeux vers le tableau qui le représentait altier, une main sur la garde de son épée et l'autre soutenant son bicorne.

— Le mal qui dévore ma pauvre carcasse érode mes forces. Je songe à me faire remplacer dans un avenir plus ou moins rapproché. J'en informerai sous peu notre gouverneur Prevost.

Le malade prit une inspiration et ajouta, comme s'il allait livrer ses dernières paroles :

— Tandis que je suis dans les confidences, Evans, je dois reconnaître que j'ai été plutôt intransigeant avec vous. Je vous ai traité de vulgaire subalterne et je le regrette sincèrement, avoua-t-il, le visage contrit. Vous êtes un précieux collaborateur et votre belle carrière militaire n'en est qu'à ses balbutiements, prédit-il.

— La vôtre n'est pas terminée non plus, général. Vous prendrez du mieux, vous verrez… Sur ce, je vous quitte. Si jamais vous avez besoin de moi, n'hésitez pas.

Evans amorçait un retrait de la pièce quand le malade l'interpella :

— Et comment s'est déroulée la distribution de nos denrées à Queenston ?

— Fort bien ! Les habitants du petit hameau ont beaucoup apprécié notre contribution.

— Je veillerai à ce que mon ami le juge Powell soit remercié pour son geste généreux. Et ce James Secord, comment va-t-il ?

— Assez bien, grâce aux bons soins de sa femme.

— Une jolie dame, à ce qu'on m'a rapporté. Est-ce votre avis ?

— Cette lady ferait tourner la tête de tout un régiment, mon général. D'ailleurs, je l'ai croisée à l'infirmerie en allant quérir des médicaments pour vous. Elle venait pour une consultation, car la santé de sa petite la tracassait.

— Ah, ce docteur Bailey ! Un charlatan, rien de moins qu'un misérable charlatan !

* * *

Bien enserré entre janvier et mars, le mois de février ne trahissait pas sa réputation de piquante froidure qui obligeait à cacher le moindre bout de frimousse. La mort d'Appolonia avait frappé encore plus cruellement que la température. Laura avait profité de journées moins pénibles pour se rendre chez son frère David ou chez sa belle-sœur Hannah Secord, où vivait toujours son frère Charles. Elle leur avait fait part du décès de sa petite dernière et de la vie de sa famille dans un hameau dévasté qui renaîtrait avec le printemps, espérait-elle. Quant à sa sœur Elizabeth, elle avait assisté aux funérailles et paraissait mener une existence heureuse. Elle fréquentait le fils d'un médecin de Niagara.

Depuis quelque temps, Laura s'était beaucoup dépensée pour les autres. Elle avait maintenant ressenti ce besoin légitime de se retrouver intérieurement et ainsi éviter de sombrer dans la dérive de ses sentiments en se confiant à son journal intime. James était d'une incomparable écoute, mais il avait semblé à Laura que le geste d'écrire lui procurerait un bien-être libérateur. Elle s'efforçait d'être fidèle à son écritoire. Même si elle ne prenait pas la plume tous les jours, elle se remémorerait plus facilement le fil des événements s'ils étaient consignés dans le précieux cahier. Parfois, elle ne griffonnait que quelques notes, des faits, des finesses d'enfant qu'elle se rappellerait avec bonheur rien qu'en lisant ses lignes remplies d'émotion.

Benjamin n'avait cessé de braver le froid. Il n'y avait rien pour tiédir son ardeur à fréquenter deux ou trois fois par semaine la maison des Secord. Le musicien rencontré lors des soirées dansantes était devenu le postillon attitré du petit village. Dans les chaumières, on guettait le passage du jeune milicien en attendant que le service régulier soit rétabli. Cependant, Laura était déçue de ne jamais avoir de courrier. Elle croyait que sa lettre à Mary Boyles Powell avait été remisée dans les tiroirs de l'oubli ou égarée, tout simplement. À la fin d'un repas, elle allait se lever de table quand l'adolescent sortit une enveloppe froissée de la poche de son pantalon.

— J'oubliais, madame Secord. Une lettre pour vous.

Le cœur de Laura bondit dans sa poitrine. Elle s'empara de l'enveloppe et se réfugia prestement devant la cheminée du salon. Comme une enfant, elle s'agenouilla en posant ses fesses sur ses talons. Charlotte et Harriet la rejoignirent aussitôt.

— Je vous raconterai une belle histoire après la lecture de ma lettre, mes chéries, leur dit-elle.

— Des nouvelles de tante Elizabeth ? demanda Harriet.

— C'est Mary Boyles Powell qui m'a écrit. Il s'agit de la dame de York chez qui je m'étais rendue pour recueillir des dons. Tu t'en souviens ?

— Très bien ! Benjamin a fait le voyage avec vous, répondit Harriet.

— À présent, allez jouer ensemble, exigea Laura.

La lumière de l'âtre jaunissait son visage souriant. Avec fébrilité, elle décacheta l'enveloppe et lut.

Chère Laura,

Des semaines nous séparent de votre séjour dans la capitale. J'ai longuement tergiversé avant de vous répondre à cause de ce que vous savez. De forts sentiments de honte et de colère s'entremêlent dans mon esprit. À ce que je sache, père n'est toujours pas au courant du méfait de son fils qui a crapuleusement confié à des malandrins la déplorable mission de dérober l'argent destiné aux nécessiteux de Queenston. Et c'est mieux ainsi. Entre-temps, mon frère Grant continue d'exiger des avances sur sa part d'héritage et de dilapider son avoir malgré la progéniture nombreuse dont il a la charge. Jusqu'à maintenant, à ma connaissance, Grant n'avait pas l'habitude de détrousser les voyageurs. J'espère qu'il ne recommencera pas.

Sans être remise complètement de la perte de mon soupirant, on dirait que je commence à me consoler avec Samuel Jarvis, un ami de John MacDonnel. À ce que je sache, il n'a aucun lien de parenté avec Benjamin, celui qui vous a accompagnée lors de votre visite à York. Samuel est un fils de bonne famille qui a fait ses études à la grammar school du révérend Strachan comme nombre de nos élites de demain. Il possède un tempérament emporté, mais également un sens élevé de la famille et de l'honneur. Je me sens plus épanouie et souhaite vivre une idylle avec un dénouement plus heureux que celui que j'ai connu avec John. Bien sûr, il est beaucoup trop tôt pour que je m'engage dans la voie du mariage. On verra bien comment les choses évolueront.

Je ressens de grandes émotions à vous parler de Grant et de moi. Et cela remue les sentiments qu'Anne éprouve à l'égard de John Robinson. Comme son ami MacDonnel, John, orphelin de père, a fréquenté l'école de Strachan.

Il résidait même dans son foyer. D'ailleurs, mon père et le révérend Strachan se disputent parfois la paternité de leur protégé, si je puis m'exprimer ainsi. Ils en sont fiers tous les deux. Il est vrai que père, en tant que juge, a contribué à l'avancement de la carrière de John. Cependant, je suis ulcérée quand j'entends des langues fielleuses prétendre que John poursuit ses fréquentations avec Anne dans le seul but de se maintenir sous l'aile protectrice de père qui lui aurait valu sa nomination de procureur général, ce qui lui a permis d'accéder à une place très enviable et éminemment respectable dans la société de York.

John a offert l'œuvre complète de Shakespeare à Anne. Cela ne témoigne-t-il pas d'un amour indéfectible ? Et si vous voyiez toute l'application et l'ardeur qu'il déploie lorsqu'il lit des poèmes… Je comprends que ma sœur Anne ne puisse résister aux charmes envoûtants de son prétendant.

Je termine ces lignes avec l'espoir que l'année 1813 apportera, à vous et à votre famille, l'amour et la paix. J'espère que le ciel saura entendre vos prières et exaucer vos demandes.

Mes amitiés,

Mary Boyles Powell

Laura se leva, un sourire irradiant son visage. Elle déposa sa lettre sur l'écritoire et regagna la cuisine. Charlotte et Harriet l'attendaient. Elle retournerait à sa plume un peu plus tard. Elle avait tant de choses à écrire…

10
Un imprévisible printemps

Tant et aussi longtemps que l'hiver ne remiserait pas son manteau d'hermine, que le printemps n'éclaterait pas dans les arbres et que les plantes ne pousseraient pas entre les roches chauffées par le soleil, la vie de Queenston ne reprendrait pas son cours. Bientôt, on entendrait le marteau du forgeron sur l'enclume, on s'animerait dans le magasin général, on fréquenterait les débits de boisson, le Secord Store accueillerait ses premiers clients de l'année; du moins, tous les habitants du hameau l'espéraient-ils. Cependant, certains s'inquiétaient. Les Américains rappliqueraient-ils ou avaient-ils enfin abdiqué devant l'implacable détermination des Britanniques à protéger leur colonie?

Par temps doux, Laura insistait pour que ses enfants aillent s'ébrouer dans la neige, s'emplir les poumons de bonnes goulées d'air, se dégourdir les membres. Ensuite, les yeux rieurs, ils rentraient, plus calmes et avec une petite fringale au ventre. Ils se précipitaient à la cuisine pour se régaler de tartines de confiture. Quand ses petits jouaient dehors, Laura les observait par la fenêtre. Invariablement, elle les dénombrait. Chaque fois, il en manquait un…

Pour échapper à la lourdeur de sa claustration hivernale, elle s'était rendue à la campagne chez ses frères. David filait le parfait bonheur avec Katarina. La Mohawk avait remplacé le père par le fils dans son lit de princesse. Le vieux Justin avait appris à cuisiner des recettes à l'indienne dont il transmit le secret à Laura. Mike et Jeffrey rapportaient des bêtes sauvages avec lesquelles il préparait le pemmican. David raffolait de ce composé de viande maigre mélangée à de la graisse fondue qui laissait Paul et les jumeaux sur leur appétit quand ce n'était pas avec de désagréables haut-le-cœur. À côtoyer Paul, le vieux cuistot avait rajeuni d'au moins dix ans, ce qui l'incitait à se traîner sur le plancher avec les deux petits. Quant à Magdalena, elle était demeurée avec Leonard et ses parents à St. David. Découragé, le pasteur Grove refusait de faire reconstruire sa chapelle et veillait aux âmes du petit village qui l'avait si chaleureusement accueilli après la bataille de Queenston Heights.

Laura avait hâte de réécrire à Mary Powell. Elle admirait cette femme instruite qui n'avait rien de la préciosité d'une rombière. Recevoir des lettres d'elle l'honorait. Grâce à sa correspondance, elle pénétrait secrètement dans la société aristocratique de York. Un châle sur les épaules, Laura lisait ou tenait son journal intime devenu son principal confident. Elle appréciait ces moments de solitude où elle se livrait à sa plume. Mais elle se gardait bien de céder à un épanchement excessif de ses sentiments ou à la mélancolie. Parfois, le soir surtout, elle noircissait des pages de son cahier, presque sans arrêt, et ce, jusqu'à ce que la chandelle s'éteigne à cause des bourrasques qui la mouchaient en s'infiltrant par les interstices de la fenêtre mal calfeutrée. Laura rallumait alors sa bougie au feu de la cheminée et se rassoyait à son écritoire. Ce qui lui avait filé entre les doigts pendant le jour ressurgissait de manière lumineuse dans la clarté jaunâtre du bougeoir. Puis, le temps d'une pause, le bout de sa plume d'aigle lui chatouillant les lèvres, elle observait par simple plaisir son ombre qui s'étirait sur le mur de crépi blanc.

* * *

— Vincent ! s'écria Sheaffe, le visage carminé. Le gouverneur général Prevost vous a affecté au fort George afin de me seconder dans mes fonctions, soit. Mais ne vous en déplaise, je demeure le commandant des forces militaires.

— Dans la présente législature, vous avez fait adopter certaines modifications aux lois concernant l'allocation de rentes annuelles pour les miliciens invalides ainsi que pour les veuves et les enfants de ceux qui avaient été tués, débita d'un trait John Vincent. Cependant, il faudrait également instaurer des mesures pour augmenter les effectifs militaires – notamment la prime d'engagement pour attirer les volontaires – et régler l'épineux problème des désertions. Et elles sont nombreuses. Cela traduit indéniablement le peu d'intérêt porté à la cause dans les rangs de la milice, ajouta-t-il.

Avec l'énergie qui lui restait, le col de sa chemise ouvert, Sheaffe avait serré les bras de son fauteuil pour accuser la cinglante réplique.

— L'agitation au fort Niagara laisse présager une nouvelle invasion, mon général, exposa résolument Evans pour justifier les paroles de Vincent.

— Je sais, je sais, Evans. Vous me l'avez cent fois répété.

— J'ai pris sur moi d'informer Prevost que les Américains s'emploient à installer des batteries en face du fort George, livra Vincent. La guerre, c'est comme les échecs : l'attaque est la meilleure défense…

— Et alors ? répartit Sheaffe. Prevost a dû vous dire que mon attitude est conforme à sa tactique habituelle. Non, je persiste à croire que nous devons attendre, maintint-il. Les Indiens et les navires sont en nombre insuffisant. Ce serait une erreur d'attaquer. Nous renforcerons plutôt les défenses de la capitale.

L'entretien avait été bref et concluant. Sheaffe déclinait toute proposition d'attaque de l'envoyé de Prevost. Déconcerté et persuadé de se mesurer à un homme malade et diminué, John Vincent se retira. Il attendit que Thomas Evans sorte à son tour du bureau pour lui faire part de ses commentaires.

— Votre supérieur est une véritable tête de mule, marmonna-t-il sur un ton caustique. Je n'ai jamais vu quelqu'un d'aussi entêté. Autant nous livrer aux Américains !

— Je ne vous le fais pas dire !

Le général de brigade tourna les talons et disparut.

* * *

Pour Thomas Evans, l'occasion était belle de revoir Laura. Il se rendrait chez elle dans les plus brefs délais, avant que la situation ne dégénère dans la colonie et qu'il soit rappelé sous les drapeaux. Sa femme était loin à Montréal. Les maisons closes de Niagara ne satisfaisaient que des appels passagers. Dès qu'il lui fut possible, il se dirigea vers Queenston, accompagné de Benjamin Jarvis.

Mary Lawrence s'empressa vers la porte. Elle invita Evans et Jarris à passer au salon. Elle se rendit ensuite à la cuisine pendant que Harriet, Charlotte et Charles s'amusaient dans l'escalier.

— Père, le major Evans et Benjamin Jarvis vous attendent dans le salon, dit-elle.

— J'achève ma tisane. Demande-leur plutôt de se joindre à ta mère et moi.

Les deux hommes s'amenèrent. Ils donnèrent une solide poignée de main à James.

— Prendriez-vous un morceau de tarte aux pommes ? offrit Laura aux visiteurs.

Benjamin refusa, mais Evans répondit :

— Ce n'est pas de refus. Avec une bonne tisane à la camomille, si vous en avez, bien évidemment, dit le major.

Laura coupa une pointe, la présenta à l'invité qui en prit aussitôt une bouchée.

— Elle est succulente votre tarte, madame Secord.

— Elle a été confectionnée avec la farine de l'armée et les pommes de notre verger, expliqua Laura. Je ne lui ai ajouté qu'un soupçon de cannelle.

— Que se passe-t-il au fort George, Evans ? J'imagine que vous n'êtes pas venu pour la tarte aux pommes de ma femme, dit James, un tantinet agacé.

— Sheaffe éprouve de plus en plus de difficulté à administrer la province et à assumer ses fonctions de commandant de l'armée. Le gouverneur général Prevost a dépêché le général de brigade John Vincent pour l'assister, mais Sheaffe ne veut rien entendre. Pendant ce temps, les ennemis fourbissent leurs armes au fort Niagara et menacent de traverser la rivière. J'ai dû m'interposer entre Sheaffe et Vincent qui demeuraient sur leurs positions et tenter un rapprochement, prétendit-il, bombant le torse. L'heure est grave…

— La guerre n'est donc pas terminée, déplora Laura. Voilà votre tasse, dit-elle, avant de déposer la boisson chaude près de l'assiette de l'officier.

— Ce Sheaffe n'est pas en état de diriger, s'indigna James. Prevost devrait ordonner son remplacement pur et simple. C'est un toqué, ce général !

— À qui le dites-vous ! s'écria Evans. Par contre…

Il prit une lampée de tisane, engouffra une bouchée de tarte.

— Par contre… ? répéta James, intrigué.

— … par contre, poursuivit Evans, Sheaffe a réussi à faire voter une allocation de rentes annuelles aux miliciens invalides et aux familles éprouvées par la perte du père.

— Que je suis contente pour Maggy Springfield ! s'exclama Laura.

— Et pour nous, compléta James.

— Ne vous réjouissez pas trop hâtivement, Secord ! dit platement Evans.

— Comment ça ? réagit Laura, qui se mit les mains sur les hanches et fusilla le visiteur du regard.

— Il n'est pas démontré que vous êtes invalide, Secord. Il faudrait le prouver.

— Par tous les diables, Evans ! tonna James. Vous me prenez pour un plaignard ? Je voudrais bien vous voir à ma place !

— C'est justement ce que j'allais vous proposer, Secord, insinua l'officier avec insolence.

— Que voulez-vous dire ? questionna James.

Laura et James se regardèrent, stupéfaits.

— Si vous êtes aussi impotent que vous le prétendez, madame Secord doit être assez peu fréquemment honorée, largua Evans, reluquant Laura. Je pourrais remédier au problème, osa-t-il.

Laura asséna une retentissante gifle à Evans qui lui empourpra le visage.

— Comment osez-vous, graveleux personnage ! fulmina-t-elle. Vous devrez vous satisfaire de ma tarte aux pommes, précisa-t-elle.

Evans se leva d'un bond. Il porta la main aux doigts de son interlocutrice imprimés sur sa joue, rouge à cause de la gifle mais aussi de l'humiliation. Il tira sur le bas de sa veste pour se donner une contenance. Ses narines frémirent.

— Puisqu'il en est ainsi, je verrai personnellement à ce que l'allocation de rentes aux invalides ne vous soit pas accordée, annonça-t-il en se rendant à la porte.

— Quittez immédiatement cette maison et n'y remettez plus jamais les pieds parce que vous verrez de quel bois je me chauffe, major Evans ! intima James, furieux.

Pendant la fâcheuse algarade, Mary Lawrence s'était retirée discrètement au salon avec Benjamin. Quant aux plus jeunes, ils avaient gravi les marches de l'escalier ; le souffle coupé, ils attendaient la suite sur le palier.

— Venez, Benjamin ! ordonna Evans. Je n'ai plus rien à faire dans cette demeure.

* * *

Benjamin Jarvis éprouva une honte confuse quand il retourna chez les Secord. Mary Lawrence tenta de le rassurer en lui disant qu'il n'était pour rien dans le comportement du major Evans. Comme son jeune prétendant, elle avait entendu des bribes de la discussion qui l'avaient fait tressaillir. Laura avait refusé de revenir sur le délicat sujet, se bornant à fournir des réponses évasives aux questions de son aînée. Mais devant l'insistance de sa fille, elle avait finalement consenti à lui révéler que le gouvernement n'accorderait pas de rente d'invalidité à James.

Quelques semaines s'écoulèrent. Un soir du début de mai, Benjamin Jarvis arriva en trombe, porteur d'une effroyable nouvelle.

— Les Américains ont assailli la capitale, rapporta-t-il, le visage défait.

— Par tous les diables ! fulmina James. Prenez le temps de vous asseoir, jeune homme, suggéra James en tirant une chaise pour le visiteur, et racontez-nous.

Laura et Mary Lawrence achevaient de ranger la vaisselle dans l'armoire. Elles s'arrêtèrent pour écouter le récit.

— Il y a quelques jours, une flotte américaine de quatorze navires est apparue à l'ouest de la capitale. Mais ce n'était pas qu'une lourde menace ! Le lendemain, les envahisseurs ont débarqué…

— Il y a seulement une petite forteresse à York, des compagnies de réguliers, des miliciens et une centaine d'Indiens, coupa James. Au total, environ sept cents hommes, ce qui est bien peu pour défendre une capitale. Et comment ont-ils riposté ?

— Il s'adonne que le général Sheaffe se trouvait dans la capitale pour affaires personnelles, expliqua Benjamin. Il a pris le commandement des troupes. Après un court engagement, il a décidé de battre en retraite sur Kingston. À sa place, j'aurais résisté…

— Benjamin! soupira Mary Lawrence, portant les mains à son visage.

Laura pensa à la famille Powell et au major Evans qui avait peut-être pris part à l'affrontement. L'adolescent poursuivit sa narration :

— En se repliant, Sheaffe a sabordé le *HMS Isaac Brock* en construction, les magasins de la marine et a fait sauter la plus importante poudrière de la garnison.

— Encore des morts et des blessés, se désola Laura. Des pertes inutiles, parfaitement inutiles…

— Pour se venger de leurs pertes, les Américains ont incendié le Parlement.

— Où en sommes-nous maintenant ? s'inquiéta James.

Le jeune milicien transmit le reste des informations. Chacun émit des conjectures, aussi peu rassurantes les unes que les autres.

* * *

Le feu mourait dans l'âtre. Les enfants étaient montés à l'étage des chambres. James ne tenait plus en place. Il tournait en rond autour de la table de cuisine. Une idée le hantait. York était occupée et il voulait apporter sa modeste contribution, si minime soit-elle, pour expulser les Américains.

— C'est à peine si tu peux t'occuper de toi-même, James, dit Laura. Je te l'ai maintes fois répété : je ne te vois pas en béquilles sur le champ de bataille ! Cette fois, je n'irais pas jusqu'à toi pour te ramener à la maison, exposa Laura.

— Tu me prends pour un impotent, Laura, s'offusqua-t-il.

— La question n'est pas là. Tu déraisonnes, James. Il va falloir que tu te fasses une raison ! Ou bien tu ne participes à aucun engagement militaire, auquel cas on continue de réclamer la fameuse rente d'invalidité qui nous a échappé à cause de ce satané major Evans, ou bien tu oublies tes revendications et tu te lances dans une bataille perdue d'avance. Fais ton choix…

James s'immobilisa, les aisselles inconfortablement appuyées sur ses béquilles, la tête inclinée vers le plancher. Serrant les dents, il ferma les yeux. Quand il les rouvrit, il souleva les épaules et poussa un soupir de découragement :

— Je me sens si inutile, si tu savais…

Laura s'approcha de son mari et passa la main dans sa chevelure châtaine. Son regard coula dans le sien.

— Tu ne réalises pas à quel point je tiens à toi, James. Je ne le démontre pas assez, livra-t-elle, repentante. J'aime te savoir auprès de moi et des enfants. Et puis, tu te rétabliras…

Quelqu'un frappa aux carreaux de la fenêtre.

— Qui cela peut-il bien être à une heure pareille ? sursauta Laura.

— Donne-moi mon fusil, Laura.

James délaissa ses béquilles, s'approcha de l'entrée en sautillant sur une patte. Laura se rendit à l'armoire, en sortit le mousquet précautionneusement rangé et le remit à James devant la porte. Avec la pointe de son arme, il souleva le rideau :

— Benjamin ! C'est Benjamin Jarvis.

James appuya sur la clenche, puis il s'écarta de la porte.

— Je vous apporte une lettre de mademoiselle Powell ! annonça Benjamin. J'ai pensé que vous auriez hâte de la lire. Les nouvelles en provenance de la capitale nous arrivent très parcimonieusement. Des messagers de Kingston, où s'est retiré le général Sheaffe, nous racontent au fort George ce qui se passe à York, mais rien ne nous parvient directement de la capitale, débita-t-il.

James remisa le mousquet dans l'armoire et alimenta le feu qui se ranima vitement. Laura disposa trois chaises devant la cheminée et s'assit. Avec hâte, elle décacheta l'enveloppe, en tira la lettre pendant que James et Benjamin s'installaient à ses côtés. Laura lut à voix haute :

Très chère amie,

Nous vivons des heures sombres à York. Les Américains nous ont envahis. Mère est aux abois et je suis sur un insupportable qui-vive. Des soldats ont incendié des bâtiments provinciaux et des maisons de la capitale. Des gens s'affolaient devant le brasier qui enflammait leur propriété. La demeure de mon frère Grant a été pillée. Mais après les dommages matériels, grâce au pasteur John Strachan (que vous connaissez pour l'avoir rencontré chez moi) et à d'autres, l'ordre a pu être maintenu dans la ville. L'homme d'Église, qui a contribué à la rédaction de la capitulation, a protesté lorsque les clauses de la convention n'ont pas été respectées, prenant ainsi la défense de ses paroissiens. C'est un homme admirable. Également, père a courageusement insisté pour que le commandant américain protège les propriétés contre les pillards, que ceux-ci soient des soldats de l'armée d'occupation ou des civils comme il croit que c'est le cas la plupart du temps. Et malgré la relative paix qui règne, j'hésite à sortir contrairement à Eliza qui poursuit ses bonnes actions auprès des nécessiteux. On surveille ses allées et venues parce qu'elle est la fille de William Dummer Powell. Quant à moi, j'ai trop peur d'être attaquée par un malfaiteur. J'ai pensé à vous et aux miséreux de votre petit hameau après la bataille de Queenston Heights. Ce devait être épouvantable !

Le climat de la capitale n'est plus à la confiance. Même après les victoires de Detroit et de Queenston Heights, la trahison et la désaffection demeurent une hantise pour les dirigeants de la colonie. On assiste à des déclarations de sympathie envers l'ennemi, à des dénonciations de la monarchie proférées solennellement dans les tavernes, voire une fraternisation avec l'envahisseur. Il s'est même trouvé un ministre baptiste du nom d'Elijah Bentley qui s'est publiquement dépeint comme «un grand ami des États-Unis, et aucune-

ment ami du roi». Ce dangereux prédicateur est allé jusqu'à transmettre des renseignements aux troupes américaines. Il a fallu que père et d'autres membres de l'autorité civile recommandent à l'administrateur de la province d'entreprendre des mesures coercitives pour mater les personnes déloyales. Imaginez!

Le général Sheaffe a choisi de sauver ses hommes plutôt que de les jeter dans l'enfer de l'affrontement. Il s'est retraité avec les troupes britanniques régulières à Kingston, laissant à deux de ses officiers supérieurs de la milice le soin de négocier les termes de la reddition. L'un d'eux, William Allan, a été fait prisonnier et a assisté impuissant au pillage de son magasin. Beaucoup de gens ont désapprouvé la faible conduite de Roger Hale Sheaffe. Malheureusement, cela a provoqué une mésentente entre le pasteur Strachan, qui a désavoué le comportement de Sheaffe, et mon père, qui l'a appuyé. D'ailleurs, dans la mesure du possible, père se fait un devoir d'informer les commandants britanniques des mouvements ennemis et renseigne le gouverneur général George Prevost sur ce qui se déroule dans la capitale pendant l'occupation. Entre-temps, il insiste auprès du commandant américain pour que notre maison soit protégée des pillards, soldats américains ou habitants de York. Selon lui, à plus ou moins brève échéance, l'approvisionnement en denrées va priver les citoyens pauvres qui ne pourront se payer le nécessaire. Père envisage donc l'intervention de la Loyal and Patriotic Society dans notre ville. C'est effroyable d'en être arrivé là!

J'ignore si cette lettre vous parviendra. Mais connaissant l'amitié entre mon père et le général Sheaffe, le messager acheminera certainement ce pli et le remettra en mains propres à votre ami Benjamin Jarvis au fort George. Toutefois, étant donné les propos confidentiels au sujet des activités de mon père, cette lettre serait détruite si son porteur était intercepté.

Amitiés sincères. Je vous embrasse,

Mary Boyles Powell

— Diable, nous ne sommes pas sortis du bois! commenta James.

— Qu'allons-nous devenir? questionna Laura.

— Cette fois, les Américains semblent bien s'accrocher, remarqua Benjamin.

— Si des gens comme le père de Mary Boyles et d'autres résistent, la province ne tombera peut-être pas aux mains des Américains, émit Laura.

— Ah, si je le pouvais, je les chasserais hors de notre pays! soupira James, étudiant la réaction de Laura et de Benjamin.

Le visiteur se racla la gorge et s'exprima:

— Je suis toujours prêt à défendre notre territoire.

Laura songea à Mary Lawrence qui devait dormir à l'étage.

— Votre cœur est noble, Benjamin, mais il est aussi attaché à notre fille. Je pense à Archibald qui n'est jamais revenu et à tous ces jeunes qui sont morts au combat.

— Si Mary Lawrence et moi sommes vraiment faits l'un pour l'autre, je reviendrai, affirma Benjamin avec assurance.

Des sanglots entravèrent la conversation. Laura, James et Benjamin se retournèrent de concert vers la porte entrouverte du salon.

— Mary Lawrence! s'exclama Laura.

Elle s'approcha de sa fille vêtue de sa robe de nuit et referma la porte du salon derrière elle.

— Je comprends ta peine, Mary.

— Je tiens à lui plus que tout au monde, mère, dit l'adolescente en essuyant les larmes qui ruisselaient le long de ses joues rosies.

Mary Lawrence appuya sa tête sur l'épaule de sa mère.

— Tu es encore bien jeune, Mary, dit Laura en lissant les cheveux de sa fille.

— Vous ne comprenez pas : j'ai peur de le perdre ! larmoya l'aînée des Secord qui se détacha brusquement de sa mère.

Laura retourna près de James et lui murmura quelques mots à l'oreille. Puis tous deux se retirèrent de la pièce. Mary Lawrence attendit que ses parents aient gravi les marches de l'escalier pour rejoindre son amoureux près de la cheminée.

* * *

Depuis quelques jours, le temps s'était mis au beau ; il semblait décidé à s'installer pour de bon dans la péninsule. Les rivières gonflées d'orgueil avaient regagné humblement leur lit. La terre plus chaude et assoiffée avait aspiré la neige et avalé les flaques d'eau. Les feuillus timides pendant l'hiver se paraient de rouge ou de vert tendre.

Dehors, assis sur une chaise droite et les jambes allongées, James humait l'air du printemps. Il surveillait Harriet, Charlotte et Charles qui faisaient une ronde joyeuse autour d'un arbre dont le feuillage embaumait sous le frémissement de la brise légère. Une hirondelle se posa sur la margelle du puits.

D'une main leste, Laura écarta le rideau de la fenêtre. Elle sourit. Puis, malgré la mine réjouie des enfants qui dansaient et la présence rassurante de son mari, elle ne put s'empêcher de songer à sa petite Appolonia et à la coutume des Amérindiens qui suspendaient leurs enfants morts aux branches d'un érable ou d'un sassafras et les balançaient en chantant des airs. Elle jugeait cette tradition, dont lui avait parlé Katarina, trop lugubre. Elle laissa tomber le rideau et s'éloigna de la fenêtre pour retourner à la corvée du lavage. Des pleurs jaillirent de l'extérieur. Laura souleva ses jupes, sortit et se précipita près du sassafras. James avait quitté sa chaise et tentait de consoler la plus jeune entourée d'Harriet et de Charles.

— Charlotte s'est éraflé un genou en tombant, rapporta James.

— Mais je croyais que tu surveillais les enfants…

Laura se pencha vers la blessée.

— Montre à maman, dit-elle, le visage compatissant.

— Je ne peux pas être toujours là comme un ange gardien, Laura, se défendit James.

La petite s'accrocha au cou de sa mère qui la prit dans ses bras.

— Pardonne-moi, James. J'ai si mal quand un enfant se blesse. Oh, tu commences à être lourde, Charlotte! Attends-moi une minute, je reviens.

Charlotte grimaçait de douleur. Laura la déposa par terre et alla chercher une serviette dans la maison. Ensuite, elle remonta un seau d'eau froide du puits et imbiba le linge qu'elle appliqua avec précaution sur l'éraflure. L'enfant ne pleurait déjà plus.

— Voilà, ma cocotte, c'est fini.

Soudain, Charles s'exclama :

— Un cheval!

— C'est oncle Charles, annonça Harriet.

Le cavalier descendit de sa monture et attacha les rênes de la bête à la manivelle du puits. Après, il s'amena vers sa sœur.

— Tu m'as l'air particulièrement démonté, Charles, observa Laura. Que se passe-t-il ?

— Des étrangers brandissant des fusils sont arrivés à l'impro-viste chez ta belle-sœur. Ils ont dit qu'ils voulaient parler à l'homme de la maison. Je leur ai mentionné que Stephen, le frère de James, était décédé et qu'il n'y avait que moi, Alex, Hannah et ma fiancée qui logeaient à cet endroit.

— Écoute, Charles, entre donc, proposa James. Nous serons plus à l'aise pour parler une fois assis à l'intérieur.

Laura fit ses recommandations aux enfants. Ensuite, elle et les deux hommes entrèrent. Mary Lawrence était sortie pour mettre le linge à sécher au soleil.

— Il nous reste un peu de cidre, Laura ? demanda James.

— Il y a une mèche que je ne suis plus tenancière, mais je peux vous servir un bon petit boire fabriqué avec les pommes de la péninsule.

Laura alla quérir une bouteille à la cave. Puis elle tira du buffet trois verres d'étain qu'elle déposa sur la table.

— Continue ton histoire, Charles, dit James en débouchant la bouteille.

Le maître de la maison servit la boisson.

— Ce que j'ai à vous raconter n'est pas très réjouissant, dit Charles. Ils étaient cinq, peut-être six, je ne saurais dire. L'un d'eux, un certain Willcocks…

— Willcocks ? Tu en es certain, Charles ? Serait-ce Joseph Willcocks ?

— Peut-être, je ne sais pas, émit Charles.

— Décris-moi l'homme, demanda Laura. Comment était-il physiquement ?

— Pas très grand, le front haut, les yeux fuyants, un regard de faucon. Il avait l'air important et il donnait des ordres. Les autres l'écoutaient. De vrais gibiers de potence.

— Que voulaient-ils ? s'informa Laura. De l'argent ?

— Bien au contraire ! Willcocks m'a soudoyé en m'offrant de me payer pour m'enrôler dans la Company of Canadian Volunteers. Mais d'abord, il m'a demandé de quel côté j'étais : du côté du roi ou des Américains ! Quand j'ai mentionné que j'étais un fils de Loyaliste qui n'avait d'autre ambition que de gagner son pain, Willcocks et ses hommes m'ont traité de tous les noms, mais ils ont fini par me ficher la paix.

— Ils ne t'ont pas brutalisé, au moins? compatit James.

Ce dernier se tourna vers sa femme :

— Je lis dans tes pensées, Laura, dit-il. Une autre bonne cause à épouser, n'est-ce pas?

— Le juge Powell! s'écria Laura. C'est la personne à joindre. Il jouit d'une grande influence au gouvernement.

— Tu ne le sais pas, Charles, mais ta sœur entretient un lien épistolaire avec Mary Boyles Powell, la fille de l'éminent juriste et politicien, expliqua James.

— Que vas-tu lui raconter, Laura? demanda Charles, éberlué.

— Je t'emmènerai chez lui. Ainsi, tu pourras raconter toi-même au juge Powell tout ce que tu sais. Il faut absolument contrer l'action de ce traître de Willcocks, élabora Laura.

— Euh… Je n'ai pas la trempe d'un défenseur, moi.

— Je pense que ta sœur la possède pour toute la famille, Charles! se moqua James.

— Quoi qu'il en soit, c'est décidé! trancha Laura. Tu m'accompagneras à York. Tu passeras la nuit ici et nous partirons demain matin, dès l'aube.

* * *

Les rues de la capitale étaient assiégées par des soldats américains postés à des endroits jugés stratégiques. Les édifices gouvernementaux, les maisons ou les commerces incendiés rappelèrent un peu à Laura et à Charles la désolation de Queenston. La ville – dont la population était estimée à un peu plus de mille âmes – ne semblait pas pour autant suffoquer sous les cendres puisque, selon toute apparence, les habitants se déplaçaient librement. Aucun rassemblement, aucune altercation entre citadins d'allégeance opposée. Le sentiment anti-américain n'était pas très apparent. Par ailleurs, il avait bien fallu que la vie quotidienne reprenne son cours, même si des gens s'accommodaient fort bien de l'envahisseur et que des traîtres rôdaient impunément dans les environs.

— Laura ! Si je m'attendais à vous voir ! s'exclama Mary Boyles Powell.

— Mary, je vous présente mon frère Charles.

— Entrez, un serviteur s'occupera de vos montures.

La voyageuse se réjouissait de se retrouver dans la vaste résidence de celui que beaucoup considéraient comme la figure dominante du Haut-Canada. Elle était heureuse de converser avec son amie, mais elle avait hâte de rencontrer le maître de la maison afin que son frère puisse livrer des informations qu'elle qualifiait de pressantes et de la plus haute importance.

— Vous pensez bien, Mary, que, dans les circonstances, ma présence à York n'est pas une simple visite de courtoisie, déclara Laura. Je tiens à ce que Charles expose à votre père un événement qu'il a vécu récemment. Mais dites-moi, comment vont vos sœurs ?

— Anne est la plus craintive. Elle sort peu à cause des activités de père. Notre maison est surveillée. C'est pour cela que ce n'est pas très rassurant de nous aventurer à l'extérieur. Évidemment, elle soupire encore après John Beverley Robinson qui la subjugue toujours autant. Mais elle souffre de son absence puisqu'il travaille beaucoup. Quant à Eliza, elle surmonte ses craintes de quitter notre résidence et continue d'œuvrer auprès des indigents.

Laura choisit de s'en tenir aux sœurs de Mary Boyles, préférant garder le silence sur le désolant Grant, qu'il valait mieux oublier, du reste. Cependant, visiblement ennuyée, Mary prit les devants et la renseigna à ce sujet :

— Comme je vous l'ai écrit, la maison de Grant a été pillée. Ce que je ne vous ai pas dit, c'est qu'il a supplié père de l'héberger temporairement avec sa famille, le temps de rétablir un ordre convenable dans son domicile.

— Ah bon ! réagit Laura.

Pour sa part, Charles était nerveux comme s'il s'apprêtait à faire une demande en mariage. Des sueurs froides glissaient le long de son épine dorsale. La somptuosité du fauteuil dans lequel il prenait place le gênait, et la seule idée de rapporter au prestigieux personnage public la proposition abjecte qu'on lui avait faite l'indisposait grandement.

Charles tendit une main moite à monsieur et madame Powell avant de se rasseoir et d'échanger quelques banalités sur le printemps précoce et la longueur du voyage. Grant entra avec les siens dans la salle à manger après tout le monde. Il détourna hypocritement l'attention des invités. Le hasard contraignait Laura à croiser le détrousseur dans son retranchement familial. Elle aurait aimé se retirer avec lui dans une pièce attenante pour lui parler de son maquignonnage raté, de son insigne lâcheté. Néanmoins elle préférait aborder le problème survenu avec Willcocks.

— La dévastation et l'humiliation qui affligent présentement York sont, sans doute, bien peu à côté de ce que vous avez connu à Queenston, madame Secord, lança le juge Powell en secouant son double menton. Mais cette fois, nous ne pouvons vous venir en aide de la même façon. Nous avons des besoins dans la capitale. Charité bien ordonnée…

— La Social and Patriotic Society pourrait considérer une demande de sa part, s'interposa madame Powell, remontant ses lunettes du bout de son nez.

— Permettez-moi de vous corriger, madame, formula Laura. Il ne s'agit pas de cela. Il est plutôt question de l'action subversive d'une figure dominante de l'opposition parlementaire.

— Willcocks! s'exclama Powell. Qu'a-t-il encore fait, ce satané chenapan?

Charles déposa ses ustensiles et se tamponna la bouche avec sa serviette de table. Il relata ensuite avec hésitation le déplorable incident, sous les yeux attentifs des convives.

— Canaille! Une véritable canaille, ce Willcocks! s'indigna le juge. Le vendu serait de connivence avec Abraham Markle et Benejah Mallory que je n'en serais pas étonné. Mallory estime que le despotisme militaire s'installe dans la colonie et il plaide en faveur de l'extermination de la tyrannie britannique. Il se prétend patriote comme ce Markle, cet autre indéfectible partisan de Willcocks.

— Mais comment contrer l'effet de cet être perfide? s'enquit Mary Boyles.

— J'en parlerai au brigadier général John Vincent, déclara le magistrat; c'est lui qui assure l'intérim en remplacement de mon pauvre ami malade Roger Sheaffe. Vincent devra agir au plus vite avant que la colonie ne se gangrène davantage, conclut-il avant de se lever de sa chaise.

— Où vas-tu? demanda sa femme, interloquée. Le repas n'est pas terminé.

— Ce Willcocks me coupe littéralement l'appétit, maugréa Powell en quittant la salle à manger.

Après la sortie théâtrale de monsieur Powell, Laura, quitte à enfreindre les règles de bienséance, se leva prestement et interpella le juge avant qu'il ne disparaisse de la salle à manger.

L'hôte se retourna brusquement, le visage rouge de colère.

— J'ai cru de mon devoir de vous emmener mon frère pour qu'il vous mette au courant des agissements de Willcocks et de sa clique, monsieur Powell...

— Si cela continue, nous devrons ériger une statue en votre honneur, madame Secord.

— J'ai une requête d'un tout autre ordre à vous faire, monsieur Powell.

— Si vous le voulez bien, passons dans mon bureau pour en discuter, madame, dit-il avant d'indiquer à la visiteuse de le précéder.

Laura suivit le juge dans une pièce dont les murs tapissés de livres procuraient une atmosphère feutrée propice aux confidences. Il se posta derrière un énorme secrétaire sur lequel reposait une écritoire en bois de rose.

— Je vous écoute, madame Secord.

— Vous savez que mon mari a été blessé lors de la bataille de Queenston Heights, le 13 octobre dernier…

— Je me rappelle que vous l'avez secouru sur le champ de bataille.

— En effet. Votre ami Sheaffe a fait voter par votre gouvernement des allocations de rentes annuelles qui devaient être accordées aux miliciens invalides…

— Pourquoi dites-vous « qui devaient être accordées » ? coupa le juge.

—Euh… C'est gênant pour moi de vous raconter cela. Figurez-vous que le major Thomas Evans m'a proposé de remplacer mon mari invalide pour… euh… vous voyez sans doute de quoi je parle. Il a dit que sinon nous n'aurions pas droit à ladite allocation.

— C'est abject ! Crapuleux ! tonna le juge, imprimant du même coup une secousse à son double menton et à ses bajoues qui lui conféraient une humeur de dogue.

Monsieur Powell retourna sur-le-champ à la salle à manger. Il revint accompagné de son fils ; ce dernier aurait refusé tout l'or du monde pour ne pas se retrouver dans cette situation. Le médecin demeura dans l'encadrement de la porte, la mâchoire sautillante, en proie à une excessive nervosité. Le juge lui exposa brièvement le problème, puis il s'adressa à Laura :

— Grant est chirurgien dans l'armée. Il se rendra à Queenston pour établir un diagnostic concernant votre mari, madame Secord. Et, par la suite, je verrai personnellement à ce que votre mari reçoive l'allocation à laquelle il a droit, le cas échéant. Pour l'heure, si vous me le permettez, je vais m'occuper de ce satané Willcocks…

11

Les Américains rappliquent

Les membres du Conseil exécutif de la province siégeaient temporairement à Kingston, le temps que les Américains se retirent de la capitale assiégée. Grâce aux démarches fructueuses du juge William Dummer Powell, et malgré le cafouillage administratif qui régnait à cause de l'occupation, James commença à recevoir des rentes d'invalidité du gouvernement. Le fils Powell s'était rendu chez les Secord pour examiner le blessé de guerre et rédiger un rapport complet. Laura savourait sa petite victoire. Grant Powell devait regretter amèrement le geste malhonnête qu'il avait posé à l'endroit des bénéficiaires de la Loyal and Patriotic Society. Il était lui-même devenu un indemnitaire après le saccage de sa résidence. Par ailleurs, le félon Willcocks continuait de semer la terreur dans la péninsule. L'homme avait réussi à rassembler une horde d'exilés mécontents et poursuivait son recrutement. Laura et James craignaient qu'il ne soit à la solde des Américains. Les rebondissements qui s'ensuivirent devaient malheureusement leur donner raison…

* * *

Un bon matin, on frappa sans retenue à la porte de la maison des Secord. James, qui avait souvent le sommeil léger depuis qu'il avait été blessé, se redressa précautionneusement dans son lit. Le cœur lui tambourinant dans la poitrine, il secoua Laura :

— Réveille-toi !

Un coq chanta dans l'air frais de Queenston. Laura remua légèrement et s'enfouit la tête sous les couvertures. James lui mit la main sur l'épaule et recommença à la secouer. Des cognements plus insistants reprirent et montèrent encore à l'étage des chambres. Laura sortit lentement sa tête de sous les couvertures et bâilla langoureusement à s'en décrocher les mâchoires. Puis elle étira le bras vers son mari.

— Un malappris cogne à notre demeure, dit James.

En bas, on s'impatientait.

— Qui peut bien venir à une heure aussi matinale ? bougonna Laura.

Elle se leva prestement, revêtit sa robe de chambre dont elle resserra les pans sur son ventre chaud, ébroua sa chevelure cuivrée dans la pâleur de la chambre et dévala l'escalier. Elle ouvrit la porte.

— Benjamin ! s'exclama-t-elle. De si bonne heure !

— Madame Secord ! Les Américains ! haleta le jeune homme, les yeux exorbités.

— Quoi, les Américains ?

— Ils envahissent la péninsule, dit Benjamin en remontant le bandeau qui lui enserrait la tête.

Laura promena un regard méfiant sur la rue encore déserte et invita l'adolescent à entrer. Elle referma vitement la porte. Benjamin la suivit à la cuisine.

— Des soldats ennemis forcent toutes les portes et hurlent des ordres aux occupants, rapporta-t-il.

James arriva en clopinant dans la cuisine. Mary Lawrence fit irruption dans sa jaquette de nuit, le teint livide. Elle réprima son désir de se jeter dans les bras du visiteur.

— Parle, Benjamin, tu ne vois pas que nous sommes suspendus à tes lèvres ? implora James qui réalisa qu'il tutoyait maintenant le jeune visiteur.

— Tous les hommes âgés d'au moins dix-huit ans sont arrêtés, déclara l'adolescent. À Niagara, on a enfermé bon nombre de citoyens dans les lieux de culte. Même le pasteur Robert Addison a été fait prisonnier dans l'église St. Mark. Et, en venant, j'ai croisé plusieurs fourgons chargés de paysans menottés.

— On n'aura donc jamais la paix dans cette province, soupira Laura.

— Je constate que nos opposants ont modifié leur tactique, réalisa James. Ils ont décidé de frapper partout en même temps. Ils se raffinent, ces Américains !

— Père, ils vont vous embarquer dans leurs charrettes, réagit Mary Lawrence.

— J'ai un membre impotent, ma fille. Je ne crains pas plus pour moi que pour Benjamin.

— J'ai eu seize ans le mois dernier…

— Mais on t'en donne au moins deux de plus, argua Mary Lawrence.

Éclatant en sanglots, elle se jeta aux pieds de son bien-aimé et lui encercla les jambes. Benjamin sentit son sexe se gonfler et baissa les yeux vers la jeune fille.

— Ça ne sert à rien de pleurer, Mary Lawrence. Je passerai entre les mailles de leurs filets, avança-t-il avec confiance.

Puis, se dégageant de l'étreinte, il regarda les parents de son amoureuse et ajouta :

— Je voulais que vous sachiez à quoi vous attendre dans les prochaines heures, c'est tout, expliqua l'adolescent. Maintenant, je dois me rendre à St. David pour prévenir un ami ; j'espère arriver à temps…

— Attends un peu, Benjamin, tu dois avoir faim, dit Laura en ouvrant le garde-manger.

— Merci, madame Secord, mais dans les circonstances, le courage est ma seule nourriture.

— Une fois à St. David, je sais que tu n'auras pas le temps de frapper à toutes les portes, Benjamin. Mais, de grâce, pourrais-tu te rendre chez ma belle-sœur Hannah Secord pour aviser mon frère Charles de ce qui l'attend? supplia Laura.

— Je ferai mon possible, promis!

— Que le ciel veille sur toi! souhaita James.

— Benjamin! implora Mary Lawrence, se remettant à pleurer.

Quelques instants plus tard, la monture de Benjamin s'éloigna de la maison des Secord.

* * *

Le départ de Benjamin avait tissé un voile d'inquiétude. Plutôt que de partager leurs appréhensions, chacun s'enferma dans un cocon de mutisme. Rien ne parvenait à émousser les craintes de Laura. Elle s'employa à la préparation du déjeuner tandis que James se déporta dans la pièce attenante à l'entrée pour débusquer le moindre mouvement à l'extérieur. Mary Lawrence mit distraitement le couvert.

Moins d'un quart d'heure plus tard, l'odeur du café attira le maître de la maison dans la cuisine. Il avait son air maussade des mauvais jours. On mangea en silence. Laura sentait la fureur consumant son mari qui sapait son café brûlant et gobait avidement chacune des bouchées qu'il portait à sa bouche. Mary Lawrence pignochait dans son assiette. Harriet, Charlotte et le petit Charles dormaient encore paisiblement. Puis on entendit des cris émanant du voisinage.

— Benjamin l'avait dit : les soldats sont là ! s'écria Mary Lawrence.

Prise de frayeur, elle monta à l'étage. James clopina vers l'armoire où il rangeait son mousquet pendant que Laura s'approchait de la fenêtre :

— Non, James ! s'écria-t-elle. Tu ne peux rien contre eux ; ils sont au moins une dizaine à patrouiller dans la rue. Il ne faut surtout pas les contrarier. Tiens, il y en a deux qui s'amènent en avant et deux autres qui se dirigent vers l'arrière de la maison.

Laura essuya ses mains moites sur son tablier, respira profondément et se rendit à l'entrée de la façade. Elle ouvrit la porte.

— Les villageoises n'ont pas l'habitude de nous accueillir. On dirait que vous avez déjà tenu une auberge, ricana l'un des militaires au nez proéminent et à la bouche étroite que l'on devinait sous d'épaisses moustaches.

— Que puis-je faire pour vous aider ? dit Laura, impassible.

— Nous sommes à la recherche des hommes adultes, mais rien n'interdit de regarder les belles femmes, exposa l'officier, reluquant la poitrine saillante de son interlocutrice.

Laura parut indisposée par les yeux inquisiteurs de l'homme, à qui elle lança un regard défiant.

— Dégagez ! cracha cavalièrement le militaire en poussant la porte.

Le deuxième soldat, à la mine bougonne, abaissa le mousquet qu'il portait sur l'épaule et attendit dehors. Le premier se dirigea dans la cuisine, où le rejoignit Laura, et s'adressa à James :

— Considérez-vous en état d'arrestation, monsieur, dit-il.

— Pourquoi donc ? rétorqua James un peu rudement.

— Vous n'avez pas à discuter, monsieur ! dit le militaire, haussant le ton.

Le moustachu ratissa les pièces du rez-de-chaussée, gravit l'escalier, poussa les portes des chambres sans réveiller les trois plus jeunes tandis que Mary Lawrence tremblait sous les couvertures. Puis il revint se planter devant James.

— Suivez-moi, ordonna-t-il.

— Mon mari est en convalescence, s'interposa Laura. Regardez ses béquilles, là, dans le coin. Il a été blessé à une épaule et à un genou sur les hauteurs de Queenston, l'automne dernier, le jour même où notre général Brock a été tué. D'ailleurs, cette mémorable fois, j'ai dû emmener mes enfants en catastrophe chez une amie parce que vos canons menaçaient de tout détruire au village. Vous y étiez ? ajouta-t-elle bravement.

Elle traversa l'entrée et se rendit à sa table d'écriture. Elle en revint avec un document qu'elle brandit à la face du soldat.

— Tenez, ce papier atteste indubitablement l'invalidité de mon mari.

Le moustachu parcourut le document. Il se tourna ensuite vers James.

— Faites quelques pas dans la pièce, commanda-t-il.

James jeta une œillade complice à Laura. Puis il exécuta une huitaine de pas maladroits avant de sautiller sur une jambe et de s'effondrer sur une chaise.

— C'est bon ! Vous m'avez prouvé votre invalidité. Vous ne pourrez pas nuire si vous demeurez dans votre maison.

L'officier promena un regard circulaire et annonça d'une voix grave :

— À partir de maintenant, madame, je réquisitionne les pièces d'en haut pour y établir nos quartiers. Trois officiers y logeront. Vous leur servirez à souper tous les soirs. Pour l'heure, je boirais volontiers un bon café corsé. Je sens que ma journée commence du bon pied...

Il s'assit pesamment à la table.

— Vous allez occuper notre demeure ! protesta Laura.

— Certainement !

— Je suppose que nous n'avons pas le choix... Quand recevrons-nous nos trois pensionnaires ? s'informa Laura.

— Dans les prochains jours.

— Et qu'allons-nous leur donner à manger ? interrogea James. Depuis la fin de l'hiver, nous tirons le diable par la queue !

— Vous ne manquerez de rien, assura l'Américain.

Puis il quitta la maison, laissant Laura et James dans un état de profonde consternation.

* * *

Le soir venu, Laura s'assit à sa table d'écriture à la lumière de sa bougie. Plus que jamais, elle ressentait le besoin de noircir des pages de son journal intime. Elle se promit de lui être fidèle, de lui confier ses joies, ses peines, ses nombreuses frustrations, de lui relater la vie nouvelle qui s'amorcerait sous peu, de lui raconter sa vie d'étrangère dans sa propre maison. Tant d'idées se bousculaient dans sa tête et se disputaient les premières loges de sa pensée. Elle trempa sa plume d'aigle dans son encrier de verre. Le sien n'était pas de faïence comme celui de Mary Boyles Powell à qui elle se livrerait d'ailleurs très bientôt. Du moins, l'espérait-elle.

Le 6 mai 1813

Cher journal,

La journée a drôlement commencé. James m'a réveillée au chant du coq. On frappait à la porte. C'était Benjamin. Il venait nous informer que les damnés Américains fouillaient toutes les chaumières de la péninsule afin d'arrêter...

Elle narra la suite des événements et compléta par les lignes suivantes :

Bien sûr, nous avons avisé les enfants de l'arrivée imminente de visiteurs qui logeraient dans leur chambre et dans la nôtre et qui souperaient avec nous tous les soirs. Les plus petits ont trouvé l'idée amusante de coucher dans l'entrée qui nous sert aussi de petite salle à manger, mais Mary Lawrence a réagi vivement. J'ai tenté de la rassurer en lui confiant que moi aussi j'entretenais certaines appréhensions. C'est comme si j'avais parlé dans le vide. Au fond, c'est la crainte de ne plus revoir Benjamin qui la chagrine et la bouleverse. Je la comprends.

Ce qui me chavire le plus, c'est la réaction de James à l'égard des trois hommes qui partageront notre logis. Je crois qu'il nourrit une profonde aversion contre cette cohabitation imposée même s'il n'a rien dit à ce sujet. Mais de le savoir près de nous et non emprisonné comme un bandit dans de minables conditions ou maltraité me rassure. Par ailleurs, j'ignore si je serai à la hauteur de la tâche qui m'attend, cette sorte de «service militaire commandé» qu'on exige de moi, si je peux m'exprimer ainsi. L'idée ne me sourit guère, mais ai-je le choix ? Néanmoins, je préfère cet état de claustration à l'éparpillement de notre famille.

Rédiger un journal, c'est un peu s'écrire à soi-même. La différence avec le fait d'écrire à quelqu'un d'autre, c'est que l'on n'attend pas de réponse de son correspondant.

* * *

Le lendemain, rien. La visite qu'on avait annoncée n'était pas arrivée. Qu'à cela ne tienne, Laura profita de ses relatifs moments de liberté conditionnelle et provisoire pour vaquer à ses occupations habituelles et entourer ses enfants. Avec Mary Lawrence, elle avait aménagé une chambre de fortune dans une partie du salon en y installant les matelas disponibles, y compris celui qui était enfoui dans le banc du quêteux. La mère et la fille avaient également descendu le coffre qui renfermait des draps de lit, dont certains serviraient à l'obstruction de fenêtres. James avait pris l'air sur une chaise droite en avant de la maison et jonglait avec l'idée de s'enfuir avec les siens. Mais où ? En plus, il n'était pas dans un état qui lui permettait de longues cavales.

Le surlendemain, il pleuvait. Laura décida de reporter le début des travaux de jardinage. La pluie bienfaisante s'infiltrerait jusqu'aux racines des arbres fruitiers et préparerait l'éclatement des bourgeons qui s'épanouiraient en fleurs rosées et blanches.

Laura se torturait à l'idée qu'on avait dû enlever un ou deux des fils les plus vieux de son amie Maggy. Le ciel lui avait déjà enlevé Allan… Mais actuellement, Laura ne pouvait s'éloigner de son domicile. Elle se rendit chez madame Vrooman, une voisine, avec Charlotte, Harriet et Charles, pour s'enquérir de la situation de cette famille. Là, on avait enlevé le mari et le fils aîné ; la pauvre femme pleurait à chaudes larmes. Après la bataille de Queenston, son mari l'avait persuadée de revenir dans le hameau dévasté, croyant que le pire était passé. Toutefois, il n'avait encore rien vu. Il allait croupir dans une prison. L'homme était pieux. On l'avait peut-être enfermé avec le pasteur Addison. Il aurait le temps de méditer, de faire ses prières et d'adresser des requêtes pour se sortir du pétrin. Quand madame Vrooman avait protesté auprès du responsable des recherches que la famine les guettait, elle et sa progéniture, on lui avait rétorqué méchamment qu'elle pourrait bientôt jardiner dans son potager et que l'opulence de sa personne témoignait de réserves suffisantes pour tenir encore toute une année.

— Venez, les enfants, on rentre ! décida Laura.

— Je veux rester ici avec mes amis, protesta Charles qui faisait avancer de sa petite main un cheval de bois tirant un tombereau jouet.

— Tu continueras de t'amuser à la maison, car j'ai une besogne qui m'attend, expliqua Laura pour le convaincre. Allez, viens !

Le garçonnet grimaça de mécontentement et délaissa son jeu.

— Je vais voir ce que je peux faire pour vous, madame Vrooman, dit Laura.

— Vous êtes bien bonne.

Laura et Harriet agrippèrent chacune une main de Charles et se retrouvèrent dans la rue. Elles soulevaient le garçon pour éviter les flaques d'eau et les éclaboussures. Charlotte semblait prendre plaisir à s'attarder sous la pluie persistante.

Devant la maison des Secord, trois militaires descendaient d'un carrosse alors que des subalternes transportaient des malles d'une charrette bâchée à l'intérieur de la demeure.

— Les voilà ! s'écria Harriet, en constatant ce qui se déroulait devant chez elle, un peu plus loin.

« Pas déjà ! » se dit Laura.

— Dépêche-toi, Charlotte, lança-t-elle, tu ne seras pas présentable…

Laura s'aperçut du ridicule de sa remarque. Elle entra dans la maison. Les serviteurs descendaient les marches de l'escalier qui menait aux chambres. Ils sortirent et s'engouffrèrent dans leur fourgon qui s'ébranla rapidement. Les enfants observèrent le départ des militaires et se dispersèrent ensuite dans les pièces du rez-de-chaussée. À la cuisine, un des trois officiers s'entretenait avec James. Quand Laura entra dans la pièce, l'officier se tourna vers elle.

— Madame Secord, je présume! Je suis le major Askin. Enchanté, ajouta-t-il en tendant une main sincère.

Laura ne put se résigner à lui rendre sa politesse.

— Je vous félicite pour la propreté des lieux, madame, dit le major sans paraître offusqué par l'attitude de Laura. Hélas, on ne peut en dire autant de toutes les ménagères!

Laura s'inclina poliment devant l'officier, mais sans plus. Pour sa part, James était demeuré de glace.

— Je comprends votre grand désarroi. Ni vous ni moi n'avons choisi de vivre ensemble. Sachez que je me désole de cette promiscuité éminemment déplorable qu'on vous impose.

James et Laura écoutaient l'homme débiter le petit boniment qu'il avait sans doute préparé d'avance.

— Nous avons apporté des provisions pour quelques jours, annonça-t-il. De temps à autre, nous serons ravitaillés. S'il venait à manquer quoi que ce soit, n'hésitez surtout pas à me le faire savoir. Il va sans dire que nous avons confisqué votre mousquet et l'avons rendu inopérant même si nous savons pertinemment que vous pouvez vous procurer des armes dans le voisinage. Pour le moment, je vais rejoindre mes deux camarades à l'étage. Nous descendrons pour le souper.

Le militaire, un homme dans la cinquantaine planté bien droit, possédait certainement un degré d'instruction au-dessus de la moyenne. Son comportement dénotait une bonne éducation, ce qui faciliterait assurément les rapports, pensait Laura. Cependant, cela ne valait pas nécessairement pour les deux camarades du major. On verrait bien.

L'hôtesse se sentait déjà à l'étroit dans sa demeure. Aussi elle demanda à James de s'assurer que les enfants n'accèdent pas à l'étage des chambres pour ne pas déranger les messieurs qui occuperaient dorénavant cette partie de la maison. Elle se mit à dresser l'inventaire des provisions qu'on avait placées près du comptoir et dans le caveau : farine, sucre, pois, baril de lard salé, viande séchée, bouteilles de vin, etc. Puis elle rangea les réserves de nourriture avec Mary Lawrence qui était loin d'afficher un air de résignation.

— On n'a pas fini de se marcher sur les pieds, mère, se plaignit l'adolescente. J'ai envie d'étriper Charles qui court dans le salon. Et mes deux sœurs sont à couteaux tirés. Tout cela n'est guère reposant.

— Ne t'en fais pas, Mary. La pluie d'aujourd'hui nuit au moral de tout le monde.

Dès lors, Laura s'employa à préparer le souper. Pour l'occasion, elle concocterait un plat qui lui ferait honneur, sans toutefois tomber dans le piège des mets trop savoureux pour ne pas gâter les «pensionnaires».

* * *

Un ragoût mijotait dans la marmite pendue à la crémaillère pendant que des tartes aux fruits doraient lentement. La ménagère avait jugé bon de faire souper sa famille dans la cuisine. Mary Lawrence avait mis le couvert dans la petite salle à manger de l'entrée pour accommoder les militaires. On entendit des bruits de pas martelant le plancher de l'étage. Puis Laura reconnut très distinctement la voix du major Askin dont l'éclatement du rire s'amplifia dans la cage d'escalier. Elle essuya ses mains sur son tablier, replaça nerveusement sa chevelure et se rendit au pied des marches. Elle se sentit défaillir. «Oh, mon Dieu!» émit-elle faiblement en portant la main à sa bouche pour étouffer sa stupéfaction.

— Madame Secord, dit le major Askin, je vous présente Dave Follet et Jonathan Crown, les deux officiers qui ont été désignés pour m'accompagner dans cette mission.

— Enchanté, madame, dirent les deux hommes d'une même voix.

— Assoyez-vous, messieurs, je vous en prie. Je reviens à l'instant.

Laura disparut dans la cuisine. Mary Lawrence servait les plus jeunes alors que James trempait son pain dans la sauce du ragoût.

— Et puis, Laura, quelles sont tes premières impressions ? s'enquit James.

Laura murmura à l'oreille de son mari :

— L'un des deux officiers que nous n'avions pas encore vus n'est nul autre que Jonathan Crown, le palefrenier de mon père à Great Barrington.

— Celui qui m'a sauvé la vie sur le champ de bataille ?

— Chut ! fit-elle en posant sa main sur la bouche de son mari. Oui, c'est bien lui, James !

Elle se redressa. Les jambes flageolantes, elle remplit deux assiettes qu'elle transporta et déposa devant le major et Jonathan.

— Vous avez des préférés, madame Secord, blagua l'officier Follet.

Les joues de Laura rosirent.

— Vous allez être choyé : la prochaine assiette sera pour vous, monsieur Follet.

Les hommes s'esclaffèrent.

— Vous avez un redoutable sens de la répartie, madame Secord.

Laura retourna à la cuisine et en rapporta une assiettée pour le troisième militaire.

— Délicieux, madame ! dit Askin.

— Merci.

— Excellent! dit Jonathan qui éprouvait une gêne manifeste.

Après le repas, les officiers se retirèrent immédiatement à l'étage. La pluie avait cessé pendant le souper. Le petit Charles demanda à aller jouer dehors. Il avait un urgent besoin de s'épivarder. Laura y consentit à la condition qu'il soit sous la surveillance vigilante d'Harriet pour éviter qu'il ne barbote dans les flaques boueuses. Pendant ce temps, Laura et son aînée desserviraient les tables tandis que James s'emploierait à consoler Charlotte de la perte de sa chambre.

* * *

Il faisait presque nuit. Les enfants étaient couchés sur leur paillasse dans un coin du salon qui leur tenait lieu de chambre. Laura avait finalement résolu d'établir la sienne dans la cuisine et d'y déménager sa table d'écriture. Tout semblait calme à l'étage.

— Nos pensionnaires doivent planifier leur journée de demain, dit Laura.

— Très certainement! approuva James. Ils se sont cantonnés dans leurs quartiers pour mieux en ressortir demain. Crois-tu que le major Askin et le capitaine Follet savent pour Jonathan?

— Cela m'étonnerait. Et il n'y a aucun avantage de notre côté à les instruire à ce sujet. Cela restera entre lui et nous.

James parut soudainement inquiet. Il plongea son regard dans celui de Laura.

— Tu me jures qu'il n'y a jamais eu quoi que ce soit entre vous deux?

— Jamais, James! Je croyais que la question était réglée une fois pour toutes...

La réponse de Laura parut satisfaire James.

— Il faudra se comporter avec lui comme avec les deux autres qui m'ont l'air faciles à vivre.

— Rien pour me rassurer !

Elle embrassa tendrement son mari, mais il ne lui rendit pas son baiser. Il gagna son grabat. Elle plaça un bougeoir sur sa table d'écriture, sortit son journal intime et écrivit :

Jour 1 de l'occupation…

* * *

Aux aurores, avant même le chant déclamatoire du coq, la charrette des Secord s'ébranla sur la rue déserte, dans l'ébrouement des chevaux et l'aboiement des chiens du voisinage. Avec nonchalance, Laura émergea de l'évanescence de ses rêves et se leva. Elle se traîna jusqu'à la fenêtre dont elle écarta le drap qui servait à assombrir la chambre-cuisine. Plus loin, au-delà de la maison de madame Vrooman, la silhouette des trois militaires s'évanouissait dans la ramure des arbres. Elle passa sa main dans sa chevelure bronze. « Bon débarras ! » se dit-elle. Puis elle se recoucha. Un peu plus tard, alors qu'elle s'était rendormie, Charlotte se réveilla, larmoyante, et réclama sa mère. Laura se pressa vers sa petite et l'entraîna sur sa paillasse, la tenant entre ses bras réconfortants.

Au lever, Laura eut envie de monter à l'étage pour vérifier l'état des chambres, mais elle se ravisa. Après tout, elle n'était pas une servante affectée au ménage des pièces du haut, mais plutôt en quelque sorte la tenancière d'une maison convertie en auberge. On ne lui en demandait pas plus, du moins pour l'instant. Cependant, un jour viendrait où il faudrait quelqu'un pour laver les draps et les couvertures. Cela dépendait du temps que les militaires assiégeraient la résidence. Quant à lui, James se leva d'assez bonne humeur, mais éprouva un sentiment de profanation à la pensée qu'on avait violé la chambre conjugale. Cette idée l'irrita au point où il sortit à l'extérieur et se plongea dans une bouderie. Laura le regarda par la fenêtre en se mordillant les lèvres et devina ce visage ombrageux qu'il affichait parfois et qui lui nouait la gorge.

Le surlendemain, le soleil ayant suffisamment asséché le sol humide, Laura résolut donc de consacrer une partie de la matinée au potager. Après les soins aux animaux, elle profiterait de la fraîche matinale pour entreprendre le lopin qu'elle voulait un peu plus grand cette année, décidée à le soumettre à l'ardeur de son impitoyable bêche. Laura prit son petit-déjeuner. James se débrouillerait ou prendrait son repas avec les enfants. Elle se dirigea ensuite vers l'armoire et enfouit de petites enveloppes de graines dans une poche de son tablier avant de sortir par la porte arrière et de se rendre à la grange où l'on remisait les instruments de jardinage.

Déjà, les mauvaises herbes avaient commencé à s'enraciner dans le sol printanier. La jardinière s'appliqua à écroûter la terre pour l'ameublir avant de la sillonner pour y déposer des graines. Elle travaillait presque inlassablement, ne s'arrêtant que pour reprendre son souffle, appuyée sur le manche de sa fourche à bêcher. Des relents de souvenirs assaillaient alors sa mémoire, lui rappelant son lointain passé au domaine de son père. Shawn tenait les manchons de la charrue lorsque l'attelage avait foncé dans la clôture de perche. Jonathan s'était délecté de la scène et une regrettable empoignade avait suivi. Laura avait alors détesté le palefrenier persifleur. Plus tard, des années après, ce même homme les avait épargnés, elle et James, sur le champ de bataille. Et maintenant, il logeait dans sa maison et elle n'éprouvait plus aucun mépris, aucune haine pour lui.

La jardinière rapporta ses outils à la grange. Elle ramassa un arrosoir et alla au puits. Elle transporta au potager plusieurs seaux d'eau pour imbiber le sol qui serait généreux ou radin. Les mains sur les hanches, Laura contempla son petit morceau de terre. Elle ne se sentait pas fatiguée. Elle leva les yeux vers la maison de madame Vrooman et décida que sa voisine aurait également un jardin. Laura passa prévenir James et Mary Lawrence au sujet de ses intentions. Ses pas la menèrent ensuite chez la grosse femme. Celle-ci ouvrit la porte son corps bloquant l'entièreté de l'ouverture, son bras au triceps pendouillant retenant la porte-moustiquaire. Laura crut entendre le piaillement des oisillons de la maisonnée qui attendaient la becquée. Elle exposa son projet.

— Vous avez bien assez de votre besogne, madame Secord, protesta madame Vrooman.

— Si vous ne cultivez pas de légumes, vous êtes vouée à la famine, madame Vrooman. Je crois que nous ne pouvons plus compter sur la contribution de la Social and Patriotic Society. Et ce n'est pas l'armée qui va vous préparer des petits plats.

— Parlant d'armée… Une charrette et un fourgon sont passés dans la rue après votre visite hier. Ils semblaient venir de chez vous.

— Ce n'était pas une illusion, madame Vrooman. Nous logeons trois officiers américains.

— À ce que je vois, les ennemis ne se contentent pas d'envahir la péninsule, ils se sont aussi emparés de votre maison.

— Ils partent le matin et reviennent pour le souper. Et le soir, ils se confinent dans les chambres à l'étage. Mais trêve de bavardages, il faut que je me mette à l'ouvrage !

— Les outils se trouvent dans la remise. Prenez ce qu'il vous faut, madame Secord.

Avec la même application dont elle avait fait preuve pour son propre jardin, Laura se mit à bouleverser la terre de sa voisine, à émotter le sol durci, à crevasser des sillons bien droits avant d'y déposer la semence prometteuse. Quand tout fut terminé, elle salua madame Vrooman et rentra fièrement chez elle.

* * *

Trois semaines passèrent. Le jour, les trois militaires s'adonnaient à leurs activités intrigantes, et le soir, après le souper, ils se repliaient dans l'isolement de leurs chambres. S'il arrivait parfois que la discussion s'emballe le moindrement au repas et que le verbe devienne plus leste, le major Askin veillait à tempérer. Un soir, à la fin d'un souper, alors que le major et le capitaine avaient entamé une discussion houleuse et décidé de la poursuivre dans leurs quartiers, Jonathan était demeuré à la table. À l'aide de ses béquilles, James s'était déplacé jusqu'à la grange pour revoir ses chevaux que les militaires avaient ramenés un peu plus tôt. Mary Lawrence sarclait le jardin de madame Vrooman pendant que Harriet, Charlotte et Charles batifolaient à proximité avec les enfants de la voisine. Laura achevait de desservir, espérant que le dernier officier irait rejoindre ses camarades.

— Laura, j'aimerais tant…

— Nous n'avons rien à nous dire, Jonathan. Pourquoi ne vas-tu pas retrouver les tiens là-haut ?

— Lorsque j'ai demandé à l'officier responsable des recherches à quel endroit nous logerions, il m'a décrit la maison et le couple qui l'habitait. Il m'a parlé d'un mari éclopé et d'une femme à la chevelure cuivrée, avec des yeux ambrés et un regard fauve. J'ai su à l'instant que ce ne pouvait être que toi, Laura.

Laura ramassa l'assiette à dessert et amorça un pas vers la cuisine. Jonathan la retint par le bras.

— Non, ne pars pas !

— C'est terminé entre nous, Jonathan. D'ailleurs, il n'y a jamais rien eu. Pour moi, c'est comme si tu n'avais jamais existé.

— Si je n'avais pas été là le 13 octobre 1812, vous n'existeriez plus, ni toi ni ton mari.

— Alors pourquoi nous avoir laissé la vie ?

— Quand j'ai réalisé que l'homme blessé que tu secourais n'était pas Shawn mais un autre, j'ai fait la paix, là, sur le champ de bataille. Un petit drapeau blanc s'est hissé dans mon cœur. C'est là que j'ai compris : ce n'est pas parce que tu ne m'aimais pas que tu n'avais pas le droit d'en aimer un autre ! Et puis j'ai pensé que si je n'intervenais pas un père et une mère mourraient et laisseraient des orphelins derrière eux.

— Que faut-il que je fasse à présent pour te remercier ? ironisa Laura.

— Rien, absolument rien, répondit Jonathan. Ton admirable dévouement ne se dément jamais et me suffit amplement.

Laura baissa la tête et ferma brièvement les yeux. Le militaire enchaîna :

— Le ciel m'a déjà comblé de ses bienfaits, Laura. De l'autre côté de la Niagara, une femme merveilleuse et trois enfants adorables m'attendent.

Laura battit des paupières. Ses joues se gonflèrent pour réprimer des larmes qu'elle contenait difficilement. Elle ne voulait pas que Jonathan la voie essuyer ses pleurs ; elle se retira dans la cuisine et s'épongea les yeux avec le bord de son tablier.

12
Des développements

Le 26 mai 1813, comme à l'accoutumée, Laura avait préparé son menu pour le souper. Toutefois, les deux soirs précédents, Edward Askin, Dave Follet et Jonathan Crown n'étaient pas rentrés dormir. Elle avait prévenu madame Vrooman que, cette fois, la famille de celle-ci bénéficierait de l'absence des officiers s'ils ne donnaient pas signe de vie. Ainsi, avant de se mettre à la marmite, la grosse femme avait fait patienter sa marmaille jusqu'à l'heure où elle avait vu arriver Mary Lawrence avec un très substantiel excédent de nourriture. Plus tard dans la soirée, l'aînée de Laura était allée récupérer la casserole vide. Madame Vrooman avait grandement apprécié son repas. «Je n'ai jamais aussi bien mangé de toute mon existence. Finalement, l'occupation du territoire a son bon côté», avait-elle commenté.

Mary Lawrence s'était extasiée à l'idée de réintégrer la chambre des enfants. Mais pragmatique et redoutant une quelconque manœuvre militaire dans la péninsule, James avait refroidi les ardeurs de sa fille en suggérant d'attendre encore quelques jours avant de procéder au réaménagement. Mary Lawrence avait regagné sagement sa paillasse et s'était endormie en suppliant le ciel de protéger son amoureux. Dans la pénombre, James somnolait à présent sur une chaise. Sa jambe blessée ne l'élançait plus. À la lueur de son bougeoir, Laura était assise à sa table d'écriture, consignant de sa plume infatigable les événements de la journée. Elle entendit le hennissement de chevaux, le roulement d'attelages avec leur cliquetis de métal et une clameur sourde qui s'intensifiait. Dans les chaumières, les habitants se terraient. Laura eut peur. Elle souffla sur les lignes fraîches pour sécher l'encre noire, referma son cahier et se rendit à la fenêtre.

— Laura, qu'est-ce qui te prend? sursauta James, émergeant brusquement de sa somnolence.

On frappa doucement à la porte. Laura alla ouvrir.

— Madame Secord! dit Benjamin, mousquet en bandoulière, ses yeux luisants dans le pâle éclairage.

Laura tira le visiteur dans la maison, referma vitement la porte et appliqua un baiser sur le front de l'adolescent, sous le bandeau poisseux qui lui enserrait la tête.

— Qui sont tous ces hommes qui marchent dans Queenston?

— Des soldats de l'armée britannique.

— Qui est-ce? s'enquit James. D'où vient tout ce boucan en pleine nuit?

— Benjamin, que s'est-il passé depuis qu'on s'est vus? dit la ménagère, éludant les questions de son mari. Attends, je vais réveiller Mary Lawrence. Depuis le temps qu'elle se morfond à t'attendre…

— Ne vous inquiétez pas, monsieur Secord. C'est moi, Benjamin Jarvis. Je suis avec les nôtres qui passent dans le village.

Il y eut un moment d'accalmie. Laura traversa la pièce d'entrée pour aller prévenir Mary Lawrence. Pendant ce temps, le milicien narra sa visite à St. David lorsqu'il avait quitté la maison, l'alerte donnée à son compagnon d'armes et à Charles Ingersoll afin qu'ils s'enfuient à temps pour éviter l'arrestation. Pour sa part, James instruisit Benjamin sur l'occupation des officiers de l'armée américaine et l'établissement de leurs quartiers provisoires à l'étage. Peu après, Laura revint avec sa fille en robe de nuit. Mary Lawrence sauta au cou du jeune homme.

— Hum! toussota James dans son poing. Bon! Raconte-nous au plus vite, Benjamin. Tu en sais certainement pas mal plus que nous qui restons toujours entre nos quatre murs.

— La nuit dernière, commença Benjamin, le fort George a été l'objet d'une attaque de l'ennemi. Hier soir, à la brunante, des goélettes battant pavillon américain se sont approchées dangereusement de la côte sur le lac Ontario. Peu après, comme le brigadier général John Vincent l'appréhendait depuis longtemps, des tirs provenant des batteries du fort Niagara et des navires ont bombardé notre forteresse. Dès que les soldats américains ont accosté, ils se sont regroupés pour monter à l'assaut de nos positions. Devant la force du nombre et l'intensité des tirs, Vincent a ordonné d'évacuer le fort, d'enclouer les canons et de détruire les munitions.

— Cela explique pourquoi tu te retrouves avec nous, exprima Mary Lawrence, qui venait de réaliser que son amoureux n'était que de passage.

— C'est loin d'être terminé, poursuivit Benjamin. Non seulement la forteresse est présentement aux mains des Américains, mais le village de Niagara aussi. Actuellement, nos troupes se replient vers le village de Queenston…

— La guerre est vraiment commencée! coupa Mary Lawrence qui se couvrit le visage de ses mains.

— En fait, une partie de nos détachements se dirige vers Burlington. Le plus gros de nos forces converge vers Queenston avant de s'engager en direction de St. David et de Beaver Dams afin d'atteindre Burlington Heights le plus tôt possible.

— Quelle catastrophe! soupira Laura.

— Par tous les diables, les Américains ont pris d'assaut la forteresse, mais ils n'ont pas gagné la guerre! fulmina James, se levant subitement de sa chaise. Vincent va réagir…

— Alors tu restes avec nous pour la nuit ! conclut hâtivement Mary Lawrence.

— Non, Mary. Je suis désolé ; je dois continuer. L'armée et la milice ont besoin de chacun des hommes pour repousser l'envahisseur.

— As-tu faim ? As-tu soif ? Au moins, prends quelque chose avant de repartir, offrit Laura.

— Non, mais merci quand même, madame Secord. Je dois rejoindre immédiatement les troupes.

La jeune fille s'approcha de son amoureux, lui caressa le visage en noyant son regard dans le sien.

— Tu me déchires le cœur, Benjamin, murmura-t-elle.

* * *

Le repliement des troupes coloniales vers Burlington Heights fut complété sous des pluies torrentielles. Les Américains pourchassèrent ensuite les Britanniques et établirent leur campement à Stoney Creek. Grâce aux déserteurs yankees, au chef indien John Norton et à sa poignée de Mohawks ainsi qu'au travail de reconnaissance de l'armée, le brigadier général John Vincent put bénéficier de précieux renseignements sur les positions de l'ennemi et leur force. C'est ainsi que, quelques jours plus tard, à la suite de la bataille de Stoney Creek, Benjamin s'en revint chez les Secord, la mine victorieuse mais le regard circonspect. On répandait qu'une bande de pirates armés à la solde des Américains connus sous le sobriquet « Les quarante voleurs » opéraient dans les parages. Ces vilains charognards se délectaient des restes abandonnés sur les champs de bataille : sabres, pistolets, fusils, havresacs, etc.

Depuis les récents mouvements de troupes, Queenston était redevenu un paisible hameau amputé de ses hommes, laissé à la gouverne des femmes. Cependant, la retraite de soldats américains vers le village demeurait possible. Malgré la recommandation de James qui l'exhortait à ne pas s'éloigner, Laura avait emprunté l'attelage de madame Vrooman pour emmener ses enfants chez son amie Maggy. « Un danger permanent règne dans le secteur, nous ne sommes pas en temps de paix. Non seulement tu mets ta vie en péril, mais aussi celle de nos enfants ! » avait-il tempêté. Et pourtant, James s'était résigné à voir partir ses enfants avec leur mère têtue. Assis sur un banc rustique sous l'orme majestueux qui ombrageait maintenant sa figure, James humait tranquillement l'air de la péninsule. Il écoutait les refrains des oiseaux, à l'affût du lièvre qui rôdait près du potager.

Soudainement, les oiseaux cessèrent leur ritournelle. Le regard de James scruta les buissons. Une forme grouillait dans un faible bruissement de feuilles. Secord se cambra, se releva et brandit son gourdin, prêt à le lancer. Un étrange roucoulement se fit entendre :

— Monsieur Secord, c'est moi, Benjamin, dit le jeune homme en émergeant du bosquet, fusil en main.

— Ça parle au diable ! Benjamin Jarvis !

— Comment allez-vous, monsieur Secord ?

— Pas trop mal, mon garçon. Ma jambe m'élance terriblement les jours d'humidité. Le plus souvent possible, je sors prendre l'air et le soleil, mais je trouve que le temps est long, parfois.

— Je vous ferai remarquer, monsieur Secord, que vous n'êtes plus tout à fait exposé au soleil, badina Benjamin. Et que faisiez-vous donc avec ce gourdin ?

— On fait la guerre comme on le peut. Je surveille un lièvre qui veut s'installer dans les parages en vue d'une récolte facile et gratuite. Si jamais je l'aperçois, il aura affaire à détaler.

Secord laissa tomber son arme dans l'herbe, à côté du banc. Il reprit ses béquilles appuyées sur l'orme.

— Viens en dedans, on va être plus à l'aise pour jaser. J'ai besoin de changer de position. Ma femme et les enfants sont à la campagne chez Maggy Springfield.

Déçu de l'absence de Mary Lawrence, l'adolescent suivit le convalescent jusque dans la maison.

— Qu'est-ce qui t'arrive, au juste ? Où en sont nos troupes ?

— Il y a eu un affrontement à Stoney Creek, annonça Benjamin.

— Et alors ? s'inquiéta James.

— Nous avons remporté la bataille…

— Youpi ! s'exclama James. Ça mérite un petit verre ! Sors la bouteille de whisky et deux verres.

— Ça n'a pas été facile.

— On va trinquer au succès des nôtres, décida James.

Le milicien s'exécuta, puis il dit timidement :

— Je n'ai pas l'habitude de boire. Mais dans les circonstances…

— Tu ne me feras pas croire qu'avec les camarades…

— Ça m'est bien arrivé quelques fois. Cependant, généralement, je me tiens dans les limites respectables de la tempérance.

James versa l'alcool et tendit un verre d'étain au visiteur.

— À notre armée ! dit-il en soulevant son verre.

Les deux gobelets s'entrechoquèrent.

— À présent, Benjamin, raconte-moi. Je meurs d'envie de savoir…

— C'était le 5 juin. Il fallait agir vite pour éviter que des renforts ne parviennent jusqu'aux Américains. Le brigadier général John Vincent avait confié le commandement de l'opération au lieutenant-colonel Harvey. Nous avons pris la route peu avant minuit : sept milles à parcourir. Le ciel était couvert et une brume voilait le pas des soldats. Nos fusils étaient déchargés pour ne pas alerter l'envahisseur. Quand nous sommes arrivés à proximité des lignes ennemies, le ciel s'était dégagé. Il était environ deux heures du matin. Nous avons alors progressé à pas de loup vers le village de Stoney. Dans la pénombre, un de nos éclaireurs a aperçu une sentinelle qui somnolait, appuyée contre un arbre près de l'église. Le malheureux guetteur a été promptement neutralisé à la baïonnette, puis un deuxième a subi le même sort lorsqu'il a interpellé nos hommes. Toutefois, un troisième factionnaire est parvenu à tirer un coup de feu et à s'enfuir.

— Et que s'est-il passé après ?

— Évidemment, le coup de feu a déclenché l'alerte et semé la confusion. Le temps qu'on remonte les baïonnettes et qu'on replace les pierres à fusil, un bon nombre d'Américains avaient détalé. Mais ceux qui sont restés ont fait plusieurs victimes dans notre camp. La scène avait quelque chose d'apocalyptique. Les éclairs des canons et des fusils nous éblouissaient. Un moment, j'ai cru qu'il n'y avait plus rien à faire, que nous étions perdus…

James versa nerveusement une autre rasade dans les gobelets et supplia du regard le milicien de lui livrer la suite.

— Avec quelques tuniques rouges, un de nos sergents s'est précipité vers l'artillerie et a réussi à s'emparer de deux canons et d'un tombereau. Des chevaux ont été passés à la baïonnette pour empêcher l'évacuation des autres pièces d'équipement de l'ennemi.

— C'est tout un revirement que tu me racontes là ! s'exclama James.

— Attendez, ce n'est pas tout !

— Ensuite, le sergent et un petit détachement de soldats ont pourchassé les fuyards, abattant hommes et chevaux sur leur chemin. Tombé en bas de sa monture et cherchant à rallier ses hommes dispersés, un général a tourné son pistolet vers le sergent. Mais celui-ci, le prenant de vitesse, lui a lancé : «Au moindre mouvement, vous êtes mort!» Le général a aussitôt jeté son arme et son sabre au sol en disant : «Je suis votre prisonnier.»

L'adolescent reprit son souffle et acheva son récit :

— Cette percée nous a permis de ramener à nos lignes deux généraux, cinq officiers supérieurs et capitaines en plus d'une centaine de prisonniers. Cependant, pour tout vous dire, les pertes furent assez considérables de part et d'autre. Et puis, une fois repliés, nous avons constaté que notre brigadier général manquait à l'appel. Un éclaireur l'a finalement ramené à Burlington Heights. Le brigadier général s'était égaré et avait perdu son cheval, son sabre et son chapeau!

— Il faudrait à présent reconquérir le fort George, avança James.

— Je ne suis pas un fin stratège militaire, monsieur Secord, mais je prétends que nous devons user d'une extrême prudence, même dans le secteur. Les Américains n'ont pas tous retraités à la forteresse comme les moutons rentrent à la bergerie. Et un certain Cyrenius Chapin mène une bande de partisans sans scrupules qui cherchent à s'emparer du bien de ceux qui fuient leur propriété.

La remarque de Benjamin avait suffi pour raviver l'inquiétude dans l'esprit de James. Il claudiqua jusqu'à la fenêtre, étudia la position du soleil, scruta la rue déserte à travers le feuillage des arbres. Il revint s'asseoir, la mine fortement contrariée, puis il abaissa son poing sur la table.

— Par tous les diables! Laura n'est pas encore rentrée. Je l'avais pourtant avertie des risques qu'elle courait!

— Écoutez, monsieur Secord, je peux aller au-devant de l'attelage et ramener votre famille à la maison.

— Promets-moi une chose, cependant, Benjamin.

— Laquelle ?

— Si l'on t'arrête, n'oppose aucune résistance. Il y a bien assez d'hommes tombés au combat pour la défense de la patrie. Et pour ce qui est de nos trois pensionnaires, il n'est pas impossible qu'ils reviennent bientôt.

James indiqua au milicien le chemin pour se rendre chez Maggy Springfield. L'adolescent se prépara aussitôt à partir.

— Tu devrais laisser ton fusil et ta corne de poudre à la maison, Benjamin. Tu aurais l'air moins menaçant et moins sur la défensive !

Benjamin hésita un peu, ajusta son bandeau puis se décida :

— Je préfère apporter mon arme, monsieur Secord. On ne sait jamais : j'aurai peut-être à me défendre contre de dangereux lièvres !

— À ta guise, jeune homme !

* * *

D'un pas décidé et le mousquet sur l'épaule, Benjamin emprunta la route qui menait à la ferme des Springfield. Le milicien marcha sur le chemin graveleux, résolu à ramener la petite famille à la maison. Il espérait ne pas tomber sur les voleurs de grand chemin, ne fussent-ils qu'un groupuscule d'individus malintentionnés. Après tout, il était seul. Il s'arrêta à l'ombre d'un frêne, s'assura que sa pierre à feu était bien en place et repartit. Il franchit ainsi une bonne distance, suivant les petits caprices du tracé. Peu après, pour éviter un tournant de la route, il fut tenté par un raccourci qui obliquait dans un boisé, mais il se ravisa. « Si je m'enfonce un tant soit peu dans la forêt, je sauve quelques enjambées tout au plus » estima-t-il.

À peine un quart de mille plus loin, un nuage de poussière s'éleva à l'horizon. Benjamin se protégea des rayons du soleil en portant une main en visière au-dessus de ses yeux. Un bruit d'abord lointain et confus devint de plus en plus intense et cadencé. Des chevaux tirant une charrette suivie de trois cavaliers progressèrent rapidement vers lui. Il chargea son arme, dégagea rapidement le passage et se retrancha dans un bosquet d'arbustes, tenant en joue les poursuivants. « Madame Secord ! » s'étonna le jeune homme. Le dos arqué, le visage crispé, Laura tenait fermement les rênes de l'attelage qui fonçait à vive allure vers le pied de la colline. Benjamin fit éclater une décharge de fusil dans les airs. Stupéfaits, les trois hommes s'arrêtèrent. L'un d'eux descendit de sa monture et brandit son mousquet, l'œil au guet, l'oreille au vent. Ses deux acolytes l'imitèrent, balayant du regard la lisière du bois. « C'est exactement ce que je voulais ! Il s'agit à présent de sauver ma peau ! » réfléchit à toute vitesse le milicien avant de s'enfoncer dans la forêt épaisse.

* * *

Après le coup de feu qui avait retenti, dans l'affolement des chevaux, la charrette s'était encore emballée pendant plusieurs minutes avant de ralentir. Le cœur de Laura avait battu au rythme de celui des bêtes essoufflées. Elle avait relâché les rênes, détourné le regard de la route libre de ses poursuivants et l'avait posé sur ses rejetons abasourdis et entassés au fond de la voiture. Une fois l'attelage immobilisé, Laura s'était assurée que personne n'était blessé. Chacun avait eu plus de peur que de mal. Elle était rentrée à Queenston.

— Papa, papa, nous avons été pourchassés par des brigands ! s'écria Harriet en pénétrant dans la maison, laissant la porte ouverte.

— Des brigands ?

James se leva prestement et agrippa ses béquilles ; il attendait sa femme de pied ferme. Laura venait de rendre l'attelage et la charrette à madame Vrooman. Elle rentra, essayant de retrouver une allure décente malgré ses vêtements et son visage empoussiérés.

— Ah! Te voilà enfin, Laura Secord! Il était temps... Par tous les diables, que vous est-il arrivé?

Mary Lawrence apparut, la mine effarée, tenant Charlotte par la main. Le petit Charles s'élança vers son père, un sourire radieux illuminant sa frimousse.

— Attention, mon garçon, je suis déjà assez éclopé!

Laura s'affaissa pesamment sur une chaise, puis elle prit une grande respiration. Elle avait besoin de se remettre de ses émotions et de puiser dans sa réserve de courage avant de s'expliquer.

— J'ai commis une erreur de jugement, j'ai fait une magistrale gaffe, James, admit-elle. J'aurais dû t'écouter. Je tenais à rendre visite à Maggy et à Tiffany, car je savais qu'elles seraient heureuses. Tout s'est bien déroulé à l'aller. Mais au retour...

— Des cavaliers nous ont pourchassés sur la route, expliqua Mary Lawrence. J'ai eu une peur bleue, la peur de ma vie. Je me souviens de notre fuite de la maison lorsque mère nous a emmenés en catastrophe à la résidence des Springfield, le matin du 13 octobre dernier. Les Américains nous envahissaient, il fallait déguerpir...

James appuya ses béquilles sur le dossier de la chaise de Laura. Il se pencha vers elle, lui massa affectueusement les épaules.

— Ma pauvre Laura! soupira-t-il. Combien de fois faudra-t-il que je te le répète? Dans combien de bourbiers faudra-t-il encore que tu t'enlises avant d'entendre la voix de la raison? la semonça-t-il.

Laura se mit à pleurer.

— Tu as probablement rencontré ce Cyrenius Chapin et sa bande de voyous qui font la pluie et le beau temps dans les environs, marmonna James. Benjamin m'avait prévenu.

— Que dis-tu ? larmoya Laura.

— Que Benjamin m'avait prévenu de la menace que représentaient ces hommes de sac et de corde qui ratissent impunément le territoire !

Du coup, Laura eut le souffle coupé. Elle épongea ses larmes.

— Benjamin est venu ici ? s'étonna Mary Lawrence.

— Oui. Il est arrivé cet après-midi, alors que j'étais dehors sous les ormes. Nous avons parlé de cette bataille qui s'est déroulée à Stoney Creek et du danger qui planait comme un vautour sur la péninsule.

— Comment est-il ? Pourquoi est-il reparti sans me voir ? Vous n'avez pas cherché à le retenir ? questionna la jeune fille sans ambages.

— Calme-toi, Mary Lawrence, intervint Laura. Benjamin a tout simplement voulu nous prévenir, nous protéger…

— Ta mère dit vrai, Mary.

— Et je ne serais pas étonnée d'apprendre que c'est grâce à lui si nous avons pu atteindre Queenston, précisa Laura.

— Que voulez-vous dire, mère ?

— Tu te souviens du coup de feu que nous avons entendu dans notre course effrénée ?

— Oui… dit en hésitant la jeune fille. Enfin, je ne sais pas vraiment. Je ne me rappelle plus très bien ce qui est arrivé, mère.

— Eh bien, tout de suite après le coup de mousquet, les cavaliers ont cessé de nous poursuivre.

— Mon Dieu! Mais où peut bien se trouver Benjamin maintenant?

— Il a dû s'enfuir dans les bois, répondit James, se voulant rassurant.

Mary Lawrence se dirigea vers la porte de la demeure restée entrouverte.

— Mary! s'écria Laura. Je t'interdis de franchir le seuil de cette maison.

James rassura sa fille:

— Benjamin se débrouillera; il connaît la forêt mieux que quiconque, tempéra James. Sois sans crainte, ma belle: il réussira à semer ces bandits de grand chemin.

À ces mots, Laura s'approcha de l'aînée et l'entoura de ses bras maternels.

* * *

Quelques jours plus tard, avant de fermer son journal intime et de s'arracher à son écritoire, Laura compléta ces lignes qui traduisaient fidèlement ce qui avait marqué ses derniers jours. Malgré la fatigue qui l'accablait, dans un effort ultime pour se remémorer les événements, elle se redressa sur sa chaise et, lissant doucement sa plume d'aigle entre ses lèvres, elle relut tout bas ce qu'elle venait d'écrire.

Le 17 juin 1813

Je me suis finalement remise de mon époustouflante défilade de l'autre jour. Je me console à la pensée que les enfants ne semblent pas traumatisés. C'est curieux comme ils ne réagissent pas tous de la même manière! Charlotte a fait un horrible cauchemar la première nuit alors qu'Harriet parle encore de cette mésaventure comme d'une expérience exaltante. En apparence, Mary Lawrence a vite oublié notre course effrénée; elle se morfond en pensant à ce qui a pu arriver à Benjamin après son fameux coup de mousquet. Quant à Charles, il a demandé à faire une autre promenade avec la charrette et les chevaux rapides de madame Vrooman.

Nos trois pensionnaires sont revenus hier, à l'heure du souper. J'appréhendais leur retour, mais comment savoir qu'ils rebondiraient précisément ce jour-là, au moment même où Mary Lawrence rapportait les plats vides de chez madame Vrooman ? Le major Askin a piqué une sainte colère, lui que j'avais toujours considéré comme un véritable gentleman. Il m'a adressé de sévères remontrances. J'ai été prise en flagrant délit. Je n'avais aucune excuse à part celle d'avoir pensé au major et à ses hommes avant de nourrir la marmaille de madame Vrooman, ce que j'ai mentionné pour ma défense. Askin m'a répondu bêtement que l'armée américaine n'avait pas à subvenir aux besoins des habitants de Queenston et que je ne semblais pas réaliser qu'on était en état de guerre. J'ai alors compris qu'il était roi et maître dans ma maison.

La longue tirade du major a forcément attiré James dans la salle à manger. Les yeux furieux, il s'en est d'abord pris aux manières arrogantes et disgracieuses de l'officier, l'a menacé avec une de ses béquilles et, ma foi, je crois qu'il l'aurait tiré à bout portant s'il avait eu son mousquet dans les mains. J'ai aimé que mon homme s'immisce dans la discussion. James aussi avait son mot à dire : il s'est fâché contre les brigands qui avaient honteusement harcelé sa femme et ses enfants, contre l'armée américaine qui avait répandu ses calamités sur notre territoire. Puis il est retourné dans la cuisine.

Pendant l'algarade, Dave Follet et Jonathan sont demeurés muets. Ils ont agi comme de simples observateurs. Jonathan continue de jouer son rôle. En effet, les rares fois où il m'a adressé la parole devant ses camarades, il l'a fait en m'appelant madame Secord. Je lui en suis très reconnaissante. S'il fallait qu'il s'échappe…

Aujourd'hui, je me sentais plus sereine relativement à cette dispute avec le major. Cependant, j'entretiens des inquiétudes quant à l'avenir. J'éprouve de la difficulté à tolérer l'inconnu, à ne pas savoir ce qui se trame sous mon toit. Je crois sincèrement que nous ne sommes pas aux confins de nos peines. Je prie le Seigneur pour qu'il nous protège…

* * *

Après sa fuite, l'intrépide Benjamin Jarvis avait regagné son détachement stationné à Burlington Heights avec l'espoir de rencontrer le nouvel administrateur et commandant des troupes du Haut-Canada. En effet, le baron Francis de Rottenburg avait pris la relève de John Vincent, lui-même remplaçant du major général Sheaffe, en convalescence à Kingston. Dès son arrivée au baraquement, Benjamin avait vainement tenté de rencontrer Rottenburg. On l'avait repoussé maintes fois à la porte du mess des officiers, prétextant que le major général avait d'autres chats à fouetter et qu'il n'avait pas le temps de « recevoir un moucheron ». Mais ce matin, le jeune milicien était résolu à faire le piquet. Il attendait à la porte du mess lorsqu'un officier aux jambes arquées et au bras en écharpe s'amena. « Voilà ma chance ! » se dit Benjamin.

— Ah, c'est ce jeune Jarvis ! l'interpella le lieutenant James FitzGibbon.

— Bonjour, mon lieutenant, dit Benjamin en s'approchant de l'homme. J'aurais une petite faveur à vous demander.

— Dis toujours, on verra bien. Ça dépend de mon humeur ! s'esclaffa l'officier.

Benjamin entraîna le lieutenant à l'écart et lui exposa les termes de sa requête.

— Je vais de ce pas en parler au major général, annonça FitzGibbon. Attends-moi une minute.

Le lieutenant entra au quartier général des officiers. « Enfin ! » pensa Benjamin.

Ce dernier connaissait la réputation du balourd à la démarche de grand singe. Reconnaissant les capacités de FitzGibbon, le regretté commandant Isaac Brock lui avait appris la diction et les bonnes manières. Le soldat possédait avant tout le feu guerrier. Il était un chef de guérilla prêt à tenter l'impossible pour sauver la colonie. Avec son petit détachement surnommé les Bloody Boys, il pratiquait une forme non traditionnelle de guerre. Trois semaines plus tôt, juste avant la bataille de Stoney Creek, il avait poussé l'audace jusqu'à se déguiser en marchand de beurre pour entrer dans le camp américain et espionner.

FitzGibbon apparut dans l'encadrement de la porte de la baraque, agitant son bras à l'extrémité duquel pendouillait la manche de son habit qu'il resserra contre lui pour dissimuler son incommodité :

— Le major général t'attend dans son bureau, annonça-t-il. Viens, suis-moi.

Attenant à la chambre, le bureau du commandant était jonché de caisses en bois et de valises. Le militaire rentrait d'une mission au cours de laquelle il avait brièvement remplacé Sir George Prevost comme administrateur et commandant des forces armées du Bas-Canada. Rottenburg s'assit nonchalamment à son secrétaire, fouilla dans la poche de sa veste et en sortit une petite boîte ornée de son portrait dans laquelle il plongea le pouce et l'index. Puis il porta ostensiblement à son nez la pincée de tabac qu'il renifla de deux coups secs dans ses narines frémissantes. Il parut au comble de l'extase. Quelques secondes plus tard, il s'adressa avec flegme à son visiteur :

— Ainsi, milicien Jarvis, vous avez été témoin de certains actes de banditisme qui se produiraient sur notre territoire.

— Exactement, major général !

— Auriez-vous l'obligeance de m'exposer brièvement les faits ?

Benjamin révéla tout ce qu'il savait des activités de la bande des quarante voleurs qui semaient la terreur sur la route de Queenston. Puis il parla de son intervention pour faciliter la fuite de madame Laura Secord et de ses enfants.

— Vous me racontez des histoires, jeune homme ! On se croirait en plein conte des *Mille et Une Nuits* avec *Ali Baba et les quarante voleurs.* Pourquoi pas *Aladin*, *Shéhérazade* et *Sinbad le marin* tant qu'à y être ?

FitzGibbon et Benjamin grimacèrent leur inculture.

— Je vous assure que c'est tout ce qu'il y a de plus sérieux, plaida Benjamin.

— Avec les Bloody Boys, je pourrais nettoyer le secteur, proposa FitzGibbon, se portant à la défense du milicien.

— Plaît-il ? questionna Rottenburg. Qu'est-ce à dire, « nettoyer le secteur » ? Et qui sont ces Bloody Boys dont vous me parlez ? Je ne comprends rien à votre charabia, FitzGibbon.

— Pardonnez-moi, baron de Rottenburg, dit le lieutenant. Je vais tout vous expliquer. Avec mon petit détachement, que mes hommes ont baptisé affectueusement les Bloody Boys, je pourrais sécuriser la zone en expédiant ces barbares dans l'autre monde.

Faisant preuve d'une grande maladresse, FitzGibbon essaya de dérouler sur le secrétaire le plan qui donnait les positions des troupes britanniques.

— Attendez, lieutenant, je vais vous aider, dit Benjamin.

Pendant que Benjamin tenait le plan bien à plat sur le meuble et supportait le parfum du baron, FitzGibbon indiquait avec son index le tracé de la route reliant Queenston à Forty Mile.

— Ce chemin traverse les localités de St. David et de Beaver Dams, précisa-t-il. Cela contribuerait à contenir les Américains au fort George, baron. D'ailleurs, j'en ai glissé un mot au lieutenant-colonel Harvey et c'est lui qui m'a recommandé de vous rencontrer à cet effet parce qu'il estimait l'idée très valable. Vous comprendrez que je ne pouvais agir de mon propre chef : je me devais de solliciter votre consentement, major général.

Rottenburg puisa une pincée dans sa tabatière dorée, renifla longuement. Il s'accorda ensuite un moment de réflexion qui exaspéra FitzGibbon et Benjamin. Puis, semblant dans un état euphorique, le baron déclara :

— D'accord ! J'acquiesce à votre requête, vous pouvez procéder.

— Merci, major général ! jubila FitzGibbon, se redressant.

Benjamin relâcha le plan qui s'enroula sur lui-même et écouta la fin de l'entretien entre les deux officiers.

— Je compte établir mon quartier général dans la maison du capitaine De Cew, près de Beaver Dams, précisa FitzGibbon. C'est un endroit des plus stratégiques. De là, avec ma cinquantaine d'hommes d'élite, je serai à même de harceler au besoin les troupes ennemies et d'observer leurs mouvements.

Le lieutenant et Benjamin saluèrent cérémonieusement le baron de Rottenburg et se retirèrent.

— Dites donc, Jarvis, seriez-vous intéressé à vous joindre aux Bloody Boys ?

Benjamin hésita avant de répondre. Finalement, il dit :

— Volontiers, mon lieutenant ! Mais c'est à la condition que je puisse me rendre d'abord chez des amis à Queenston.

— Accordé !

* * *

Benjamin Jarvis était presque arrivé à Queenston. En chemin, il n'avait pas été importuné par Cyrenius Chapin et ses quarante voleurs. Il n'avait rencontré que de jeunes paysans et paysannes s'affairant à la récolte du foin, qui avaient toisé le passant armé de son mousquet. Il avait songé à s'arrêter dans quelques chaumières pour instruire les gens sur la patrouille de FitzGibbon, mais avait cru bon de poursuivre sa route jusqu'à destination. On réaliserait bien assez vite que l'armée britannique avait entrepris de refouler les Américains jusque dans leurs derniers retranchements du fort George.

Ployée sur la margelle du puits, Mary Lawrence remontait un seau rempli d'eau lorsque Benjamin s'approcha d'elle à pas de renard. Se plaçant derrière la jeune fille, il lui appliqua les mains sur les yeux avec la rapidité de l'éclair. La corde se déroula et le seau redescendit au fond du gouffre.

Mary Lawrence se sentit défaillir et s'appuya sur la margelle de pierre. Elle se retourna, les yeux hagards et le visage hâve. Le milicien lui offrit un sourire ingénu.

— C'est moi! dit-il.

— Benjamin! s'écria-t-elle, se jetant à son cou.

Les deux amoureux n'eurent pas le temps de savourer leurs délicieuses retrouvailles. Harriet arriva à l'improviste, l'air espiègle.

— Maman a besoin d'eau pour faire bouillir les légumes, Mary. Dépêche-toi.

— Ah, petite friponne! Des fois, je te tordrais le cou! ragea Mary Lawrence. Dis à maman que j'arrive.

Harriet disparut en courant. Amusé, Benjamin remonta le seau. Mary Lawrence et lui rentrèrent, leurs mains se touchant sur l'anse du récipient qu'ils déposèrent ensuite sur le comptoir.

Laura était déjà à ses fourneaux et discutait avec son mari de l'arrivée imminente des trois officiers qui réclameraient leur pitance.

— Tiens, un revenant! badina James en voyant le jeune milicien.

— Vous savez que, dans la mesure du possible, je me fais un devoir de vous mettre au parfum des événements, lança Benjamin tout en jetant une œillade à Mary Lawrence.

La cuisinière se retourna et essuya ses mains sur son tablier.

— Mais avant que tu nous déballes ton affaire, intervint Laura, veux-tu bien nous préciser une chose concernant ma récente visite chez Maggy Springfield?

— Je crois deviner à quoi vous faites allusion, madame Secord. Oui, c'est moi qui ai tiré un coup de feu dans les airs alors que des cavaliers armés vous pourchassaient lâchement sur la route menant au village.

— Merci, Benjamin! s'exclama Laura. Tu nous as sauvé la vie.

Le milicien s'inclina. Laura l'embrassa sur son front ceint de son habituel bandeau. Le regard admiratif, Mary Lawrence considéra longuement l'adolescent.

— Hum! fit James, se raclant la gorge. Tu parlais de nous mettre au parfum. Qu'as-tu donc à raconter?

— J'ai fait la connaissance du baron de Rottenburg. C'est tout un spécimen, ce major général!

Sous le regard rieur de son auditoire, le milicien relata avec force détails son entretien avec Rottenburg et FitzGibbon, reproduisant les gestes maniérés de l'homme précieux à la tabatière dorée et le style un peu rustre du subalterne.

— Comme ça, on s'anime dans le secteur, constata James.

— Le lieutenant FitzGibbon et ses Bloody Boys vont ratisser le coin dans le but de mettre fin au brigandage et de faire reculer les résidus des troupes américaines au fort George.

— FitzGibbon… Il me semble avoir déjà entendu prononcer ce nom, réfléchit à voix haute James.

— C'est un homme assez téméraire, répondit Benjamin. Au mois d'août dernier, il a escorté une flottille transportant du matériel militaire dans les rapides du fleuve Saint-Laurent, et ce, de Montréal à Kingston. D'ailleurs, je vais rallier les rangs du groupe des Bloody Boys, annonça-t-il.

— Mais n'est-ce pas risqué ? s'inquiéta Mary Lawrence.

— Il faut combattre les bandits sur les routes comme ce Cyrenius Chapin et sa bande, justifia le milicien.

— Et où FitzGibbon a-t-il établi ses quartiers ? s'enquit James.

— Il compte s'installer dans la maison du capitaine John De Cew en bordure de la rivière à Beaver Dams. Le pauvre homme a été fait prisonnier en revenant à son domicile le 29 mai et est incarcéré dans une prison de Philadelphie. Je suppose que, depuis, sa femme et ses enfants se sont relogés ailleurs.

— Probablement, murmura Laura qui se désola pour la famille désunie.

13
Le secret de Laura

FitzGibbon était maintenant retranché avec ses hommes dans la solide maison de pierre du capitaine De Cew. Avec les Bloody Boys, le lieutenant entreprit de tisser son réseau d'informateurs en traitant discrètement avec la population locale. Il devait également se familiariser avec la présence d'un certain nombre d'Indiens récemment arrivés des environs de Montréal et placés sous la conduite de Dominique Ducharme.

D'autre part, le lieutenant-colonel américain Charles Boerstler avait écopé de la responsabilité d'évincer de la région les hommes de FitzGibbon, de marcher sur Beaver Dams et de détruire la maison de John De Cew. Pour ce faire, il se rallia le groupe des quarante voleurs. Les deux camps se préparaient à un inévitable affrontement. Le destin les attendait, inexorablement.

La résidence des Secord était redevenue celle des trois pensionnaires. Depuis quelques jours, avec régularité, les officiers Askin, Follet et Crown réintégraient leurs quartiers. Laura et James avaient rappelé aux enfants de ne pas importuner les étrangers qui occupaient leur maison. Comme à l'accoutumée, Laura vaquait à ses nombreuses occupations domestiques. Depuis sa fabuleuse poursuite, elle avait résolu de ne pas trop s'éloigner. Elle rendait visite à la nécessiteuse madame Vrooman, à qui elle s'efforçait d'apporter en cachette les restes de la chaudronnée de la veille. Il lui fallait être très prudente afin que le major Askin ne se rende compte de rien. Et si jamais Jonathan Crown avait connaissance du subterfuge, il ne dénoncerait assurément pas Laura.

Une oppressante incertitude habitait Laura. Le conflit ne pouvait stagner éternellement. Aussi Laura commençait-elle à éprouver de l'inconfort à vivre entassée. Elle avait le goût de chasser les officiers intrus qui les tenaient en otages, elle et les siens, dans leur propre maison, de les balayer de son regard à jamais. Par contre, elle n'en voulait pas à Jonathan. Dans son for intérieur, elle avait fait la paix avec l'envahisseur qui était devenu un sauveteur. L'homme manifestait une sorte de respect qui le rendait presque plaisant alors que le major Askin se confinait dans les limites du tolérable. Quant à Follet, il se montrait d'une politesse excessive ; il donnait l'impression d'avoir réalisé que sa présence incongrue était dérangeante. « Et c'est très bien ainsi ! » se répétait la ménagère.

En ce 23 juin 1813, Laura pressentait l'imminence d'un événement qui bouleverserait la fin de sa journée. James frictionnait délicatement sa rotule fracassée à l'ombre sous son orme de prédilection. Mary Lawrence était allée à la pêche avec l'aînée de madame Vrooman. Accablés par une insupportable chaleur, Harriet, Charlotte et Charles entraient et sortaient souvent de la maison en faisant claquer la porte.

Laura les prévint :

— Vous allez vous coincer les doigts !

« Ah, ce qu'ils m'énervent ! songea-t-elle. Ils sont tannants comme si une tempête s'acharnait sur eux ! Pourtant, le ciel est clément. Je ne comprends pas ce qui se passe aujourd'hui. »

Les enfants prirent une courte pause pendant laquelle ils grignotèrent sagement des tartines à la confiture confectionnées par Harriet. Ils retournèrent ensuite dehors, au grand soulagement de Laura. Ils venaient tout juste de franchir la porte que celle-ci se rouvrit comme un coup de vent.

— Pas déjà ! lança la mère de famille en se retournant promptement. Oh, c'est vous, major Askin ! Si je m'attendais à ça...

— «Pas déjà», disiez-vous? Quelle insolente vous faites, madame Secord! s'insurgea le major Askin.

— Excusez-moi. Je pensais que c'était mes enfants; ils sont emportés par un véritable mouvement de turbulence cet après-midi.

— Dans ce cas, oublions ça. À présent, écoutez bien ce que j'ai à vous dire, madame Secord.

— Vous n'avez pas l'habitude de m'adresser la parole sur ce ton autoritaire, major Askin. Je vous rappelle que vous êtes sous mon toit et...

— Et que nous sommes en temps de guerre, madame Secord! Ne l'oubliez surtout pas! Votre famille et vous êtes des prisonniers et vous devez obéir à mes ordres.

Sur les entrefaites, James entra par la porte arrière, venant du jardin:

— Par tous les diables! Je vous entendais par la fenêtre ouverte. Je n'aime pas beaucoup le ton arrogant avec lequel vous vous adressez à ma femme, major Askin.

— Écoutez, c'est moi qui mène ici, dit le militaire en haussant la voix d'un cran. Vous allez donc suivre à la lettre les directives que je vais vous donner, imposa le militaire. Nous attendons de la visite pour le souper. Le lieutenant-colonel Boerstler prend la charge de l'armée américaine à Queenston. Il sera dans cette maison en fin de journée. Vous lui offrirez ce qu'il y a de mieux...

— Vraiment! coupa Laura. Ce n'est pas avec les denrées que vous nous faites livrer de temps à autre que nous allons préparer un festin pour votre lieutenant-colonel.

— J'ai parfois l'impression que la nourriture disparaît mystérieusement de vos réserves, madame Secord, exprima le major en prenant un air soupçonneux. Quoi qu'il en soit, je n'ai pas le temps de discuter. Dites-moi ce dont vous avez besoin et je vous le ferai parvenir dans les plus brefs délais.

Laura transmit au major Askin la liste des denrées qu'il lui fallait pour préparer un souper digne de ses talents de cuisinière. L'officier repartit aussitôt.

Enfin seul avec sa femme, James bougonna son insatisfaction d'être obligé de recevoir un haut gradé de l'armée ennemie.

— Qu'on le veuille ou non, James, il y aura une personne de plus à souper dans cette maison, se résigna Laura.

Elle déposa un baiser sur la joue de son époux. James esquissa un sourire et devint pensif :

— Ce qui m'agace le plus, exprima-t-il, c'est la raison de cette visite inopportune. Boerstler ne vient sûrement pas passer quelques jours de vacances dans notre demeure.

— Je suis comme toi, James, je sens confusément que des événements graves de conséquences et dont je ne connais pas la nature vont se produire. Je déteste cette impression que quelque chose de sérieux m'échappe, soupira-t-elle.

James claudiqua jusqu'à la fenêtre. Il observa ses trois plus jeunes, maintenant assis en rond, redevenus plus calmes après leur collation. Harriet semblait raconter une histoire puisée dans son imagination. Mary Lawrence arriverait incessamment avec un panier de poissons frais. Laura se rendit au potager pour rafler tous les légumes disponibles.

* * *

En début de soirée, sous la conduite du lieutenant-colonel Charles Boerstler, quelque cinq cents hommes de troupe américains quittèrent le fort George et marchèrent en direction de Queenston. Le déplacement de la petite armée à ce moment précis évitait aux soldats de ne pas trop s'exposer à la chaleur écrasante de la journée. Ils passeraient la nuit à proximité du village avant de s'engager le lendemain vers Beaver Dams.

Il commençait à se faire tard. On entendait le chant des grillons qui grésillaient de joie et la stridence des criquets qui vociféraient dans les champs du voisinage. Les deux plus petits dormaient profondément sur leur paillasse dans le coin du salon aménagé en chambre. Harriet n'arrivait pas à dormir malgré le drap refoulé à ses pieds et les fenêtres grandes ouvertes qui laissaient pénétrer la brise légère frôlant les rideaux entortillés. Sitôt revenue de la pêche, Mary Lawrence s'était attelée à la préparation du souper familial. Il avait fallu faire vite car, après, on devait penser à la tablée des officiers. L'aînée s'endormait, mais résistait au sommeil. Elle s'appliquait à la fastidieuse tâche de couper la tête et la queue des poissons et de les éviscérer.

— Vous savez, mère, que je déteste apprêter le poisson! rechignait Mary Lawrence.

La jeune fille réprima un long bâillement en portant son poignet à la bouche.

— Attention, Mary! Tu devrais déposer ton coutelas avant d'approcher ta main de ton visage.

— Attends un peu, ma fille, je vais t'aider, suggéra James, qui se leva de sa chaise. Donne-moi ça que je m'en occupe. Pendant ce temps-là, tu pourras faire autre chose pour soulager ta mère, ma belle.

— Ce ne sera pas de refus, mon mari, dit Laura. Avec les denrées que le commissionnaire de l'armée nous a apportées tout à l'heure, j'ai beaucoup à faire. Nous avons de la volaille, de la perdrix, du lièvre…

— Du lièvre! s'exclama James. Si au moins les Américains pouvaient nous débarrasser du petit gibier qui reluque notre potager!

Laura et Mary Lawrence égrenèrent un petit rire malicieux.

— Tu n'es pas obligée de te fendre en quatre pour des étrangers, Laura, reprit James plus sérieusement. Nous n'avons pas à bien nourrir ceux qui nous tiennent le fusil sur la tempe, évoqua-t-il.

Il sectionna la tête d'un brochet dont les yeux exorbités semblaient le regarder :

— Je vais laisser quelques arêtes bien cachées dans l'espoir qu'elles se logeront dans le gosier de Boerstler ! dit-il, ricanant de sa raillerie caustique.

— Père, vous êtes méchant ! dit l'aînée.

— Ce n'est pas facile d'aimer nos ennemis et de prier pour ceux qui nous persécutent, ma fille, conclut Laura.

* * *

Un peu plus tard, dans la petite clameur du soir qui tombait, des pas de chevaux s'évanouirent devant la maison des Secord. Des voix couvrirent rapidement les bruits nocturnes. Dans un grincement de pentures, la porte s'ouvrit lentement, poussée par la main du major Askin. Laura s'éloigna de la cheminée, replaça une mèche de cheveux qui ombrageait son œil noisette.

Un officier entra, enleva son bicorne et s'inclina. Laura remarqua le teint cireux de l'homme qui reluisait à la lumière jaunâtre.

— Madame Secord, je présume ?

— Lieutenant-colonel Boerstler ? Je vous présente James, mon mari, et ma grande fille, Mary Lawrence, dit-elle, achevant les présentations.

— Il se dégage un très agréable fumet dans cette demeure, madame, complimenta l'officier supérieur.

Boerstler se tourna vers le major Askin.

— Vous ne m'aviez pas prévenu que je rencontrerais une si jolie femme !

James fusilla le visiteur du regard. «Par tous les diables, pas un autre énergumène qui vient faire la cour à ma femme!» pensa-t-il.

— Je voulais vous laisser tout le plaisir de la découverte, rétorqua le major.

— À la bonne heure!

— Le souper n'est pas encore prêt, messieurs, dit Laura. J'ai fait mon possible, pourtant.

— Ne vous excusez pas, madame Secord. En attendant, nous prendrons le bon rhum des Caraïbes que je vous ai fait apporter, dit Askin.

Dave Follet et Jonathan Crown rejoignirent les deux militaires. Le quatuor s'installa aussitôt à la table de la salle à manger. Se remémorant l'époque où elle était tenancière à la taverne de son père, Laura déposa une bouteille et quatre verres sur un plateau et se rendit dans la pièce attenante, espérant ne pas retarder indûment le repas.

Quand elle revint dans la cuisine, James lui murmura à l'oreille:

— Qu'ils se soûlent la gueule! J'espère que la boisson réussira à leur délier la langue.

— Que chuchotez-vous? s'enquit Mary Lawrence que le sommeil gagnait de plus en plus.

L'aînée glissa vers son père; elle tendit l'oreille.

— Je disais que ces hommes vont nous faire veiller tard, livra James à voix basse. Tandis que tu es là, ma belle, pourrais-tu déménager ma chaise contre le mur?

Le blessé s'installa sur la chaise adossée contre le mur mitoyen séparant la cuisine et la salle à manger, l'oreille tendue vers les propos des militaires.

— Ainsi, on vous a désigné pour travailler avec nous, lança Askin à l'adresse de l'invité de marque.

— Il était temps qu'on reconnaisse mes capacités et qu'on me fasse confiance, répondit Boerstler. Il y a déjà trop de mes supérieurs qui ont été nommés pour des raisons purement politiques.

— D'habitude, ce n'est pas nécessaire d'aller bien loin pour en rencontrer un, énonça Jonathan d'un ton badin.

— Crown, je vous interdis ces allusions malveillantes! plaisanta le visiteur.

Des éclats de rire fusèrent de la table des officiers. Le rhum avait produit un léger débordement. Laura délaissa ses chaudrons et se dirigea précipitamment vers la salle à manger. Par expérience, Laura savait que des hommes autour d'une table et d'une bouteille pouvaient s'emporter facilement.

— Messieurs, j'ai des petits qui dorment à côté, dit-elle. Je vous prierais de baisser le ton. D'ailleurs, le souper est prêt; je vous apporte à manger tout de suite. Harriet, va te coucher au plus vite, dit Laura. Voyez ce que je vous disais, messieurs: vous avez réveillé ma fille.

La cadette obtempéra et retourna à sa paillasse. De nombreux mets défilèrent sur la table abondamment garnie. Le repas débuta par une soupe aux fines herbes suivie d'une oie bouillie au chou rouge, de cailles rôties, d'une fricassée de poulet et d'un plat de poisson servi avec une sauce aux anchois. Le tout fut arrosé de plusieurs carafes de vin blanc et rouge.

L'heure avançait. Après qu'une crème anglaise et une tarte à l'abricot eurent été servies, Mary Lawrence se mit au récurage des chaudrons pendant que Laura apportait le café dans la salle à manger.

La rencontre s'éternisait. Mary Lawrence avait traversé la pièce sur la pointe des pieds pour se rendre à sa couche. Après le digestif, Laura regagna la cuisine et continua de s'affairer au comptoir. Dans la salle à manger, le ton avait baissé d'un cran. Assis sur sa chaise droite, James somnolait. De temps à autre, il se secouait pour rester éveillé. Il s'efforçait alors de prêter l'oreille aux propos des militaires. Mais de l'autre côté, aucune information importante n'avait encore émergé du repas festif.

Soudainement, au nom de FitzGibbon, James se redressa sur sa chaise.

— Qu'y a-t-il, James ? tressaillit Laura.

À pas feutrés, les yeux agrandis, elle s'approcha de son mari.

— Continue de ranger les chaudrons et la vaisselle, mais essaie de faire un peu moins de bruit. Il se passe quelque chose d'important de l'autre côté.

Laura retourna à sa tâche. La bouche ouverte, les yeux remuant dans la pénombre, James appuya sa tête contre la cloison de crépi blanc sur laquelle valsait la lumière des bougies.

Le lieutenant-colonel Boerstler parlait :

— Nous avons été forcés de retraiter à Stoney Creek : c'est une grave humiliation. Je le prends comme un affront personnel ; je dois répliquer.

L'officier prit une grande inspiration et enchaîna d'un ton grave :

— J'ai reçu l'ordre de marcher sur Beaver Dams et de détruire la maison de pierre du capitaine De Cew. En pratique, cela signifie que nous allons attaquer FitzGibbon à Beaver Dams. Cette position enlevée, nous pourrons nous emparer de toute la péninsule. Nous disposons de cinq cents hommes et de deux canons pour écraser…

James s'affaissa sur sa chaise, pétrifié par les lourdes paroles du militaire. Interloquée, Laura, qui n'avait pas détaché les yeux de son mari depuis une minute, amorça un pas vers lui. Mais il se leva et l'entraîna dans un coin de la cuisine.

— Il faut prévenir FitzGibbon à Beaver Dams, dit James. S'il est vaincu ou même forcé à retraiter, rien n'arrêtera plus les Américains.

Il regarda son genou mal en point.

— Par tous les diables ! Je ne peux pas me rendre à la maison du capitaine De Cew, se désola-t-il. Mais quelqu'un doit y parvenir…

— C'est décidé : je ferai le message au lieutenant FitzGibbon, annonça Laura d'un air déterminé.

— Laura, réalises-tu qu'il s'agit d'une longue marche, pénible et dangereuse ? En plus, tu es seule et sans fusil, et…

— Tu oublies que je détiens l'arme la plus redoutable qui soit…

— Je sais, Laura : ta volonté !

Elle ferma les yeux et sourit quand son mari l'embrassa sur ses paupières closes.

James lui répéta avec exactitude ce qu'il avait entendu, se remémorant du même coup ce que Benjamin avait dit au sujet de la maison du capitaine dans laquelle se trouvait le lieutenant FitzGibbon.

Le pas hésitant, Laura, qui espérait que les militaires dégageraient bientôt la place, retourna dans la salle à manger. Jonathan montait à l'étage. Les trois officiers encore à table dévisagèrent l'hôtesse, la mine cauteleuse.

— Je vous remercie pour l'excellence de votre repas, madame Secord, émit Boerstler.

— Ce fut un honneur et un plaisir incommensurable de vous servir, lieutenant-colonel, dit Laura en s'inclinant.

Le major Askin, qui s'inquiétait de la négligence de Boerstler qui était peut-être allé trop loin dans les confidences, prit la parole :

— Suivez-moi, messieurs. Nous allons terminer notre rencontre dans mon petit quartier général.

Laura acheva de desservir. En gravissant les marches de l'escalier, Jonathan s'était retourné. Il avait entendu les dernières paroles de Laura. Il avait voulu lui adresser un sourire. Cependant, elle ne le regardait déjà plus. Pendant que Boerstler, Askin et Follet s'enfermaient dans le quartier général, Jonathan alla à sa chambre, prit le médaillon accroché au miroir. À la veille de s'engager dans la bataille, il serra dans sa main moite le bijou que sa femme lui avait remis, puis il se rendit à la fenêtre.

* * *

Entre-temps, Laura avait regagné la cuisine et se tenait dans les bras de James. Effrayée par le déplacement des hommes, Harriet avait fait irruption dans la pièce.

— Tu ne dors pas encore, Harriet! réagit Laura.

— Il fait trop chaud! Je n'arrive pas à dormir, expliqua Harriet. Et ces messieurs font beaucoup de bruit.

— À présent, tu peux aller te recoucher, ma belle, dit James. Les hommes sont à l'étage.

— Je veux demeurer avec vous, dit la fillette.

— Reste un peu avec moi, demande James. Ta mère doit se rendre à St. David.

— Pourquoi doit-elle partir en pleine nuit? s'inquiéta Harriet. Il y a des loups et des bêtes sauvages… Non, je ne veux pas! s'opposa la petite fille qui se jeta contre sa mère.

— Tante Hannah est malade et je dois aller l'aider, mentit Laura.

Harriet baissa le regard, se détacha de sa mère et se pressa contre son père qui vacilla légèrement. Laura déposa un baiser sur le front de la fillette et embrassa tendrement son mari. L'instant d'après, elle passait le seuil de la porte.

De la fenêtre de sa chambre, à la lueur de l'aube naissante qui faisait luire le médaillon bien serré dans ses mains, Jonathan Crown ressassait avec mélancolie de lointains souvenirs. Soudainement, sous le feuillage des arbres, il reconnut la frêle silhouette de Laura qui s'éloignait de la maison en courant.

Ce que ses yeux avaient vu, son cœur n'allait pas l'oublier…

* * *

Laura avait quitté sournoisement sa maison. Ses yeux s'étaient habitués au manque de clarté. Aucun piquet de garde à proximité. Personne n'avait entravé sa fuite. Déjà essoufflée, Laura se retourna avant de s'engager dans la rue. À l'étage, les officiers étaient probablement à peaufiner leurs tactiques offensives à la lueur des bougies. Jonathan avait vraisemblablement gagné le quartier général. Laura songea qu'elle ne reverrait plus celui qui les avait sauvés *in extremis* des griffes de la mort sur le champ de bataille.

Des chiens aboyèrent. La messagère courut quelques dizaines de pieds puis s'arrêta, le cœur battant. Elle scruta les alentours. Heureusement, les aboiements ne semblaient avoir alerté personne. Le passage d'une patrouille de soldats à cheval la rassura. Elle repartit, se faufilant derrière les habitations et leurs modestes dépendances.

Laura devait s'éloigner de la rivière Niagara en direction de St. David. L'armée américaine campait à la frange du hameau. Mais la marcheuse n'avait pas le temps d'évaluer toutes les positions adverses afin de choisir celle qui lui paraîtrait la plus faible. À défaut de contourner les lignes de l'ennemi, elle devrait les franchir. Elle s'engagea dans un boisé humide où l'aurore n'avait pas encore filtré. Laura marchait d'un pas mal assuré dans le sous-bois embroussaillé, écartant de sa main les branches trop basses qui lui cravachaient le visage, butant régulièrement sur une roche ou un arbre tombé. Néanmoins elle réussissait toujours à éviter la chute. Emprunter la route de St. David aurait été beaucoup plus rapide, mais les quarante voleurs de Cyrenius Chapin rôdaient dans les parages. FitzGibbon et ses Bloody Boys n'avaient pas commencé à ratisser la région pour les exterminer. Il se préparait à fondre sur l'ennemi sans se douter que celui-ci voulait le prendre par surprise. Il ignorait que Boerstler avait quitté le fort George pour conduire sa petite armée à Queenston. Bientôt, le lieutenant-colonel américain partirait en direction de Beaver Dams. Laura arriverait peut-être à temps pour éviter un carnage. Elle ne pouvait que l'espérer.

Une odeur de fumée saisit Laura. Tout près, droit devant, à travers la ramure des conifères, une flamme se dessinait dans la clairière. La marcheuse aperçut une sentinelle militaire postée près du feu, et des rangées de tentes serrées les unes contre les autres. Le cœur de Laura battait à tout rompre. Elle ne pouvait pas s'avancer au risque d'être repérée. Un détour s'imposait. Elle bifurqua vers la droite et s'enfonça dans la forêt.

Le jour s'était levé paresseusement. On aurait dit que les faibles rayons du soleil s'étiraient sur les arbres tatoués d'informes ombrages. Laura pressait maintenant le pas, plus déterminée que jamais. Désormais, elle verrait où elle poserait le pied ; elle ne s'effraierait plus au moindre craquement de branches écrasées sous sa chaussure et ne sursauterait plus au bruissement des feuilles. Elle savait qu'elle n'était pas seule dans la forêt, que des animaux l'habitaient, que des oiseaux signaleraient sa présence. Elle se rappela la crainte de sa fille Harriet ; des loups, des lynx, des ours et des chats sauvages pourraient l'attaquer. Elle se reprocha sa grande imprudence d'être partie sans arme. Comment se défendrait-elle devant une bête féroce ? C'est alors qu'elle songea à la couleur de sa robe. Celle-ci était fauve ; son fond brun tacheté de fleurs orange constituait un camouflage par excellence. Cela fit sourire Laura.

Encore un peu de temps et elle parviendrait à St. David. Elle frapperait à la porte de la maison d'Hannah où demeurait son frère Charles. Le réveil serait un peu brutal, mais elle se devait d'insister. Et le temps qui courait. Et l'armée de Boerstler qui se mettrait en marche. Et le petit détachement de FitzGibbon qu'il fallait prévenir. Mais comment parviendrait-elle à livrer son message au lieutenant ? Quelqu'un de la maisonnée l'accompagnerait-elle pour l'aider à accomplir sa mission ? Mieux encore, Charles proposerait peut-être d'y aller à sa place. Mais Laura en doutait, car son frère avait pris l'habitude depuis trop longtemps déjà de se défiler, de s'esquiver.

Bientôt, Laura en eut assez de courir comme un animal effarouché. Plutôt que de poursuivre son trajet par la forêt épaisse, elle décida de piquer à travers un champ d'herbes hautes qui longeait le chemin. Elle garderait l'œil aux aguets, se méfiant des loups et des renards affamés qui se rendaient aux fermes pour se mettre quelque volaille sous la dent. Avant de s'engager, elle ramassa un bâton comme si, curieusement, les grands espaces qu'elle venait de gagner ne lui procuraient plus aucune protection. Sa main coucha une gerbe de foin. Le soleil n'avait pas aspiré toute l'humidité. Elle se remit à courir, son pas gracile foulant la luzerne, sa robe fauve se mariant aux couleurs du fourrage. Elle reprit son souffle. Au loin, elle aperçut des bâtiments qui lui donnèrent de l'espoir, repéra la maison d'Hannah. Dans quelques minutes, elle en atteindrait le seuil. Elle se sentait déjà mieux.

Un grand chien jaune au long pelage sale se dressa sur ses pattes et se mit à aboyer furieusement, le poil hérissé sur l'échine. Rex ne l'avait pas reconnue. Avant qu'il n'ameute le voisinage endormi, Laura jeta son bâton au sol et progressa vers le chien en lui parlant doucement. À la fenêtre, quelqu'un aux cheveux en désordre écarta le rideau.

Le plus jeune fils d'Hannah sortit de la maison et s'approcha de la bête.

— Rex, ferme-la ! commanda-t-il avant de caresser la toison du quadrupède.

— Alex ! s'écria Laura.

— Venez, tante Laura, entrez dans la maison.

Hannah était dans la cuisine. Elle avait les traits tirés, l'air hébété.

— Laura ! s'exclama-t-elle. Si je m'attendais à te voir ce matin !

— James et moi avons appris cette nuit quelque chose qui sera lourd de conséquences, exprima Laura.

— Prends le temps de déjeuner avec nous, Laura.

— Il est encore tôt et je ne veux pas bousculer vos habitudes. D'ailleurs, je dois repartir très bientôt.

Hannah avait déjà noué son tablier.

— Alex, va ramasser les œufs. Dépêche-toi.

Laura venait de tirer une chaise quand son frère apparut dans la cuisine. Il bâilla longuement en s'étirant, puis il raconta :

— Quand j'ai entendu le son de ta voix, Laura, j'ai été rassuré. Il y a environ un mois, des soldats forçaient la porte des chaumières et emmenaient les adultes pour les faire prisonniers. J'ai eu la chance d'être prévenu à temps par un dénommé Benjamin qui disait vous connaître, toi et James. Je me suis alors enfui dans les bois. Mais depuis que je suis revenu au village, les pirates de Cyrenius Chapin maraudent dans les environs et harcèlent les habitants.

— Le lieutenant FitzGibbon s'est justement installé à Beaver Dams pour sécuriser le secteur, avança Laura.

— Est-ce à dire que nous ne serons plus menacés ? intervint Hannah qui allumait le feu de l'âtre.

— C'est précisément pour cela que je suis venue, annonça la visiteuse.

Alex entra avec un panier d'œufs qu'il déposa près de l'âtre où s'activait la flamme.

— La nuit dernière, relata Laura, il devait être environ…

Après de longues minutes à exposer les faits et la raison ultime de son passage à St. David, Laura se tut puis attendit une réaction de Charles. Il avait détourné la tête depuis un bon moment :

— Charles, l'interpella-t-elle, je me demandais si…

— Ne compte pas sur moi pour t'accompagner, Laura. La mission est bien trop dangereuse.

— Ton projet est insensé, Laura ! lança Hannah. Ce que tu veux entreprendre est vraiment audacieux. Je te savais téméraire, mais là, c'est le comble !

C'est à ce moment qu'on entendit une voix sereine émanant de l'embrasure de la porte :

— Alors j'irai avec vous, tante Laura.

Une jeune femme de vingt ans s'avança vers la table où sa mère avait servi les assiettes, une miche de pain et le café fumant.

— Non, pas toi, Liz ! s'opposa Hannah. Tu es si délicate, ma fille chérie.

— Je ne veux pas que tu partes ! s'objecta Charles.

— Si je ne le fais pas, qui le fera ? rétorqua sa fiancée. Ma tante, je prends une bouchée et, ensuite, je partirai avec vous. C'est décidé.

La veuve de Stephen Secord alla vers sa fille et la considéra attentivement. Elle vit que rien n'empêcherait Liz d'accompagner Laura. Elle n'eut donc d'autre choix que de se résigner.

— Une fois à Shipman's Corners, promets-moi de te rendre chez madame Shipman. Elle vit en solitaire dans sa maison depuis que son mari s'est constitué prisonnier plutôt que de résister aux envahisseurs. Dis-lui que tu es la fille d'Hannah et de Stephen Secord. Elle t'accueillera avant que tu continues ton chemin vers Beaver Dams.

— Je te le promets, déclara Liz en fixant une dernière fois sa mère.

Laura connaissait la santé fragile de la jeune femme. Mais Liz avait cet air farouchement déterminé qui ressemblait au sien, ce courage indomptable qui illuminait ses yeux. Peu après le petit-déjeuner, Laura et sa nièce embrassèrent Alex, Charles et Hannah et quittèrent le village de St. David.

* * *

La journée s'annonçait chaude et humide. Laura entreprit la seconde étape de son parcours d'un pas énergique. Au dire de James, en partant de la maison d'Hannah, il semblait plus sage de faire un crochet à droite, ce qui la ferait obliquer vers Shipman's Corners, plutôt que de se rendre directement aux quartiers de FitzGibbon. Mais Liz connaissait peu les environs. En fait, elle ne s'aventurait jamais dans la nature. Sa santé chancelante la ralentissait souvent dans la conduite de ses activités. Elle préférait habituellement la quiétude de la maison, surtout depuis que des soldats américains avaient fait irruption chez elle pour arrêter et emprisonner Charles et que Cyrenius Chapin maraudait avec ses pirates. Malgré tout, elle avait la ferme intention d'aller le plus loin possible en soutenant sa tante. Charles avait fait montre de couardise en la laissant partir avec sa sœur alors que le rôle lui incombait. Qu'à cela ne tienne. Devant l'importance de la cause, Liz ne baisserait pas les bras comme son fiancé et contribuerait modestement à sa manière à la mission de sa tante. Elle s'en faisait un devoir.

Les deux femmes s'engouffrèrent dans un sentier marécageux où les saules formaient une sorte de tunnel étroit et sombre, ployant majestueusement leurs branches au-dessus de leurs têtes. Elles s'enfuyaient comme deux bagnards en cavale. Leurs pieds alertes sur la terre ferme s'enfonçaient parfois légèrement dans un lit de glaise, mais elles poursuivaient leur route. Se promenant l'une près de l'autre au début, Laura distançait maintenant sa nièce, oubliant presque sa présence. Son cœur tambourinait à ses tempes en sueur. Un peu affolée, elle imagina une maman ourse qui la pourchassait dans le sentier bourbeux. Elle réalisa qu'elle n'avait pas apporté le bâton qui avait apeuré le chien Rex. « Peu m'importe, je ne peux rien contre un animal sauvage, se dit-elle. Quoi qu'il arrive, je parviendrai à destination. À la grâce de Dieu ! »

Devant elle, un escarpement rocheux l'obligea à s'immobiliser. Elle s'adossa à la paroi puis se retourna, haletante. Elle avait le sentiment d'être seule. Liz était-elle tombée dans une mare boueuse ou s'était-elle blessée ? Laura s'inquiéta. Elle songeait à faire demi-tour lorsqu'elle vit apparaître la jeune femme. Celle-ci venait à sa rencontre, le pas alourdi, la tête retombant entre ses épaules affaissées.

— Tante Laura… soupira Liz avant de s'appuyer contre la falaise. Je suis incapable de vous suivre. Vous devriez ralentir votre course ; je suis déjà fatiguée. Cette chaleur moite m'accable beaucoup. En plus, mes chaussures me font si mal aux pieds.

— D'accord, Liz. Si je veux que tu m'accompagnes jusqu'au bout, j'ai intérêt à ne pas te semer dans la brousse.

— J'éprouve une curieuse impression, tante Laura, dit Liz, promenant un regard inquiet sur la muraille qui s'élevait derrière elle. J'ai la sensation d'être encerclée par une meute de loups affamés.

— Ne t'en fais pas, chère nièce. Je t'avoue que j'ai une peur irraisonnée moi aussi, mais je ne la laisserai pas m'envahir. Te savoir près de moi me donne l'énergie pour continuer. Quoi qu'il arrive, je te serai toujours reconnaissante…

L'endroit dégagé permit à Laura d'étudier la position du soleil. À midi, la chaleur deviendrait insupportable. Avec la lourdeur du temps qui prévalait, on devait ménager ses forces et demeurer à l'ombre.

Laura proposa à sa nièce de mener la marche à sa place. Les femmes s'éloignèrent de l'escarpement infranchissable et rejoignirent le « marécage noir », tristement reconnu pour ses marais trompeurs et ses étangs aux fonds traîtres. Liz hésita avant de longer les eaux stagnantes embourbées de quenouilles dressées et des larges feuilles flottantes des nénuphars. Elle se retourna vers sa tante qui l'encouragea à avancer prudemment en passant sur les surfaces duveteuses qui parsemaient la rive. La jeune femme souleva sa robe afin de mieux voir où elle posait le pied. Malheureusement, elle dérapa malencontreusement sur une roche glissante. Elle tomba dans l'eau peu profonde et essaya aussitôt de se relever avec ses mains, son bonnet de coton jaune émergeant comme une fleur au-dessus de sa robe verte étalée comme une feuille de nénuphar. Plus elle se débattait, plus elle s'enlisait dans l'onde sale. Laura regretta son bâton. Ses yeux scrutèrent la rive et dénichèrent une gaule qu'elle empoigna et tendit à sa nièce. La malheureuse réussit à arracher ses mains du fond de l'étang et à agripper la perche. Quelques minutes après, Liz reprenait son souffle sur la terre ferme.

— Merci, tante Laura ; vous m'avez sauvé la vie !

— À présent, je crois qu'il serait plus sage d'emprunter un autre chemin, dit Laura posément. Nous ne progresserons pas à patauger dans la vase. Même si la route est moins sûre, nous allons tenter de ne pas trop nous en écarter.

— Je suis navrée, ma tante. Je ne suis qu'une source de tracas, un empêtrement, larmoya la jeune femme qui essuya ses yeux de sa main dégoulinante.

— Je t'en prie, Liz, ne pleure pas. Des larmes ne nous apporteraient que des débordements. Déguerpissons avant que le niveau de l'eau monte !

Les marcheuses s'engagèrent sur le chemin étroit, au grand jour. Laura avait repris les devants, accélérant la cadence sous les rayons étincelants que dardait le soleil gaillard. Il fallait avancer. Laura se demanda si les soldats de Boerstler avaient quitté le hameau de Queenston. Le lieutenant-colonel emprunterait assurément la route carrossable avec ses troupes et ses canons, s'arrêterait pour refaire ses forces avant d'atteindre Beaver Dams. Elle se devait d'arriver avant lui. Pour cela, elle ne pouvait se permettre la moindre petite errance, le moindre égarement. Elle se retourna. Liz semblait suffoquer, incapable de maintenir le rythme. Sa robe lui avait séché sur le dos. « On dirait une feuille de nénuphar qui s'amène vers moi avec la démarche d'une larve qui se traîne ! » pensa Laura. Pour la première fois depuis son départ de St. David, l'idée lui vint de laisser sa nièce à Shipman's Corners et d'achever le parcours toute seule. Mais, pour l'heure, elle ne pouvait décemment abandonner la jeune femme.

Le sentier désert sillonnait dans les terres basses et inondables. Au loin, de temps à autre, pointait le faîte des bâtiments qui s'estompait au rythme du pas des messagères. Les paysans avaient déserté les champs ; ils prenaient garde de s'exposer à la chaleur oppressante. Mais le danger de voir apparaître des maraudeurs subsistait. Au moindre doute sur l'identité des cavaliers, il faudrait se retrancher dans les bosquets touffus ou se tapir dans quelque sombre sous-bois.

Les marcheuses approchaient du village. Liz avait rejoint Laura qui avait ralenti le rythme pour l'attendre. La meneuse commençait à respirer. Les deux femmes avaient délaissé l'étouffante brousse épaisse. Des vaches, des moutons et des chèvres broutaient dans les pâturages ou s'affalaient à l'ombre des grands arbres.

— Ah, si j'avais su ! exprima soudainement la jeune femme.

— Qu'est-ce qui te désole tant, Liz ? Dans moins d'une petite demi-heure, nous serons à Shipman's Corners.

— Avoir su que personne ne nous importunerait, nous aurions pu rester sur le sentier. Regardez de quoi j'ai l'air, ma tante, dit-elle en considérant sa robe défraîchie dont le bord s'effilochait.

— La mienne n'est guère mieux. Elle tombe en lambeaux.

Un roulement sourd se fit alors entendre. Il précédait un tombereau qui se hâtait vers les marcheuses dans un nuage de poussière qui obligea ces dernières à dégager. Laura et Liz se précipitèrent vers les arbustes broussailleux qui bordaient le sentier, juste à temps pour éviter d'être repérées par un pauvre charretier et ses poursuivants.

— Allons-nous-en d'ici, suggéra Laura. Plus vite nous serons au village, mieux ce sera.

Les deux femmes reprirent leur course sur le petit chemin et obliquèrent à travers les champs, quitte à allonger un peu leur parcours.

Parvenues à Shipman's Corners en début de soirée, Laura et sa nièce se faufilèrent comme des voleuses entre les habitations avant de déboucher sur la rue du hameau. Un peu effrayés, quelques résidants agglutinés aux portes et aux fenêtres observèrent d'un œil méfiant les deux étrangères curieusement accoutrées. Malgré leur fatigue, elles marchaient d'un pas rapide. Elles repérèrent facilement la résidence de madame Shipman à l'aide d'un écriteau gravé de grosses lettres peintes en bleu. Liz frappa à la porte.

— Qui êtes-vous ? s'enquit la dame au visage bon enfant qui vint ouvrir.

— Je suis la fille de Stephen et d'Hannah Secord.

— Je connais Hannah, cette brave femme que je n'ai pas revue depuis la mort de son mari. Ainsi, vous êtes sa fille ?

— Oui, et je vous présente ma tante, Laura Secord.

— Bonsoir, madame Shipman, dit Laura.

— Enchantée de vous connaître, mesdames. Vous me semblez harassées de fatigue et de soif par cette chaleur écrasante. Et vos vêtements sont dans un si piteux état… Mais pour l'amour du bon Dieu, que vous est-il donc arrivé ? demanda la ménagère, la mine compatissante. Entrez donc vous reposer et vous restaurer.

L'hôtesse referma la porte derrière les visiteuses et les entraîna dans sa cuisine.

— Assoyez-vous. Je vais vous servir un thé et des galettes. À moins que vous ne préfériez autre chose ?

— Un thé et des galettes, cela est tout à fait convenable, dit Laura.

Laura se laissa choir sur une chaise et poussa un grand soupir de soulagement. Liz s'était départie de son bonnet et s'était affaissée sur un banc, le tronc fléchi sur la table, la tête reposant lourdement entre les mains.

— Pourquoi avez-vous entrepris une telle randonnée par cette chaleur ? s'informa la ménagère pendant qu'elle mettait la théière sur le feu.

— Ce que j'ai à raconter doit être gardé sous le sceau du secret, commença Laura. Mais d'abord, dites-moi si vous avez vu des soldats américains récemment ? demanda-t-elle en massant ses pieds endoloris.

La dame parut très intriguée, mais pas de cette curiosité malsaine qu'ont certaines gens qui cherchent à tout savoir dans le but de tout rapporter ensuite pour se montrer intéressants même s'ils avaient promis une discrétion absolue à leur confident.

— Pas plus tard qu'hier, relata madame Shipman, j'en ai croisé qui patrouillaient dans les environs. Par contre, aujourd'hui, c'est le calme plat. Mais vous savez, avec eux, on ne sait jamais… Ils peuvent surgir n'importe quand, sans prévenir. Pourquoi voulez-vous savoir si j'ai vu des soldats ?

— Écoutez, madame Shipman, j'ai très peu de temps…

Laura confia à l'hôtesse la raison de son périple qu'elle relata brièvement en buvant à grands traits son thé et en engloutissant deux galettes recouvertes de confiture.

Laura se leva subitement.

— À présent, je dois me sauver, madame Shipman. Il me faut poursuivre ma route et atteindre ma destination avant qu'il ne soit trop tard.

Exténuée, Liz dormait, la bouche ouverte en bouton de rose. Elle n'avait pas bronché une seule fois pendant les confidences de sa tante.

— Je crois qu'il serait plus raisonnable que votre nièce passe la nuit ici, madame Secord.

— De toute manière, Liz ne pourrait pas m'accompagner jusqu'à Beaver Dams. Elle a fait ce qu'elle pouvait. Vous êtes d'une grande bonté, madame Shipman. Je vous suis très redevable.

— Ne me remerciez pas. La cause que vous porterez maintenant seule sur vos frêles épaules est lourde pour une petite femme qui vole à la défense de sa patrie. Tous devraient vous remercier pour le geste épique que vous posez, madame Secord. Que Dieu vous bénisse !

Laura et sa généreuse bienfaitrice se donnèrent l'accolade. La messagère franchit ensuite la porte.

La plus élémentaire prudence conseillait à Laura de suivre le ruisseau Twelve Mile au lieu de prendre le chemin de Beaver Dams, même si, en principe, elle se trouvait maintenant en territoire sous contrôle britannique. La marcheuse s'enfonça dans la forêt où elle repéra rapidement un sentier qui suivait les sinuosités du cours d'eau. Des curieux l'avaient probablement vue quitter seule la maison de l'hospitalière madame Shipman et s'élancer hors du hameau. On irait vraisemblablement frapper à la demeure de la brave femme pour s'enquérir du motif de la visite de l'inconnue guenilleuse. Laura essaya d'oublier sa nièce qui lui pardonnerait sûrement de l'avoir abandonnée en route. Elle songea un moment à Charles Badeau et à Charlotte qui avaient dû réclamer leur mère et à qui James avait dû expliquer que maman était partie chez tante Hannah pour la soigner. Quant à Mary Lawrence et à Harriet Hopkins, elles avaient sans doute été obligées de rassurer leur pauvre père qui devait se torturer d'inquiétude et d'angoisse. Laura songea à tous ces pieux mensonges que les impondérables de l'existence obligent à commettre, mais qui, somme toute, ne visent qu'à préserver une légitime intégrité personnelle ou à éviter des blessures au prochain.

La halte chez madame Shipman lui avait procuré un incroyable regain de vitalité, mais ses pieds lui faisaient encore mal. Qu'importe, elle était habituée à l'oubli de soi, à penser d'abord aux autres, à ceux qu'elle aimait. Elle était persuadée que presque toutes les mères du monde avaient un cœur comme le sien. Elle mit fin à ses réflexions et allongea le pas. Selon ses estimations, elle en était aux trois quarts de son odyssée. Plus souvent qu'autrement, elle courait dans le sentier, mais était souvent ralentie par des ronces embroussaillées et des arbustes épineux. Parfois, elle ralentissait pour reprendre son souffle, pour arracher quelque bardanes qui s'étaient agrippées comme des sangsues à sa robe déchiquetée, ou encore pour panser de sa main tremblante son bras éraflé par des bouquets de chardons. Mais elle continuait, poussée par l'adrénaline, se répétant sans cesse avec la conviction profonde d'un leitmotiv qu'elle parviendrait à joindre le lieutenant FitzGibbon. Jamais Laura n'aurait cru devoir puiser autant dans ses réserves de force, de courage et de détermination. Et elle n'était pas au bout de ses peines.

Jusque-là, Laura n'avait pas été importunée par des bêtes sauvages et la peur d'en rencontrer s'était estompée. Tout au plus, des nuées de moustiques l'avaient assaillie et lui avaient infligé quelques douloureuses piqûres. Elle avait vu déguerpir des écureuils qui grignotaient des champignons et elle avait surpris une famille de ratons laveurs qui se suivaient à la queue leu leu pour regagner leur tanière. Elle avança lentement vers la rive, écartant le feuillage qui gênait sa progression. De l'autre côté, une biche et son faon s'abreuvaient. Elle s'en émut. Mais elle n'entendait plus le murmure du ruisseau qui s'évasait maintenant en un bassin d'eau presque dormante. « Probablement des castors ! Serais-je enfin rendue à Beaver Dams ? » s'interrogea-t-elle. À une dizaine d'enjambées, un tronc traversait l'étang. Laura s'en approcha, enleva ses chaussures et, les tenant d'une main, souleva sa robe de l'autre. Elle s'engagea ensuite sur le pont de fortune et réussit à atteindre la rive opposée. Après s'être rechaussée, elle repartit en courant.

Les premières lueurs rosacées du crépuscule enveloppèrent doucement le jour. Laura ressentit une crampe qui lui barrait le ventre et entravait sa respiration. Était-ce la faim qui commençait à la tenailler ou une sorte d'essoufflement qui se manifestait ? Ou encore était-ce son corps qui donnait des signes d'épuisement ? Elle n'en savait rien. Cependant, elle était déterminée à transmettre au lieutenant FitzGibbon son secret de vive voix. Elle avait soif. Avant de s'éloigner du chapelet d'étangs qui s'égrenaient au fil du ruisseau, elle entendit le gargouillement d'une petite source qui dévalait joyeusement une colline. Laura s'agenouilla et, ses mains formant une écuelle, elle but goulûment. Elle allait se redresser lorsqu'elle entendit quelqu'un s'écrier :

— FEMME !

Laura se retourna. Un groupe d'Indiens aux visages hostiles peints d'ocre jaune et rouge brandissaient leurs tomahawks ou pointaient leurs mousquets.

— Femme ! répéta un Indien qui se détacha du groupe.

L'homme n'était pas vêtu d'un simple pagne comme les autres et sa longue chevelure ébène était couronnée d'une plume de vautour.

Laura eut affreusement peur. Elle demeura un moment paralysée pendant que les guerriers discutaient entre eux dans leur langue. Mais elle devait surmonter cette crainte menaçante qui l'avait d'abord cristallisée d'effroi. Des images morbides de scalps traversèrent son esprit. Elle se souvint du triste épisode où Œil de Lynx l'avait prise sans son consentement et de la mort violente de Shawn. Elle se rappela aussi ses interminables journées à la taverne où des autochtones venaient s'enivrer, comme ses compatriotes.

Les hommes semblaient tergiverser, décontenancés par la présence d'une Blanche. Sans doute se demandaient-ils qui elle était, quelle était sa destination et de quel côté était cette mystérieuse femme qui leur apparaissait comme une fuyarde suspecte.

Laura s'avança vers celui qui devait être le chef.

— Écoutez-moi !

L'Indien semblait comprendre sa langue. Laura enchaîna :

— J'ai un message important à livrer au lieutenant FitzGibbon. Si vous ne me laissez pas passer maintenant, lui et ses hommes mourront. Et probablement vous aussi.

— Vous êtes bien téméraire, madame, s'offusqua le Peau-Rouge en plissant le front et en durcissant la mâchoire.

Il parut fortement contrarié, mais s'absorba néanmoins dans une réflexion pendant qu'une clameur de mécontentement s'élevait chez les guerriers.

— Je suis votre amie, risqua Laura.

— Quelles informations devez-vous rapporter à FitzGibbon ? demanda le chef, le regard méfiant.

La messagère refusa de répondre. L'Indien devint furieux, le visage bouillant de rage. Un de ses guerriers amorça un pas vers lui pour le conseiller, mais il le repoussa vivement. Puis l'Indien s'adressa de nouveau à Laura :

— Suivez-moi, femme, consentit-il finalement.

Laura fut escortée par une petite cohorte d'Indiens à l'air redoutable. Cependant, l'inexprimable saisissement qui l'avait d'abord fait pâlir de frayeur s'était métamorphosé en une confiance confuse. Son objectif ultime n'était pas atteint mais, plus que jamais, elle pressentait qu'elle parviendrait à livrer son important secret. Elle en avait oublié la faim, la soif et ses pieds douloureux. Un moment, il lui sembla qu'elle n'en pouvait plus, qu'elle allait s'effondrer. Mais elle n'avait jamais été aussi proche de son but. Elle se devait de continuer. Elle n'avait pas fait tout ce chemin pour que les hommes de FitzGibbon se fassent tués et que les ennemis s'emparent de la péninsule.

Sous la voûte étoilée, des guerriers la conduisirent dans un sentier aux abords buissonneux. Certains d'entre eux marmonnaient hargneusement des paroles qu'elle ne comprenait pas. Visiblement, tous n'étaient pas d'accord avec leur chef. Et qui étaient ces Indiens, au juste ? Étaient-ils établis dans une petite bourgade qui constituait un avant-poste de défense des Britanniques et l'amenait-on au quartier du lieutenant FitzGibbon ? Ou encore s'étaient-ils rangés du côté des ennemis américains ? De vagues sentiments mêlés d'abandon et de méfiance l'envahirent. Un moment, elle se crut prisonnière, mais à mesure qu'elle suivait le pas du meneur, elle se sentait protégée. Elle aimait croire que plus aucun danger ne pouvait survenir.

Ils parvinrent à un emplacement hérissé de wigwams où d'autres guerriers de la bande les accueillirent par des hurlements de joie. À la lumière d'un feu de camp qui brûlait, tous détaillaient maintenant la femme dans ses haillons déchirés, sa longue chevelure bronze frisottée par l'humidité et son visage marqué par les traits de la peur qu'elle essayait vainement de dissimuler. Laura se sentait comme une proie qu'on avait capturée et qu'on s'apprêtait à faire rôtir à feu lent pendant toute la nuit. Elle repensa au triste épisode lors de son arrivée au Canada alors qu'on l'avait ligotée à un poteau de torture. Elle s'arracha à ses pensées lorsqu'elle vit le chef s'avancer vers ses hommes et leur adresser quelques mots dans leur langue sur un ton impératif. Il y eut quelques murmures de protestation. Peu après, on procéda à l'extinction des flammes jusqu'aux dernières volutes de fumée. Laura comprit alors qu'on l'emmènerait ailleurs. Par la suite, une poignée d'Indiens armés s'éloigna avec elle du campement.

Selon toute vraisemblance, les guerriers s'étaient établis temporairement dans le secteur pour venir à la rescousse de FitzGibbon, et on la conduisait à présent à la maison du capitaine John De Cew. Elle en fut grandement soulagée. Mais son corps allait flancher. Laura avait peine à suivre le pas rapide du meneur. Des halètements de plus en plus courts soulevaient sa poitrine. Cependant, elle se refusait à transmettre le message à l'Indien. Elle le porterait elle-même comme un enfant qu'on veut mener à terme, malgré le poids de la souffrance, malgré les douleurs de l'enfantement. Jusqu'à la délivrance ! Oui, jusqu'à la délivrance pour que d'autres enfants naissent, pour que des femmes et des hommes de chair et de sang puissent vivre en toute liberté.

Laura trébucha. Le guerrier qui la suivait s'arrêta. Il ploya son corps musclé vers elle puis réprima le geste de lui tendre la main. Il la considéra brièvement. Un léger frémissement la parcourut. Puis elle se releva et rejoignit le meneur.

Le sentier déboucha sur la route devant une énorme maison de pierre dont la lumière jaunissait les fenêtres du rez-de-chaussée. Au loin, la silhouette de sentinelles se découpait dans le blêmissement de la nuit. Tout paraissait calme. Le chef s'immobilisa, puis il désigna deux de ses guerriers pour l'accompagner pendant que le reste de la bande attendrait. Même exténuée, Laura eut envie de se mettre à courir comme une désespérée vers la résidence, mais elle se résigna à attendre. Elle s'assit dans l'herbe mouillée de rosée pour ménager ses forces. Bientôt, un guerrier viendrait lui annoncer que le lieutenant était prêt à recevoir la messagère et elle pénétrerait dans l'enceinte du quartier général.

Et si Benjamin Jarvis qui s'était joint aux Bloody Boys ne se trouvait pas dans la maison ? L'esprit de Laura fut soudainement envahi d'un doute. Comment les Britanniques pourraient-ils prêter foi aux racontars d'une illuminée qui sortait des bois après une course effrénée de plusieurs milles ? Ils croiraient peut-être qu'il s'agissait d'un subterfuge ? S'il fallait ! S'il fallait qu'elle ait accompli tout ce périple pour rien… Elle trembla. Son regard se tourna vers le ciel et elle supplia. Des larmes mouillèrent ses yeux qu'elle sécha discrètement du revers de la main.

14
Secrets et confidences

Dans la touffeur du salon aux murs lambrissés de bois de noyer, à la lumière des lampes qui chauffaient, James FitzGibbon braqua un regard glacial et scrutateur sur la femme qui venait de s'asseoir devant lui.

Benjamin Jarvis ne se trouvait pas dans la pièce. Laura avait espéré sa présence. Tant pis, elle se dépêtrerait toute seule ! Après tout, elle était la porteuse du message. Et si jamais on ne la croyait pas, elle demanderait à voir Benjamin.

Le chef indien et deux de ses guerriers se tenaient en retrait, les bras croisés sur leur mousquet, tandis que des officiers britanniques chuchotaient entre eux, l'œil sceptique. Catherine De Cew attendait avec effarement les premiers mots de l'étrange visiteuse. Elle tendit à Laura un verre d'eau que celle-ci but d'un trait. Par les fenêtres ouvertes sur l'obscurité, on entendait le doux murmure nocturne. Puis s'éleva la voix de Laura qui déchira la quiétude de la nuit :

— En ce moment même, l'ennemi est en marche vers Beaver Dams.

— De qui tenez-vous l'information ? demanda FitzGibbon qui portait encore un bras en écharpe.

— Des officiers américains ont forcé ma porte et logent dans ma maison à Queenston depuis plusieurs semaines. Hier soir, ils ont reçu à souper le lieutenant-colonel Boerstler. Mon mari l'a entendu dévoiler son projet à ses compagnons.

— Comment se fait-il que votre mari ne soit pas emprisonné comme celui de madame De Cew ?

— James a été blessé à la bataille de Queenston Heights. Comme il ne pouvait pas venir jusqu'à vous, j'ai décidé de vous transmettre l'information en personne, souffla-t-elle.

— Les Américains sont-ils nombreux ?

— Une armée de cinq cents soldats avec son artillerie.

Le lieutenant s'absorba dans ses réflexions en portant sa main valide à son menton. Puis il se tourna vers un des officiers.

— Ducharme !

— Oui, mon lieutenant ? dit le capitaine en s'avançant vers son supérieur.

— De combien d'Indiens disposez-vous ?

— D'un bon nombre de Mohawks et de trois cents Caughnawagas.

— Bien ! Envoyez des éclaireurs pour déterminer la position de l'ennemi. Quant à vous, dit-il à l'adresse de Laura, madame De Cew veillera à combler vos besoins dans les appartements qu'elle occupe à l'étage avec ses enfants et ses domestiques.

— Venez, madame, dit l'hôtesse. Vous sentez-vous capable de me suivre en haut ?

— Je vais essayer, répondit Laura qui se releva péniblement de sa chaise.

La porte de la maison s'ouvrit.

— Madame Secord ! s'exclama Benjamin. Quelle surprise de vous rencontrer ici ! Mais que vous est-il arrivé ?

— Je suis si contente de te voir, Benjamin ! Je suis partie ce matin à l'aube pour annoncer au lieutenant FitzGibbon que les Américains…

Laura se sentit défaillir.

— Madame! réagit Benjamin.

— Aidez-la à se rasseoir, ordonna le lieutenant.

Laura se rassit, s'agrippant au bras du jeune milicien et d'un officier bienveillant.

— Tout ce que je désire, Benjamin, c'est que tu prennes soin de toi. Tu peux me le promettre? trouva-t-elle la force de demander.

— Je pense à Mary Lawrence, à vous, à James et aux enfants.

— Que Dieu te protège, mon enfant!

Exténuée, la marcheuse s'effondra sur sa chaise.

À la suite de Catherine De Cew, deux officiers se chargèrent de transporter Laura dans une chambre à l'étage.

— Comme ça, Jarvis, vous connaissez cette femme? s'enquit FitzGibbon.

— C'est précisément pour elle et ses enfants que je suis intervenu sur le chemin de Queenston il y a quelques jours.

— Rappelez-moi son nom…

— Laura Secord.

— Ah oui! Je me souviens maintenant que vous m'en avez parlé. Elle semble tenir à vous, cette dame, fit remarquer FitzGibbon. Vous savez, Jarvis, si vous désirez ne pas participer à l'engagement qui se prépare, c'est libre à vous.

— Si madame Secord est parvenue jusqu'à nous, c'est pour nous permettre de combattre l'ennemi. Alors je ne me terrerai pas dans un trou. Il est hors de question que je me soustraie à mon devoir. Si madame Secord pouvait prendre le fusil, elle le ferait, croyez-moi!

À l'étage, la femme du capitaine De Cew accorda une chambre à la marcheuse épuisée. Sitôt étendue sur le lit douillet, la messagère s'endormit.

* * *

Au soir du lendemain, Laura émergea lentement de son sommeil abyssal. Elle était encore alanguie de fatigue, et sa main désemparée chercha le corps de James dans les draps soyeux. À la lueur du croissant de lune, elle promena un regard sur le riche mobilier qui l'entourait. Une brise légère caressait le rideau de dentelle et venait effleurer son visage. « Où suis-je ? » se demanda-t-elle. Des images d'abord entremêlées puis de plus en plus claires affluèrent dans sa mémoire : ses bras et ses jambes éraflés, les ronces, les épines, les bois, les marécages, les champs d'herbes longues, une course folle, des guerriers aux torses peints d'ocre orangé qui la menaçaient et le lieutenant qui l'écoutait sans broncher ; et elle, assise dans sa robe échancrée alors qu'elle livrait son incroyable secret.

Le grincement de la porte la fit tressaillir. La lumière d'une chandelle précéda une main qui tenait un bougeoir dans le battant entrebâillé. Puis le visage souriant d'une femme en bonnet de nuit apparut.

— Vous me reconnaissez ?

Laura s'assit au bord du lit, éludant la question. La dame s'approcha de la visiteuse.

— Je suis madame De Cew. N'ayez crainte, madame Secord. Tout est fini, à présent. La bataille est terminée. L'ennemi a capitulé. Les officiers et les soldats se sont constitués prisonniers. Les miliciens et les volontaires américains sont retournés aux États-Unis avec la promesse de ne plus s'engager jusqu'à la fin de la guerre. Le lieutenant FitzGibbon m'a rapporté la nouvelle. Ses hommes exultaient...

— Mais je n'ai rien entendu ! s'étonna Laura.

— Vous dormiez profondément, madame Secord.

La porte grinça une fois de plus. Un visage familier sortit de la pénombre.

— Benjamin! Tu es en vie… Ah! Merci, mon Dieu!

—Je suis là, madame Secord. Nous avons réussi à dominer les Américains. Le lieutenant-colonel Boerstler s'est rendu.

— Ce grand bavard de Boerstler a manqué de discernement en ne se méfiant pas de James et de moi! se réjouit Laura.

Après une courte pause, Laura ajouta:

— Ces derniers temps, j'ai eu si peur pour toi, Benjamin…

Le jeune homme se pencha vers Laura, prit sa main dans la sienne.

— Ne vous inquiétez plus, je suis là, près de vous.

— Ta présence me réconforte, Benjamin. Mais je me sens si lasse, encore.

— Les domestiques sont couchés, dit la maîtresse de maison. Je vous ai apporté du thé, un morceau de pain et des confitures; cela vous fera du bien. Vous prendrez un thé avec nous? demanda-t-elle à Benjamin.

— Volontiers!

Catherine De Cew quitta la pièce et revint un peu plus tard avec un plateau.

— Merci, madame, dit Laura.

Benjamin s'assit sur le lit. L'hôtesse tira ensuite une chaise, tout près.

— Je vois qu'on m'a débarrassée de mes haillons, dit Laura.

— Avec les domestiques, je vous ai passé une robe de nuit. Vos hardes sont dans le placard de la chambre, si vous y tenez! badina la femme du capitaine.

Après avoir ri, Laura se tourna vers le jeune milicien :

— Raconte-moi, Benjamin. J'ai si hâte de savoir…

— Peu de temps après que vous avez prévenu le lieutenant FitzGibbon de l'attaque imminente des Américains, des éclaireurs de Dominique Ducharme sont partis en mission de reconnaissance. La position de l'ennemi repérée, les Indiens ont attaqué en passant par un bois derrière les Américains.

— Qui est donc ce Ducharme? questionna Laura. Je me souviens qu'il était dans la pièce avec nous hier.

— C'est un trafiquant de fourrures devenu officier de milice. Il a conduit un détachement d'Indiens des Six Nations en provenance du Bas-Canada.

— Et FitzGibbon dans tout ça ?

Benjamin se leva :

— Pour être franc avec vous, madame Secord, les Indiens tenaient en haleine les hommes de Boerstler depuis quelques heures lorsque FitzGibbon a foncé au galop vers les Américains en agitant un mouchoir blanc.

Le milicien emprunta la voix grave de l'imposant personnage et enchaîna en rapportant les paroles du lieutenant :

— « Vous êtes coincés entre le ruisseau, l'escarpement et les guerriers. Vous n'avez encore rien vu, messieurs ; j'attends des renforts d'un instant à l'autre. Les jeux sont faits, Boerstler, et vous avez perdu. »

Laura parut accablée. Elle se couvrit le visage de ses mains.

— Ça ne va pas, madame Secord? intervint la femme du capitaine, compatissante. Maintenant que vous savez que nous sommes victorieux, vous devriez vous recoucher pour la nuit.

— Et du côté de l'ennemi? Des morts et des blessés? s'informa Laura.

— Une trentaine de soldats américains ont trouvé la mort et il y a eu une soixantaine de blessés.

Laura poussa un petit gémissement plaintif, en songeant à Jonathan.

— Et de notre côté, qu'en est-il? demanda-t-elle.

— Une quinzaine d'Indiens ont été abattus et une vingtaine d'autres ont été blessés.

— C'est donc grâce à Ducharme et à ses Indiens du Bas-Canada que nous avons obtenu la victoire, déduisit Laura des informations données par le jeune homme.

— Pratiquement! reconnut Benjamin. Cependant, les Bloody Boys de FitzGibbon se font déjà une gloire de déclarer que c'est grâce à eux et à la brillante manœuvre de leur lieutenant que nous avons remporté les honneurs.

La déclaration de Benjamin attrista Laura.

— Comment se fait-il que nous soyons incapables de reconnaître le rôle déterminant que les Indiens ont joué dans cette bataille? s'indigna-t-elle.

— Parce que nous avons, hélas, une mentalité de conquérants! affirma Benjamin.

— Je crains que vous n'ayez raison, approuva madame De Cew.

Il y eut un moment de silence qui pesa lourdement dans la pièce.

— À présent, dit l'hôtesse, si vous le voulez bien, madame Secord, vous allez vous reposer. Prendriez-vous un morceau de pain avant de dormir ?

— Non merci. Je n'ai pas faim. Je suis morte de sommeil…

* * *

À la fin de la matinée, un délicieux fumet de gibier s'infiltra sous la porte de la chambre de Laura. Encore somnolente, la messagère se refusa à ouvrir les yeux sur le jour qui s'insinuait doucement sous la dentelle de la fenêtre. De violentes scènes de guerre l'avaient assaillie pendant son sommeil tourmenté. Elle avait accouru sur le champ de bataille pour retrouver James qui la réclamait et avait revu le visage de Jonathan qui avait ordonné qu'on les épargne tous les deux. Et elle s'était rendormie.

Laura se résigna à se lever. Elle ressentit de vives douleurs aux muscles et aux articulations. Elle se massa le bas du dos comme après chacun de ses accouchements. Ses pieds endoloris la menèrent à la fenêtre. Elle écarta le rideau. La journée était radieuse. Puis elle ouvrit le placard. Un sourire irradia son visage : une jolie robe blanche était pendue à côté de ses guenilles. Elle se rendit à la commode où reposait une aiguière, versa un peu d'eau dans un plat pour se laver. On frappa.

— Oui ? répondit Laura.

— J'ai vu la clarté sous la porte, madame Secord, dit une voix que Laura supposa être celle d'une servante. Je vous prépare un bain. Ensuite, vous pourrez descendre pour le dîner.

* * *

Dans la salle à manger, Catherine De Cew, James FitzGibbon, Benjamin et quelques autres Bloody Boys attendaient Laura. Le lieutenant tendit sa main valide à Laura pour l'accueillir ; il lui fit un baisemain.

— Madame, ce que vous avez accompli, nul autre que vous ne l'aurait fait, livra-t-il, un sourire se dessinant sur ses lèvres minces.

— Je n'ai fait que contribuer à la défense de mon pays, exprima Laura.

— Vous êtes bien modeste ! s'exclama le militaire. Et combien jolie dans cette robe immaculée !

L'attitude flatteuse du lieutenant contrastait singulièrement avec ce que lui avait rapporté Benjamin. Le personnage mal dégrossi donnait à présent dans la flagornerie. Avait-il troqué ses manières rustaudes contre un raffinement de circonstance ? Avait-il, en dernière analyse, changé son fusil d'épaule et décidé de reconnaître officiellement son indispensable contribution de porteuse de message et la complicité des Indiens, ou était-ce une simple manœuvre de sa part ?

On passa à table. Les enfants De Cew avaient déjà dîné et s'amusaient maintenant en toute liberté à l'extérieur de la demeure. La maîtresse de maison fit servir les plats et s'assit avec les convives. On porta un toast à la victoire des Britanniques :

— Vive le Canada ! salua FitzGibbon.

— Vive les Bloody Boys ! dirent en chœur ses acolytes.

— On les a bien eus, ces Américains ! railla l'un d'eux, un gros moustachu qui venait de demander qu'on remplisse encore sa coupe. On a bien ri quand ils ont déposé les armes et qu'ils ont défilé entre nos rangs avant de s'apercevoir que nous n'étions qu'une poignée d'hommes. Un superbe bluff !

— Mais il était déjà trop tard ! s'amusa FitzGibbon. Et grâce à nous, le pauvre lieutenant-colonel Boerstler a mordu la poussière !

Laura, Benjamin et l'hôtesse écoutaient les soldats se garga-riser de leur succès. À mesure que le repas avançait, le ton monta et on se mit à pérorer sur les hauts faits de l'armée britannique et la fin imminente de la guerre. On ignora l'exploit de la messagère, allant même jusqu'à oublier sa présence. Quand on acheva le festin, les soldats longtemps privés du plaisir de la chair commencèrent à loucher fortement sur le buste de la séduisante Laura et sur celui de la non moins désirable madame De Cew.

Devant la tournure des événements, Laura décida de rentrer à la maison. Elle adressa une œillade à Benjamin qui était demeuré dans les limites de la sobriété. Il lui renvoya un sourire compatissant. Laura se leva et annonça :

— Vous m'excuserez, messieurs, dit-elle, je dois retourner à Queenston.

Puis elle salua d'un signe de la tête le lieutenant FitzGibbon.

— Attendez un instant, madame Secord ! ordonna FitzGibbon. Benjamin Jarvis va vous raccompagner.

— Ce ne sera pas nécessaire, lieutenant ! Si j'ai été capable de franchir les lignes ennemies, de courir dans la brousse, de traverser des marécages et d'affronter des Indiens soupçonneux à Beaver Dams, je peux retourner seule à Queenston, débita Laura d'un trait.

Catherine De Cew vint rejoindre la voyageuse.

— Même si l'ennemi a été anéanti, vous me feriez le plus grand des plaisirs si vous acceptiez que Benjamin vous raccompagne.

— L'ennemi a été exterminé ! clama FitzGibbon. Exterminé ! répéta-t-il en levant sa coupe à la victoire.

— Il est temps que je parte, madame De Cew. Ces hommes ne savent plus ce qu'ils disent et le lieutenant n'est pas le plus raisonnable. Par contre, je n'aime pas vous abandonner à ces Bloody Boys, termina Laura dans un élan de bienveillance.

— Ne vous en faites pas pour moi, Laura. Je vais bientôt mettre ces hommes à la porte.

Les deux femmes s'embrassèrent. Catherine De Cew demanda à un domestique de préparer l'attelage. Benjamin conduirait la berline et repasserait le lendemain avant de regagner sa garnison à Burlington Heights.

* * *

La voiture s'était engagée lentement sur la route. La chaleur de la journée était fort supportable. Benjamin tenait les rênes, rêvassant à Mary Lawrence qui l'accueillerait avec bonheur. Laura ressentait le profond besoin de retrouver les siens, de renouer avec le quotidien. Elle revoyait le visage de James et la frimousse de ses enfants. Elle relaterait à son aînée ce qui s'était réellement déroulé et se bornerait à rassurer les plus petits en leur disant que tante Hannah se portait bien. Elle souhaita que la bataille de Beaver Dams soit la dernière de la guerre. «L'homme ne peut pas toujours vivre dans la haine et passer son temps à détruire», réfléchit-elle. Puis elle fut envahie par cette plénitude du devoir accompli lorsque le cocher la tira de ses réflexions :

— Madame Secord ?

— Oui, Benjamin ?

— Je crains que FitzGibbon ne vous ait paru exécrable. Il est vantard et prétentieux. Pourtant, après que les Américains ont pris le fort George et assiégé Niagara, il ne les a pas empêchés de dépouiller nos soldats de leurs vêtements et de piller la ville.

— Le lieutenant et ses hommes ont en effet tendance à se glorifier injustement, Benjamin. Ils vont palabrer sur leur victoire et me reléguer aux oubliettes. Dans un sens, c'est peut-être mieux ainsi. Je ne voudrais pas qu'on me tienne responsable de la défaite des Américains.

— C'est une manière de voir les choses. Mais vous devez savoir que personne des Bloody Boys n'a tiré un traître coup de feu. Ce sont les guerriers qui ont descendu les soldats et les officiers américains.

— Et dire que le lieutenant et ses hommes s'attribuaient les mérites de la victoire…

Laura posa brusquement la main sur le bras du cocher.

— Regarde, Benjamin! Là, sur la gauche, un homme marche dans le champ d'herbes longues et vient vers la route.

— Il a vraiment l'air mal en point! observa Benjamin.

Le cocher fit claquer son fouet sur la croupe de la bête et la voiture s'immobilisa quelques centaines de pieds plus loin. Benjamin prit son mousquet, sauta en bas de la berline et s'approcha de l'inconnu qui s'était effondré au bord du chemin.

— Un officier américain! déclara Benjamin qui s'était agenouillé près du blessé.

Laura ferma les yeux. «Mon Dieu, faites que ce ne soit pas Jonathan Crown!» Elle descendit de voiture et avança craintivement vers Benjamin qui brandissait son arme vers l'officier.

— Non! s'écria Laura.

Elle fit quelques pas vers le soldat qui agonisait dans ses vêtements déchirés et maculés de rouge, puis elle repoussa de sa main la pointe du fusil.

— Ne tire pas, Benjamin! C'est Jonathan, un des officiers qui logeaient chez moi. Donne-lui plutôt à boire…

Benjamin saisit sa gourde en peau de daim et souleva doucement la tête de l'officier dont les lèvres frémissantes essayaient de murmurer des mots qu'il ne comprenait pas. Après quelques gorgées versées, Benjamin reposa au sol la tête de l'agonisant et s'éloigna. Laura considéra le visage livide de l'homme dont le regard était presque éteint. Elle se pencha vers lui, posa la main sur le front souillé de terre et de sang, son visage effleurant celui du blessé.

— Laura, je suis heureux de te voir avant de mourir, émit faiblement Jonathan. Prends le médaillon autour de mon cou et fais-le remettre à Sharon, ma femme.

— C'est promis, Jonathan ! dit Laura, larmoyante.

— Dis-lui que je les aimais, elle et nos merveilleux enfants. Laura, je t'ai toujours…

Avant même qu'elle eut le temps de prononcer le oui qui prenait naissance sur ses lèvres tremblantes, le mourant expira.

Benjamin traversa à pied le champ qui bordait la route pour aller emprunter une pelle à un fermier. Pendant ce temps, Laura prit le médaillon ornant la poitrine dénudée du mort et l'enfouit précieusement dans la poche de sa robe blanche sans savoir exactement ce qu'il en adviendrait. Elle le remettrait probablement à Benjamin qui, lui, se chargerait de l'apporter à un prisonnier américain à Burlington Heights.

Benjamin revint trois quarts d'heure plus tard. Lui et Laura transportèrent le corps dans un coin où le blé avait refusé de pousser. Ils creusèrent une fosse pour ensevelir avec dignité les restes du défunt, puis ils plantèrent sur la sépulture une croix faite de branches d'arbres morts. Désormais, Jonathan reposerait en paix, enterré par la messagère à qui il avait sauvé la vie…

* * *

La berline du capitaine De Cew s'immobilisa devant la demeure de Stephen Secord à St. David. Hannah se sentit défaillir quand elle aperçut, à travers la moustiquaire de la porte, le visage de sa belle-sœur irradiant de bonheur dans sa robe blanche.

— Une apparition! s'écria Hannah en ouvrant les bras. Après ce que ma fille m'a rapporté, je croyais ne plus jamais te revoir, Laura. Qui est ce jeune homme dans la voiture? Il peut entrer.

— C'est Benjamin; il me ramène à Queenston. Je ne resterai pas longtemps, ça ne vaut donc pas la peine qu'il entre. Tu sais que nous avons gagné la bataille de Beaver Dams?

— Oui! Quelle bonne nouvelle! Tu penses bien que Liz n'aurait pas traversé les lignes ennemies sans connaître l'issue de l'affrontement.

Laura s'informa aussitôt de sa nièce.

— Je crois que la randonnée a été exténuante pour elle. Ma fille n'est pas comme toi, Laura. Elle est une petite nature, tu sais.

— Ne dis pas cela, Hannah. Liz a été très courageuse.

— Quelqu'un l'a ramenée de Shipman's Corners. Elle était blême, elle qui est déjà maladive. Ses vêtements étaient dans un état lamentable. Ça n'a pas été long pour que le chat sorte du sac. Elle m'a raconté ce qui vous était arrivé, puis elle s'est réfugiée dans sa chambre avec Charles et elle est tombée comme une poche sur son lit. Et il y a une heure, elle a sombré dans un inquiétant délire. Je me doutais aussi que cette épreuve était au-dessus de ses forces!

Hannah entraîna sa belle-sœur dans la chambre de la malade.

Après quelques minutes au chevet de Liz, Laura ressortit de la pièce avec Charles.

— Tu n'aurais jamais dû l'emmener avec toi, Laura, la semonça son frère.

— C'est elle qui a insisté pour m'accompagner, Charles, rétorqua Laura. Et ne me fais pas dire ce que je pense réellement de toi dans toute cette histoire.

— Tu m'accuses, maintenant ?

— Je n'oserais jamais te traiter de lâche, mon frère. Ce serait te juger trop sévèrement. Maintenant, je dois m'en aller ; Benjamin m'attend dehors.

Laura se rendit à la porte et se retourna vivement :

— En tout cas, tu salueras ta belle-mère et ta fiancée. J'espère que Liz se rétablira vite. Et n'oublie surtout pas de la féliciter ; elle a fait sa part.

La berline repartit aussitôt vers le hameau de Queenston.

* * *

Au soir, une fois les plus petits bordés dans leurs lits qu'ils avaient retrouvés à l'étage, Laura s'assit pesamment à sa table d'écriture. Les enfants l'avaient accueillie avec sa robe poussiéreuse. « C'est un cadeau de tante Hannah ; elle ne lui faisait plus » avait-elle menti. Elle leur avait inventé quelques détails sur son voyage à St. David et elle leur avait expliqué que les étrangers ne reviendraient plus. Ils avaient paru satisfaits et avaient aussitôt réclamé leur chambre. Ensuite, Benjamin et elle avait narré les événements de la veille à James et à Mary Lawrence qui exultaient en écoutant le récit. Les aventuriers avaient toutefois pris soin de taire la malencontreuse rencontre avec Jonathan. Les Britanniques avaient nettement dominé les Américains ; c'est ce qui importait. Malgré la fatigue, Laura éprouvait le besoin impératif de s'exprimer par écrit. Elle alla donc s'installer à son écritoire.

Chère Mary Boyles,

Je suis à la fois sereine et bouleversée. Je n'ai jamais autant vogué entre la tempête déchaînée et le rivage rassurant.

Ma demeure a été occupée par trois officiers américains. Pendant plusieurs semaines, je devais préparer le souper à ces messieurs comme une domestique, en plus de mon habituelle charge familiale. En général, les relations étaient cordiales, mais sans plus. Je crois bien que James avait encore plus de difficulté que moi à accepter cette cohabitation forcée. Se voir interdire l'accès de certaines pièces de sa propre maison est éminemment frustrant. Mais il n'y avait pas que cela. Les hommes pouvaient également reluquer la femme du propriétaire. Cela mettait parfois James en rogne, et je le comprends.

L'autre soir, le lieutenant-colonel Charles Boerstler est venu souper. J'ai fait mon devoir de servante en leur offrant, à lui et aux trois autres militaires, un bon repas avec des denrées qu'on m'avait fait apporter. Jusque-là, j'avais souvent été envahie par un sentiment de culpabilité parce que je servais l'ennemi. Mais pendant ce repas – qui devait être le dernier que j'ai servi aux militaires –, Boerstler a dévoilé sa stratégie d'attaque sans se douter que mon mari écoutait dans la pièce voisine. Et, en possession de ce précieux renseignement, j'ai pu livrer le message à temps au lieutenant britannique qui avait établi son quartier général à Beaver Dams. Je vous épargne les détails de ma course. L'important, c'est que FitzGibbon ait pu réagir à temps. En fait, ce sont les Indiens qui sont intervenus en surprenant l'ennemi. Notre camp a donc pu gagner la bataille. À cet égard, je suis indignée par le fait que ce cher lieutenant britannique se soit attribué les mérites de la victoire.

Sur le chemin du retour, il s'est produit un incident qui m'a chaviré le cœur et dont j'évite de parler à James de peur qu'il ne le prenne mal. En effet, je rentrais au hameau avec Benjamin – vous vous souvenez de ce charmant jeune homme qui m'a accompagnée chez vous à York ? Eh bien, figurez-vous que nous avons croisé un militaire grièvement blessé qui s'est affaissé près du chemin. Ce n'était pas un des nôtres. Il s'agissait précisément de Jonathan Crown, l'un des officiers américains qui s'étaient installés chez moi. Et, pour ajouter à l'émoi, c'était celui-là même qui avait empêché qu'un soldat américain nous tue, James et moi, en octobre dernier à Queenston Heights. Jonathan a travaillé comme engagé pour mon père au domaine où j'ai été élevée au Massachusetts. Comme la destinée a parfois de troublantes intentions ! Je crois qu'il m'aimait encore, moi qui ne l'ai jamais aimé. Benjamin et moi n'avons rien pu faire pour le secourir. Il est mort entre nos bras. Avant de fermer les yeux pour toujours, il m'a demandé de faire en sorte que son médaillon soit remis à sa femme, ce que je ferai par l'intermédiaire des prisonniers qui retourneront éventuellement aux États-Unis. J'étais bouleversée…

Bien sûr, j'ai dû expliquer à Benjamin le lien qu'il y avait entre Jonathan et moi, même s'il se résumait à peu de choses. Si vous aviez vu les yeux vengeurs de Benjamin lorsqu'il s'apprêtait à abattre Jonathan ! Le même regard que celui du soldat américain qui avait voulu nous tuer, James et moi. Se peut-il que l'homme soit parfois si cruel envers ses semblables ? Qu'est-ce qui fait que notre cœur s'endurcit ? Je continue à chercher des réponses. Tant et aussi longtemps qu'il y aura la guerre, des questions subsisteront...

Donnez-moi de vos nouvelles, ainsi de votre sœur Anne et de ses amours, de vos parents, de votre frère Grant, de ce qui constitue l'essence de vos journées. Je souhaiterais que vous soyez là à me raconter ce qui vous habite.

Je me suis livrée à des confidences. Très souvent, c'est à mon journal intime que je me confie. Mais de savoir que vous êtes là, à lire ces lignes, à me soutenir dans mes épreuves, me fait du bien. Je vous en remercie.

Avec toute mon amitié,

Laura

Elle se leva de sa table d'écriture. James s'approcha de sa femme, l'air enjôleur.

— Comme tu es belle dans cette robe, Laura !

— Tu n'es pas le premier à me le dire aujourd'hui, James, réagit-elle, coquine.

— Ne me dis pas que Benjamin t'a fait des avances !

— Mary Lawrence et lui sont à la belle étoile. Je les ai entendus bien malgré moi se murmurer des mots doux près de la fenêtre pendant que j'écrivais à Mary Powell.

— Tu écoutes aux fenêtres, à présent ?

— Et toi, petit espiègle, tu écoutes aux portes et tu me fais marcher en plus. Tu vois, j'ai fait des milles pour revenir vers toi...

— Tu ne m'as toujours pas dit de quel prétendant je dois me méfier...

— Du lieutenant FitzGibbon !

— Ah, par tous les diables, je savais que j'avais un rival ! plaisanta James.

— Il est loin d'être séduisant comme toi.

James prit Laura par les bras.

— Aïe ! se rebiffa-t-elle. J'ai des éraflures aux bras et aux jambes.

— Dans ce cas…

Il glissa sa main dans le corsage de sa femme, palpa la poitrine sous la robe blanche.

— Allons dans notre chambre, commanda Laura.

— À vos ordres, mon général !

— Je constate que votre petit soldat est au garde-à-vous, exprima Laura, lorsqu'elle sentit le membre de James contre sa cuisse.

Ils regagnèrent la chambre conjugale qu'ils avaient cédée aux Américains. Laura dégagea lascivement ses épaules et laissa couler sa robe le long de son corps marqué d'égratignures et de meurtrissures.

— Enfin ! poussa James en retrouvant la femme qu'il aimait.

15
La difficile reconnaissance

Au matin, James était assis sur le bord de son lit, l'air absorbé. Laura roula près de lui, un oreiller lui couvrant les seins.

— Il y a longtemps que tu es réveillé ? demanda Laura.

— Hum !

— Pourquoi fais-tu cette tête-là ? Après la nuit torride que nous venons de passer ensemble… Malgré mes éraflures…

— Je crois que ça ne me fait pas de dormir avec une héroïne, dit-il.

— Et pourtant, tu as semblé éprouver un certain plaisir…

Elle voulut l'entourer de ses deux bras, mais il se dégagea, se leva et claudiqua jusqu'à la fenêtre. Coquettement drapée d'une couverture, Laura s'avança vers son mari.

— On devrait se recoucher, James. Les enfants semblent dormir comme des bûches dans leur chambre.

— Tu oublies Benjamin. Il est juste à côté sur la paillasse de quêteux. D'ailleurs, je songe à partir avec lui. Et j'aimerais que tu viennes avec nous. Il faut absolument que nous allions rencontrer FitzGibbon.

— Et pour quelle raison, je te prie ?

— Pour réclamer une compensation, tout simplement.

— Tu crois qu'il sera disposé à nous écouter ? Tu t'illusionnes, mon beau James ! FitzGibbon est plutôt du genre à se glorifier de ses victoires et à oublier qu'il n'en est pas le seul responsable. Que penses-tu que les gens vont retenir de la bataille de Beaver Dams ? Il se passera exactement la même chose qu'à Queenston Heights. Là, c'est grâce aux Indiens de John Norton que les Américains ont été renversés. Et pourtant, c'est Brock qui est considéré comme le héros. Toi-même, tu étais en admiration devant le major général Isaac Brock. Crois-tu que les gens vont savoir que la femme de Secord a couru comme une demeurée pour avertir le lieutenant terré dans ses quartiers généraux à la maison du capitaine De Cew ? Il y a sûrement quelqu'un qui trouvera le moyen de répandre que le lieutenant FitzGibbon avait déjà été prévenu par une de ses sentinelles. Ouvre-toi les yeux, James !

— Réalises-tu que nous ne sommes devant rien, Laura ? À cause de la guerre et des approvisionnements difficiles, l'avenir de notre magasin est très douteux. Comment allons-nous vivre ? Y as-tu pensé ? Oui, je prends du mieux, mais dans ma condition je ne sais pas si un employeur consentira à m'engager. C'est une occasion à saisir, Laura !

— Si je comprends bien, tu es un opportuniste !

— J'aime mieux être traité d'opportuniste que de végéter dans l'anonymat de la pauvreté, Laura ! Avec une famille à faire vivre, en plus…

James regretta de s'être emporté. Il se retourna vers la fenêtre, la mine repentante.

— C'est bon, James, consentit Laura. J'irai avec toi…

Dès lors germa en elle l'idée de remettre elle-même le médaillon de Jonathan à un prisonnier américain. Ainsi, Benjamin ne serait pas mis à contribution. Malgré l'estime et la confiance qu'elle témoignait à l'adolescent, Laura jugea qu'il valait mieux ne pas tout lui dévoiler.

* * *

Après le déjeuner en famille, deux voitures quittèrent la maison des Secord dans un grincement de moyeux. Le temps était clair. Pas d'averse en vue. On ferait un crochet par la résidence de madame De Cew à Beaver Dams pour lui remettre sa berline, et la charrette de James conduirait ensuite les trois voyageurs aux quartiers généraux de Francis de Rottenburg à Burlington Heights dans l'espoir de rencontrer le lieutenant FitzGibbon. Malgré la défaite des Américains, James entretenait certaines appréhensions à entreprendre le voyage. Des grenailles de détachements pouvaient encore subsister même si l'adversaire avait été refoulé dans ses derniers retranchements au fort George. Advenant le cas où l'ennemi se manifesterait, le mousquet de Benjamin servirait à les défendre. L'œil de James demeurait à l'affût.

En passant près du lieu d'enterrement du corps de Jonathan, juste avant de parvenir à la résidence du capitaine, Benjamin et Laura se jetèrent une œillade dont James ne se rendit pas compte. Cependant, Laura ne put contenir ses larmes en voyant la croix de bois qui dominait un petit carré de terre, à proximité des lieux de l'affrontement. Se remémorant sa promesse, elle tâta le médaillon de Jonathan dans sa poche et résolut de le remettre à un prisonnier le plus tôt possible.

— Tu ne te sens pas bien, Laura ? demanda James.

— Je pense à l'engagement qui a eu lieu tout près. Cela m'évoque Queenston Heights, lorsque tu m'as appelée…

James la pressa contre lui.

— Je songe également à ces familles décimées par la perte d'un père mort à la guerre, fût-il un adversaire, compatit Laura.

Catherine De Cew était fort heureuse de faire la connaissance du mari blessé de la messagère et de retrouver Laura de même que le jeune milicien au bandeau rouge – qu'elle ne croyait pas revoir de sitôt, du reste. La berline fut confiée au palefrenier qui se chargea de dételer le cheval et de ranger la voiture dans le hangar. L'hôtesse offrit à ses visiteurs du thé et quelques gâteries.

— Comme ça, Catherine, vous avez réussi à vous libérer des embarrassants Bloody Boys et de leur chef, lança Laura.

— En effet ! Leur présence dans le secteur a été indispensable, j'en conviens, mais le temps était venu pour le lieutenant et ses hommes de retourner à leur garnison.

— Vous avez bien raison, dit James. Par contre, vous conviendrez avec moi qu'il est plus facile de renvoyer des amis britanniques que des ennemis américains.

— Je vous l'accorde, monsieur Secord !

— Vous allez nous excuser, madame, mais nous devons nous rendre à Burlington Heights, déclara James. Je souhaite qu'on m'accorde un petit entretien avec FitzGibbon, acheva-t-il, désirant mettre un terme à la rencontre.

* * *

Les voyageurs parvinrent sans encombre à Burlington Heights. À la garnison, les chevaux n'avaient pas aussitôt annoncé l'arrivée de la charrette par des hennissements et des ébrouements que des soldats sifflèrent comme des gamins à la vue de la jeune femme. Benjamin s'offrit gentiment pour faire descendre les passagers. Laura tendit les béquilles à son mari et l'aida à se déplacer vers le mess des officiers. Déterminé à faciliter les choses à ses amis, Benjamin avait décidé de demander lui-même audience à FitzGibbon. Il frappait à la porte du bureau du lieutenant lorsqu'un sous-officier lui apprit que FitzGibbon se trouvait dans le bureau du baron Francis de Rottenburg.

Benjamin alla prévenir les Secord :

— Nous devons patienter à la porte du bureau de FitzGibbon.

— Si tu penses que je vais poireauter à cette porte alors que nous pouvons lui parler maintenant, tu te trompes royalement, s'emporta James.

Soutenu par ses béquilles, l'invalide progressa vers le bureau du baron.

— James, que fais-tu ? Reviens, tu vas tout gâcher ! dit Laura, tentant de le retenir.

Mais son mari avait déjà pénétré dans le bureau du major général. Laura et Benjamin hésitèrent d'abord à le suivre puis se dirigèrent vers la pièce dont la porte était restée grande ouverte. James avait pris place à côté du lieutenant FitzGibbon, devant le baron de Rottenburg. Une bouteille de rhum trônait sur le secrétaire.

— Mais qui est cet hurluberlu à béquilles qui se permet une intrusion dans mon bureau ? interrogea Rottenburg en se cambrant sur sa chaise et en allongeant ses bras sur le secrétaire.

— Je ne le connais pas plus que vous, répondit FitzGibbon.

— Je suis le mari de la messagère qui a risqué sa vie pour la patrie, débita James d'un ton rogue.

— James ! s'écria Laura, avançant d'un pas dans le bureau alors que Benjamin se tenait en retrait dans le couloir.

— Parbleu ! s'exclama le baron. Voulez-vous bien me dire ce que signifie toute cette comédie ? On dirait une maman venant de retrouver le petit garçon qui lui avait échappé, ajouta-t-il en ricanant. Vous connaissez cette dame, FitzGibbon ?

— Heu… non.

— Comment cela, non ? s'indigna Laura, posant rageusement les poings sur les hanches. C'est moi qui vous ai prévenu, à la maison du capitaine De Cew où vous aviez établi votre quartier général, de l'attaque imminente des Américains.

— Qu'est-ce que c'est que cette histoire ? dit le major général, se levant de sa chaise.

Il s'éloigna, l'air interrogateur. James s'appuya sur le secrétaire et entreprit d'expliquer :

— Ma femme est partie de notre maison à Queenston où nous logions des officiers américains…

Il narra les faits le plus justement possible dans l'espoir de convaincre le major général qui semblait l'écouter avec respect. Ce dernier sortit de la poche de sa veste sa tabatière, en souleva le couvercle et y plongea ses longs doigts fins. Il en retira un zeste de tabac, qu'il porta à son nez aristocrate, et le huma avec délices.

— Par tous les diables ! s'emporta James. Vous auriez préféré que le lieutenant-colonel Charles Boerstler vous écrase, envahisse la péninsule et remonte jusqu'à la capitale ?

— Parlons-en de ce cancre de Boerstler ! lança Rottenburg d'un ton réjoui. Il est tombé dans une embuscade, l'imbécile. Je parie qu'il sera relevé de ses fonctions par le ministre de la Guerre. Pour l'instant, nous lui avons réservé une place à l'ombre !

Le lieutenant FitzGibbon ingurgita bruyamment une lampée de rhum, manifestant ainsi son plaisir.

— Si nous avons pu contrer l'ennemi, c'est grâce à la vigilance de mes sentinelles et à l'expertise de mes hommes, allégua-t-il.

— Au lendemain de la bataille, nous avons mangé à la même table dans la maison du capitaine De Cew, riposta Laura. Rappelez-vous, lieutenant.

— S'il se trouve des inconscients qui visitent leurs amis malgré le danger qui persiste, cela les regarde, dit FitzGibbon. Ne l'oubliez pas : nous sommes en guerre, madame !

— Que voulez-vous à la fin ? s'interposa Rottenburg.

— Que l'on nous accorde une compensation monétaire, exposa James. Et cela passe par une reconnaissance de l'acte héroïque de ma femme. Je trouve que nous avons bien assez pâti à cause de cette maudite guerre. J'ai combattu sous les ordres d'Isaac Brock lors de la bataille de Queenston Heights et j'ai été blessé. Nous avons une famille à faire vivre, major général.

Le baron parut sensible aux arguments de James. Mais FitzGibbon revint à la charge :

— Vous perdez votre temps. N'importe quel paysan peut réclamer de l'argent. Il n'y a rien à faire. Retournez paisiblement à Queenston, maintenant que nous avons sécurisé la région, conclut-il, condescendant.

Altier, le baron de Rottenburg posa la main sur le baudrier de l'épée qu'il arborait fièrement, prit une inspiration et s'adressa au couple :

— Vous pouvez disposer.

Insultés, Laura et James sortirent de la pièce.

— J'ai tout entendu, dit Benjamin. C'est révoltant !

— C'est inconcevable ce qui nous arrive ! ragea Laura.

— Je ne te le fais pas dire, Laura ! Si ça ne te dérange pas, avant de nous en aller, j'aimerais passer au baraquement pour rencontrer d'anciens compagnons d'armes, décida James. Il y en a sûrement qui me reconnaîtront. Benjamin va venir avec moi. Mais toi, que vas-tu faire en attendant ?

— Je vais patienter devant le mess des officiers.

Laura ne pouvait en demander autant. Elle aurait toute la latitude voulue pour agir seule. Il suffisait à présent de convaincre un piquet de garde de l'aider à retrouver le lieutenant-colonel Charles Boerstler et de lui remettre à celui-ci le médaillon. En cas de refus, elle pourrait s'adresser au major Edward Askin ou au capitaine Dave Follet. À moins qu'ils n'aient été tués ou blessés…

Quelques soldats déambulaient dans la cour, mais elle ne leur prêta aucune attention. Deux femmes au tablier noué à la taille et coiffées d'un bonnet tiraient un tombereau de victuailles. Laura continua à marcher d'un pas décidé comme si elle connaissait les lieux. Elle s'approcha d'un bâtiment situé un peu à l'écart, le long d'un rempart de la forteresse.

— Où allez-vous ? s'enquit un garde qui l'apostropha durement en lui barrant la route avec son mousquet.

— Je cherche le lieutenant-colonel Boerstler. J'ai un objet à lui remettre en mains propres, répondit Laura, braquant son regard dans les yeux bleus du piquet.

— De la part de qui, je vous prie ?

— D'un soldat américain tombé au combat à Beaver Dams.

— Personne n'a l'autorisation de voir les prisonniers, madame.

Laura sortit le bijou de sa poche et le montra à l'homme.

— Regardez, soldat. Ce n'est qu'un médaillon. Si vous mouriez au combat, votre épouse aimerait probablement le savoir. Le tourment de l'inquiétude de la mort est parfois plus insupportable que la mort elle-même.

Le jeune militaire déposa son fusil, prit le joli médaillon dans le creux de sa main, en admira la beauté au soleil qui luisait et le remit à Laura.

— Je n'ai pas d'épouse ; je suis fiancé. Mais je peux comprendre.

— Ça ne sera pas long, plaida la visiteuse. À moins que vous ne remettiez le bijou vous-même à Boerstler ?

— Non, non ! Allez-y, mais dépêchez-vous.

— Merci beaucoup. Vous êtes très gentil !

Le gardien déverrouilla la lourde porte grillagée qui grinça sur ses gonds de fer. Il entra dans la prison et entraîna la femme dans un espace sombre et malodorant qui l'assaillit à la gorge. Elle imagina le visage cireux et jaunâtre qu'elle devinerait dans la noirceur. Le gardien lui indiqua la cellule du prisonnier et se retira à l'extérieur.

— Lieutenant-colonel ? Je suis Laura Secord, la dame chez qui vous avez soupé avant votre dernière bataille.

— Allez-vous-en ! Je n'ai rien à vous dire…

— J'ai un petit service à vous demander au nom de Jonathan Crown.

— Fichez le camp, je vous dis !

Laura fut tentée de rebrousser chemin.

— C'est à cause de vous si nous avons été vaincus à Beaver Dams.

Un flux de culpabilité envahit la visiteuse. Elle ravala et baissa la tête. Elle eut envie de dire que c'était la patrie des Américains ou bien la sienne, qu'elle ne se considérait pas comme une traîtresse, mais elle se retint.

— Vous n'avez aucune preuve, lieutenant-colonel ! Quelqu'un m'aurait vue, m'aurait entendue.

— Je ne vous crois pas, madame Secord !

— Quoiqu'il en soit, je fais cette démarche pour la veuve de Jonathan Crown, pas pour moi. Et je sais que vous retournerez aux États-Unis après votre incarcération.

— Qu'attendez-vous de moi exactement ? céda l'officier.

— Tenez, prenez le médaillon, dit-elle, glissant le bijou à travers les épais barreaux.

— Comment l'avez-vous obtenu ?

— Jonathan était palefrenier au domaine de mon père jusqu'à ce que nous quittions le pays de nos ancêtres. Le hasard de la guerre a voulu que l'on se retrouve et qu'il réside dans ma maison un certain temps pendant l'occupation. À Queenston, nous vivions comme de purs étrangers. Rien, absolument rien ne devait transparaître dans nos relations quotidiennes. Nos nations ennemies et le climat de la guerre empêchaient toute tentative de rapprochement. Cependant, à la veille de l'inévitable affrontement, avant de quitter Queenston pour Beaver Dams, il m'a chargée de faire parvenir son médaillon à sa femme Sharon, mentit Laura.

— Savez-vous s'il a été tué ?

— Comment pourrais-je le savoir ?

Elle avait déformé la réalité. Dévoiler sa rencontre avec le blessé qui gisait au bout de son sang aurait permis à Boerstler de déduire qu'elle s'était effectivement rendue à Beaver Dams.

— Le temps est écoulé, madame ! annonça le gardien.

— À présent, je dois vous quitter, lieutenant-colonel. Je prie pour que nos nations puissent vivre dans la paix et l'harmonie. Bonne chance, monsieur Boerstler.

La lourde porte grillagée de la prison s'ouvrit dans un grincement sinistre. La messagère amorça un pas vers la sortie.

— Madame Secord !

Laura tourna la tête :

— Oui ?

— Merci! lança Boerstler. Vous êtes une femme de cœur et de courage.

Comme convenu, Laura alla attendre devant le mess des officiers, à l'air plus respirable. Elle était tourmentée par des réflexions qui la faisaient frémir de rage. Ce qu'elle s'était acharnée à défendre devant FitzGibbon, elle l'avait caché à Boerstler. Mais ce qui lui faisait le plus mal, c'était de laisser la femme de Jonathan dans la douleur de l'espoir alors qu'elle avait enterré son corps. Elle ressassait ces pensées lorsque James et Benjamin arrivèrent, un peu guillerets. Elle comprit qu'ils avaient célébré avec des camarades miliciens.

Le temps était venu de rentrer à Queenston.

* * *

Les enfants manifestèrent beaucoup de joie au retour de leurs parents, en particulier à l'égard de leur père qui couvait sa progéniture en permanence alors qu'un chef manquait dans la plupart des familles. Peu à peu, Mary Lawrence, Harriet, Charlotte et Charles s'étaient habitués aux absences ponctuelles de leur mère lors de ses petits voyages ou de ses engagements. Mais chaque fois qu'elle s'éloignait de sa maisonnée, Laura devait lutter contre ces bouffées de culpabilité qui la tenaillaient. À son retour de Burlington Heights, elle était heureuse de retrouver les siens et confiante de rétablir le climat familial en rassemblant ses rejetons sous ses jupes de ménagère.

Les officiers américains avaient abandonné leur avant-poste au grand soulagement de Laura et de James. Le hameau de Queenston était libéré de la présence militaire. Par contre, ses habitants étaient privés de sa vie économique habituelle. James n'entrevoyait pas le jour où son commerce ouvrirait à nouveau ses portes. Les bateaux n'accostaient plus au petit port pour déverser leur marchandise. Pour ce qu'il en restait, les tavernes et les auberges étaient pratiquement toutes fermées. De plus, la banque était close, le magasin général, dépouillé, et la chapelle du pasteur Grove, en ruines. La guerre ne faisait pas que tuer, blesser ou emprisonner des soldats : elle empêchait les affaires, anéantissait le gagne-pain des survivants et réduisait le peuple à une vie misérable. Beaver Dams n'avait été qu'un épisode parmi d'autres. Combien en faudrait-il encore pour que les ministres de la Guerre et les généraux décident de mettre un terme au conflit ?

Malgré tout, et cela la réjouissait, Laura pouvait désormais se consacrer à ses tâches quotidiennes dans une apparente normalité. L'entretien du potager était devenu une priorité. Même les plus jeunes étaient mis à contribution pour le sarclage et l'arrosage. Plus que jamais, la ménagère comptait sur les légumes qu'elle en récolterait. Ce qui ne serait pas consommé au quotidien serait mis en conserve à l'automne. On faisait également pousser des plantes médicinales qu'on ferait sécher en prévision de l'hiver. Le docteur Bailey ne serait pas là pour prodiguer ses conseils et distribuer les feuilles de menthe verte contre les rhumes, les feuilles de plantain à appliquer en cataplasme sur les écorchures et les plaies non cicatrisées, et les herbes trempées dans le vinaigre à étendre sur les contusions et les enflures. On glanerait aussi tous les petits fruits du voisinage et cueillerait des pommes, des pêches et des prunes, quitte à se rendre à Niagara à la ferme familiale.

Laura se préoccupait de Maggy Springfield qu'elle pouvait difficilement visiter dans les circonstances. Elle avait hâte de revoir sa belle-sœur Hannah et sa nièce, la promise de Charles, son frère. Elle se rendait le plus souvent possible chez madame Vrooman pour lui remettre quelques denrées ou simplement pour converser. En échange, la voisine l'invitait à passer des bouts de soirée chez elle. Pendant que les enfants s'amusaient ensemble, les deux femmes bavardaient. Tout en parlant, madame Vrooman filait la laine de ses gros doigts étonnamment agiles.

* * *

À la fin d'août, Laura reçut enfin une lettre de Mary Powell, apportée par un postillon qui assurait la distribution du courrier depuis qu'un certain calme était revenu dans la péninsule. Mary Lawrence et Harriet poussaient les deux plus jeunes sur les balançoires que leur père avait bricolées. James regardait ces petites frimousses qui éclataient de joie à chaque poussée. Harriet délaissa l'escarpolette, s'empara du pli et courut vers sa mère à l'étable. Laura cessa de traire la vache. Elle essuya ses mains sur son tablier et prit l'enveloppe que sa fille lui tendait. Avec fébrilité, elle glissa son doigt sous le rabat, en extirpa la lettre, la déplia et lut :

Très chère amie,

Encore une fois, le mois dernier, York a subi l'occupation de l'armée américaine. Les troupes britanniques avaient quitté l'endroit et l'ennemi avait beau jeu d'investir la capitale par la voie des eaux. Je ne peux pas dire que je me suis faite à l'idée, mais j'apprends à vivre dans une relative liberté. Heureusement pour les habitants de la ville, nous pouvons compter sur le cran et la prestance du pasteur Strachan qui parle haut et fort et ne craint pas d'exiger le respect de l'envahisseur et des cambrioleurs pour éviter le pillage. Mon père s'est peu manifesté lors des événements. En revanche, mon frère Grant a su agir en porte-parole respectable pour la défense des citoyens. Il a monté d'un cran dans mon estime. Cela compense, en partie à tout le moins, la monumentale bavure dont vous avez été victime lors d'un triste-ment mémorable voyage de retour à Queenston.

Comme tout le monde, j'ai appris la victoire des Britanniques à Beaver Dams. Il paraît que le lieutenant FitzGibbon a manœuvré avec intelligence et efficacité dans l'affrontement. J'ai pensé à vous et à votre famille, car des chenapans et des militaires patrouillaient dans votre secteur. Par ailleurs, je sais qu'il y a eu depuis des raids, des escarmouches et d'autres affronte-ments, notamment à Black Rock, à Fort Meigs, à Plattsburgh ainsi que sur l'océan et sur les eaux du lac Ontario. Pour le moment, réjouissons-nous que l'envahisseur soit contenu au fort George. À ce propos, l'adminis-trateur civil et militaire de la province, le baron Francis de Rottenburg, a tenté de reprendre la forteresse en rassemblant des troupes pour faire pression, mais la tactique n'a eu aucun effet sur les Américains. Selon mon père (que ma mère appelle affectueusement Mister P.), le baron manque de colonne vertébrale, et cet homme maniéré qui se réclame de l'aristocratie a plus d'aptitudes pour choisir les bons vins, déguster des plats raffinés et priser son tabac. J'admets que cela n'est pas très élogieux pour Rottenburg. Et avec semblable dirigeant, je ne sais pas trop à quoi nous devons nous attendre dans les prochains mois…

Anne se pâme toujours pour John Beverley Robinson. Elle le tient en adoration. À titre de procureur général, John a été chargé d'instruire une cause civile concernant dix-huit renégats. Parmi eux se trouvaient des miliciens que le major général de Rottenburg voudrait bien voir traduits en cour martiale. On verra qui l'emportera, John ou le «précieux». De l'avis de Mister P., il y a un être bien pire que tous ces Judas : c'est Willcocks, le traître par excellence. Mon paternel soupçonne que l'homme a traversé la frontière pour renseigner l'ennemi. La crapule en est bien capable !

Un certain défaitisme m'envahit parfois lorsque je pense aux attaques inlassables de l'adversaire. Toutefois, j'aimerais terminer ces lignes sur une note positive en songeant à vous et à votre famille.

Avec mes profondes amitiés,

Mary Boyles Powell

— Mère, de qui est cette lettre ?

— De Mary Powell, une amie de York, ma fille.

— Oui, je me rappelle, vous en avez déjà parlé. J'aimerais tant pouvoir être capable de lire cette lettre !

— Il ne faut pas commettre d'indiscrétion, Harriet. Mais si tu le veux bien, je vais reprendre mes bonnes habitudes. Si tu m'aides à préparer le souper, sitôt après, je m'installerai avec toi pour continuer ton apprentissage de la lecture, c'est promis !

Laura enfouit le pli dans sa poche et acheva la traite.

* * *

Début octobre, malgré le temps frais, James proposa de se rendre aux vergers chez ses parents qu'il n'avait pas vus depuis plusieurs lunes. Son père étant rendu à un âge avancé, James estima qu'il valait mieux ne pas trop retarder sa visite à Niagara. Et puis, son voyage à Burlington Heights lui avait démontré qu'il pouvait parcourir un bon bout de chemin en charrette sans aggraver sa blessure au genou ou même en retarder la guérison. Il avait pris soin de ne pas apporter ses béquilles pour ne pas créer de commotion chez sa mère. Comme à l'accoutumée, Laura entretenait certaines réticences à visiter sa belle-mère. Malgré tout, elle avait d'emblée accédé à la demande de son mari. Pour leur part, les enfants n'avaient pas trop regimbé à l'idée de revoir leurs grands-parents.

Serré contre son père, Charles tenait les rênes de ses petites mains d'enfant de quatre ans tandis que James se remémorait son travail dans les vergers au temps de l'esclavage ; il songeait à Elliot, à Tiffany et à tous les autres. Mary Lawrence fredonnait des airs que Benjamin jouait au violon dans les soirées. Pourtant, elle n'avait pas entendu la musique de son amoureux depuis belle lurette. Laura racontait des histoires à Charlotte et à Harriet, en s'arrêtant de temps en temps pour se rappeler le visage d'Appolonia, sa petite qui lui manquait tant.

Les chevaux avaient ralenti le pas, mais la voiture arriverait un peu avant le dîner. À en croire les derniers jours qui s'étaient refroidis, le frisquet d'automne laissait présager un hiver long et froid. Dans les plantations, on avait hâté les récoltes. Tout ce qui n'avait pas été consommé avait été mis en gelées, marmelades ou confitures, ou simplement descendu dans les caveaux à fruits et à légumes. Les vergers dégarnis offraient à présent leurs branches squelettiques. Les chevreuils se délecteraient des fruits gelés et oubliés. Bientôt, peut-être, les travailleurs de la plantation verraient leurs pas dans la neige.

Des employés et leur famille entourèrent la charrette des arrivants. James distribua des poignées de main et reçut de chaleureuses accolades. On accueillait aussi Dame Laura, celle qui avait épousé la cause des Noirs. Alertée par la clameur du rassemblement, la mère de James sortit dans la cour, un châle jeté sur ses épaules voûtées.

— James! Mon petit! s'écria la vieille dame dont la voix écorcha les oreilles de Laura.

Le cœur palpitant, madame Secord promena un regard circulaire sur les passagers de la voiture. Puis elle tendit les bras vers son fils. James descendit laborieusement de la charrette.

— Oh, mon Dieu! Tu es blessé, mon enfant!

— Ce n'est rien d'autre, mère, qu'une légère blessure que je me suis infligée en bricolant, expliqua-t-il mensongèrement.

Madame Secord prit le visage de son fils entre ses mains, le couvrit de baisers. Ils entrèrent tous deux dans la maison. Une domestique entrouvrit la porte et invita les autres visiteurs à la suivre.

La maîtresse de maison accaparait son garçon:

— Depuis le temps, James, il m'est passé toutes sortes d'idées dans la tête. J'ai cru que… Enfin, tu es là, c'est ce qui compte, dit-elle, croisant les mains sur sa poitrine. Assois-toi, tu ne peux rester debout dans un état pareil.

James claudiqua jusqu'à la chaise berçante. Charles s'amena près de son père.

— Attention! dit Madeleine Secord.

Le garçonnet essaya de s'asseoir sur son paternel.

— Laura, faites quelque chose, lança madame Secord de sa voix de crécelle. Charles n'a pas l'air de comprendre qu'il faut ménager la jambe de son père.

— Mon mari est assez grand pour prendre soin de lui-même, madame Secord.

— Si vous étiez prise comme lui, Laura, vous aimeriez…

— Ne vous disputez pas, intervint James.

Décontenancée par la répartie de son fils, Madeleine Secord se tourna vers une domestique.

— Mettez le couvert en conséquence, dit-elle, retrouvant son humeur joyeuse.

Lourdement appuyé sur sa canne, monsieur Secord fit son apparition, plus grincheux que jamais.

— Comment se fait-il que tu sois ici au lieu de servir ta patrie dans la milice, mon garçon ? Tu es un bel exemple de déshonneur pour tes enfants.

— Par tous les diables, père, vous parlez à travers votre chapeau ! fulmina James.

C'en était trop. Laura ne put se contenir plus longtemps. Ses yeux noisette s'arrondirent d'indignation.

— Vous n'avez pas la moindre idée de ce que nous avons vécu, jeta-t-elle d'un ton tranchant. En octobre de l'an dernier, James s'est engagé sur les hauteurs de Queenston. Il n'a pas osé vous le dire, mais c'est là qu'il s'est blessé à la jambe, ce qui l'a immobilisé pendant des mois. Ce n'est pas de la frime, vous savez ! Et vous n'avez pas l'air de savoir non plus que notre demeure a servi de quartier général pour les officiers américains qui ont planifié l'attaque de Beaver Dams.

L'emportement de Laura avait impressionné ses enfants. Charlotte et Harriet regardaient à présent leurs grands-parents comme des méchants tandis que Mary Lawrence contenait sa rage, elle qui appuyait ses parents de tout son cœur.

— Pauvre James ! se troubla madame Secord, qui se rendit à la chaise berçante.

James repoussa sa mère en braquant sa main devant lui.

— Non, mère, je n'ai pas besoin de vos pleurnichages.

— Dis quelque chose, avança la châtelaine, invoquant l'intervention de son mari.

Monsieur Secord s'assit pesamment sur une chaise.

— Que veux-tu que je dise, Madeleine ? Tu n'es pas obligée de le plaindre comme s'il était encore tout petit. De mon côté, j'admets que je n'ai rien à reprocher à notre fils. Je reconnais qu'il a fait son devoir, bien mieux que Dick et Anthony.

Les esprits échauffés se refroidirent. Mais James n'avait pas vidé la question.

— Laura ne s'en vantera pas, mais elle m'a sauvé la vie en me ramenant à la maison alors que j'avais subi des blessures à l'épaule et au genou dans l'engagement contre les Américains à Queenston Heights. Je ne connais pas beaucoup de femmes qui en auraient fait autant pour leur mari blessé.

— Tu étais certainement déjà hors de danger, émit platement madame Secord.

— Madeleine !

— Mère, comme vous pouvez être méchante ! dit James. Et jalouse, en plus. Vous n'avez jamais accepté que votre fils chéri puisse être aimé d'une autre femme que vous !

— James ! Je t'en prie, tu vas un peu loin… remarqua Laura.

Toujours animé de la même ferveur, James s'adressa à ses parents :

— Peut-être seriez-vous intéressés d'apprendre que, grâce à votre belle-fille, nous ne sommes pas tombés entre les mains des Américains à Beaver Dams ?

Madeleine Secord secoua la tête, ébranlée par les propos de son fils.

— Vous ne nous avez pas tout dit alors, dit Harriet qui regarda avec insistance ses parents.

— Viens ici, ma cocotte, papa va t'expliquer, dit James en souriant à sa fille. Mary Lawrence et toi, vous êtes assez grandes pour comprendre.

L'aînée s'approcha aussi de son père qui relata succinctement les faits.

Monsieur et madame Secord demeurèrent bouche bée jusqu'à la fin du récit. Le châtelain suggéra qu'on fête les retrouvailles et le courage chevaleresque de Laura. Cependant, la châtelaine ne l'entendait pas ainsi…

16
Un feu sur la neige

Quelques jours plus tard, les journaux de la capitale annoncèrent que les Indiens avaient été mis en déroute à Moraviantown et que le grand chef Tecumseh avait été tué dans un corps à corps sanglant sur le champ de bataille. Le mois précédent, le légendaire personnage avait déclaré : « Nos vies sont entre les mains du Grand Esprit. Nous sommes déterminés à défendre nos terres et nous laisserons nos os sur celles-ci, si telle est sa volonté. » « Sa mort constitue une tragédie pour les Autochtones, commenta un éditorialiste. Désormais, le destin des Premières Nations est scellé et rien ne freinera l'inexorable colonisation des Blancs. »

Lors de l'affrontement, les hommes en tuniques rouges avaient battu en retraite dans une totale confusion. Le gouvernement britannique devait dorénavant considérer l'éventualité de perdre tous les territoires du Haut-Canada à l'ouest de Kingston. De leur côté, les Américains exultaient. Ils avaient remporté la bataille et certains se disputaient la paternité de la mort de Tecumseh. Après plusieurs défaites, le moral des troupes américaines avait remonté. Cependant, on espérait bien davantage.

À la fin d'octobre, forts de leur victoire, les Américains tentèrent une nouvelle offensive. Par le lac Champlain, ils descendirent le long de la rivière Châteauguay vers le fleuve Saint-Laurent. Toutefois, ils étaient attendus par les Voltigeurs canadiens sous les ordres du lieutenant-colonel Charles-Michel de Salaberry. Grâce à la débrouillardise et à l'incomparable bravoure de ce dernier, les Américains durent se replier, abandonnant beaucoup de morts et de blessés sur le terrain. Ainsi, les Canadiens réussirent à contrer la progression de l'armée américaine vers Laprairie et l'empêchèrent possiblement d'atteindre Montréal et Québec.

* * *

Début décembre. Laura et James avaient lu tous les articles qu'ils avaient pu dénicher et avaient cherché à se renseigner auprès des passants qui s'étaient arrêtés à Queenston par voie de terre – il était risqué d'emprunter la Niagara à cause de ses glaces en formation, mais surtout parce qu'elle était soumise à la vigilance des ennemis. Benjamin n'était pas revenu chez les Secord depuis la fin de septembre. Mary Lawrence ignorait s'il avait pris part à l'engagement de la rivière Thames, à Moraviantown.

Les premières neiges d'octobre étaient demeurées au sol et le ciel continuait de saupoudrer sa chapelure blanche. Le bois de chauffage était devenu très prisé par l'armée et les colons. Les fermiers n'avaient pu faire des réserves à temps pour l'hiver. Il n'était pas rare de voir des gens brûler leurs clôtures et voler celle des autres pour se chauffer. Laura avait préparé beaucoup de conserves avec sa grosse voisine. Madame Vrooman avait d'ailleurs persuadé James d'abattre sa picouille. La viande chevaline serait partagée entre les deux familles pour éviter la famine. Et comme si cela n'était pas suffisant, le malheur devait s'abattre plus férocement sur les habitants de la péninsule.

Toute la nuit, le froid avait fait craquer les branches, le vent avait chahuté sa complainte et emporté dans ses rafales la neige folle. Au matin de cette journée glaciale du 10 décembre 1813, la maisonnée était restée longtemps sous les couvertures. Laura avait tardé à se lever pour mettre des bûches dans la cheminée. Elle achevait maintenant de faire déjeuner les petits. Mary Lawrence et Harriet avaient commencé à débarrasser la table. Charlotte et Charles pignochaient dans leur assiette. James sirotait son thé aromatisé à la mélisse. Il était absorbé dans un journal de la semaine précédente.

— Mes amours, si vous ne mangez pas vos croûtes, buvez votre lait pour finir votre repas, au moins, exigea Laura.

— Par tous les diables! s'écria James. On annonce la nomination du lieutenant-général Gordon Drummond en remplacement du baron Francis de Rottenburg. Il est grand temps que la province se libère de ce pédant ridicule qui n'a aucun sens de l'initiative et qui maintient le Haut-Canada dans un état de dépendance permanent.

— Après tout ce que nous avons vécu de bouleversant ces derniers temps, tu ne penses pas que nous avons plutôt besoin de stabilité et de tranquillité? réagit Laura. Qu'on nous laisse passer l'hiver en paix. Il faudrait que refroidissent tes ardeurs belliqueuses, James.

— Ne t'en fais pas, ma Laura. Il fait un temps à ne pas mettre un chien dehors. Pour le moment, il ne se passera pas grand-chose, mais attends un peu que la température se radoucisse.

C'est alors qu'on frappa à la porte de la maison avec insistance. Les enfants effrayés se pressèrent contre leur père. Laura prit dans l'armoire le fusil que James avait acquis depuis la confiscation du sien par le major Askin et se rendit à la porte.

— Niagara est en feu! lança un petit homme rondouillard, une tuque de laine enfoncée jusqu'aux yeux.

Laura déposa son arme.

— Venez vous réchauffer! proposa-t-elle au visiteur.

L'inconnu entra, secoua ses grosses bottes de neige et s'assit au banc de la table. Il déboutonna son manteau, enleva ses mitaines et se frictionna les mains.

— Les Américains ont fait toute une saloperie! haleta-t-il. Des soldats couraient dans les rues pour nous prévenir: «Tout le monde dehors!» Ils criaient comme des forcenés. Quinze minutes plus tard, le feu s'emparait des habitations.

Laura servit une tasse de thé fumant au visiteur. Ce dernier prit quelques gorgées et se leva.

— Vous ne pouvez pas vous en aller comme cela ! dit James.

— Tout le monde se sauve. J'ai eu peur qu'on me tire dessus après qu'on eut incendié ma bicoque. En route, je me suis arrêté à quelques chaumières pour prévenir les habitants de ce qui se passait à Niagara et qui risquait de leur arriver.

— Mais où irez-vous ? s'enquit Laura.

L'homme était rendu à la porte. Il avait déjà boutonné son manteau et remis ses mitaines.

— J'ai de la parenté à Chippawa, répondit le rondouillard, roulant ses yeux horrifiés sous le rebord de sa tuque.

L'inconnu n'avait pas aussitôt traversé le seuil de la demeure que Laura accrocha son tablier et chaussa ses bottes fourrées.

— Non, Laura ! Ne me dis pas que tu vas secourir les habitants de Niagara ?

— Ma sœur Elizabeth a besoin d'aide, je le sais…

— Par tous les diables ! Tu vas te foutre dans un sale pétrin au risque de ta vie, Laura !

— Je vous en conjure, mère, écoutez papa pour une fois ! intervint Mary Lawrence.

— Tu apprendras, ma grande, qu'on ne peut abandonner ceux qu'on aime à un sort si effroyable, dit Laura avant de presser la clenche de la porte arrière.

En un rien de temps, elle avait attelé les chevaux à la carriole qui glissait maintenant vers Niagara sur ses patins de frêne.

Bien emmitouflée dans sa cape doublée, Laura fonçait dans la froidure aussi vitement que le petit trot des bêtes pouvait le supporter. Niagara se trouvait seulement à quelques milles, mais arriverait-elle à temps chez le docteur Priestley, là où résidait sa sœur Elizabeth ?

Elle rencontra plusieurs miséreux mal fagotés transportant sur leur dos des ballots de linge ou courant avec des petits qui braillaient dans leurs bras. Elle aurait aimé s'arrêter, les faire monter dans sa voiture et les emmener dans la chaleur de son foyer. Mais tant que son attelage pouvait résister à l'étouffement du froid, à l'impitoyable morsure du gel, elle se devait de poursuivre jusqu'au lieu du sinistre. Plus elle avançait sur la route enneigée, plus elle croisait des traîneaux bondés de gens lui faisant signe de rebrousser chemin et des voitures encombrées d'objets hétéroclites dans des aboiements de chiens déboussolés. Laura continuerait tant et aussi longtemps que ses yeux ne rencontreraient pas ceux d'Elizabeth.

La carriole obliqua légèrement avant de s'engager dans la côte. Au sommet, devant Laura, un immense brasier crachait ses flammes, envoûtées par des panaches de fumée qui tourbillonnaient au faîte des maisons. Une horde de désespérés irradiaient vers les villages voisins. Horrifiés, les habitants s'enfuyaient de la petite ville en poussant des cris de frayeur.

L'intrépide Laura sentit une chaleur couvrir son visage. Le feu intense interdisait de s'approcher à moins de cent pieds des habitations et les chevaux refusaient d'avancer. Elle se découvrit de son capuchon puis délaissa sa banquette en sauta de la carriole et chercha un arbre pour attacher les rênes. Des hommes, des femmes et des enfants couraient dans tous les sens, émergeant des demeures encore épargnées avec des brassées de vêtements, des pièces de mobilier, des effets personnels de toutes sortes, dans un bruit métallique de casseroles qui s'entrechoquaient et de pleurs de petits qui cherchaient leur mère. Les guides sur le dos, des chevaux épouvantés tiraient des carrioles ou des charrettes sans conducteur. Des soldats armés vociféraient des ordres au bout de leur fusil, insensibles au malheur qu'ils avaient provoqué. Des malades gisaient au bord des rues. Des vieillards se lamentaient, de peur qu'on les abandonne à leur propre sort. Des glaçons de larmes coulaient sur le visage des enfants égarés. Une véritable apocalypse !

Dans l'affolement, Laura chercha à repérer la demeure du docteur Priestley. Son regard balaya les alentours et se porta vers les murs de brique échancrés de l'église St. Mark que le feu achevait de consumer. Seuls le clocher carré dominant et des pans de murs résistaient au désastre. Elle songea au pasteur Addison, si fier de son lieu de culte et qui devait croupir dans une prison quelque part aux États-Unis, peut-être dans la même que le capitaine De Cew. La maison du docteur n'était pas très loin. La fumée étouffait Laura, l'aveuglait. Elle resserra les pans de sa cape et s'éloigna de son attelage en courant vers le bout d'une ruelle plus tranquille. Elle se retourna vers son attelage. Les chevaux semblaient maintenant incommodés par la fumée et une pluie de brandons de feu s'abattait sur eux. Elle se dépêcha. Au tournant, ses yeux aperçurent l'horreur, ce que jamais sa raison n'aurait osé imaginer ! Elle avait vu la monstruosité des champs de bataille sur les hauteurs de Queenston, les blessés qui agonisaient, les êtres dont la vie avait été réduite à néant. Tout cela, au nom du pouvoir, de la liberté. Que de haine, que de vengeance ! Se pouvait-il que les humains soient si cruels ? Là, droit devant, à quelques dizaines de pieds, vêtu de noir, l'ignoble Joseph Willcocks brandissait une torche enflammée et entraînait de sa voix nasillarde une meute de comparses ensorcelés poussant des rires sataniques. Laura se sentit défaillir. C'est à ce moment qu'elle entendit quelqu'un l'appeler.

Elizabeth ainsi que monsieur et madame Priestley s'amenaient vers elle. Devancé par la sœur de Laura, le médecin traînait un coffre qu'il faisait glisser sur la neige durcie tandis que la grasse madame Priestley avançait à pas de tortue, dodelinant de la tête au rythme de ses sanglots. Elizabeth courut vers Laura. Les sœurs s'embrassèrent.

— Je suis venue vous chercher, Elizabeth. Faisons vite, il faut déguerpir de ce brasier infernal.

Les lèvres tremblantes de froid et d'émotion, Elizabeth se pressa vers madame Priestley qui s'accrocha à elle. En voyant le docteur s'échiner et à bout de souffle, Laura décida de pousser le coffre pour le faire avancer plus rapidement.

— Mon attelage est là, tout près, au tournant de la rue, avisa Laura pointant de sa mitaine dans un nuage de fumée.

Soudain, d'intenses flammes jaunâtres embrasèrent le traîneau de Laura qui se détacha de l'arbre, emporté par les chevaux en furie dans un ricanement de voix démoniaque. «Trop tard! se dit-elle, le feu a gagné ma carriole; le diable achève bien son ouvrage!» Momentanément découragée, en proie à des pleurs, elle se retourna vers ceux qui l'accompagnaient. Elle baissa la tête mais se ressaisit rapidement. On entendit un énorme vacarme. Les yeux se tournèrent vers l'église St. Mark. L'embrasement avait atteint l'ultime refuge de l'enceinte. La cloche avait dégringolé au sol, sonnant le glas de son funeste râle.

Rester près du feu demeurait la seule manière de quémander de la chaleur; s'en éloigner représentait des risques d'engelures. Le froid persistait, sans une once d'humanité, sans pitié pour les sans-abri qui fuyaient à présent vers la campagne. Et pourtant, il fallait abandonner ces habitations détruites et ces bâtiments réduits en cendres, ces commerces et leur marchandise brûlés, cette église qui n'existait plus. Comme les autres, Laura devait quitter la défunte ville. Cependant, au pied de l'arbre où elle avait attaché les chevaux, il n'y avait plus que les lambeaux des rênes que les bêtes avaient arrachées dans leur épouvante. À quoi bon chercher l'attelage? Dans le plus grand dépouillement, une chose devient la propriété de celui qui la trouve. Dans l'affolement, personne ne pouvait décemment réclamer son bien.

La meneuse eut la présence d'esprit de ramasser les guides, de les nouer ensemble après une poignée du coffre pour que l'objet glisse mieux sur la neige.

— Nous n'allons pas nous rendre à pied à Queenston? baragouina Susan Priestley.

— Où veux-tu que l'on aille? demanda son mari. Il n'y a plus d'espace dans le coffre, ajouta-t-il d'un ton railleur. Le mieux qu'il peut nous arriver, c'est que quelqu'un nous fasse une petite place dans sa carriole.

Laura et Elizabeth se regardèrent. Elles s'étaient déjà résignées au pire. Laura remonta son capuchon. On amorça un long retour vers Queenston.

* * *

En arrivant au hameau, madame Priestley exigea qu'on l'aide à descendre du coffre sur lequel on l'avait transportée. Elle était exaspérée et transie. La température s'était un peu radoucie, mais pas suffisamment pour éviter à la femme du docteur une paralysie faciale. En entrant dans la maison de Laura, elle avait demandé qu'on lui montre sa chambre et qu'on lui prépare un bain chaud. Son mari avait dit qu'il se contenterait d'une bassine d'eau tiède pour se dégeler les extrémités en enfilant quelques rasades de whisky.

— James et moi, nous pouvons vous céder notre chambre, déclara Laura.

L'hôte jeta un regard désapprobateur à sa femme.

— Madame Priestley prendra la paillasse du quêteux, décréta-t-il. Nous ne sommes pas à l'hôtel. Et si cela ne vous convient pas, vous devrez chercher un autre gîte, débita-t-il, fâché.

— Très bien, Secord! dit le docteur. Nous sommes chez vous et c'est à vous de décider de la manière de distribuer les chambres.

— Parfaitement, monsieur Priestley! Vous et votre femme dans la pièce du quêteux en haut des marches et la sœur de ma femme dans la chambre des enfants.

— James ! s'écria Laura en signe de désapprobation.

— Ce qui est dit reste dit !

James s'était affirmé et il ne semblait pas disposé à changer d'idée. Même si Laura n'avait pas obtenu gain de cause, elle n'en appréciait pas moins la position ferme de son mari qui avait droit, lui aussi, de manifester un certain débordement. Les enfants se regroupèrent rapidement autour d'Elizabeth qui, en bonne institutrice, réussit à les intéresser à un jeu de société où une princesse enfermée dans un donjon attendait d'être délivrée par son preux chevalier monté sur un beau cheval noir.

Ce n'est qu'au souper que les adultes se rejoignirent à la table. Laura avait mis à cuire un jambon que Zebulon Priestley avait sorti de son coffre. James avait ironiquement débouché une bouteille que les officiers américains avaient placée en réserve. D'abord très ébranlé par les événements de la matinée, le docteur Priestley commençait à se faire une raison et sa femme avait retrouvé une certaine humeur.

— Ces foutus Américains ont agi comme des Sauvages ! lança le docteur. Ils auraient pu se contenter d'incendier le fort George et de s'enfuir. Comme si ce n'était pas assez, ils ont mis le feu à la ville. C'est inconcevable ! Une saloperie, je vous dis ! Une vraie saloperie à l'américaine !

— Jamais les Indiens n'auraient agi de la sorte, monsieur Priestley, rétorqua Laura. Et le bon côté de la chose, c'est que l'ennemi a retraversé la rivière…

— Ils mériteraient de sévères représailles, exprima James. Je ne serais pas étonné que le lieutenant-général Gordon Drummond réagisse rapidement.

— Pourquoi pensez-vous que les Américains ont décidé de passer à l'action quelques jours après la nomination de Drummond ? interrogea Priestley, agitant son toupillon. Eh bien moi, je vais vous l'apprendre : c'est parce que Drummond a ordonné à ses troupes de reprendre le fort George et que les ennemis ont voulu lui damer le pion, dit le docteur répondant à sa propre question.

— Ça, je vous l'accorde, docteur! dit James. Drummond ne se compare pas à la guenille de Rottenburg. Et que dire de ma carriole brûlée et de mon attelage disparu? Qui va nous rembourser pour cette perte sèche? termina-t-il sur un ton enragé.

— James!

Laura estimait qu'il ne servait à rien de revenir sur le manque de reconnaissance du baron à propos de son acte d'héroïsme. Elle avait écouté sans trop intervenir, mais elle bouillait à la pensée de la trahison d'un des leurs. Ne pouvant se contenir davantage, elle lança:

— Il y a une chose que vous devez savoir, messieurs.

Intrigués, les hommes cessèrent leur discussion. Même Susan Priestley parut émerger de sa torpeur. Elle inclina sa tête boudinée vers la table pour mieux entendre la ménagère.

— On a beau accuser les Américains, mais j'ai vu de mes yeux la vermine de Joseph Willcocks, une torche enflammée à la main, vociférer des commandements à des complices.

— Joseph Willcocks! s'étonnèrent en chœur les convives.

— Et je mettrais ma main au feu que c'est lui qui a incendié notre carriole. Ou à tout le moins un de ses vils collaborateurs.

— Par tous les diables! pesta James. Il va me le payer cher, celui-là!

— S'il y a quelqu'un qui peut nous défendre, c'est bien le lieutenant-général Gordon Drummond, avança le docteur Priestley. Il ne se laissera pas impressionner. Dire que nous avions élu Willcocks au gouvernement. Quel méprisant personnage!

Sa femme se mit à pleurer.

— Oui mais, Zebulon, nous avons perdu beaucoup plus qu'un attelage et une voiture à cheval : notre demeure a été anéantie par les flammes, larmoya-t-elle.

— On s'en remettra, Susan ; il y a pire que nous. De toute manière, je sais qu'il ne suffit pas de vilipender Willcocks pour que tout réapparaisse comme par enchantement. En attendant, nous sommes bien au chaud et hébergés chez des gens très hospitaliers.

Le repas terminé, les hommes s'attardèrent dans un coin de la cuisine. Ils s'entretinrent de la guerre qui sévissait toujours en Europe – où Napoléon éprouvait de sérieuses difficultés contre les Britanniques et leurs alliés – et de l'incidence du conflit en Amérique. Madame Priestley s'était retirée au salon, bien assise dans une chauffeuse près de l'âtre. Elle sirotait un thé à la mélisse tout en lisant un recueil de poèmes de Shakespeare qu'elle avait rescapé de sa table de chevet avant de sortir en catastrophe de sa résidence. Elizabeth était montée à l'étage pour raconter des histoires aux plus petits avant leur sommeil. Mary Lawrence assistait sa mère dans la corvée de vaisselle. Elle grattait le fond d'une casserole, ce qui sollicitait toute sa patience.

— J'espère que les Priestley vont trouver de la parenté chez qui se loger, chuchota-t-elle.

— J'ai confiance, ma fille ! Le docteur ne restera pas dans une petite bourgade comme Queenston bien longtemps : il n'y a pas grand monde à soigner et c'est impossible pour lui de faire fortune ici. Et il ne faut pas oublier que ta tante Elizabeth a été privilégiée d'être recueillie gracieusement par les Priestley pour le temps de ses études. Jusqu'à aujourd'hui, elle a été chanceuse d'habiter chez eux. En quelque sorte, nous sommes un peu redevables au docteur et à sa femme.

— Tante Elizabeth aussi devra se trouver un autre travail.

— Bien évidemment! Ce n'est pas facile, j'en conviens, mais nous devrons démontrer notre charité chrétienne pendant un certain temps encore, Mary.

— Madame Priestley est une grosse capricieuse!

Laura se pencha vers son aînée.

— Chut! Si elle ou son mari t'entendaient… dit-elle en riant.

* * *

Au matin, Susan Priestley se leva toute courbaturée, l'air maussade comme le temps morne, sa chevelure en boudins écrasés, ses bajoues retombant de part et d'autre de sa bouche pincée, et les yeux cernés d'insomnie. Elle se tenait près de la paillasse du quêteux, drapée comme un oignon dans trois épaisseurs de couvertures.

— Zebulon, tu aurais pu me faire grâce de tes ronflements, dit-elle. Je t'ai donné des coups de coude et tu as continué à ronfler comme un poêle.

— Désolé, ma chérie. Quelle mauvaise nuit tu as dû passer!

— Ça, tu peux le dire! Et tu peux deviner que j'ai fait des cauchemars : je brûlais! Mes vêtements rongés par les flammes se réduisaient sur mon corps qui se décharnait en lambeaux. On m'avait précipitée dans la géhenne, Zebulon.

— Après la matinée d'hier, ce n'est pas étonnant, Susan. Tu te reposeras durant la journée. Il faut que tu prennes soin de toi. Il y a plein de gens de bonne volonté dans cette maison pour t'entourer.

La femme du docteur eut une envie pressante. Ses yeux repérèrent le pot de chambre au-dessus duquel elle s'accroupit pour soulager sa vessie. Puis elle se rendit à la commode, versa un peu d'eau de l'aiguière dans une bassine et se rinça les doigts. Elle vida ensuite dédaigneusement le contenu de la bassine dans le pot de chambre. Elle fit couler encore un peu de liquide dans le récipient du meuble, s'en aspergea le visage qu'elle épongea avec une serviette grisâtre qui lui arracha un haut-le-cœur. Ensuite, elle farfouilla dans son coffre pour y dénicher une robe. Le vêtement froissé lui parut plutôt moche.

— Il y a sûrement quelqu'un qui peut donner un petit coup de fer à ma robe, dit-elle à son mari qui s'était réfugié la tête sous l'oreiller.

Zebulon Priestley grogna quelques paroles indistinctes.

— Tu m'enrages, Zebulon ! Et il n'y a même pas un miroir dans cette chambre de miséreux.

Le docteur inspira profondément :

— Je dois te rappeler que nous ne sommes pas chez nous, Susan. On doit s'accommoder de la générosité et de la grandeur d'âme de nos bienfaiteurs. Nous n'avons plus rien. Dans l'empressement, j'ai raflé tout ce que j'ai pu : quelques objets précieux et l'argent que je gardais à la maison alors que toi tu enfilais tes bagues et tes colliers et que tu te demandais quelles robes tu emporterais.

Après une courte pause, le docteur ajouta :

— Et que je ne te vois pas fâfiner sur la nourriture, Susan, la prévint le docteur.

L'oreille collée sur la porte de leur chambre, Laura et James avaient entendu des fragments de l'échange. James souriait malicieusement. Il se tourna vers sa femme.

— Je te parie qu'ils vont déménager avant longtemps, se réjouit-il.

— Pour être franche, j'ai tendance à m'apitoyer sur leur sort, chuchota Laura. Par contre, et je ne veux pas être méchante, mais moins ils resteront longtemps, plus cela fera mon affaire. Cela dit, c'est surtout à ma sœur que je pense.

* * *

La vie s'organisait avec les trois nouveaux pensionnaires dans un entassement que les enfants n'appréciaient pas beaucoup. James non plus, à vrai dire. Il ne se rappelait que trop la promiscuité imposée par la présence des officiers américains. Le plus difficile était de supporter l'humeur morose et les petits caprices de Susan Priestley. Pour empirer les choses, le temps froid avait la couenne dure et forçait les petits à s'encabaner. Ce qui ne procurait pas beaucoup d'espace pour s'ébattre et qui provoquait des disputes pour des insignifiances.

Elizabeth s'occupait de son neveu et de ses nièces. Cependant elle souffrit bientôt de leurs enfantillages, elle qui était habituée d'enseigner à des adolescentes provenant de familles aisées. Laura percevait l'irritation de sa sœur exaspérée de voir que son enseignement ne produisait pas les fruits escomptés. Elle faisait la lessive lorsque Charles se jeta dans ses jupes. Elle délaissa sa corvée et entraîna sa sœur à l'étage pour clarifier la situation.

— On dirait que tu veux me gronder comme lorsque j'étais une petite fille, Laura.

— Je n'ai encore rien dit et tu te sens menacée.

— Je te connais : quand tu fais ces yeux-là, je sais que ça n'augure rien de bon.

— Charles n'est qu'un enfant de quatre ans, Elizabeth. Et tu exiges de lui une attention soutenue qu'il ne peut fournir.

— C'est ça, Laura, tu me prends pour une incompétente !

— Je n'ai pas dit ça !

Laura s'avança vers sa sœur, la prit gentiment par un bras.

— Je ne sais pas ce que c'est qu'un enfant de son âge, reconnut Elizabeth. Et je ne le saurai jamais, Laura, s'attrista-t-elle.

— Parce que tu n'as pas d'enfant.

— Et que je n'en aurai jamais, pleurnicha-t-elle.

— Tu dis des sottises, Elizabeth. Une si jolie fille trouvera bien un prétendant. C'est ce que tout le monde disait lorsque tu travaillais à mes côtés à la taverne, rappelle-toi. Tu ne fréquentes donc plus ce fils de médecin dont tu m'avais parlé ?

— Non, c'est fini entre nous. Il est trop tard désormais, Laura. Je te regarde avec ta marmaille et je me dis que j'ai passé à côté. Mes fréquentations avec le fils d'un médecin n'ayant pas abouti, je me suis consacrée à mon travail. Et puis, il y a cette guerre inutile qui détruit les vies et les plus beaux rêves.

* * *

Pour le souper du lendemain, en bonne ménagère, Laura s'était efforcée d'apprêter le reste du jambon des Priestley dans une béchamel parsemée de persil haché. Le saucier en main, Susan Priestley déversait lentement la sauce épaisse dans son assiette, son nez fin retroussé, sous le regard amusé des enfants. Laura surveillait la femme du coin de l'œil, redoutant une remarque désagréable.

— Votre préparation manque de raffinement, madame Secord, dit Susan Priestley.

— Votre raffinement manque de préparation, madame Priestley, rétorqua Laura, insultée.

— Tu es franchement déraisonnable, Susan ! s'exclama le docteur, outré. Si nous n'avions pas été recueillis par les Secord, nous serions dans un état lamentable, à quémander le gîte et le couvert dans la campagne de Niagara comme des quêteux. Tu devrais plutôt rendre grâce au Seigneur pour ce qu'il nous accorde. Et quel exemple tu donnes aux enfants qui ne rechignent jamais sur rien, eux, ajouta-t-il sur un ton encore plus sec.

— Qu'on m'apporte mon thé à la mélisse, demanda la capricieuse, repoussant son assiette d'un mouvement dédaigneux et hautain.

La mine boudeuse, elle se retira au salon et s'enfonça dans la chauffeuse près de la cheminée.

Vers la fin du repas, alors qu'on allait passer au dessert, un blanc-manger dont les enfants raffolaient, quelqu'un frappa au domicile. Laura empoigna le mousquet dans l'armoire. Mary Lawrence ne put résister à l'envie d'aller voir qui arrivait.

Quand la porte s'ouvrit, Laura et sa fille s'exclamèrent :

— Benjamin !

— Ah, vous avez de la visite ! dit le milicien, le visage rougi par le froid.

— Tu connais les airs de la maisonnée, dit l'hôtesse. Commence par enlever une pelure.

Le jeune homme se dépouilla de ses vêtements chauds. Mary Lawrence se rendit au salon avec Benjamin pour lui présenter madame Priestley. Ensuite, à la cuisine, le milicien fit la connaissance du docteur et s'assit à la table.

— Raconte, Benjamin, dit James.

— Il s'en est passé des choses. Les ennemis ont été défaits sur leur propre terrain. Nos soldats britanniques se sont emparés du fort Niagara de l'autre côté de la rivière. C'est un véritable coup de maître de Gordon Drummond ! Nos forces ont capturé quelques centaines d'Américains ainsi qu'une énorme quantité de vivres et de munitions. Le baron Francis de Rottenburg n'aurait jamais envisagé un tel assaut.

— Hourra ! Hourra ! s'écrièrent James et le docteur Priestley, ce qui effraya les petits.

— Je savais que nous aurions notre revanche! ajouta James. Cependant, il faudrait bien plus que cela pour réparer les torts causés.

— Mais dites-moi… émit Benjamin. J'ai conduit mon cheval à la grange-étable et je n'y ai pas vu de chevaux.

— C'est que… débuta Laura.

Mary Lawrence relata les fâcheux événements de Niagara, la perte de l'attelage et de la carriole.

— Comme ça, vous saviez à propos de l'incendie de la ville, dit Benjamin.

— Et comment! répondit la femme du docteur qui venait d'apparaître dans la pièce. Le ciel nous est tombé sur la tête. En un rien de temps, nous avons été dépossédés de tous nos biens. Tout s'est envolé en fumée.

Le docteur consola sa femme :

— Nous repartirons à zéro, Susan, ne t'en fais pas. Les gens n'arrêteront pas d'être malades. Je gagnerai de l'argent à les soigner.

— Ce n'est pas seulement cela, Zebulon, se plaignit Susan. Tu le sais comme moi. Nous vivons à l'étroit dans la maison d'une famille de pauvres avec laquelle nous partageons des restes mal apprêtés. Et nous dormons sur une paillasse de quêteux bourrée de paille sèche et écrasée au lieu de nous reposer dans un douillet lit de plumes.

— Si vous n'êtes pas contente, vous n'avez qu'à faire vos bagages, rétorqua Laura.

James savoura la répartie de sa femme. Elizabeth se mit à desservir nerveusement la table. Mary Lawrence et Benjamin étaient demeurés bouche bée. Le docteur se leva.

— Pourriez-vous nous conduire demain dans la capitale, Benjamin?

— Je... heu... C'est que... je ne sais pas. Je n'avais pas l'intention d'aller à York, termina-t-il en regardant son amoureuse.

— Il y a moyen d'arranger ça, assurément, intervint James.

Il prit à part Benjamin, s'entretint quelques minutes avec lui et s'adressa au couple Priestley:

— Demain matin, nous emprunterons la carriole de madame Vrooman et le cheval du forgeron, décida-t-il. Avec la jument de Benjamin...

— Nous avions envisagé un petit voyage dans la capitale chez mon frère, n'est-ce pas, Susan? coupa le docteur.

— Je t'avoue que ce serait une DÉLIVRANCE, Zebulon.

En fin de soirée, après que tout le monde fut couché, Laura s'assit à son écritoire devant une longue bougie. Elle mit trois bûches de hêtre dans l'âtre. Elle profiterait du voyage de Benjamin à York pour faire remettre un pli à mademoiselle Powell.

Chère Mary,

Délivrance! Jamais ce mot n'a eu autant de résonance dans ma vie! C'est le mot que ma «pensionnaire» a lâché à la veille de son départ de chez moi pour la capitale. Si elle savait à quel point je suis impatiente de la voir partir! Je vous expose les faits.

Le 10 de ce mois, un quidam qui venait de fuir Niagara en flammes s'est arrêté à Queenston pour prévenir les habitants de ce qui se passait là-bas. Affolée, j'ai tout de suite pensé à ma sœur Elizabeth qui logeait chez le docteur Priestley. Je suis partie malgré le temps froid qui sévissait, malgré le danger. Il faut parfois de l'inconscience pour poser certains gestes, j'en conviens...

Laura décrivit longuement l'horreur de l'incendie, les dégâts, l'irréparable, dans une rage d'écriture qui l'entraîna à noircir plusieurs pages sans interruption. À un moment, ses paupières lourdes de sommeil lui commandèrent de se lever pour ne pas s'endormir. Elle s'approcha de la cheminée, tisonna le feu et revint poursuivre sa lettre.

Vous pourrez raconter à votre père et à votre futur beau-frère, le procureur général John Beverley Robinson, que l'incendie de Niagara n'est pas le simple fait d'une vengeance des Américains, car Joseph Willcocks y a été impliqué. Je peux en témoigner. En effet, j'ai surpris sur les lieux le traître brandissant une torche enflammée dans l'ahurissement et la débandade des habitants. Je suis persuadée que l'infâme trahison du personnage alimentera les preuves contre lui et contribuera à l'inculper. Quel outrage contre ses semblables! Quelle ignominie!

Je ressens une profonde indignation et je dois combattre la haine qui a soulevé mon cœur. J'essaie d'empêcher ce sentiment de dominer mes pensées. Néanmoins, je confesse que j'ai éprouvé un certain enthousiasme à apprendre que le fort Niagara avait été envahi de nuit par les Britanniques. Aussi je me sens horriblement coupable de n'avoir pu éviter la perte de notre attelage et celle de notre grosse carriole. Mon mari en tient Willcocks responsable. Par amour pour moi, James ne me reproche rien. Cependant, je sens la révolte qui gronde en lui. Il comprend que j'ai sauvé ma sœur Elizabeth d'une catastrophe encore pire, même si, comme je vous le disais au début de ce mot, j'ai dû subir les désagréments de madame Priestley.

La fatigue s'empare de moi.

Mes salutations à votre sœur Anne, à son prétendant John ainsi qu'à vos parents.

Votre amie Laura

* * *

Au matin, Benjamin conduisit un attelage de deux chevaux sur la route de York emmenant le couple Priestley bien emmitouflé et son bagage.

Quelques jours plus tard, en représailles à la destruction de la ville de Niagara, les Britanniques incendièrent les villages américains établis le long de la rivière et détruisirent les agglomérations de Buffalo et de Black Rock, en plus de brûler des navires de la flotte américaine sur le lac Érié.

17
Crimes et châtiments

Au printemps 1814, on avait annoncé la signature d'un traité de paix entre la France et l'Angleterre. Napoléon avait abdiqué en avril. On entrevoyait des jours plus heureux en Europe. Cependant, les hostilités subsistaient en Amérique. Gordon Drummond se maintenait à la barre de la province. Les États-Unis avaient encore des comptes à régler avec leur ancienne mère patrie. La seconde guerre d'Indépendance américaine n'était donc pas terminée. Hélas, la bêtise humaine n'avait pas rendu l'âme !

Laura et sa famille avaient survécu tant bien que mal à l'hiver rigoureux de la péninsule. La ménagère en remerciait le ciel. Aucune maladie sérieuse, que des maux bénins et des toux passagères faciles à soigner. Les réserves de nourriture diminuaient au rythme de la croissance des enfants. Néanmoins chacun mangeait à sa faim. Même la capricieuse madame Priestley aurait avoué que Laura faisait des merveilles avec peu : « de petits miracles culinaires », avait-elle finalement avoué à son mari. Depuis le terrible incendie de la ville de Niagara, aucun autre événement majeur n'avait allongé la liste des horreurs. Les gens éprouvés par le feu s'étaient dispersés aux quatre vents. Outre les Priestley, certains d'entre eux avaient été recueillis par des habitants de Queenston et parlaient maintenant de s'y établir. La vie du hameau se réanimait lentement. Le bon voisinage était devenu un mode de vie ; l'entraide de ses habitants resserrait les liens de la petite communauté.

Encouragée par James, Laura décida de se rendre à York chez Mary Boyles Powell. Sous la recommandation du juge Powell, et à la demande de John Beverley Robinson, Laura était appelée à témoigner contre Joseph Willcocks. Sa déposition officieuse serait enregistrée par le procureur et contribuerait à étayer la preuve contre le traître. Cependant, pour entreprendre le voyage, elle ne voulut pas se résigner à emprunter le cheval d'un voisin, de crainte qu'un malheur n'arrive à la bête. Elle préférait ne pas lésiner sur le coût d'achat et puiser dans les maigres économies de la famille. James était persuadé que sa femme obtiendrait une compensation financière pour son acte chevaleresque, quitte à revenir à la charge auprès du lieutenant FitzGibbon, éventuellement.

Mary Boyles Powell reçut Laura chez ses parents en présence du procureur général. Madame Powell était fière de son futur gendre et n'avait rien négligé pour que le repas soit à la hauteur. Après un souper fastueux, les convives se rassemblèrent au salon. Une des servantes venait d'apporter les digestifs.

— Mister P., voulez-vous vous occuper des boissons? demanda l'hôtesse à son mari sur un ton légèrement affecté.

— Qu'est-ce que je peux vous offrir? s'enquit monsieur Powell auprès de ses invités.

— Rien pour moi, merci quand même, monsieur le juge, répondit Laura.

— Et vous, mon cher John, qu'est-ce que je vous sers?

— Un doigt de porto, s'il vous plaît.

— Et toi, Anne?

— Je m'abstiendrai, père. Vous savez à quel point j'ai l'estomac fragile.

Le maintien et l'air guindé d'Anne coincée dans sa robe corsetée déplurent à Laura. Le juge servit son futur gendre en inclinant cérémonieusement son double menton.

Mary Powell amena le sujet de la rencontre avec Laura:

— Si vous n'y voyez pas d'objections, John, nous pourrions procéder tout de suite au témoignage de mon amie. Elle doit repartir tôt demain matin.

Laura se tourna vers le visage agréable du brillant prétendant d'Anne Powell. Elle considéra les jolis traits du jeune homme sans toutefois tomber en pâmoison devant lui.

— Pour vous mettre en contexte, madame Secord, je vous rappelle que je suis à préparer la preuve en vue de procès pour activités séditieuses et trahison. Plusieurs suspects ont été appréhendés et attendent en prison la tenue de leur procès. Parmi eux, il y a des miliciens. Le baron Francis de Rottenburg avait recommandé qu'ils soient jugés en cour martiale, mais son remplaçant, Gordon Drummond, a fait en sorte qu'ils soient traduits en justice comme je le souhaitais. Je crois qu'il est très sage de décourager l'esprit de désaffection dans la province en imposant à titre d'exemples de justes châtiments prévus par les lois du pays. L'exécution des traîtres par le pouvoir militaire aurait relativement peu d'effet, car les gens y verraient des sanctions arbitraires et non pas les effets naturels de la justice.

Le procureur avait débité son exposé avec une aisance déconcertante. Il reprit son souffle et enchaîna :

— J'arrive à ce qui vous concerne, madame Secord. Vous comprenez que nous sommes en quête d'informations ou de témoignages pouvant conduire à l'arrestation d'autres coupables. Même si nous ne sommes pas en cour, Mary m'a mentionné que vous seriez disposée à témoigner pour inculper Joseph Willcocks, un traître notoire en cavale. Je vous écoute...

Les regards se tournèrent vers Laura. Transie jusqu'à la moelle, elle relata les événements entourant la tragédie de Niagara, la chaleur intense dans le froid glacial. Elle rapporta sa rencontre inopinée avec Willcocks, sa stature, son profil singulier, son front fuyant, la voix nasillarde du traître qui exhortait des hommes à le suivre, flamme au poing comme un drapeau brandi pour faire avancer ses troupes. Elle acheva son récit, passant sous silence son retour pénible, mais mentionnant toutefois la perte de son attelage et du traîneau. Robinson la félicita pour son courage.

Dans le repliement de sa chambre, allongée dans les draps soyeux, la tête sur son oreiller de plumes, elle se remémora ce qu'elle avait vécu à Beaver Dams et qu'elle n'avait pas dévoilé. Elle préférait garder le secret de la mission qu'elle avait accomplie. Seule sa confidente Mary en était informée. Pour l'heure, elle espérait qu'on mette le grappin sur Willcocks. Au matin, elle quitterait York, tout simplement.

* * *

Depuis son retour de la capitale, Laura lisait assidûment les journaux, en attente de nouvelles sur la capture de Joseph Willcocks et sur l'issue des procès qui aurait lieu en juillet, selon toute vraisemblance. Elle se consacrait à sa vie de famille. De temps à autre, elle emmenait les enfants en charrette pour faire une balade dans les environs. Un de ces beaux jours d'été, elle se rendit aux chutes Niagara pour les faire découvrir aux plus jeunes.

Les enfants étaient assis sur une couverture qu'ils avaient étendue à l'ombre pour le pique-nique, espérant se mettre à l'abri des bourrasques de bruine qui cravachaient leurs petits visages. Des hauteurs de la falaise, appuyés sur un chêne, Laura et James observaient les reflets irisés produits par le grandiose déversement des flots. Laura rêvassait en se rappelant sa promenade avec son amoureux avant son mariage.

— Tu as eu une bonne idée de nous emmener ici aujourd'hui, dit James, la tirant de sa songerie.

— Il n'y a pas que la guerre, James ! Il y a toi, moi et nos merveilleux enfants.

Elle plaça sa main en visière pour regarder de l'autre côté de la rivière.

— J'aimerais tant que nos deux peuples puissent vivre dans la paix et l'harmonie. Après tout, aussi bien pour toi que pour moi, nos racines sont ancrées là-bas dans la terre de nos ancêtres.

* * *

Juillet. L'envie de rendre visite à sa belle-sœur Hannah à St. David démangeait Laura. Elle projetait de passer d'abord chez Catherine De Cew à Beaver Dams, en dépit du fait que cela rallongeait singulièrement son parcours. James était convaincu qu'il ne servait à rien de s'opposer à son projet. Les péripéties de décembre à Niagara lui avaient laissé pendant plusieurs mois un arrière-goût saumâtre, mais cela avait passé. Il était d'avis que le petit voyage projeté par Laura représentait peu de danger. Néanmoins, même en été, la prudence était de mise.

La voyageuse partit de bon matin sur la route qui menait à Beaver Dams. Un sourire aux commissures des lèvres, elle s'était habillée légèrement, car le soleil pointait ses rayons dans les fenêtres de l'est. Elle avait espéré ne pas réveiller la maisonnée, quitte à atteler la fringante jument derrière la grange-étable et à s'esquiver le plus hâtivement possible.

Elle avait parcouru plusieurs milles, croisé des paysans sur la route ou à l'œuvre dans leurs champs quand elle s'aperçut que la bête avait ralenti le pas, essoufflée par sa grande course. Des souvenirs se bousculèrent dans la tête de Laura. Elle se remémora le long détour pendant lequel elle avait farfouillé sa voie dans la brousse, la forêt et les marécages avec sa nièce, la maison du capitaine De Cew, les Indiens, FitzGibbon, le message… la mort de Jonathan. Soudainement, elle ressentit une grande chaleur l'envahir comme si son corps refusait de revivre des souvenirs douloureux. Ses idées se dissipèrent dans les méandres de sa mémoire. Laura fouetta les flancs de sa jument.

Deux heures plus tard, l'imposante maison de pierre du capitaine se profilait de la route ombragée de pins. Un peu avant, les yeux de Laura avaient repéré la croix qui veillait sur le soldat américain. Elle s'était arrêtée, le temps de se signer du geste des chrétiens, puis elle avait décidé de repartir aussitôt, tellement la douleur était encore vive.

Laura s'engagea sur la propriété. Quelques minutes plus tard, elle descendit de voiture. La gouvernante avait prévenu l'hôtesse de l'arrivée d'une étrangère.

— Laura ! s'exclama Catherine De Cew. Comment pouvais-je deviner que vous viendriez ?

— Après près d'un an, j'ai pensé que ma visite serait plus convenable qu'une lettre.

— Vous avez meilleure mine que lorsque je vous ai accueillie l'an passé !

— Je porte la robe que vous m'avez donnée, Catherine.

— Ah oui, je m'en souviens ! D'ailleurs, je crois qu'elle vous va mieux qu'à moi, exprima-t-elle.

Les femmes passèrent au salon. Catherine De Cew ne cessait de fixer sa visiteuse, l'air intrigant :

— Vous ne pourrez jamais deviner ce qui m'arrive, Laura !

— En effet !

— John est revenu ! jubila l'hôtesse. Il avait été capturé l'an dernier. Je m'en souviens, c'était le 29 mai précisément. Les Américains avaient décidé d'emprisonner tous les hommes d'au moins dix-huit ans. John revenait d'un de ses moulins lorsqu'il a été appréhendé et emmené dans une abominable prison de Philadelphie.

— Comment se fait-il qu'il ne soit plus aux États-Unis ? La guerre n'est pas finie que je sache…

— John s'est évadé de « L'invincible » le 20 avril et, malgré son pied fracturé, il a regagné le Bas-Canada avec la connivence des quakers avant de revenir à Beaver Dams.

— Des quakers, dites-vous ?

— Oui. Ce sont des membres d'un mouvement religieux protestant très pacifique.

— Pouvez-vous me présenter John ? J'aimerais le féliciter pour le courage dont il a fait preuve en s'enfuyant des États-Unis. Ça n'a pas dû être chose facile.

Le visage de Catherine De Cew se rembrunit :

— Hélas, c'est impossible, exprima-t-elle tristement. Il est demeuré peu de temps avec moi et les enfants. John est un homme fier et valeureux, vous savez ; il a rejoint son régiment, quelque part sur le front de Niagara.

Elle inclina la tête mais la releva rapidement, ayant déjà retrouvé une certaine sérénité.

— Parlez-moi de vous et de votre famille, Laura.

Laura raconta les événements survenus depuis son départ de Beaver Dams, l'an dernier.

— Je constate que vous n'avez pas été choyée, remarqua la femme du capitaine après avoir longuement écouté la visiteuse. Espérez-vous encore un appui de FitzGibbon pour obtenir une compensation ?

— Jusqu'à ce jour, ma demande est demeurée lettre morte. Cependant, j'ai bon espoir qu'un jour je recevrai quelque chose. Je ne suis pas une lâcheuse, vous savez.

— Il n'y a personne qui puisse en douter, Laura.

— D'ailleurs, à ce propos, il n'est pas impossible qu'un de ces jours je sollicite votre témoignage pour appuyer ma requête.

— Mon témoignage ne serait que celui d'une autre femme. Ne l'oubliez pas, Laura.

— En tout cas, pour le moment, je mets mon projet en veilleuse. Mais ce qui est sûr, c'est que je n'ai pas dit mon dernier mot, Catherine.

— J'en suis tout à fait persuadée, Laura.

La visiteuse se leva.

— Vous ne partez pas déjà! s'exclama l'hôtesse. Vous allez dîner avec nous, n'est-ce pas?

— Je devrai filer en douce comme une voleuse sitôt le repas terminé. Si cela vous convient, j'accepte volontiers votre invitation!

* * *

C'est le cœur léger que la voyageuse s'engagea sur la route. Bien sûr, la journée ensoleillée l'égayait, mais les liens d'amitié qu'elle avait tissés avec Catherine De Cew la réconfortaient. Avec Maggy Springfield et Mary Boyles Powell, la femme du capitaine figurait à présent au nombre de ses confidentes. Comme Mary, Catherine n'était pas prétentieuse pour deux sous, l'aisance matérielle ne l'ayant pas confinée dans l'orgueil de sa personne et le mépris des moins nantis.

Chemin faisant, Laura avait resserré les rênes pour apprécier le paysage champêtre. Comme elle aurait aimé partager ces instants de bonheur avec les siens. Le visage épanoui de ses enfants ressurgit dans ses pensées. Elle sourit. La position du soleil indiquait que le temps avançait. Laura relâcha les guides et claqua le fouet sur les flancs de l'animal.

À l'approche de St. David, alors qu'elle se réjouissait à l'idée de revoir Hannah, son frère, sa nièce et son neveu, Laura remarqua l'étrange agitation qui s'était emparée des paysans. Sur les fermes, on délaissait les champs, abandonnant le foin coupé et les charrettes et on se pressait vers les habitations.

Laura leva les yeux sur la route et fut saisie d'étonnement à la vue d'un petit détachement de soldats américains qui venait vers elle. Une peur panique l'envahit. Les rênes tremblèrent entre ses mains moites. «Ces hommes vont-ils me brutaliser? L'un d'eux va-t-il se ruer sur moi?» pensa Laura. Elle songea à immobiliser sa voiture pour engager une brève conversation avec l'officier, mais elle préféra continuer sa route comme si de rien n'était. Presque parvenue à la hauteur du petit groupe, elle se composa un visage impassible, regardant droit devant, cherchant à éviter les regards. Des sifflements et des ricanements moqueurs fusèrent aussitôt, qu'elle laissa, en apparence, dégouliner sur elle comme sur le dos luisant d'un canard. Mais elle bouillonnait de l'humiliation qu'elle ressentait.

La voyageuse rejeta l'idée de la fuite effrénée vers Queenston. Elle ne pensait plus qu'à atteindre le petit village de St. David et à se réfugier chez sa belle-sœur. Laura souhaitait que personne dans la maison n'avait subi les sévices des militaires.

Hannah se montra à la fois surprise et inquiète quand elle accueillit sa belle-sœur:

— Tu me sembles effrayée, Laura. Que se passe-t-il? C'est le chien qui t'a fait sursauter?

— S'il ne s'agissait que de cela! Rex a été bien gentil avec moi. Il faut dire qu'Alex ne se tenait pas bien loin quand la bête m'a aperçue; il est intervenu à temps. Pour l'instant, Alex s'occupe de mon cheval à l'étable. De ce côté-là, tout va bien. Ce qui m'agace, c'est que, crois-le ou non, j'ai croisé un petit détachement de soldats américains mené par un drôle de bonhomme court au visage poupin.

L'attitude de sa belle-sœur décontenança Laura.

— Ça n'a pas l'air de te surprendre, Hannah.

— Je dois dire que non. Depuis quelques jours, ce même petit groupe patrouille dans les environs sous les ordres du colonel Stone.

— Admets que ce n'est pas très rassurant de voir ces militaires se promener allègrement dans le voisinage.

— C'est ce que prétend ton frère Charles. Il se cache dans le placard quand il en voit un s'approcher de la maison. Pour lui, ce n'est pas vivable. Je lui ai conseillé de se cacher dans le fond des bois, comme il l'a fait l'an dernier.

— J'espère le voir avant de partir. Et comment va sa fiancée ?

Hannah prit un air affligé.

— La santé de Liz est chancelante. Présentement, elle est allongée sur son lit. Elle passe le plus clair de son temps à se reposer, se désola-t-elle. Ce n'est pas très drôle pour elle, tu sais.

— J'en conviens, Hannah.

La résidante de St. David tendit l'oreille, puis elle s'approcha de la fenêtre.

— Ah, les voilà de retour, ces chers soldats ! affirma-t-elle avant d'écarter le rideau.

Méprisant le danger, Laura sortit sur la galerie.

— Reviens, Laura ! s'écria Hannah. Tu joues avec le feu !

Dans le temps de le dire, Hannah avait rejoint sa belle-sœur dehors et tirait sur les vêtements de cette dernière pour la convaincre de se mettre à l'abri de la poudrière qui menaçait d'exploser.

— Des volontaires canadiens ! brama l'officier responsable de la petite troupe, en désignant de son doigt autoritaire un bosquet dans lequel il avait détecté la présence d'ennemis.

— Par là, colonel Stone ! s'écria un soldat, réalisant que la poignée de Canadiens se dispersaient.

On entendit une pétarade de tirs de mousquets éclater dans les airs et se répercuter sur les murs des habitations et des bâtiments. Le cheval noir jais de l'officier s'effondra, mortellement atteint d'une balle à la tête, entraînant avec lui le militaire qui le montait. Ce dernier s'étala de tout son long à côté de la bête abattue. Fou de rage, l'homme se leva. Il remit son bicorne et épousseta ses habits tout en observant le flot de sang qui s'écoulait de l'animal et la gueule qui vomissait une écume blanchâtre. Des esclaffements très sonores précédèrent un bruissement dans le feuillage des arbustes.

— Vous allez me le payer! beugla l'officier, le visage convulsé, en menaçant de son gros poing ganté noir.

Puis il se retourna vers les femmes sur la galerie.

— Vous allez me le payer, vous aussi! s'écria-t-il sans décolérer d'un cran. Tout le monde va le regretter! ajouta-t-il, la figure boursouflée de haine.

Les deux belles-sœurs s'engouffrèrent prestement dans la maison. De la fenêtre, elles surveillèrent le grouillement des soldats qui s'affairaient autour de l'officier et de la bête.

— Penses-tu que le colonel Stone va exécuter ses menaces, Laura?

— Maintenant que le mal est fait, on s'expose à de sévères représailles. Tu as vu la colère de cet homme; je le crois capable des pires crapuleries. Il n'y a rien de plus intouchable que l'orgueil d'un homme.

— Vraiment?

— Je ne sais pas ce qui nous attend, Hannah. Mais quoi qu'il en soit, je suis disposée à demeurer avec vous le temps qu'il faudra.

— Laura, tu ne peux pas abandonner ta famille pour nous!

— J'ose espérer qu'en ce moment elle peut s'arranger sans moi et qu'il n'y a pas de patrouille américaine qui rôde à Queenston.

Les femmes bavardèrent de longues minutes tout en demeurant aux aguets à la fenêtre. Pendant ce temps, Alex était entré et s'était joint à elles de même que sa sœur, l'anémique Liz, qui s'était traînée jusqu'à sa tante Laura pour l'embrasser. Quelqu'un descendit de l'escalier et s'approcha.

— Pouvez-vous me dire d'où venait tout ce vacarme ?

— Tu pourrais commencer par me saluer, Charles, dit Laura.

— Bonjour, ma grande sœur, dit le jeune homme en s'inclinant avec un mouvement empreint de nonchalance.

— Bonjour, Charles. Je suis contente de te voir enfin sorti de ta tanière.

— Quelqu'un peut-il m'expliquer ce qui se passe, à la fin ?

— Regarde, Charles, émit Alex qui montra du doigt le cadavre du cheval gisant dans la rue.

— C'est le cheval du colonel Stone, indiqua Hannah. Il a été abattu par un volontaire caché dans le bosquet.

— Les Américains vont revenir, c'est certain ! s'affola le frère de Laura. Qu'est-ce qu'on va devenir ?

— Le colonel Stone nous embrochera et nous fera cuire à feu lent comme du gibier ! plaisanta Alex. Il n'y a rien à craindre, voyons !

— Je n'apprécie pas ton sens de l'humour, Alex, rétorqua vivement Charles. Garde tes platitudes pour toi.

— On a beau tourner les événements et leurs conséquences en dérision, il faut envisager la possibilité de représailles, exprima Laura. Vous avez un fusil dans cette maison ?

— J'ai mon fusil de chasse en plus du mousquet rangé dans le placard, répondit Charles.

— As-tu suffisamment de balles et de poudre ? s'informa Laura.

— Assez pour tenir le fort pendant plusieurs jours, badina Alex.

— Ce n'est pas le temps de prendre les choses à la légère, Alex, intervint Liz de sa voix faiblarde.

— Je vous propose de bloquer les issues avec des meubles, lança Charles.

— Excellente idée, Charles ! s'exclama Liz avec toute la force dont elle était encore capable. Ainsi, je pourrai dormir paisiblement.

— Moi je ferai le guet en avant pendant la nuit, dit Laura.

— Et moi la sentinelle avec Rex en arrière, suggéra Alex, qui avait retrouvé son sérieux.

Avant de s'enfermer, Alex se rendit à l'étable pour soigner les animaux et traire la vache. Ensuite, on procéda au verrouillage et au blocage des portes. Épuisée, Liz regagna sa chambre. En fin de soirée, Hannah et Charles se retirèrent à l'étage. Toute la nuit, Laura monta la garde, scrutant les alentours dans la lumière timide du dernier croissant de lune. Alex s'était endormi, bien avant le chant du coq, son chien Rex couché près de lui, les pattes antérieures rabattues sur ses longues oreilles.

* * *

De toute la nuit, il ne s'était rien passé, comme si l'esprit de saint David avait protégé son petit village. Depuis les coups de feu de la veille, seuls les mugissements de la vache et l'ébrouement des chevaux s'étaient mêlés aux cris des oiseaux piailleurs et aux sourds battements d'ailes qui s'élevaient de la cime des arbres.

Assise à la fenêtre, Laura s'était assoupie, les bras croisés sur le fusil de Charles. Une odeur de café la tira de son demi-sommeil.

— Hannah, c'est toi? dit-elle en sursautant.

La maîtresse de maison s'approcha de sa belle-sœur.

— Tu dois être épuisée, Laura.

— Avec ce qui nous pend au bout du nez, je n'ai pas le goût de capituler.

— Alex est écrasé aux côtés de Rex et Charles n'est pas descendu pour prendre la relève.

— Je ne devrais pas dire cela de mon frère, mais je trouve que Charles est un vrai peureux de corneilles. Mon petit rouquin agit encore comme si j'étais la grande sœur qui le protège.

— Tu le juges sévèrement, Laura. Charles est un bon garçon et un bon parti pour Liz. Dans une famille, tous les membres n'ont pas la trempe d'un héros.

— Dans la famille… marmonna Laura, se remémorant la servante Eleonore, la vraie mère de Charles.

— Qu'est-ce que tu dis?

— Oh, ce n'est rien que des souvenirs qui remontent à la surface! Oublie ça.

— C'est la preuve que tu n'as pas assez dormi, Laura. Tu devrais te retirer dans ma chambre après le petit-déjeuner.

Laura se contenta d'acquiescer d'un signe de tête. Elle rangea le fusil et s'assit à table pour manger.

* * *

Charles et Alex avaient libéré la porte arrière de son mobilier. Hannah avait sarclé le potager et entretenu ses plates-bandes de fleurs. Alex avait pris soin des animaux et Charles ne s'était pas montré le bout du nez dehors. Il avait prétendu que ses taches de rousseur s'agrandiraient au soleil, même si le bleu du ciel laissait place à une nébulosité croissante. Dans la rue, certains avaient dépouillé le cheval du colonel de sa sellerie et avaient disposé des restes. À part cela, la journée s'écoula sans qu'un quelconque incident perturbe la vie du village. Les habitants avaient repris leurs activités. Une certaine méfiance se lisait dans les regards, toutefois. Les gens se remémoraient les événements qui avaient troublé leur relative quiétude la veille et n'étaient pas prêts à classer une fois pour toutes la colère du colonel Stone dans les annales de St. David. Il semblait bien que le militaire biberonnait au sein d'une vengeance à assouvir.

Au soir, on se replia derrière les barricades de fortune. Laura se disait prête à affronter une seconde nuit de veille puisqu'elle demeurait persuadée que l'ennemi rappliquerait et leur servirait tôt ou tard de sévères réprimandes. Elle aurait juré sur la tête de James et celle de ses enfants que l'incident n'était pas clos pour le colonel Stone. À St. David, le bruit courait qu'on s'en prendrait à la maison de la veuve Secord parce que des femmes sur la galerie avaient été témoins de la déconfiture du colonel. Aucune présence militaire n'avait été remarquée de toute la journée. Les Volontaires s'étaient terrés dans leur trou. Les soldats américains les pourchassaient-ils ? Avaient-ils été réclamés pour participer à des engagements ou simplement rapatriés ?

* * *

Le lendemain, la journée débuta dans un silence chargé d'une oppressante inquiétude. Après une autre nuit à sommeiller, le doigt sur la détente du fusil, Laura commençait à douter de ses propres convictions. Ses appréhensions s'étaient presque évanouies avec la naissance du jour et le soleil qui arrosait le village de sa lumière orangée. Elle annoncerait à sa belle-sœur son retour à Queenston, qu'elle s'était trompée, que des habitants avaient certes réclamé la protection du village et qu'elle retournait paisiblement à la maison. Pendant qu'elle ressassait ces idées, le craquement des marches la saisit. Hannah descendait l'escalier et venait vers elle, le visage empreint de commisération.

— Ma pauvre Laura, dit-elle, tu dois avoir hâte de te reposer. Alex est dans sa chambre ; il n'y a que toi qui résistes.

Les propos d'Hannah avaient suffi à faire rejaillir les doutes de Laura.

— Je connaîtrai le repos seulement lorsque j'aurai la certitude qu'il ne vous arrivera rien, dit-elle, résolument décidée à ne pas céder à l'épuisement.

— Le colonel Stone nous a oubliés, c'est tout. S'il avait eu à réagir, nous aurions déjà écopé de sa malveillance. Tu te fais du mauvais sang pour rien, Laura. Je souhaite que tu rentres chez toi, sinon j'aurai le sentiment d'avoir abusé de ta bonté…

Des cris de détresse fendirent l'air du matin. Les femmes accoururent à la fenêtre. Des gens s'affolaient dans les rues en criant : « Au feu ! » On entendait le froufroutement des flammes qui embrasaient les habitations et les bâtiments. Torche au poing, des soldats crachaient l'ordre d'évacuer les demeures. Avec empressement, Hannah se rendit dans la chambre de Liz et aida sa fille à se lever et à s'habiller. Alertés par les aboiements de Rex, Charles et Alex dévalèrent l'escalier. Laura avait entrepris de démanteler les barricades érigées devant les portes.

— Il faut sortir les animaux de la grange ! s'écria Laura, fusil à la main.

— Les Américains sont là ! haleta le frère de Laura. Ils veulent nous brûler vifs.

— Écoute, Charles, si tu veux sauver ta peau, fais ce que je te dis ! l'exhorte Laura. Va te cacher dans le boisé derrière la grange. On attellera les chevaux à la charrette et tu te joindras à nous ensuite.

Quelques minutes plus tard, les cinq occupants avaient abandonné la maison. Charles avait arraché son fusil de chasse des mains de sa sœur et s'était réfugié dans le bocage touffu près du pacage où broutait la vache. Hannah et son fils tentaient d'apaiser les chevaux dans la clameur de la rue avant de procéder au harnachement. Laura accompagnait sa nièce à la voiture dans le gloussement des volailles de la basse-cour qui se dispersaient sans savoir où elles allaient.

L'affolement semblait à son comble. Le feu se propageait au feuillage des arbres et aux habitations voisines dans un effroyable crépitement qui s'entremêlait aux cris horrifiés des résidants. Des brandons tombaient sur les rares meubles qu'on avait eu le temps de sortir dans la rue. Presque rien n'était épargné. Personne n'essayait de contenir les flammes avec des seaux remplis d'eau. On ne pouvait que se soumettre au malheur qui s'abattait sur St. David.

Le mors aux dents, les chevaux rétifs piaffaient entre les brancards de la charrette. Laura tenait les guides serrés, les yeux tournés vers le sinistre, appréhendant l'instant fatal où la maison de sa belle-sœur serait incendiée. Mais elle était incapable de brandir le mousquet et de tirer à bout portant sur l'ennemi.

Alex avait attaché la vache aux ridelles de la charrette. Aidée de son fils, Hannah réussit à monter dans la voiture qui venait de se mettre en branle.

— Ne te retourne pas, Hannah! s'écria Laura qui marchait en tenant les rênes à côté des bêtes qui avançaient pesamment.

L'insatiable ogre jaune dévorait à présent la demeure des Secord. Les yeux tournés vers sa fille malade, Hannah sanglotait en tapotant la main de Liz. Bientôt, ses biens seraient réduits en cendres et il ne resterait plus qu'un emplacement, que des souvenirs. Laura se hissa dans la voiture. Alex marchait derrière la vache, la cravachant pour la faire avancer plus vite, ce qui allégerait le fardeau de l'attelage. Charles émergea du petit bois ombragé et rattrapa la charrette au fond de laquelle il se dissimula tant bien que mal.

Au sortir du village, des habitants éplorés s'enfuyaient. Des vieillards courbatus et des femmes avec leur bébé dans les bras se déplaçaient pieds nus derrière un tombereau ou une charrette bringuebalante conduite par des enfants. Ils emportaient le peu qu'ils avaient pu sauver. La chaleur du brasier avait cédé à la touffeur du jour, plus supportable. Déjà, certains paysans s'arrêtaient, refusant de s'éloigner davantage, dans l'espoir de retourner sur les lieux du sinistre pour récupérer quelque objet boudé par les flammes. Les autres, plus réalistes, avançaient de leur pas résigné sur la route de l'exode.

Laura détourna le regard vers la silhouette charbonneuse de St. David.

— Ils ont tout détruit, larmoya Hannah, profondément accablée.

Avec commisération, Laura posa la main sur l'épaule affaissée de sa belle-sœur.

— Ils ne s'empareront jamais de notre courage, dit-elle, furieuse. Et la pire catastrophe ne saurait détruire la force qui nous unit, Hannah. Vous allez loger chez moi.

— Mais penses-y, Laura, cela fera quatre personnes qui emménageront d'un coup chez vous !

— Avant la bataille de Beaver Dams, j'ai supporté trois Américains. L'hiver dernier, j'ai ramené ma sœur, le docteur Priestley et sa désagréable épouse à la maison après l'incendie de Niagara. Je ne vois pas pourquoi nous ne pourrions pas vous accueillir !

Hannah réprima quelques hoquets de pleurs et sourit. Laura l'entoura de ses bras.

— Tu as veillé toute la nuit, Laura. Tu dois être complètement moulue de fatigue.

— J'aurai bien le temps de me reposer.

Au fond de la charrette, Charles se pressait contre Liz, lui murmurant des paroles de réconfort. Alex suivait. Le garçon se réjouissait d'avoir échappé au bourbier infernal, mais s'interrogeait sur sa nouvelle vie à Queenston.

18
Le cœur de Laura

Chapeau de paille bien enfoncé sur la tête, James laissa tomber de stupéfaction sa binette lorsqu'il aperçut l'attelage conduit par sa femme s'approcher de la grange-étable. S'appuyant sur son outil de jardinage, il claudiqua jusqu'à la voiture, vite entourée par les cris de joie des enfants et les aboiements de Rex.

— Par tous les diables, Laura, qu'est-ce qui se passe ? s'enquit James.

— Je t'emmène de la parenté, dit Laura. Alex, veux-tu t'occuper des chevaux, s'il te plaît ?

Comme des ressuscités, Charles et Liz émergèrent du fond de la charrette pendant que Laura et sa belle-sœur posaient le pied au sol. Les plus petits se réfugièrent dans les jupes de leur mère qui les embrassa avec émotion. Mary Lawrence comprit que son aide était indispensable. Elle mènerait la vache de St. David au bâtiment, aux côtés de sa cousine de Queenston, et verrait au gréement des bêtes avec Alex.

— J'ai cru qu'il y avait un incendie de forêt aux environs de St. David, évoqua James. Je voyais de la fumée s'élever dans le ciel et j'étais mort d'inquiétude.

— Les Américains ont incendié St. David, exprima Hannah, bouleversée. Nous avons presque tout perdu !

James amorça un geste vers sa belle-sœur pour la consoler, mais elle se tourna vers Laura.

— Nous ferons le nécessaire pour vous secourir, se résigna à déclarer l'hôte.

— Bonjour, James, dit Charles. Comment vas-tu, mon cher beau-frère ?

— La guérison complète est peu probable ; je me fais tranquillement à l'idée d'une invalidité permanente. D'ailleurs, j'ignore si un jour je pourrai travailler normalement, dit-il, replaçant son chapeau pour se donner une contenance.

« En tout cas, si j'étais toi, Charles, avec tout ce qui nous attend, je me grouillerais pour démontrer ma bonne volonté… » pensa-t-il.

* * *

Laura avait résolu de bon cœur d'aider Hannah et les autres, mais James démontrait certaines réticences à loger les nouveaux misérables. Ce que sa femme considérait comme de la compassion naturelle envers des proches, il le percevait comme une faveur accordée temporairement.

Avant de chercher le sommeil ce soir-là, James ressentit le besoin de s'exprimer. Il secoua l'épaule de Laura.

— Tu ne t'endors pas, James ? Je suis si lasse.

— Encore une fois, je suis prêt à collaborer, mais il ne faudrait pas ambitionner. Nous avons eu notre part d'épreuves. Juste à penser au fainéant de Charles qui profitera de notre hospitalité, cela me dégoûte. Par contre, Alex a du cœur au ventre, lui.

— Tu oublies Hannah qui est vaillante comme deux. Elle va mettre la main à la pâte. Tu as vu avec quelle ardeur elle a aidé pour le repas et le coucher des enfants ? C'est une vraie perle.

— Mais Liz est malade et d'aucune utilité. Elle et Charles deviendront rapidement un poids pour nous…

— Tu aurais voulu que je les reconduise ailleurs, peut-être ? Rappelle-toi ta générosité envers les travailleurs noirs de la plantation chez tes parents et nos anciens domestiques.

— Le contexte est bien différent maintenant : c'est la guerre et nous avons une famille à nourrir. On s'arrange avec le strict minimum, et là, on doit accueillir quatre personnes de plus.

— Tu ressasses des idées sombres, James. Souviens-toi, l'hiver dernier. Nos pensionnaires ne sont pas restés très longtemps, finalement. Si cela peut te rassurer, mon cher mari, Hannah a évoqué la possibilité d'aller chez sa sœur à York. Elle se sent de trop et ne veut pas nous importuner.

— On verra bien.

James enlaça Laura. Elle lui avait terriblement manqué.

* * *

Les deux jours suivants, assis sur le petit banc pour la traite des vaches dans la grange-étable, le frère de Laura occupa la majeure partie de son temps à astiquer son fusil de chasse en jetant un coup d'œil par la fenêtre. Il se considérait autant en sécurité dans le bâtiment que dans la maison, et sa secrète réclusion se doublait de l'avantage de ne nuire à personne. Cependant, à l'heure de la traite du soir, alors que les plus jeunes venaient de ramener les animaux à l'étable, Laura ne put se retenir de secouer un peu son frère :

— Une chance qu'il y a les repas pour te faire lever ! dit-elle.

Charles se redressa en grimaçant et lui céda le banc qu'elle plaça près de l'un des deux ruminants.

— Au lieu de me réprimander, tu pourrais me remercier pour la surveillance. Je veille sur la maisonnée, Laura. De mon avant-poste, j'ai une vue sur les alentours. Je suis prêt à intervenir au moindre mouvement.

— Je ne veux pas te chicaner, Charles, mais ta collaboration s'avère de plus en plus indispensable. On dirait que tu ne te rends pas compte du travail qui déborde, dit Laura en plaçant un seau sous les trayons. Ta future belle-mère est une infatigable besogneuse. Même ta fiancée fait sa part pour aider, dans la mesure de ses capacités, bien sûr. Souvent, je lui recommande d'aller se coucher avant qu'elle ne s'épuise et qu'elle ne devienne encore plus anémique. Je la plains, la pauvre.

Le giclement grêlait sans cesse la surface moutonneuse du lait sous la main énergique de Laura. Charles demeurait debout, indolemment appuyé sur une poutre.

— Je reconnais que Liz a beaucoup de bonne volonté. C'est une de ses belles qualités. Je suis chanceux de l'avoir.

— Et n'oublie jamais qu'elle m'a accompagnée jusqu'à la maison du capitaine De Cew lorsque je me suis arrêtée à St. David alors que j'étais en route pour Beaver Dams. Je lui dois une fière chandelle.

— Bien sûr! Mais tu ne prétends tout de même pas que sans toi, sans ton intervention divine, nous serions passés aux mains des Américains, ajouta-t-il narquoisement.

— Je n'ai jamais dit ça, Charles. Chose certaine, ce n'est pas toi qui aurais fait ce voyage périlleux.

Charles ravala sa salive. Pour ne pas intimider davantage son frère, Laura changea de sujet:

— Alex est allé à la pêche. Il a rapporté tellement de belles prises que je lui ai demandé d'aller en donner à la voisine, madame Vrooman, afin qu'elle puisse nourrir sa famille nombreuse.

Laura se leva, considéra le visage du rouquin qui baissa les yeux de gêne. Puis elle s'employa à traire l'autre vache qui la dévisagea béatement de son regard bovin. Avant de sortir du bâtiment, Laura voulut éprouver la bonne foi de son frère. Elle se pencha pour prendre l'anse, souleva le seau en mettant une main à la base de ses reins.

— C'est lourd! se plaignit-elle, feignant un malaise.

— Je m'en occupe, réagit Charles.

Le mousquet en bandoulière, il agrippa le récipient. Lui et sa sœur rentrèrent.

* * *

Tôt après le déjeuner, Charles partit à pied avec le chien Rex – fort habile à halener le gibier. Le jeune homme emporta son fusil de chasse, sa corne de poudre et sa gibecière, et se rendit dans les bois avoisinants, l'esprit habité par la frousse de croiser des soldats américains. Pendant le repas, il avait mangé nerveusement, évitant de se mêler à la conversation.

— N'oublie pas de revenir avant la noirceur, avait lancé Alex sans méchanceté.

Liz avait défendu son fiancé :

— Alex, je t'en prie, n'attaque pas Charles. On ne connaît ni le jour ni l'heure où l'ennemi reviendra.

— Il faut être confiant, avait rétabli Hannah.

— Cette guerre semble interminable ; mais un jour ou l'autre, elle finira bien par épuiser la vengeance des hommes, avait exprimé Laura.

— Même si le conflit prend fin, ça ne me redonnera pas l'usage de ma jambe, avait argué James en affichant un air de déception.

Un peu plus tard pendant la journée, un passant déguenillé s'arrêta chez Laura et James. L'homme aux mains et au visage crasseux avait un regard éteint qui fascina Laura. Elle le fit entrer. Il reconnut aussitôt la veuve Secord.

— Nous avons tous quitté le village en feu de St. David, rapporta-t-il. Plein d'habitants ont fui vers Hamilton dans l'espoir d'être hébergés. Moi, j'ai bricolé une petite cabane dans le bois pour me mettre à l'abri. Je manquais de tout. J'ai vite compris que je ne pourrais tenir seul bien longtemps. Je ne suis pas un homme de la nature, prêt à vivre de chasse et de pêche comme les Indiens. Vous le savez, dit-il à l'adresse d'Hannah, je suis presque aveugle de naissance. Mais de là à me terrer comme une taupe dans un trou pour me cacher…

— Qu'allez-vous faire alors, monsieur Briggs? s'enquit Hannah.

— Je me dirige vers Chippawa. La route est-elle sécuritaire? Est-elle patrouillée par nos miliciens ou des soldats britanniques, ou encore est-elle infestée de soldats américains?

— Pour le moment, je crois que nous pouvons nous rendre sans trop nous exposer à des risques en suivant la route de Lundy's Lane, dit James, qui appréhendait la demande du passant. Il y a eu un affrontement à Chippawa au début du mois, mais maintenant ce doit être tranquille de ce côté, précisa-t-il.

Mary Lawrence s'attrista soudainement. Elle redoutait que Benjamin ait pris part à l'engagement. Le voyageur, qui s'apprêtait à quitter, s'informa :

— Charles n'est pas là?

— Il est parti avec son fusil et Rex pour la journée.

— Saluez-le de ma part, dit-il avant de se diriger vers la porte.

— Vous ne partirez pas comme cela, intervint Laura. Vous allez d'abord dîner avec nous, puis je vous conduirai à Chippawa.

— Je ne me suis pas arrêté pour quémander un repas ni un voyage en voiture, madame.

— C'est pourtant cela que nous allons vous accorder, insista la maîtresse de maison.

— Bien, madame, consentit monsieur Briggs avec un sourire dans la voix.

— Nous ne pouvons pas accueillir quelqu'un d'aussi malpropre à notre table ! chuchota Harriet à sa grande sœur.

— C'est notre charité chrétienne qui nous dicte notre bonne action, Harriet, murmura Mary Lawrence. Réjouis-toi : nous ne gardons pas monsieur Briggs à coucher !

Peu après le dîner, Alex attela le cheval. Laura entreprit le voyage aller-retour à Chippawa, ce lieu qui avait été le théâtre d'une autre bataille au début du mois. Laura déposerait monsieur Briggs au village et reviendrait sans s'attarder, en évitant les lieux sinistres qui avaient anéanti d'autres vies humaines et vu tomber d'innombrables blessés.

En revenant à Queenston au petit trot, Laura fut envahie par une bouffée de bonheur. Autour d'elle, les vergers continuaient de produire leurs fruits abondants. Malgré la mort que semaient les hommes, la vie poursuivait son cours inaltérable, plus forte et plus déterminée que tout. Le cheval ralentit le pas. Une biche bondit au travers du chemin et rejoignit sa mère qui broutait sous les ormes à l'orée du bois. Laura pensa à ceux qui l'attendaient. Elle fit claquer les rênes sur les fesses du cheval.

La voyageuse allait s'engager dans la campagne verdoyante où le soleil enjolivait de ses rayons les paysages bucoliques et les terres en friche que les habitants n'avaient pas cultivées. Elle goûtait ces instants de grâce lorsqu'elle aperçut les hommes en tuniques rouges se diriger vers Lundy's Lane. Elle rangea son cabriolet au bord de la route et s'immobilisa. Un officier à cheval s'approcha, les yeux cachés sous la visière de son shako orné d'une plume et de cordons rouges.

— Où allez-vous, charmante dame ? demanda-t-il.

— Je m'en retourne chez moi, à Queenston, répondit Laura.

— Dépêchez-vous, car une attaque est imminente dans le secteur, annonça-t-il gravement.

Les guides tremblèrent entre les mains moites de Laura. Elle souhaita que les troupes défilent au plus vite afin qu'elle puisse pousser sa jument au galop. Elle dut patienter une bonne demi-heure, pendant laquelle elle vit les hommes marcher au combat, la mâchoire serrée, et les chevaux tirer des charrettes de munitions et l'artillerie. Soudain, elle remarqua à la queue du défilé un groupe de miliciens menés par Benjamin Jarvis. Il avançait fièrement, son bandeau cerclant sa tête. Elle eut un accès de larmes :

— Benjamin ! s'écria-t-elle.

Il ne fit que détourner son regard vif vers elle et mouler un sourire retenu sur ses lèvres d'adolescent. Laura le regarda s'éloigner. La voie était libre. Elle pouvait à présent repartir vers la maison.

* * *

La ménagère ne fut guère étonnée d'apprendre que son frère n'était pas de retour. Autant elle se félicitait pour son geste charitable envers monsieur Briggs, autant elle s'en voulait d'avoir poussé Charles à la fuite. Était-ce le fait d'une impulsion passagère ou un entêtement du rouquin ? Néanmoins, elle lui avait sans doute fait sentir trop fortement sa désapprobation quant à son comportement.

— La noirceur arrivera et les méchants loups vont manger Charles tout rond, se moqua Alex.

— C'est vrai ? s'inquiétèrent les plus jeunes.

Liz gronda son frère :

— Ce n'est pas très gentil pour ton futur beau-frère, Alex. Et puis, ce n'est pas très sage de faire peur aux enfants avant le coucher.

La fatigue appesantissait les gestes de la malade. Liz regagna sa chambre, accablée par l'absence de son fiancé et les inquiétudes que cela suscitait. Agenouillée sur la carpette près du lit des enfants, Laura imagina un conte avec un heureux dénouement pour apaiser le petit Charles et Charlotte. Elle tenta de les rassurer en leur racontant l'histoire d'une biche qui retrouvait sa maman après l'avoir longtemps cherchée dans la forêt.

Au bas de l'escalier, James attendait sa femme avec une lettre qu'il avait oublié de lui remettre. Laura lut l'adresse de l'expéditeur, puis elle décacheta l'enveloppe avec hâte.

York, 18 juillet 1814

Ma chère amie Laura,

À défaut de vous voir en personne, j'ai choisi d'écrire tant mon désir de partager avec vous se fait pressant. Vos obligations familiales vous retiennent à la maison, et mon soutien auprès des familles défavorisées et victimes de la guerre me prennent maintenant tout mon temps. En cela, je marche sur les pas de ma sœur Eliza, une grande âme, un modèle de dévouement. Un jour, peut-être le destin facilitera-t-il un rapprochement géographique et pourrons-nous alors échanger plus librement, vous et moi ? En attendant que le ciel exauce ma demande, je tiens à entretenir notre échange épistolaire.

Depuis votre visite dans la capitale, les événements se sont bousculés dans la province. Les batailles se succèdent inlassablement. Dans les deux camps, on dirait que les hommes refont leurs forces et reviennent avec une hargne morbide redoublée, faisant toujours plus de victimes et de malheureux. Mister P. se demande si les hostilités ont apporté quelque avancement, d'un côté comme de l'autre. Mis à part le sentiment d'appartenance à une même nation qui se raffermit, je ne vois pas où nous conduisent ces luttes armées si vilaines et si loin de mon cœur. Heureusement que la justice existe pour punir les âmes déloyales…

À la suite de votre déposition informelle contre le traître notoire, de nombreuses preuves ayant été accumulées contre les présumés coupables, la province a intenté un procès par la voix de son procureur général, John Beverley Robinson. Beaucoup sont accusés de crimes divers et mériteront des sentences à la hauteur de leurs actes. Quatorze des hommes de Willcocks ont été inculpés pour haute trahison. Huit d'entre eux ont été condamnés à la pendaison ; les exécutions auront lieu dans deux jours à Burlington

Heights. Les six autres pourraient voir leur peine commuée en déportation. Cependant, Willcocks, le plus immonde de tous, est toujours en liberté. Le fin renard échappe encore à la justice. C'est révoltant!

Ma sœur Anne a beaucoup soupiré en silence ces dernières semaines. Elle se sent délaissée par John qui ne lui accorde que peu de temps. Entre vous et moi, j'ignore ce qu'il adviendra de cette idylle. Anne s'accroche trop à son prétendant. Il doit se sentir étouffé. Par contre, en même temps, je comprends ma sœur de se morfondre dans l'attente du jour où John pourra lui consacrer plus d'attention et la demander en mariage. Par ailleurs, j'appréhende le départ de John pour des études en Europe après la guerre. Mister P. l'encourage un peu trop en ce sens, et je crains que la perspective d'un tel avenir n'ébranle la fragilité émotive de ma chère sœur. Quant à mon frère Grant, il poursuit son travail de chirurgien dans le Volunteer Incorporated Militia Battalion et il éprouve beaucoup de difficulté à joindre les deux bouts. Comme d'habitude, l'argent lui file entre les doigts. J'ai eu connaissance (que cela reste entre nous…) que Grant implore souvent mon père pour qu'il lui accorde encore des avances sur son héritage afin de satisfaire aux besoins croissants de sa famille.

Parlez-moi de vous et des vôtres.

Votre amie, Mary Powell

Laura baissa les paupières et expira bruyamment.

— Tu me sembles toute chavirée, Laura. Les nouvelles en provenance de York sont mauvaises?

— Oui et non.

Laura lui tendit la lettre. James la lut en diagonale.

— Par tous les diables! Comme ça, ils n'ont pas mis la main au collet de Willcocks. Si j'étais capable, je fouillerais toute la contrée pour le débusquer dans son terrier et je le conduirais ensuite moi-même à la potence.

— Tu le sais comme moi: il a très bien pu prendre les armes et s'être rangé aux côtés des Américains.

— Le traître ! fulmina James.

— Ce n'est pas tant cela qui me chagrine, James, que ce que j'ai vu en revenant de Chippawa. Que Willcocks demeure introuvable, c'est une chose, mais…

— Quoi donc ? Parle, tu m'intrigues !

— J'ai croisé Benjamin Jarvis à Lundy's Lane. Il commandait une compagnie de miliciens. À dix-sept ans ! C'est inconcevable !

— Tu t'alarmes pour rien, Laura. Benjamin a dû monter en grade en acquérant un brevet d'enseigne.

— Il marchait au combat, James. Un officier m'a informé qu'un affrontement était imminent et m'a dit de me dépêcher de rentrer. Si tu avais vu défiler les troupes et les canons sur la route, tu réagirais autrement. Il ne faut pas en parler à Mary Lawrence ; elle aurait du mal à s'en remettre.

Laura reprit la lettre, qu'elle enfouit dans son corsage. Puis elle se rendit ensuite à l'armoire pour prendre le mousquet.

— Par tous les diables, où t'en vas-tu ? s'écria James.

— Je pars à la recherche du rouquin. Celui-là aussi m'inquiète.

James amorça un pas vers sa femme.

— Je t'en conjure, ma chérie, remets cette arme dans le râtelier. Charles a dû se rendre chez tes frères.

— Peut-être, mais j'aimerais m'en assurer. On ne sait jamais ce qui peut passer par la tête de Charles.

— Demain, tu partiras à sa recherche si tu le désires. Mais là, je t'en supplie, écoute-moi pour une fois.

Laura replaça le mousquet sur le support dans l'armoire. Elle se jeta ensuite dans les bras de James.

— Je suis déraisonnable, murmura-t-elle, larmoyante. À vouloir aider tout le monde, on finit par se nuire.

— Regarde-toi, ma douce : tu tombes de fatigue, tu es au bord de l'épuisement. Je t'aime et je tiens à toi plus que tout au monde.

* * *

Le lendemain après-midi, le cabriolet de Laura cahotait doucement sur le chemin qui menait chez ses frères à la campagne. Le soleil de fin de juillet se pavanait de ses rayons éclatants et gorgeait avidement les fruits et les champs céréaliers. La récolte serait abondante. Laura avait passé une nuit réparatrice, bien lovée contre le corps de son homme. Grâce à la débrouillardise de Mary Lawrence et à la bienveillance d'Hannah, elle s'était sentie moins coupable de partir. Cependant, son sentiment de culpabilité à l'égard de Charles demeurait ; elle avait, en quelque sorte, le sentiment de l'avoir jeté hors du nid familial. Et il n'était pas écrit dans le ciel que ses frères l'avaient accueilli à bras ouverts. Un petit espoir subsistait. Laura souhaitait ramener Charles à la maison.

Justin sortait de l'étable, l'échine courbée plus que jamais, sa carcasse croulante appesantie par un seau de lait.

— Bonjour, Laura, dit le vieillard à la voix rauque. Tu viens à propos de Charles ?

— Comme ça, il est venu se réfugier dans la maison paternelle.

— On ne peut rien te cacher.

— C'est mon cœur de…

— Ton cœur de mère… compléta Justin. Je sais, tu as toujours été une grande sœur protectrice. N'oublie pas que je te connais depuis que tu es haute comme trois pommes.

L'homme déposa le seau de lait sur le sol. Laura descendit de voiture.

— Où est Charles ?

— Il est aux champs avec tes frères. Je pense que les jumeaux ont voulu le mettre à l'épreuve. Connaissant son aversion pour les travaux de la terre, ils lui ont proposé de se frotter à l'ouvrage pour mériter le gîte et le couvert. Charles n'a pas voulu coucher dans la maison ; il a préféré dormir dans la grange.

— Katarina est là ?

— Non ; elle est allée dans sa famille avec les enfants.

— Tiens, voilà une charrette à foin.

Rex se pressa vers Laura, haletant de sa gueule béante et mendiant des caresses. Elle lissa la toison de l'animal frétillant comme un poisson. Le rouquin sauta de la charrette, faisant mine de ne pas remarquer la présence de sa sœur. De toute évidence, le travail ardu sous un soleil de plomb l'avait éprouvé physiquement. Accablé par la chaleur, Justin empoigna le seau de lait et entra dans la maison.

Laura s'approcha de son frère :

— J'aurais dû veiller sur toi, Charles, comme je le faisais lorsque tu étais plus jeune, l'interpella Laura. Je suis responsable de ta fuite.

— Tu te culpabilises sans raison, ma grande sœur. Ce n'est pas à cause de toi que je me suis enfui. Depuis quelques jours, je subissais les reproches de James et les moqueries d'Alex. Toute cette atmosphère qui pesait lourdement sur moi a été la goutte qui a fait déborder le vase. Mais il y a pire ; ma vie avec Liz devenait insignifiante et sans issue. Sa santé s'aggrave et je me sens impuissant à l'encourager. Mon amour pour elle s'est étiolé avec l'évolution de sa maladie.

— Loin de moi l'idée d'ajouter aux reproches, Charles, mais ce n'est rien pour aider au rétablissement de celle que tu as choisie pour fiancée.

— Je ne peux pas vivre près de Liz et constamment lui donner l'illusion que je l'aime. Je préfère m'éloigner d'elle.

— Liz guérira.

— Non. Selon le docteur, ce serait miraculeux qu'elle franchisse le cap de la fin de l'année, la contredit-il. Et les affres de la guerre n'apaisent pas ses tourments.

— Que vais-je lui rapporter, alors ? se désespéra Laura.

— Que tu m'as trouvé chez nos frères, que je vais bien, que je pense à elle et que j'irai bientôt lui rendre visite.

Laura comprit qu'il n'y avait plus rien à espérer de cette conversation. Charles s'inclina vers sa sœur et l'embrassa tendrement sur la joue, puis elle repartit en direction de Queenston.

* * *

Rex avait suivi Laura sur le chemin qui la ramenait au hameau. Il montait à présent seul la garde de la propriété des Secord. Liz ne prenait pas de mieux malgré les soins attentionnés d'Hannah. Alex continuait de se rendre utile et faisait la fierté de James. En plus de voir aux soins des animaux, l'adolescent était devenu le pourvoyeur en viande fraîche et en poisson, qu'il rapportait de ses excursions de chasse ou de pêche. Les femmes se consacraient aux travaux domestiques et James collaborait comme il le pouvait à l'entretien et à la récolte des légumes du potager. Depuis le départ du rouquin paresseux, James avait retrouvé une humeur plus légère et se plaisait à badiner avec ses enfants. Mary Lawrence souhaitait ardemment que Benjamin se manifeste. Quand les émotions devenaient insupportables, elle se recroquevillait en silence sur sa peine. Quelquefois, elle avait failli s'installer à l'écritoire de sa mère pour écrire à son amoureux. Sa lettre se rendrait certainement. Mais elle s'était retenue, jugeant l'idée inconvenante pour une jeune fille de son âge.

Même accaparé par ses occupations quotidiennes, Laura pressentait un tiraillement chez sa fille aînée. Elle admirait la force de caractère de Mary Lawrence, qui accomplissait ses tâches avec la même efficacité qu'à l'habitude. Mais Benjamin lui reviendrait-il ? Comme une mère qui se consume en songeant à son fils parti à la guerre, Laura évitait de sombrer dans l'abîme du désespoir. Lundy's Lane était-il devenu le tombeau du petit commandant ? Elle le revoyait marcher de son pas militaire, déterminé à affronter l'ennemi comme James l'avait fait avant lui. Allait-il au-devant de la mort ou lui échapperait-il encore une fois ? Il avait vu tomber Isaac Brock au combat ; le major général le regarderait-il tomber à son tour du haut des cieux dans le cimetière de Lundy's Lane ? Mais des développements heureux surviendraient sûrement bientôt. Laura les espérait dans la prière qu'elle faisait chaque soir avant de s'endormir.

Au surlendemain de la bataille, alors que le soleil diffusait ses derniers rayons dans la moiteur du soir, une étrange rumeur montante envahit le paisible hameau de Queenston. Les habitants qui n'étaient pas endormis se postèrent avec méfiance aux fenêtres. Des chevaux tiraient des canons et ce qui restait de l'artillerie légère. Des soldats d'infanterie désabusés marchaient lourdement devant des charrettes bondées de blessés qui se lamentaient ou qui demandaient à boire. Quand les paysans s'aperçurent que les hommes qui défilaient devant leurs yeux ahuris étaient des leurs, ils s'en approchèrent, cherchant à retrouver un mari, un père, un fils, un parent, un ami. Aussi impuissants et dévastés que leurs voisins, Laura, James, Mary Lawrence, Hannah et Alex observaient le funèbre cortège. Mary Lawrence se détacha des siens et se précipita en pleurs vers les voitures :

— Avez-vous ramené Benjamin ? demandait-elle sans cesse en poussant des hurlements hystériques comme les femmes qui se déplaçaient d'une charrette à l'autre.

— Suis-moi, Alex ! commanda Laura.

Il ne restait plus qu'un tombereau chargé de trois blessés vers lequel Mary Lawrence courut comme une désespérée. Elle s'agrippa au véhicule en mouvement, cherchant parmi les yeux hagards ceux de son amoureux. Le milicien ne s'y trouvait pas. La jeune fille s'effondra sur le sol poussiéreux et se replia sur elle-même, ses mains couvrant son visage mouillé.

— Benjamin est mort! exprima-t-elle dans son désarroi.

Alex et Laura la rejoignirent et tentèrent de la relever. Mary Lawrence demeurait inconsolable. Ils parvinrent à la soulever et la soutenèrent jusqu'à la maison.

Tous les supplices de l'angoisse n'étaient pas dissipés. Mary Lawrence reposait à présent dans son lit, le hoquet de ses sanglots étouffés par son oreiller pour ne pas réveiller les plus jeunes. Laura, Hannah et Liz avaient essayé de la raisonner, de la convaincre que tout n'était pas terminé. Mais l'aînée s'entêtait. Elle passerait la nuit à imaginer des scènes d'horreur, les effroyables tueries, un enfer de souffrance.

Pour atténuer sa propre peine, Laura compléta la lecture d'un livre et s'assit ensuite à sa table d'écriture. Les mots coulèrent de sa plume d'aigle avec une rare vitalité, comme le sang à la pointe des baïonnettes. D'un seul jet, elle cracha sa haine et son dégoût de la guerre avec tous les qualificatifs que recelait son vocabulaire. Puis elle en eut assez.

Elle referma son journal intime et s'apprêtait à moucher la chandelle lorsqu'elle entendit frapper dans les carreaux de la fenêtre. Elle souleva ses jupes et se rendit à la porte.

— Tu es sauf, mon garçon! s'exclama-t-elle.

Benjamin se jeta dans les bras de Laura comme si elle avait été sa mère. Après quelques secondes, il renifla et se détacha d'elle pour essuyer les larmes qui coulaient sur ses joues rêches.

— Attends-moi un instant, dit Laura. Je vais aller prévenir Mary Lawrence et James.

Laura revint aussitôt. Benjamin s'était libéré de son fusil et de sa corne de poudre, et il enlevait la boucle de laiton qui maintenait ses bandoulières entrecroisées portant cartouchière et baïonnette.

Malgré la maisonnée ensommeillée, James dévala l'escalier, s'appuyant sur sa jambe invalide. En haut des marches, Mary Lawrence, statufiée, fixait de ses yeux d'émeraude le revenant et tentait de se persuader qu'elle ne rêvait pas. Elle descendit lentement, un sourire s'épanouissant sur son visage. Laura respirait maintenant : de sombres pensées cesseraient de la tarabuster.

Les tourtereaux s'enlacèrent et Mary Lawrence entraîna Benjamin au salon. Laura referma derrière elle et James les portes doubles de la pièce.

— Qui a gagné la bataille ? demanda impatiemment James qui s'était assis sur le bord d'un fauteuil.

— Personne, répondit Benjamin.

— Comment cela, personne ? s'étonna James. Nous avons vu des charrettes de blessés et des hommes qui avançaient péniblement devant nos portes.

— D'une certaine manière, il n'y a eu que des perdants. Si vous aviez vu les innombrables morts et les blessés des deux camps qui jonchaient le sol du cimetière de Lundy's Lane, tout près des chutes du Niagara... On aurait dit que les morts étaient sortis de leurs fosses.

— Jamais plus, Benjamin ! déclara Mary Lawrence, frémissante de peur.

— C'est miraculeux que tu t'en sois sorti indemne ! clama Laura.

— Je crois que le ciel me protège.

— Ainsi, le lieutenant-général Gordon Drummond a fait du bon travail ! commenta James.

— Assurément ! Il est arrivé à Fort George le 25 au matin, farouchement déterminé à prendre le commandement de la péninsule du Niagara. Le résultat, c'est que nous avons empêché l'invasion du Canada.

— Comment cela s'est-il passé exactement ? s'enquit James.

— Père, vous pourriez vous abstenir ! intervint Mary Lawrence avec un air réprobateur. L'attente a été bien assez pénible sans que nous devions maintenant entendre l'horrible récit de la bataille. L'important, c'est que Benjamin soit sain et sauf et que nos troupes aient repoussé l'ennemi.

Toutefois l'intérêt de James avait provoqué un regain d'enthousiasme chez Benjamin qui vanta d'abord les mérites des troupes britanniques. Encore grisé par la bataille qui avait eu lieu, et faisant fi de la remarque de son amoureuse, le jeune militaire narra les détails de l'engagement avec sa verve habituelle, énuméra le nom des principaux officiers, les pièces d'artillerie, les obusiers, la grosseur des canons et leur nombre, la salve dévastatrice qui avait tué la majorité des artilleurs de leur camp. Comme s'il était dans le feu de l'action. Il ne manqua pas d'insister sur le rôle indispensable de la compagnie qu'il avait commandée et sur les félicitations qu'il avait reçues de ses supérieurs.

Quand il vit sourciller Mary Lawrence pendant la narration de ses exploits, il se mit à parler du lieutenant-général :

— Même blessé au cou, Drummond continuait de lancer des contre-attaques pour résister aux avancées des troupes améri-caines. Mais à minuit, c'était la confusion : les hommes étaient épuisés, certains s'entretuaient, l'eau et les munitions commen-çaient à se faire rares. Les adversaires se sont repliés. Les pertes des deux côtés sont considérables. C'est le combat le plus sanglant de la guerre.

— Sais-tu où ont retraité les Américains ? interrogea Laura qui ne demandait qu'à en finir avec le récit élaboré de Benjamin.

— Ils se sont retranchés à Fort Érié, détruisant en chemin nos fortifications et les ponts qu'ils traversaient.

Mary Lawrence commençait à bâiller. Benjamin donnait des signes de fatigue. Laura prenait de grandes respirations de lassitude.

— Il faut fêter ça ! décida James. Mary, apporte-nous la bouteille de rhum ! commanda-t-il.

— Vous fêterez une autre fois, James, s'objecta Laura. Tu ne vois pas que tout le monde tombe de sommeil ? Une bonne nuit nous fera le plus grand bien.

— Madame Secord a raison, approuva Benjamin. Nous sommes en garnison à Queenston ; je pourrai revenir bientôt.

— Au revoir, Benjamin, dit Laura.

Accompagné de James, le jeune homme se leva et se rendit à la porte, exalté par le récit de ses prouesses et l'attention que l'hôte lui avait accordée. Puis il sortit de la maison en omettant de saluer Mary Lawrence qui était demeurée au salon avec sa mère.

* * *

La présence des troupes en garnison à Queenston avait exacerbé l'inquiétude d'Hannah au lieu de l'apaiser. Laura et James lui avaient maintes fois répété que le hameau était patrouillé quotidiennement par des militaires britanniques, que les Américains ne rappliqueraient pas de sitôt, qu'on s'arrangeait bien dans la maison avec trois personnes de plus. Mais leur belle-sœur ne l'entendait pas ainsi :

— J'ai peur d'abuser. L'été, c'est facile de trouver à manger. Mais quand viendra l'hiver, ce sera une autre histoire... Mes enfants et moi ne pouvons rester indéfiniment chez vous, exprima-t-elle à court d'arguments.

— On se débrouillera, assura James.

— À moins que l'ennemi ne brûle votre village, comme il l'a fait l'hiver dernier à Niagara et cet été à St. David, dit Hannah. Et puis, il y a Liz qui ne prend pas beaucoup de mieux. Et Charles qui avait promis de la visiter et après qui il ne sert plus à rien d'attendre.

Après une grande respiration, Hannah annonça d'un air grave :

— J'ai décidé de me rendre chez ma sœur dans la capitale.

— Nous devrions trouver un médecin pour soigner ta fille le plus tôt possible avant que son cas ne dégénère, proposa Laura.

— Tu n'y penses pas ! À ce que je sache, les médecins sont réquisitionnés par l'armée de la province.

— J'en connais un qui pourrait nous aider, avança Laura.

— Qui donc ?

— Grant, le frère de Mary Boyles Powell. Il a servi comme chirurgien dans la marine et, maintenant, il exerce sa profession dans un bataillon de volontaires.

Soudainement, Hannah parut embarrassée.

— Je vous suis très redevable pour tout ce que vous avez fait pour nous, Laura et James. Cependant, j'aurais une grande faveur à vous demander.

— Tout ce que tu voudras, ma belle-sœur, dit James, en songeant à Charles dont l'absence allégeait le poids de ses journées.

— Emmène-nous à York, Laura. Nous ferions d'une pierre deux coups : nous irions voir le docteur Powell et ensuite j'irais m'installer chez ma sœur.

— Tu ne peux pas nous abandonner comme ça! protesta Laura.

— Je fais pour le mieux, tu peux me croire, dit Hannah. À bien y penser, c'est la meilleure chose à faire, affirma-t-elle d'un ton plus décidé.

— Pour le bien de Liz, il serait plus convenable que vous preniez un bateau, conseilla James. Vous n'auriez qu'à traverser le lac Ontario pour vous rendre à York. Mais je sais que présentement la route est plus sécuritaire que la voie navigable : il n'est pas impossible que des navires ennemis sillonnent le lac ou que des vaisseaux de guerre flottent à proximité de la côte.

— Le cahotement de la route n'est pas pire que la houle des flots, dit Laura. Et puis, j'ai encore trop ancré dans ma mémoire le souvenir de mon naufrage à bord du *Hope*.

Le rappel du naufrage évoqua le souvenir de Shawn chez Laura et James. Ils se regardèrent, persuadés qu'ils pensaient tous les deux à leurs premières amours.

* * *

Le lendemain, dans la lumière naissante du matin, Alex conduisit l'attelage vers la capitale en essayant de contourner les creux et les bosselures pour ménager les passagers. La malade ne s'en porterait que mieux à éviter les irrégularités de la route, bien enserrée entre des coussins qui la maintenaient dans un confort acceptable. Laura goûtait cet instant privilégié où le ruissellement d'or valsait dans la rosée matinale et où les oiseaux, vigoureux et infatigables, fredonnaient leurs rengaines.

Hannah avait tenu à s'arrêter à St. David en passant. Elle croyait que la vue de son village dévasté la convaincrait du bien-fondé de sa décision. Mais lorsque la charrette bâchée s'immobilisa devant les ruines de sa maison, elle n'eut pas la force de descendre et intima l'ordre à son fils de continuer. Elle ne reviendrait plus jamais à St. David. Elle se contenterait de se remémorer de doux souvenirs, son passé avec Stephen, le frère de James, et sa vie plus récente avec ses enfants, Alex et Liz.

Laura envisagea de s'arrêter à la demeure des De Cew. Catherine aurait volontiers accueilli les voyageurs dans sa vaste maison. Mais Hannah jugea préférable de poursuivre le périple vers York, quitte à bivouaquer aux abords de la route, juste avant la tombée de la nuit.

Après trois jours de voyage, l'imposante résidence du juge Powell apparut enfin au tournant de York Street. Le déplacement avait été très éprouvant pour Liz, au point qu'Hannah regrettait de l'avoir entrepris. Laura entra seule au domicile du magistrat. Elle espérait que le docteur était présent ou, si tel n'était pas le cas, que la malade pourrait le voir le plus tôt possible. Et quelle ne fut pas la déception de Laura quand on lui apprit que le médecin n'était pas revenu de sa dernière mission, sa fonction de chirurgien de milice le retenant au bataillon. Il serait en congé incessamment, mais on ne savait quand, expliqua avec désolation Mary Boyles Powell, flanquée de sa mère et de sa sœur Anne qui affichait un air hostile.

— Mère, vous n'avez pas l'habitude d'accueillir des impotents ici, s'opposa Anne. Cet endroit n'est pas un hôpital que je sache, dit-elle, maligne. Il y a bien assez de cette servante que vous et père avez pris en pitié et à laquelle vous avez donné l'hospitalité parce qu'elle est la sœur d'une de nos domestiques.

— Je me demande bien ce que cela peut te faire, ma fille ! lança avec véhémence madame Powell. Cela n'enlèvera rien à ton bien-être.

— Nous allons installer la malade dans la maison jusqu'à ce que Grant la voie, proposa Mary charitablement.

Madame Powell opina du bonnet. Froissée, Anne souleva sa robe à froufrous, tourna les talons et disparut dans le boudoir.

— Mon mari sera certainement de notre avis, assura la maîtresse de maison. Vous pouvez faire entrer Liz, madame

Secord. Elle séjournera ici le temps nécessaire. Quant à Anne, il faut l'excuser, elle file un mauvais coton. Ces temps-ci, John la délaisse à cause de ses occupations professionnelles. Anne a un de ces caractères, parfois, soupira-t-elle. À sa décharge, il faut dire que son prétendant projette de parfaire ses études en Europe après la guerre.

— C'est tout excusé, madame Powell! dit Laura.

La malade fut hébergée dans la grande maison avec Laura. Hannah et son fils se rendirent dans la parenté où ils furent reçus à bras ouverts.

Au lendemain, sans nouvelles du médecin, Laura se préparait à retourner à Queenston. Elle ne voulait pas prolonger exagérément son séjour dans la capitale. Le temps passé en compagnie de Mary avait été fort plaisant. Les deux amies avaient été soulagées de la désagréable Anne qui s'était abaissée à prendre ses repas à la table des domestiques pour éviter les visiteuses. Outre les raisons données par madame Powell pour expliquer le comportement singulier d'Anne, Mary avait parlé des fréquentes disputes qui surgissaient entre sa sœur et sa mère.

Laura était contente d'entretenir ses relations avec Mary, mais souhaitait par-dessus tout que le mal permanent dont souffrait sa nièce puisse être diagnostiqué le plus tôt possible. Près de la voiture bâchée, Mary et Laura se faisaient leurs adieux. La voyageuse s'apprêtait à fouetter son attelage lorsque Grant Powell arriva à pied, le pas lent, piteux comme un individu harassé par la guigne; il avait vieilli depuis que Laura l'avait vu. Un peu plus jeune que Laura, l'homme de trente-cinq ans en paraissait au moins dix de plus.

— Tu arrives à temps, Grant, déclara Mary. Madame Secord s'en retournait à Queenston.

L'homme s'inclina, marmonna quelques paroles inaudibles et allongea la jambe pour s'engouffrer dans la résidence de ses parents.

— Venez, Laura, dit Mary. Je pense que cela vaut la peine de retarder votre départ.

Les deux femmes entrèrent et rejoignirent le médecin qui se tenait près du buffet des boissons, prêt à se servir un verre.

— Grant, j'ai un service à te demander.

— Je reviens de la garnison et j'ai ma journée dans le corps.

— Madame Secord aimerait que tu examines sa nièce, exprima Mary.

— Je ne suis pas en consultation.

Le médecin se remplit un verre qu'il but d'un trait.

— Ma nièce souffre d'un mal qui la mine depuis des mois et des mois, et personne ne peut la soigner, risqua Laura. Presque tous les médecins ont été réquisitionnés par l'armée ou la milice et les quelques autres ont déserté la région.

Faisant la sourde oreille, l'homme empoigna de nouveau la bouteille.

— Tu pourrais démontrer un peu de compassion, intervint Mary, cinglante.

— Vous me devez bien cela, osa Laura. Rappelez-vous la tentative de vol des deux brigands à votre solde.

Interdit, le médecin amorça un mouvement pour quitter la pièce.

— Grant ! s'écria Mary.

L'interpellé s'arrêta, parut réfléchir, puis il se retourna.

Laura en rajouta :

— Sur le chemin de Queenston... La Loyal and Patriotic Society... Ça vous dit quelque chose ?

Grant Powell se racla la gorge ; il se sentait traqué.

— Bon, que désirez-vous que je fasse exactement ? demanda-t-il, la mine coupable.

— Liz est couchée dans la chambre que tu occupais avec ta famille après le saccage que les Américains ont fait subir à ta propriété. Tu sais, la rose avec du papier peint…

— Ça suffit, Mary ! Je la trouverai bien, même si cette maison est grande comme un hôpital. Je vais quérir ma trousse chez moi et je reviens.

Une demi-heure plus tard, les femmes suivaient le médecin à l'étage. Liz était allongée au milieu d'un lit, la respiration oppressée. De l'embrasure de la porte, Anne observait son frère qui ausculta le cœur, l'abdomen et les poumons de la patiente. Le docteur Powell s'approcha de Laura et de Mary. Il murmura son diagnostic :

— Votre nièce est inguérissable, madame Secord. J'ai rencontré quelques cas semblables dans ma carrière et…

— Et quoi ? s'enquit la sœur du médecin.

— Habituellement, ce type de maladie emporte le malade assez rapidement. C'est un mal pernicieux qui demeure encore méconnu de la médecine moderne et…

— Y a-t-il quelque traitement qui pourrait la soulager de ses souffrances tout en n'abrégeant pas sa vie ? coupa Laura.

Le docteur Powell prescrivit une tisane à base d'écorce de cerise et un médicament produit à partir d'une plante herbacée qu'il rapporta de son apothicairerie. Anne parut grandement soulagée quand Laura partit avec la malade pour l'emmener à l'endroit où logeait Hannah.

19
La fin de la guerre

En août, certains journaux de la péninsule rapportèrent que les nuages de guerre qui s'étaient déversés sur la province achevaient de perturber le climat canadien. En effet, depuis la défaite de Napoléon sur le continent européen, des renforts britanniques affluaient en Amérique du Nord, ce qui modifierait la tournure du conflit qui perdurait. James et Laura se plaisaient à le croire. Et ils sautèrent de joie quand ils apprirent que le gouverneur général, Sir George Prevost, avait planifié une invasion des États-Unis et que les édifices gouvernementaux de Washington avaient été incendiés en représailles aux attaques sur York. On annonça également que le président Madison s'était enfui et que sa femme avait sauvé le document original de la *Declaration of Independence*.

Septembre était arrivé avec des jours pluvieux alternant avec des journées plus ensoleillées mais fraîches. Depuis quelque temps, Mary Lawrence suivait les sautes d'humeur de la température. D'emblée, Laura avait tendance à attribuer la maussaderie de son aînée à des états d'âme passagers qui lui rappelaient sa propre adolescence. Elle savait Mary Lawrence dotée d'un bon caractère et demeurait persuadée que tout se rétablirait avant longtemps. Cependant, elle changea d'avis lorsqu'elle la trouva en larmes, frissonnante, au pied de l'orme où James s'assoyait parfois.

— Tu pleures, Mary ?

Voyant que sa fille recroquevillée était incapable de répondre, Laura s'inclina vers elle.

— À l'heure qu'il est, tu devrais rentrer dans la maison. L'herbe est encore mouillée ; tu vas attraper du mal, ma chérie. Je ne voudrais pas que tu sois malade comme ta cousine Liz, ajouta-t-elle en lissant la longue chevelure de son aînée.

— L'affection dont je souffre est incurable, se plaignit l'adolescente.

— Je serais la femme la plus étonnée du monde si ta cousine passait l'hiver.

— Vous croyez ? Elle est dans un état si lamentable ?

— Je ne suis pas médecin ; il faut faire confiance au docteur Powell. Mais, entre nous, je doute que Liz recouvre la santé. Au moins, on aura tout tenté et personne ne pourra nous adresser des reproches.

— C'est triste ce que vous me dites là.

— C'est dommage, mais je crois que c'est dans l'ordre naturel des choses. Quant à toi, je soupçonne que la cause de ton malaise soit d'un tout autre ordre.

— Comment pouvez-vous prétendre la connaître ?

— Parce que j'ai déjà souffert du mal d'amour, ma fille.

— Vous vous trompez ! Il ne s'agit aucunement d'amour, se rebiffa l'aînée.

— Tu t'ennuies de Benjamin…

— Je préférerais m'ennuyer de lui. Ce que je supporte est bien pire : il se désintéresse de moi. Tout simplement ! C'est ça qui me chagrine tant, mère. Quand il vient à la maison, c'est surtout pour converser avec père. Pour lui, je suis comme une potiche qu'on regarde en entrant dans un salon et qu'on délaisse aussitôt que l'hôte se présente. C'est insupportable ! Vous l'avez vu quand il est revenu de Lundy's Lane couvert de médailles… Il ne pense qu'à raconter ses exploits pour se mettre en valeur et à rapporter les événements. Il m'ignore. Et moi qui me morfonds pour lui. C'est fini entre nous! clama-t-elle péremptoirement.

Elle entra d'un pas rageur dans la maison et passa en trombe dans la cuisine devant ses sœurs et son frère. Sa mère la suivit de peu. Mary Lawrence allait emprunter l'escalier lorsqu'elle réalisa que son père s'entretenait avec quelqu'un. Benjamin était en grande conversation avec lui. Elle se ravisa. Rassemblant les débris de son courage, l'adolescente résolut de se montrer le bout du nez dans l'encadrement des portes doubles.

— Bonsoir, Mary Lawrence, dit le visiteur.

— Bonsoir, Benjamin.

Le jeune homme détourna aussitôt le regard vers James et continua à trinquer:

— À la mort de Willcocks!

Offusquée par l'attitude de Benjamin, Mary Lawrence gravit l'escalier. Laura se désola de la réaction de sa fille, mais le nom du traître avait éveillé sa curiosité. Elle rejoignit donc les hommes:

— Benjamin, quel soulagement de te voir!

— Je suis bien là, en chair et en os, madame Secord!

— Laissez-moi le temps de voir au débarbouillage des plus jeunes et de les mettre au lit, puis je reviendrai. Benjamin, il faudra que tu me racontes ce qui est arrivé à Willcocks.

Les enfants couchés, Laura redescendit au salon, son cœur de mère serré comme un poing. Sa plus vieille s'était réfugiée sous les couvertures et avait refusé de l'accompagner, résolument décidée à oublier Benjamin. S'il s'intéressait à elle, il saurait le manifester de façon imminente, c'est certain. Dans le cas contraire, elle en ferait son deuil. Un jour, quelqu'un s'éprendrait d'elle. Du reste, le comportement du jeune homme était inadmissible. Il ne la méritait pas. Elle était déçue. Malgré tout, elle s'endormirait en pensant à lui, renonçant aux rêves qu'elle avait caressés, la tête posée au creux de son oreiller humide. Mais ce que sa raison avait décidé, son cœur le refusait. C'était plus fort qu'elle ; à pas feutrés, elle descendit les marches et colla son oreille contre une porte du salon.

La narration de Benjamin avait captivé Laura. Après la sanglante bataille de Lundy's Lane, l'armée britannique avait pourchassé l'ennemi vers le lac Érié sous le commandement du lieutenant-général Gordon Drummond. Les Américains s'étaient retranchés dans l'ancienne forteresse canadienne. De leur côté, les Britanniques avaient aménagé des tranchées et dressé des batteries d'artillerie pour soutenir un siège contre les positions américaines. Après plusieurs jours de bombardements, le général Drummond avait ordonné un assaut qui avait permis à une troupe d'entrer dans un des bastions. Malheureusement, cette percée avait été anéantie par l'explosion d'un magasin.

— Dans quelles circonstances Joseph Willcocks a-t-il été tué ? s'informa James.

— Lors d'un engagement en face du fort, le 4 septembre, s'empressa de répondre Benjamin. Il a été atteint au sein droit et il est tombé raide mort. J'ai personnellement…

— Par tous les diables, il n'a pas eu le temps de souffrir ! coupa James.

— Voyons, c'était un être humain comme les autres, protesta Laura.

— Tu es bien compatissante pour quelqu'un qui a incendié Niagara et ta carriole et qui t'a obligée à revenir à pied par un froid à fendre les pierres. Tu ne te souviens donc pas d'avoir secouru ta sœur, le docteur Priestley et sa femme ?

— Je suis bien contente que le pays soit débarrassé d'un personnage aussi monstrueux. Par contre, je n'ai jamais souhaité qu'il soit martyrisé.

—J'ai contribué à… commença Benjamin.

— C'est toi qui l'as tué, peut-être en faisant feu derrière un buisson?… ironisa Mary Lawrence qui apparut dans l'embrasure en ouvrant brusquement une des portes.

— Je n'ai jamais rien prétendu de tel, Mary Lawrence! s'offusqua le jeune militaire. C'est un de mes compagnons qui l'a tué.

— Benjamin a vu tomber le major général Brock, mais il ne s'est jamais vanté qu'il était un tireur d'élite et qu'il avait canardé Willcocks, intervint James, prenant la défense de l'adolescent.

Désarmée, Mary Lawrence remonta à l'étage. Prise entre deux feux, Laura décida d'abandonner les hommes. Elle se rendit en haut de l'escalier où l'aînée s'était effondrée en larmes sur le banc du quêteux. Laura s'assura d'abord que la porte de la chambre des enfants était close, puis elle s'assit aux côtés de Mary Lawrence.

—J'ai horreur des prétentieux, mère, sanglota la jeune fille.

— Qu'il ait abattu Willcocks ou pas, cela importe peu, ma chérie. L'important, c'est que le traître soit hors d'état de nuire.

—Je n'ai pas apprécié que père défende Benjamin.

— Je pense qu'il se projette en lui parce qu'il est un valeureux combattant. Benjamin est un peu le fils que ton père rêve d'avoir et qui réalise ce que lui-même aurait voulu accomplir. Tu le sais comme moi: la bataille de Queenston a immobilisé ton père jusqu'à la fin de la guerre.

— Cela ne change rien au fait que Benjamin ne tient plus à moi. Il n'éprouve plus aucun sentiment à mon égard.

— Si j'étais à ta place, je ne désespérerais pas. La guerre transforme le cœur des hommes, Mary.

— Le désespoir ne fera pas de moi une autre victime, je vous assure, dit Mary Lawrence, reniflant ses larmes. Je vous remercie de m'avoir écoutée, mère.

* * *

Deux jours plus tard, Alex arrivait à Queenston en provenance de York. Porteur d'une nouvelle pressante, le messager avait éperonné sa monture et franchit la distance en un temps record. Laura venait de tirer les rideaux et de verrouiller les portes quand elle ouvrit, fusil en main, à celui qui frappait.

— Tante Laura, Liz est morte! haleta le jeune homme.

— Oh non! Pauvre fille! Entre, mon neveu.

Laura rangea son mousquet dans l'armoire. James descendit l'escalier. Mary Lawrence apparut en haut des marches, affublée d'un air triste. Elle était déçue que le visiteur ne soit que son cousin. Depuis la dernière visite de Benjamin, elle avait ruminé des pensées culpabilisantes. Elle était prête à pardonner au jeune homme son indifférence, à tout recommencer. Elle suivit les pas de son père et tous se retrouvèrent dans l'entrée.

— Pauvre Liz, la maladie l'a emportée, se désola Laura.

— Depuis votre voyage à York, ma tante, sa santé n'a cessé de se détériorer, exprima Alex, affichant une mine attristée qui contrastait avec son air taquin habituel.

— Le docteur Grant Powell n'a donc rien pu faire pour la soigner, commenta James.

— Qui va prévenir oncle Charles? questionna Mary Lawrence.

— J'en fais mon affaire, décida Laura. Charles n'aura d'autre choix que de nous accompagner, Alex et moi. S'il le faut, je le tirerai par les oreilles jusqu'à York, affirma-t-elle avec le plus grand sérieux du monde.

— Vous n'aurez pas de misère avec ses grandes oreilles en porte de grange, ricana Alex, reprenant l'attitude espiègle qu'on lui connaissait.

Tous s'esclaffèrent, sauf Laura qui décrochait sa cape.

— Ne me dis pas que tu pars déjà, Laura ! réagit James.

— Je n'attendrai certainement pas à demain matin pour tirer ce flanc mou du lit et le convaincre de venir à York.

— Je te le concède, Laura : ton frère Charles est un cas de force majeure ! blagua James. C'est maintenant ou jamais !

* * *

Avant le chant du coq, Alex, Charles et Laura quittèrent le village de Queenston. Charles n'avait manifesté que bien peu d'émotion lorsqu'il avait appris le décès de sa fiancée. De plus, il s'était fait prier pour aller coucher chez sa sœur et ensuite se rendre dans la capitale pour les funérailles. Le voyage lui apparaissait comme du temps perdu. Laura avait fait valoir qu'il se devait de témoigner de la sympathie à Hannah qui l'avait hébergé pendant des mois sans exiger le moindre sou, et que, de toute façon, sa participation aux travaux domestiques chez leur frère David devait être presque négligeable.

En chemin, les trois voyageurs demandèrent l'asile pour une nuit dans les bâtiments d'une ferme.

— Nous allons à York pour des funérailles, expliqua Laura au paysan.

— Malgré le conflit qui perdure, la vie continue ! affirma maladroitement le fermier qui réalisa ensuite son impair à cause du coup de coude dans les côtes que lui donna sa femme.

Alex, Charles et Laura repartirent le lendemain après un petit-déjeuner copieux que leur offrirent les paysans très hospitaliers.

La charrette parvint à destination en fin de journée. La sœur d'Hannah reçut les visiteurs avec tous les égards réservés aux gens de marque. La dame au visage pourtant sympathique avait une façon bien à elle de s'exprimer qui exaspérait Laura. En effet, dès qu'elle ouvrait la bouche et commençait à parler, elle produisait une sorte de sifflement agaçant et avait la désagréable manie de postillonner à la figure de son interlocuteur.

La femme offrit une collation aux visiteurs et céda une chambre à Charles et Laura. Épuisée par les événements des derniers jours, Hannah s'était déjà retirée pour la nuit.

— Vous excuserez Hannah ; elle était très fatiguée, expliqua-t-elle.

— Et avec la journée qui l'attend demain, elle a un grand besoin de repos, renchérit Laura, compréhensive.

Charles fut grandement soulagé de ne pas voir la mère de Liz ce soir ; il craignait le regard accusateur de celle qui devait devenir officiellement sa belle-mère. Mais les choses avaient tourné autrement. Il avait pour son dire que l'enterrement de Liz serait une façon de mettre le dernier clou sur le cercueil de leur relation. C'est pour cela, et à cause de la grande force de persuasion de sa sœur, qu'il avait consenti à faire le voyage dans la capitale.

À son réveil, Laura retourna mille fois dans sa tête les paroles de réconfort qu'elle voulait adresser à sa belle-sœur. Elle regarda celui qui dormait à ses côtés, le rouquin dont ses frères s'étaient souvent moqués, celui que la vie n'avait pas gâté. Le pauvre venait de perdre définitivement celle qui aurait pu devenir son épouse. Laura se demanda si la vie le favoriserait un jour, s'il trouverait une autre perle comme celle que la vie venait de lui arracher en refermant sur elle la coquille de son huître. Une autre femme s'éprendrait-elle un jour de cette espèce de disgracié fainéant?

Mais elle préféra penser à la chère disparue qui l'avait accompagnée dans sa mission et au message qu'elle avait livré seule à ce FitzGibbon qui s'enorgueillissait de la victoire britannique sur les Américains à Beaver Dams.

Après s'être levée, Laura démêla sa chevelure devant le miroir de la chambre. Elle revêtit ensuite sa robe la plus sombre, dénuée de tout apparat. Hormis la robe blanche à frisons que la femme du capitaine De Cew lui avait donnée pour s'en retourner chez elle après la bataille de Beaver Dams, elle n'avait que des vêtements très modestes qu'elle portait la plupart du temps.

Charles se leva de mauvaise humeur, la lippe pendante et les cheveux ébouriffés. Il s'approcha de la commode, versa un peu d'eau de l'aiguière dans un plat et s'en humecta le visage.

— Je t'ai réveillé? dit Laura, étudiant par le miroir les gestes de son frère.

— Je ne dormais plus. Je pensais à ma belle-mère.

— Hannah est une bonne personne, Charles. Je pense qu'elle ne peut t'en vouloir, qu'elle est capable de faire la part des choses et que, en aucune façon, elle ne peut te tenir responsable de la maladie de sa fille.

— Je me sens coupable d'avoir abandonné Liz. Je suis un lâche.

— Tu te juges trop sévèrement. Le seul fait que tu aies décidé de m'accompagner à York témoigne de tes bonnes dispositions. Personne ne peut te reprocher quoi que ce soit.

— Puisque tu le dis, Laura.

Elle détourna légèrement la tête vers son frère et lui adressa un sourire. Il parut rasséréné.

— Tu aurais meilleure mine si tu te faisais la barbe, Charles.

Laura avait conscience de l'ascendant qu'elle exerçait sur son frère. Mais, en même temps, il avait besoin d'être un peu bousculé pour poser un pied devant l'autre.

— Je descends, annonça-t-elle.

— Tu me laisses seul ?

— De grâce, Charles, tu n'es plus un enfant ! Fais un homme de toi !

Il la regarda, l'œil dubitatif, et s'installa au miroir pour se raser.

Le petit-déjeuner se prit sans lui. Autour de la table, les femmes discutèrent des arrangements funéraires et des dernières volontés de la chère disparue qui n'avait légué que son sourire en héritage. D'ailleurs, son visage s'était refermé dans un ultime rictus de délivrance. Liz avait souffert et souhaité sa dernière heure ; comme elle avait attendu le passage de la diligence qui la transporterait dans une contrée dont nul être n'était jamais revenu. Elle était allée rejoindre Stephen, son père, et les nombreux villageois de St. David partis avant elle et qui reposaient dans le cimetière du village maintenant calciné. Outre sa mère et son frère Alex, elle laissait dans le deuil des oncles, des tantes, des cousins et des cousines, et quelques rares amies qui avaient perdu sa trace après le déménagement forcé du village en flammes.

Quand vint le temps de se rendre à l'église, Alex monta prévenir Charles. Ce dernier avait choisi de s'abstenir de déjeuner plutôt que de s'exposer au regard et aux questions des femmes. Vêtues de leurs tenues foncées, elles passèrent devant et marchèrent dans la rue, le visage couvert d'une voilette. Le pas lugubre, Hannah avançait, soutenue par sa sœur et Laura. Elle revoyait sa fille, toute petite et joyeuse, courant dans l'herbe folle, entendait sa voix cristalline d'enfant heureuse. Puis elle se l'imaginait, enfermée dans son cercueil, recluse, les mains croisées sur sa frêle poitrine. Quelques jours auparavant, on avait dépouillé la morte de sa jaquette de malade pour l'habiller de sa robe vieillotte, la seule qu'elle possédait. Laura écoutait la mère éplorée, incapable de trouver des mots de consolation. Cela l'irritait de devoir tolérer la sœur d'Hannah, qui ne cessait de postillonner à travers son petit voile transparent des paroles qui ne parvenaient pas à réconforter la mère affligée…

Les passants observaient le cortège funèbre, dévisageant l'étrangère qui logeait depuis peu avec son fils et sa fille chez la résidante de York. Ils avaient remarqué les visites quotidiennes de la mère et de la fille chez le juge Powell, dont le fils soignait cette dernière. Du reste, les habitants de York évitaient de consulter Grant Powell par crainte de devenir plus mal en point. On se plaisait à répandre qu'il était peu intéressé par sa profession de chirurgien engagé dans l'armée, qu'il était prompt à recommander l'amputation d'un orteil pour un ongle incarné et à prescrire une médecine de cheval pour un rhume de cerveau.

La cérémonie religieuse se déroula dans l'intimité la plus stricte. Mais au sortir du lieu saint, une femme tout de noir vêtue aborda Laura sur le parvis :

— Je vous attends à la maison après l'enterrement, mentionna Mary Boyles Powell. Il pleut et j'ai peur de prendre froid par ce temps malsain, ajouta-t-elle.

— Vous pensez bien que je me proposais d'aller vous voir avec mon frère avant de rentrer à Queenston, Mary. Mais je devrai d'abord raccompagner la mère de la défunte.

Le petit convoi funèbre se rendit au cimetière pour la mise en terre de la dépouille. Par l'intermédiaire de sa sœur, Hannah avait réussi à négocier un coin sous les branches d'un chêne à l'extrémité nord du terrain pour la nouvelle résidante qui était venue finir ses jours dans la capitale.

Après des adieux larmoyants, Laura et son frère arrivèrent chez le juge Powell, transis par le froid d'automne qui glaçait jusqu'aux os. Une domestique leur ouvrit. Anne Powell s'adonnait à passer près de l'entrée, engoncée dans une élégante robe satinée.

— Tiens, madame Secord qui vient chercher refuge chez son amie! émit bêtement Anne Powell. Avec un homme d'âge mûr, cette fois!

— Charles est mon frère. Nous sommes venus à York pour les funérailles de sa fiancée et nous repartons aujourd'hui même, rétorqua Laura.

— Ah! C'est vous qui étiez le fiancé de Liz, notre malade alitée que Grant n'a pu sauver.

Mary semonça sa sœur:

—Je t'en conjure, tais-toi!

Elle se tourna ensuite vers les voyageurs.

— Vous allez prendre un thé bien chaud pendant qu'on met votre cape et votre manteau à sécher, dit-elle.

— Volontiers! acquiescèrent Laura et Charles en chœur.

Les invités se débarrassèrent de leurs vêtements mouillés. Ils suivirent ensuite Mary et sa sœur Anne au salon. Une servante, au sourire envoûtant et au ventre rebondi, qui transportait un plateau attira le regard de Charles.

— Elle n'est pas pour vous, celle-là! dit Anne d'un ton condescendant. Le travail est déjà fait. Commencez par vivre votre deuil et vous en trouverez bien une qui vous convienne pour remplacer celle que vous avez perdue, ajouta-t-elle.

— Ce que tu peux être désagréable et méchante parfois ! réprimanda Mary.

— Pour votre gouverne, mademoiselle, sachez que c'était fini entre Liz et moi depuis un certain temps, expliqua posément Charles.

— En ce qui concerne notre servante aux formes un peu rondes, c'en est une autre que nous avons recueillie, poursuivit Anne, méprisante. Pour sa faible constitution, celle-là ! Bien évidemment, on l'affecte à de menus travaux. Elle était au service d'un homme bien en vue de York. Mes parents l'ont prise en pitié parce qu'elle est la sœur de Kristen, à notre emploi depuis longtemps. Et dire qu'elle se plaignait de fréquentes nausées qui l'incommodaient quand elle est arrivée. Grant n'a rien décelé de toute cette mascarade et il a réussi à convaincre mes parents de la garder.

Elle s'esclaffa d'un rire d'aliénée et quitta la pièce promptement.

— Vous connaissez ma sœur, Laura. Elle est de plus en plus cinglante et déraisonnable depuis que John entrevoit sérieusement son départ pour Londres après la guerre. Mère n'en peut plus. Elle et moi tentons de la calmer, mais nos désaccords avec Anne donnent souvent lieu à de violentes prises de bec. Elle est malheureuse, Laura, et nous ne pouvons rien pour atténuer ses tourments.

Laura acheva de boire son thé et déposa sa tasse sur le plateau :

— Je ne m'ennuie pas, Mary, mais j'en connais qui m'espèrent à la maison, dit-elle.

Elle se leva.

— Attendez un moment afin de nous assurer que vos vêtements sont secs, Laura.

La servante enceinte revint quelques minutes plus tard avec le lourd manteau de drap et la cape :

— Tenez! dit-elle en adressant un sourire à Charles qui ne la quittait pas des yeux.

— Tu peux disposer, dit Mary, congédiant la servante enjôleuse.

Une fois cette dernière sortie de la pièce, Mary fit une promesse à sa visiteuse :

— La prochaine fois que nous nous verrons, Laura, ce sera dans votre maison. Si cela vous convient, bien sûr !

— Je serais enchantée de vous recevoir, Mary. Mais ne vous attendez pas à une grande résidence où fourmille une armée de domestiques.

— Bien entendu, Laura !

* * *

Même si Laura avait hâte de revoir les siens, elle proposa à son frère de s'arrêter chez Catherine De Cew et d'y passer une nuit avant de regagner son patelin. Il se faisait tard. Le ciel pigmenté d'étoiles guidait les voyageurs aventureux. Les oiseaux diurnes avaient replié leurs plumes dans leur nid douillet. Bientôt, d'autres représentants de la faune ailée partiraient à la chasse, armés de leurs griffes recourbées, déchirant la noirceur de leur bec crochu. Les deux passagers entendirent le hululement d'une chouette et le hurlement lointain des loups. La voiture s'engagea sur le chemin qui longeait le ruisseau Twelve Mile reconnu pour ses eaux frétillantes de truites et d'achigans dont Charles raffolait. Laura tenait les guides pendant que son frère sommeillait sur le siège. Subitement, les voyageurs entendirent le roulement effréné d'une voiture dévalant avec fracas la route cahoteuse qui descendait d'un versant en pente raide. Un brougham, ce véhicule privé réservé aux mieux nantis, dégringolait la côte, négociant les courbes avec difficulté. Les passagers poussaient des cris effrayés. Puis ce furent les craquements du bois qui éclata sous l'impact et le hennissement des chevaux épouvantés qui se détachèrent de leur attelage et coururent droit devant.

Dans un poudroiement de sable, Laura immobilisa son cheval. Charles et sa sœur se précipitèrent sur les lieux de l'accident. La voiture luxueuse reposait dans un fossé peu profond. Elle avait subi des dommages : une roue brisée, une porte arrachée de ses pentures. Des bagages gisaient au bord du chemin. De l'habitacle s'exhalait une forte odeur de tabac qui incommoda Laura.

Surmontant sa peur, Charles s'approcha du véhicule et rejoignit sa sœur.

— Quelqu'un est blessé ? demanda Laura en voyant les trois passagers entassés les uns sur les autres.

— Je ne pense pas, émit une jeune femme. Ma mère s'est évanouie mais elle reprend tranquillement ses esprits et mon père ne semble pas trop mal en point.

Effectivement, l'homme ne paraissait pas avoir trop souffert de l'accident : pipe à la main, il continuait de pétuner. Son visage ridé disparaissait dans un halo de fumée nauséabonde.

— Et vous, mademoiselle ? s'enquit Charles.

— Rien de sérieux. À part quelques ecchymoses, je me porte bien, monsieur.

— Donnez-moi la main, dit Charles.

La passagère descendit et Laura s'occupa du vieux couple qui s'extirpa péniblement de l'habitacle.

— Mais où est donc passé le cocher ? s'écria la jeune inconnue. Valentin ! répéta-t-elle plusieurs fois en fouillant du regard l'obscurité près du brougham.

Après quelques minutes, elle s'exclama :

— Ah ! Je le vois qui s'amène !

Un homme d'une soixantaine d'années surgit des buissons bordant la route, l'air désemparé, les basques de sa redingote déchirées. Il traînait derrière lui des reliquats de plantes filandreuses :

— Je crois que j'ai relâché les rênes en m'endormant. Les bêtes se sont emballées ; je n'ai pas pu les retenir, narra-t-il.

— Pauvre Valentin ! s'apitoya la jeune femme.

— Pauvre monsieur ! reprit en écho Charles.

La dame marchait péniblement vers la voiture, appuyée sur son mari et sur Laura tandis que Charles et la jeune femme flanquaient le vieil homme courbaturé.

— Je suis Anne Maria Merritt, dit la plus jeune passagère. Et vous ?

— Je m'appelle Charles Ingersoll. Heureux de vous connaître.

— Charles, viens m'aider ! s'écria Laura.

On fit monter le vieux couple dans la voiture de Laura. Ensuite, le cocher prit place avec les bagages.

— Où alliez-vous comme cela à cette heure tardive ? demanda Laura.

— Nous nous rendions dans la parenté, exposa monsieur Merritt. Nous avons mal évalué la distance à parcourir et nous pensions arriver plus tôt.

La dame parut très vexée :

— Et il a fallu ce fâcheux accident pour nous retarder. Le cœur me débat encore, exprima madame Merritt.

— C'est ma faute, dit le cocher. Sans mes maladresses, nous serions déjà rendus à destination. Mille excuses, madame Merritt.

Monsieur Merritt rassura son domestique :

— Ne vous en faites pas, Valentin. Personne n'est blessé ; c'est ce qui importe.

La voiture de Laura reprit la route, bondée de bagages éventrés et de passagers secoués par l'événement. Charles et Anne Maria s'installèrent l'un près de l'autre sur des valises, réservant les places les plus confortables au vieux couple et au cocher. Envoûté par les charmes de sa compagne, le frère de Laura ne perdit pas un instant pour faire connaissance. Elle semblait libre de toute attache amoureuse ; il était définitivement délivré de sa fiancée. Pour une fois, le destin le favorisait. La famille Merritt venait s'établir dans les parages et logerait temporairement chez un oncle de la jeune femme avant de se bâtir une maison. William, le frère d'Anne Maria, avait été fait prisonnier à la sanglante bataille de Lundy's Lane et il les retrouverait après la guerre.

Monsieur et madame Merritt, leur fille et le cocher s'arrêtèrent à une résidence sise le long du ruisseau Twelve Mile peu de temps après avoir frappé à la porte de la maison d'un paysan du voisinage, qui leur avait indiqué le trajet pour se rendre au domicile recherché.

* * *

Laura et Charles repartirent le lendemain de la maison du capitaine De Cew qui était, de fait, à proximité de celle où ils avaient déposé leurs passagers. Charles semblait transporté de bonheur. Il se promettait d'écrire à Anne Maria dès son arrivée chez son frère David. Son hésitation à accompagner Laura à York s'était finalement soldé par une heureuse rencontre. Il en remerciait le ciel.

Pendant l'absence de Laura, James avait jonglé à des projets pour éviter de sombrer dans le marasme. La guerre s'essoufflait dans la province. On ne rapportait aucun engagement majeur sur le territoire, seulement des raids américains pour empêcher le ravitaillement des troupes britanniques à la frontière du Niagara. Le conflit se déroulait surtout en sol américain. En novembre, les journaux signalèrent des affrontements aussi loin qu'en Floride et en Louisiane. Parallèlement, James commençait à envisager une reprise de ses activités. Il délaissait de plus en plus ses béquilles et entretenait l'espoir que l'année 1815 serait meilleure.

— Je sais ce que je ferai après la guerre, clama James en déposant un morceau de lard salé dans son assiette.

— J'ai hâte de connaître cette trouvaille, le taquina Laura.

— Par tous les diables ! Tu te moques de moi, Laura. Tu sais à quel point le bien-être de ma famille me tient à cœur. Alors voici mon projet : je vais exploiter un dépôt de sel…

— Pour quoi faire ? demanda naïvement Harriet.

— Le sel sert à préserver la viande et d'autres denrées périssables, ma fille. Tu sais, l'hiver, nous prenons de la glace pour la conservation des aliments. Mais l'été…

— La glace est toute fondue, lança avec vivacité Charlotte.

— Il y a beaucoup d'argent à faire dans ce domaine, dit James, fier de son idée. Il ne faut pas s'attendre à plus du gouvernement et il n'y a rien à espérer du côté de FitzGibbon pour obtenir un quelconque dédommagement, ajouta-t-il à l'adresse de sa femme.

Laura, qui reprisait une chaussette en laine, lui jeta un regard dubitatif :

— Et comment entends-tu t'y prendre, James ? Nous n'avons presque pas d'économies.

— Je pourrais trouver un associé, créer une compagnie. Je n'ai pas l'intention de vivre en parasite durant toute ma vie comme ton frère Charles, Laura.

— Je pense sincèrement que Charles est prêt à n'importe quoi pour conquérir le cœur de la femme qu'il aime, le défendit Laura.

— Avec Anne Maria Merritt, ce n'est pas comme avec Liz, je suppose ? questionna James.

— Je préférerais travailler au magasin, intervint Mary Lawrence pour apaiser le débat. Comme auparavant !

— Pour cela, la paix doit être rétablie dans la colonie, soupira Laura.

* * *

Au cours du mois de décembre, la poussière soulevée par l'échange entre les deux époux était retombée. Étonnamment, la péninsule bénéficiait d'un temps doux. La première neige fondait, et le froid hésitait à engourdir la nature réticente à s'emmitoufler pour l'hiver. Le toit de la maison et des bâtiments pleurait des larmes blanches. Posté à la fenêtre depuis son lever matinal, James n'avait cessé de repenser à son idée d'exploitation de bancs de sel pour le salage des aliments. Il n'était plus tout à fait convaincu du bien-fondé de son projet. Non pas qu'il le trouvât déraisonnable, mais un tel travail exigerait un effort physique qu'il n'était pas prêt à consentir. La reprise des activités à son commerce d'articles ménagers et de vêtements féminins était franchement plus envisageable. Comme avant, Mary Lawrence pourrait l'aider.

Laura observait son homme tourmenté à la fenêtre. Il n'en pouvait plus de demeurer emprisonné entre quatre murs. Il but goulûment sa deuxième tasse de café noir, enfila ses bottes et décrocha son manteau :

— Je vais prendre une bonne bolée d'air, annonça-t-il.

— Ça va te faire du bien, dit Laura. Tu ne prends plus tes béquilles, mais tu pourrais t'appuyer sur une canne pour te garantir. Une simple précaution, James.

— Ne t'inquiète pas pour moi, je suis fait solide, rétorqua-t-il.

— Tu es pire que les enfants : tu n'écoutes rien ! plaisanta Laura.

— J'aimerais aller avec vous, père, exprima le petit Charles.

— Viens, ça va libérer les femmes des hommes de la maison ! dit James en riant.

James et son fils déambulèrent lentement dans le hameau, regardant les maisons abandonnées ou détruites en raison de la guerre. Chez madame Vrooman et quelques rares habitants de Queenston que les Secord ne voisinaient pas, des enfants s'affairaient à construire des fortifications.

— Je peux m'amuser avec eux, père ? demanda Charles.

— Je n'aime pas beaucoup ces jeux qui font trop penser à la guerre. Je préférerais que tu me suives plutôt que de frayer avec ces garnements, mon garçon.

James poursuivit sa marche avec son fils et s'arrêta devant l'ancien magasin général.

— Monsieur Secord ! interpella la voix éraillée d'un individu qui venait d'ouvrir la porte de la façade du commerce.

— Comment, vous êtes revenu, monsieur Chisholm ? s'écria James. Je vous croyais parti au combat, mort ou séquestré dans quelque prison infecte des États-Unis.

— J'ai pu bénéficier d'un échange de prisonniers. Je sais que le conflit tire à sa fin. C'est ce qu'on entend dire de plus en plus, même de l'autre côté de la frontière. Il y a bien quelques escarmouches qui se produisent, mais je suis de ceux qui pensent que les affaires vont reprendre sous peu. Et quand cela arrivera, je veux être en mesure de faire face à la musique, vous comprenez ?

James et son fils entrèrent dans l'établissement et refermèrent la porte en faisant tinter la clochette. Le commerçant sortit son grand livre de comptes relié en cuir de dessous le comptoir et souffla sur la couverture pour en enlever la poussière accumulée.

— Pouah! fit le petit Charles qui dépassait d'une tête le présentoir.

Les deux hommes s'esclaffèrent.

— Je m'excuse, garçon, j'avais oublié que tu étais là, dit monsieur Chisholm.

Charles s'éloigna du comptoir et s'assit sur une caisse, les bras croisés, la mine boudeuse.

— Comme ça, vous prévoyez rouvrir bientôt? demanda James.

— Avant longtemps, des diligences vont s'arrêter tous les jours et le portage va recommencer de Queenston à Chippawa pour éviter les chutes du Niagara. Je ne suis pas devin, mais je pense réellement que l'économie se remettra avant bien des lunes.

James promena un regard désabusé sur les barils empilés dans un coin.

— Il ne reste pas grand-chose, dit le marchand. Des clous à tête carrée, des blocs de savon brut et des sacs de patates pourries. Mais une chose est sûre : je vais tenir des gallons de whisky en quantité pour les colons et les habitants qui voudront rebâtir. Et vous, monsieur Secord, qu'entendez-vous faire maintenant?

Pensif, James porta la main à son menton :

— J'aurais aimé exploiter des bancs de sel, peut-être ouvrir une fabrique de potasse. Mais il serait sans doute plus sage de redémarrer mon commerce.

— On s'en va, père? demanda Charles en se mettant debout, l'air coquin.

— Oui, mon homme. Je vois que tu t'impatientes.

Le petit Charles devança son père à la porte, l'ouvrit et la referma à plusieurs reprises pour faire résonner le son discordant de la clochette.

— Par tous les diables, Charles! Je t'en prie, cesse immédiatement ton manège. Tu nous casses les oreilles!

— Je m'excuse, père. Je n'ai pas fait exprès! se moqua le garçonnet qui avait remarqué l'air agacé du marchand.

Un peu gêné par le comportement de son fils, James quitta les lieux en traînant Charles par la main. Le gamin fit tinter une dernière fois la clochette et referma la porte sans ménagement.

— Les adultes ne font pas toujours attention aux petites personnes, dit Charles, savourant sa douce revanche.

— Hum! Malheureusement, ce sont des choses qui arrivent trop souvent, mon homme…

* * *

Au début de l'année 1815, des combats firent rage à La Nouvelle-Orléans et le fort américain St. Philip résista au bombardement de navires britanniques le long de la rivière Mississippi. Ces événements eurent lieu malgré la signature du traité de Gand le 24 décembre 1814 qui avait mis fin à la guerre de 1812. En définitive, le conflit n'avait pas engendré de vainqueur et avait laissé les Amérindiens dans un total désarroi. Les frontières demeuraient inchangées et les différends qui avaient opposé les belligérants n'étaient pas résolus. Cependant, malgré les milliers de morts, de blessés et de malheureux, cette seconde guerre d'Indépendance des États-Unis avait permis, à tout le moins, de stimuler le sentiment nationaliste des Canadiens.

Sitôt l'annonce du traité parvenue dans la capitale, fidèle à sa promesse de se rendre à son tour chez Laura, Mary Boyles Powell entreprit un voyage à Queenston. Elle débarqua de la diligence avec des cadeaux plein les bras pour fêter la fin des hostilités et la nouvelle vie qui commençait.

— Vous semblez si heureuse, Laura, avec votre belle famille, exprima-t-elle après que les enfants eurent déballé leurs présents.

— Un jour, vous connaîtrez cette joie, Mary, répondit l'hôtesse. On ne sait jamais ce que l'avenir nous réserve.

— Pour cela, il faudrait que je dégote un mari quelque part !

— Une belle femme comme vous ne laisse sûrement pas les hommes indifférents, osa James.

— Tiens ! Vous voyez, Mary : mon mari vous fait déjà des avances !

Deux jours plus tard, Mary Boyles reprit la diligence, comblée par sa visite et désireuse de revenir le plus tôt possible.

* * *

Des miliciens rentraient au bercail, éclopés ou bien-portants, mais tous marqués par le sceau indélébile de la guerre, de sa cruauté. Certains étaient désabusés, profondément convaincus de l'inutilité de la guerre ; d'autres étaient éminemment fiers d'avoir combattu pour leur mère patrie. Parmi les revenants, Benjamin se présenta glorieusement, la flamme de la victoire brûlant dans ses yeux d'adolescent. Porteur d'une bonne nouvelle, il arriva chez les Secord, confiant de pouvoir reconquérir le cœur de Mary Lawrence.

Benjamin trinquait avec James dans la cuisine. Tous les deux un peu éméchés, ils se moquaient de certaines réclamations farfelues d'habitants frustrés :

— J'ai entendu dire qu'Isaac Corman réclamait, en monnaie provinciale, s'il vous plaît, une somme exorbitante pour la perte de piquets de clôture de perche employés comme combustible ainsi que pour celle d'un cochon et d'un attelage de bœufs abattus par des Américains affamés pendant les hostilités, railla James.

— Tu trouves ça drôle, James, qu'on ne nous ait rien promis pour les dommages causés à notre propriété ? se fâcha Laura. Ton dénommé Corman devra se lécher la patte, comme nous, éclata-t-elle.

Sur les entrefaites, Mary Lawrence arriva dans la pièce, affichant un air indépendant.

— La guerre est finie, déclara Benjamin, entrechoquant son verre avec celui de James.

— Nous le savions déjà, Benjamin, répartit Mary Lawrence. C'est mademoiselle Powell qui nous l'a appris.

Le jeune homme avança en titubant vers son amoureuse. Il mit sa main sur l'épaule de l'adolescente et tenta de la rapprocher de lui :

— Nous pourrions envisager un avenir à deux, Mary, dit-il. Je vais demeurer un temps dans l'armée régulière. Éventuellement, je poursuivrai mes études et…

— Pendant trop longtemps, il n'y a eu que la guerre qui t'intéressait, Benjamin, lança Mary, se dégageant de l'emprise de son prétendant.

— Tu ne m'aimes plus, Mary ? Pourtant…

— La vérité, c'est qu'un ami d'enfance est revenu s'établir à Queenston, mentit la jeune fille sans défaillir.

Mary Lawrence quitta la pièce, fermement décidée à ne plus revoir le milicien. Laura fit quelques pas vers Benjamin qui vacillait sur ses jambes comme une herbe folle au gré du vent.

— Je crois qu'il ne sert à rien d'insister, émit-elle doucement. Je te prépare un bon café qui te dégrisera et ensuite tu pourras rentrer à la garnison.

— Ma femme veut te mettre dehors, Benjamin, persifla James.

Le milicien cessa de chanceler sur place et fixa gravement Laura :

— Vous ne me le direz pas deux fois ! s'offusqua-t-il.

Il se dirigea vers l'entrée, chaussa ses bottes, revêtit son manteau sans le boutonner et passa le seuil de la demeure des Secord.

20
La période illusoire

Les jours s'égrenèrent au chapelet du temps, oscillant entre la routine et l'incertitude, entre ce qui est prévisible et l'impondérable, mais toujours indéfectiblement accrochés au bonheur et à l'espérance. Depuis la fin de la guerre, la population de Queenston s'était remise à augmenter. Certains étaient revenus dans leur village tandis que d'autres avaient décidé de s'établir sur les rives de la Niagara. Quant à Laura et James, ils avaient contribué à l'essor de la colonie. En effet, deux autres filles étaient nées chez les Secord : Laura, qui avait affiché dès le berceau son caractère revendicatif, et Hannah, la dormeuse, qui rêvait aux anges comme si elle était encore dans le sein de sa mère. Plus que jamais, Laura et James devaient s'atteler à la tâche pour répondre aux besoins de leur progéniture. Et après quelques années de vaches maigres, il fallait dorénavant trouver de bonnes sources de revenus et travailler sans relâche au bien-être de la maisonnée.

Le marchand avait redémarré son commerce d'articles ménagers et n'avait pas abandonné son département de vêtements féminins, « surtout après la naissance de mes petites dernières » se plaisait-il à dire. Il misait sur son sens des affaires pour redonner au Secord Store ses lettres de noblesse. « Les gens achèteront beaucoup pour se réinstaller dans leur maison. Certains vont devoir se procurer les articles qu'ils ont perdus pendant la guerre », se répétait-il. Mais Laura n'entretenait pas tout à fait la même conviction. Elle lui avait servi une mise en garde sur la quantité de marchandises à commander :

— Je ne veux pas être un éteignoir, James. Cependant, il faut être prudent avec nos achats, sinon nous aurons un surplus de stock que nous ne pourrons pas payer.

— Ça fait presque trois ans que le conflit est terminé. Fais-moi confiance, Laura, je sens que le commerce va prospérer. On ne peut pas attirer le monde si on n'a rien à offrir. C'est une roue qui tourne : plus nous aurons de produits, plus les gens achèterons. C'est un principe élémentaire qui tient la route, si tu me passes l'expression.

Sa femme étant retenue à la maison pour « cause de maternité », James parvenait à faire ses journées au magasin grâce à Mary Lawrence qui l'assistait admirablement auprès de la clientèle. Il comptait tellement sur sa fille qu'il s'accordait des moments de répit pour jaser avec des badauds qui venaient flâner au commerce. Parfois, des éclopés ou des invalides de guerre s'installaient autour d'une table. Il arrivait alors fréquemment à James de leur servir un petit verre pour fraterniser. Que d'événements à se raconter ! Et on ne manquait pas de pérorer sur des réclamations de sinistrés. Combien de colons et d'habitants avaient adressé des demandes au gouvernement et attendaient des compensations pour des maisons brûlées, des animaux dévorés par des soldats ennemis en quête de nourriture, des cochons abattus par des Indiens, des selles, des hachettes, des pelles, du foin, de l'avoine, des boisseaux de patates perdus ?

Avant l'heure de la fermeture du magasin, Mary Lawrence se rendait à la maison pour aider ses sœurs dans la préparation du souper. D'habitude, elle arrivait pendant la traite, tâche à laquelle Laura ne voulait pas se soustraire. Harriet lui avait offert de la remplacer, rappelant à sa mère qu'elle se chargeait de cette besogne lors de ses visites à York chez mademoiselle Powell ou chez ses amies Maggy Springfield et Catherine De Cew. Laura prétendait que, dans une maison bien organisée, cette corvée revenait à la ménagère, un point c'est tout !

Par contre, un soir d'automne 1817, elle dérogea à sa règle et délégua la traite de la vache à sa cadette. Mademoiselle Powell était arrivée par la diligence en fin d'après-midi. La jeune femme était bouleversée, dans un état d'effarement qui rappela à Laura le jour où elle avait fait sa connaissance, aux funérailles d'Isaac Brock et de John MacDonnel, son prétendant d'alors.

Cette fois, Mary Boyles Powell n'avait pas apporté de cadeaux. Sa douleur était trop grande. Laura était passée au salon avec la visiteuse pendant que les enfants commençaient à souper et que les plus grandes s'occupaient des petites dernières. Assise près de son amie, elle lui tapotait gentiment la main. Elle n'avait pas réussi à connaître la source des tourments de Mary quand James rentra, boitillant de fatigue après sa marche.

Mary Lawrence indiqua à son père que sa mère avait de la visite au salon. James ouvrit l'une des portes et progressa de quelques pas vers les deux femmes. Une atmosphère d'une grande lourdeur embaumait la pièce.

— Bonjour, mademoiselle Powell, dit poliment James qui avait réalisé l'état d'affliction de la voyageuse.

Mary releva légèrement la tête en guise de salutations.

— Va manger avec les enfants, James, le repas est prêt. Nous souperons après vous, mademoiselle Powell et moi.

Le maître de la maison se retira de la pièce. Mary Powell se délivra enfin des mots qui lui nouaient la gorge :

— Vous seule pouvez me comprendre, Laura. C'est pourquoi je suis venue jusqu'à vous. Cependant, j'ai peur de vous importuner avec la cause de mes ennuis. Vous avez suffisamment des vôtres…

— Je suis prête à vous écouter, Mary. Si je peux vous délivrer un tant soit peu de ce qui vous afflige, cela me fera plaisir.

Laura cessa de tapoter la main de mademoiselle Powell.

— Vous savez à quel point je suis éprise de Samuel. Je vous l'ai sans doute déjà dit : Samuel était un ami de John MacDonnel. Vous vous souvenez de John ?

— Bien sûr, Mary. Je vous ai connue à ses funérailles et à celles de Brock.

— John était en pâmoison devant moi. Il m'a légué par testament une bonne somme car il m'aimait. Mais cela, c'est de l'histoire ancienne.

— Ce n'est sûrement pas cela qui vous bouleverse tant aujourd'hui !

— Non. Samuel et John étaient non seulement des amis, mais ils avaient tous les deux un bouillant caractère.

— Ce n'est pas mauvais, répartit Laura qui se sentait concernée par la remarque de son amie.

— Je vais vous expliquer la différence entre les deux hommes. John a déjà été provoqué en duel pour des excuses qu'il avait refusé de faire. Toutefois, il a reconnu *in extremis* sa faute pour éviter de s'exposer au coup de pistolet de l'adversaire. Mais Samuel, lui, a…

— Samuel Jarvis ! Dans un duel ? Ne me dites pas qu'il est mort !

— Non ! On l'a emprisonné… jusqu'à la tenue de son procès pour meurtre.

Laura baissa les yeux, cherchant des mots de consolation. Mary Powell poursuivit ses troublantes révélations. Elle rapporta qu'une sérieuse mésentente avait brouillé la famille de Samuel Jarvis et celle de John Ridout, son antagoniste, que les deux hommes s'étaient querellés dans les rues de York et que nul autre que le capitaine FitzGibbon ainsi qu'un autre homme avaient interrompu la bagarre.

— FitzGibbon ! James FitzGibbon ?

— C'est bien lui. Le héros de la guerre. Celui à qui vous avez livré votre fameux message, Laura.

— Et celui qui a tout fait pour me maintenir dans l'ombre. Le même qui s'est injustement approprié le mérite de la victoire qu'il aurait dû concéder aux Indiens.

— Lui-même.

— Il n'a pas fini d'entendre parler de moi, celui-là, s'emporta Laura. Je vous en passe un papier, Mary. Un jour, je reviendrai à la charge avec mes revendications.

Elle s'arrêta et s'excusa auprès de sa confidente. La voix tremblante, Mary Powell poursuivit son récit :

— Malheureusement, le règlement de comptes ne devait pas se borner à une simple empoignade. Ridout a provoqué Samuel en duel. Les deux adversaires se sont donné rendez-vous à la ferme Elmsley, au nord de la capitale, le samedi 12 juillet dernier. Ils sont arrivés au site déterminé une heure avant le lever du jour. Ce matin-là, je me rappelle, il pleuvait des clous. Samuel et John Ridout ont trouvé refuge dans la grange avec chacun leur assistant. À l'aube, la pluie avait cessé et ils se sont installés à l'extérieur, dos à dos. Ensuite, ils se sont éloignés l'un de l'autre de huit pas chacun. Et Small, le témoin de Ridout, a commencé à compter : un, deux…

Mary Powell se sentit défaillir. Laura s'inclina vers elle pour la soutenir. La visiteuse prit une longue inspiration, puis elle reprit :

— Au compte de deux, par nervosité ou par tricherie, Ridout a tiré un coup de feu. Heureusement, il a manqué sa cible.

— C'est lui qu'on aurait dû emprisonner, alors…

— Hélas, ce n'est pas cela qui s'est produit, reprit la narratrice. Small, l'assistant de Ridout, lui a fourni un autre pistolet et vous devinez la suite…

— Étiez-vous au courant qu'un duel devait avoir lieu ?

— Non. Maintenant que je sais ce qui est arrivé, je suis contente que Samuel ne m'ait pas mise au courant. Présentement, il croupit à l'ombre en attendant son procès qui aura vraisemblablement lieu en octobre. On lui a accordé une fois la permission de visiter son père mourant. Monsieur Jarvis est mort depuis que Sam est retourné derrière les barreaux. C'est là où nous en sommes, Samuel et moi.

— Lui avez-vous rendu visite en prison ?

— Non. Et j'ai terriblement peur de ce qui va arriver, Laura. Toute cette affaire est en train de diviser profondément l'élite de la capitale.

— Il y a toujours des pour et des contre, Mary. Ce n'est pas tellement cela qui importe. Il faut plutôt se demander si votre idylle survivra à cette histoire.

— Je ne sais pas comment tout cela va tourner. Mon père est un proche de la famille Ridout et c'est lui qui est chargé d'instruire la cause et de présider le procès.

— J'ai confiance en la parfaite intégrité et la totale impartialité de votre père. Soyez confiante, Mary, le duel est considéré comme une pratique socialement acceptable. Peut-être plus pour longtemps, mais enfin…

— Vous me rassurez.

Laura se leva, jugeant qu'il était temps de passer à autre chose.

— À présent, vous allez goûter à mon bouilli de légumes. Le potager a été productif cette année. Suivez-moi, allons à la table avant que les enfants ne montent se coucher.

— Vous avez une merveilleuse famille, Laura ! Je vous envie. J'ai tellement hâte de prendre votre petite dernière dans mes bras !

* * *

À la fin de l'automne, mademoiselle Powell écrivit une lettre passionnée à Laura. Les tribunaux avaient innocenté Samuel Jarvis. Un petit bémol, cependant : les récents événements allaient compromettre les chances d'avancement du jeune avocat impétueux. Qu'à cela ne tienne, le membre du Barreau patienterait le temps qu'il faudrait. L'important, c'est que l'amour avait résisté aux intempéries ; le couple envisageait même la possibilité d'un mariage. C'est ainsi que, l'année suivante, en 1818, Mary Powell annonçait leurs épousailles et elle invita son amie par la même occasion. La cérémonie devait avoir lieu à York. Et au grand bonheur de Laura, le couple de nouveaux mariés s'établirait à Queenston.

De son côté, Laura se démenait pour abattre sa besogne et élever sa marmaille. La famille avait décemment survécu à l'hiver. Cependant, les recettes modestes du magasin incitaient à l'économie et à la prudence.

— Il me semblait t'avoir prévenu, James, marmonna Laura pendant qu'elle ajustait une ancienne robe d'Harriet tombée en désuétude et destinée à Charlotte. C'est bon de remplir les tablettes, mais les clients n'achètent pas davantage.

— Au fond, ce que tu proposes est une bonne tactique de vente : ne rien tenir sur les tablettes pour faire accroire à la clientèle qu'on est en rupture de stock, badina le commerçant.

* * *

Mary Boyles Powell habitait à présent Queenston. Elle devait donner naissance à son premier enfant après onze mois de vie commune avec Samuel Jarvis. Laura lui rendait régulièrement visite. Mais ces derniers temps, Mary Powell cherchait à s'esquiver le plus souvent possible de sa maison envahie par sa belle-sœur et sa belle-mère, ainsi que par sa mère et ses sœurs. Tout le monde voulait la surveiller ; chacune des femmes prodiguait ses recommandations et distribuait ses interdictions. Visiblement, Mary n'en pouvait plus de supporter cette horde de femmes qui s'acharnaient sur sa grossesse. Il ne manquait

plus que la présence de son frère Grant, médecin de formation, qui avait préconisé beaucoup de repos et qui subodorait
un accouchement difficile. Mary avait besoin de calme et
Laura l'invitait chez elle après le coucher des enfants. Et
lorsqu'elle partait de chez elle, Mary devait insister en haussant
le ton afin qu'on ne l'accompagne pas dans les rues du village.
«Je n'ai pas besoin de chaperon» avait-elle lancé à la tête des
femmes de la maison.

À la veille d'entrer en gésine, Mary décida de faire une autre
escapade. Elle se désolait à la pensée que ses évasions nocturnes
cesseraient après sa libération prochaine. La lumière du jour
s'évanouissait. Le souffle court, elle revêtit sa mante noire et
blanche et sortit sous le regard désapprobateur des femmes de
la maison. Dès qu'elle se trouva à l'extérieur, elle inspira goulûment l'air du soir pour se remplir les poumons. Puis elle amorça
un pas gourd vers la maison de son amie. Un peu plus loin, elle
s'arrêta un moment pour observer la naissance de la nuit. Son
ventre gonflé pesait lourdement. Elle repartit de sa démarche
empâtée et atteignit le domicile des Secord:

— Regardez mes jambes, Laura. Elles sont enflées, dit la
visiteuse qui avait relevé l'ourlet de ses jupes.

La ménagère observa les jambes variqueuses de la femme
enceinte.

— Il ne vous reste que peu de temps avant la délivrance.

— J'ai l'impression que ça ne bouge pas beaucoup dans mon
ventre, dit Mary.

Laura éluda le sujet embarrassant.

— De la manière que vous portez votre enfant, c'est une
question de jours. Je dirais qu'il est très engagé…

— Il le faut parce que je ne pourrai plus supporter bien
longtemps le poids de mon ventre, ce mal de dos qui m'accable

et surtout la cour des femmes qui s'agitent continuellement autour de moi comme si j'étais une reine.

— Si vous saviez comme je vous comprends, Mary. Toutes ces femmes autour de vous qui abattent rapidement la besogne et qui ont donc beaucoup de temps pour jacasser entre elles. C'est pour cela que j'évite à présent de me rendre chez vous.

— J'apprécie énormément que vous me receviez. Voulez-vous que je vous raconte maintenant la dernière saute d'humeur de ma sœur Anne ? Figurez-vous qu'aujourd'hui elle a fait une crise de jalousie devant les autres. Depuis que son John Robinson s'est marié à cette beauté anglaise d'Emma Walker, elle sait qu'elle ne prendra pas mari et qu'elle n'aura jamais d'enfant. Elle accuse la femme de John de lui avoir chipé son prétendant. Elle lui a envoyé les lettres les plus insensées et les plus insultantes. Je le tiens du frère de John qui en a parlé avec mon mari.

— Justement, avec toutes ces femmes qui fourmillent dans votre maison, Samuel doit être traité aux petits oignons.

— Samuel est exaspéré. Il rentre très tard et quitte le plus tôt possible la maison, le matin.

— Le pauvre homme ! Il est grand temps que son enfant naisse ! plaisanta Laura.

À la suite de cet échange qui la réconforta, Mary Boyles Powell regagna péniblement sa résidence, tenaillée par des malaises au ventre. Trois des femmes n'étaient pas couchées. On manda aussitôt le médecin.

* * *

Le lendemain soir, Laura ne reçut pas la visite de Mary. Elle s'inquiéta. Cette fois, c'est elle qui se rendit à la maison de son amie. Dans la pénombre de sa chambre, Mary gémissait de douleur devant l'impuissance du médecin et sous l'œil bienveillant des femmes.

Douze heures plus tard, Mary donna naissance à un enfant mort-né. L'une de ses sœurs vint annoncer la nouvelle aux Secord. En même temps, on informa Laura que Mary séjournerait quelque temps chez ses parents pour se remettre et serait placée sous la garde de son frère Grant. Laura attendit quelques jours, que la maison se vide de presque toutes ses occupantes, pour rendre visite à son amie. Mary était entourée d'une multitude d'oreillers dans un lit de plumes, plongée dans un état d'abattement peu encourageant.

— Vous allez vous en tirer, Mary, exprima Laura. Et à York, chez vos parents, vous bénéficierez des bons soins de Grant en plus d'être entourée de votre mère et de vos sœurs.

— Je préférerais demeurer seule dans ma maison avec mon mari, mais ma mère en a décidé autrement. Elle m'a tellement vu me morfondre dans les douleurs de l'enfantement que son plus grand désir est que je sois près d'elle et que je profite aussi des domestiques de la maison. Quant à Grant, il prétend que ma convalescence sera longue et que je n'enfanterai plus jamais. Et le visage de ma sœur Anne quand elle m'a parlé de l'enfant mort-né m'a chavirée, Laura. Il ne traduisait aucune sympathie.

Des larmes coulèrent sur les joues de la convalescente. Laura se rapprocha d'elle.

— Si vous demeuriez à Queenston, je pourrais m'occuper de vous. Cependant, votre famille préfère que vous séjourniez dans la capitale. Et qui vous dit que votre frère Grant ne se trompe pas? D'ailleurs, ce ne serait pas la première fois. Pour ce qui est de votre sœur aînée, c'est très désolant. Elle ne voulait sans doute pas que vous ayez un enfant et elle doit se réjouir de votre échec. Car ce n'est qu'un échec, Mary. Ce n'est pas une catastrophe. La vie est plus forte que tout et j'ai bon espoir de voir un jour courir des petits Jarvis dans cette maison…

* * *

La convalescence dura un peu moins de trois mois. Laura avait repris ses visites chez Mary à Queenston depuis un certain temps. Un matin, la vaisselle du déjeuner lavée, alors que les plus grandes étaient à l'école ou au travail, elle s'amena chez son amie avec ses deux petites. Mary passait soigneusement en revue les vêtements de bébé remisés après son premier accouchement :

— Vous ne savez pas ce qui m'arrive, Laura ? dit Mary, transportée de joie.

— Samuel a eu une promotion ? s'enquit Laura.

— Non, c'est encore plus excitant ! Je porte un enfant, Laura, un enfant !

— Ah, quel bonheur de vous savoir à nouveau enceinte, Mary !

Laura embrassa son amie sur les deux joues. Cette dernière sourit, en admiration devant les deux fillettes de Laura :

— Elles sont si mignonnes, vos filles.

— Vous aurez aussi de beaux enfants.

— Un à la fois, j'espère !

— Je l'espère pour vous, Mary. Mais il faut prendre ce que le ciel nous envoie.

Mary s'inclina pour aider Hannah qui essayait de nouer les cordons d'un bonnet de bébé au cou de sa poupée. Quand la jeune femme se redressa, elle dit :

— On dirait que quelque chose vous chicote, Laura.

— Je m'apprête à adresser une seconde requête au lieutenant James FitzGibbon afin d'obtenir une reconnaissance monétaire pour ce que vous savez. Je me demande si l'appui de votre mari ne donnerait pas un peu de poids à ma démarche. Samuel est un homme de loi, après tout !

— Je lui en parlerai dès ce soir. Revenez demain et nous en discuterons.

Le matin suivant, Laura retourna chez les Jarvis. Mary avait revêtu une robe élégante. Elle arborait une chevelure en chignon d'où s'échappaient d'indomptables frisottis qui batifolaient sur sa figure. Volubile, elle parlait de choses et d'autres, mais n'abordait pas la question qui préoccupait son amie.

Laura se décida à attaquer le sujet de front :

— Avez-vous eu le temps de glisser un mot à votre mari au sujet de ma requête ?

— Eh bien… Il n'est pas très favorable. Voyez-vous, Laura, il a gardé un mauvais souvenir de ce FitzGibbon. Vous vous souvenez qu'avant le duel il y avait eu une sérieuse empoignade entre Samuel et John Ridout et que c'est James FitzGibbon qui les avait séparés.

— Je ne vois pas en quoi cela peut gêner Samuel !

— Il a pour son dire que si FitzGibbon n'était pas intervenu pendant la bagarre, s'il les avait laissés se battre, lui et Ridout, il n'y aurait pas eu de duel. Le jeune Ridout ne serait pas décédé et la carrière d'avocat de Samuel ne stagnerait pas.

— Je vois, Mary. Dans ce cas, oublions tout simplement ce que je vous ai demandé.

— Que cela ne vous empêche pas de procéder, Laura.

— C'est mal me connaître de penser qu'une simple rebuffade me fera renoncer.

— Pardonnez-moi, je ne voulais pas vous offenser, Laura.

— Ne vous faites pas de soucis pour moi. Un jour, je parviendrai à mes fins, vous pouvez en être sûre.

— Je vous connais assez pour savoir que vous êtes une femme redoutable.

* * *

La vaine tentative de Laura de s'adjoindre l'appui de Samuel Jarvis avait créé un froid qui n'avait pas duré avec Mary. Par ailleurs, au mois d'août, au terme d'un travail moins laborieux cette fois, cette dernière avait accouché d'un garçon – prénommé Samuel comme son père –, assistée seulement de sa belle-mère et de sa belle-sœur. Cette fois, elle avait refusé de s'entourer d'un attroupement de femmes aussi énervantes qu'encombrantes. Tout le monde s'était réjoui de l'arrivée du poupon, sauf Anne qui refusait de le voir, elle qui, du reste, était toujours parasitée d'une toquade comme celle qui l'avait conduite à rejeter des offres de mariage.

Laura avait essuyé un second revers auprès de James FitzGibbon, devenu capitaine en demi-solde. Mais elle n'avait pas baissé pavillon. Elle avait brièvement envisagé un retour au commerce, mais James et Mary Lawrence suffisaient aux besoins de la clientèle et les activités ménagères l'occupaient pleinement. Aussi, elle aimait se garder du temps pour ses amies, même si elle n'avait pas vu Maggy Springfield et Catherine De Cew depuis belle lurette. Elle préférait la proximité de Mary Powell qu'elle continuait de voisiner.

* * *

Mary avait maintenant deux enfants. En décembre de l'année précédente, elle avait accouché d'un autre garçon qui portait le prénom de William, celui de son grand-père paternel. Entre-temps, Anne, la sœur de Mary, était devenue de plus en plus étrange. Elle était toujours célibataire et accrochée au souvenir de John Robinson. Souvent, lorsque Mary rencontrait Laura, elle lui relatait un autre épisode de la vie amoureuse de sa sœur. Elle s'indignait de son comportement anormal et des fréquentes disputes qui opposaient Anne à ses parents. «Je sens que toute cette histoire va mal finir…» s'inquiétait-elle. Malheureusement, le dernier événement rapporté par Mary s'était avéré fatal pour Anne.

Quand John Robinson, procureur général et responsable du gouvernement à la Chambre, fut dépêché en Angleterre, Anne se rendit chez les Robinson, suppliant John d'accepter qu'elle se joigne à lui et à Emma pour le voyage. Il lui opposa un refus catégorique. Madame Powell, au courant du projet de sa fille, promit à Robinson de contrecarrer les plans d'Anne. Puisque son mari était à Londres pour ses affaires, elle s'adjoignit l'aide de son fils Grant et du pasteur John Strachan pour enfermer Anne dans sa chambre pendant que le couple Robinson était en route pour New York afin de s'embarquer sur un bateau pour l'Angleterre. Après sa période de séquestration, dès qu'Anne apprit que les Robinson avaient quitté la capitale, elle tenta de les rattraper, sachant qu'Emma Robinson était malade et devait s'arrêter fréquemment. Elle les rejoignit et fit le reste du chemin avec le couple jusqu'au port de New York. Robinson réussit à convaincre le capitaine du navire de ne pas faire monter Anne à bord.

— Et vous savez ce que ma sœur a décidé alors ? avait demandé Mary à Laura.

— Je présume qu'elle s'est embarquée sur un autre bateau en partance pour l'Europe.

— Tout à fait. Anne était entêtée, je ne vous l'apprends pas. Elle a quitté New York à bord de *L'Albion* qui appareillait un peu plus tard pour la Hollande. Comble de malheur, le paquebot a sombré pendant une violente tempête sur les côtes de l'Irlande et… Vous ne vous sentez pas bien, Laura ?

— Non, ça va, avait soupiré Laura. Je revois des images du navire qui s'est abîmé sur les rives du lac Ontario lors de mon arrivée au Canada.

— Je peux m'arrêter si vous le désirez.

— Non, je vous en prie, poursuivez.

— J'abrège quand même. Cette histoire est si macabre, Laura… Des hommes d'équipage ont repêché le corps d'Anne.

— Comment ont-ils fait pour l'identifier ?

— Anne portait une broche que mon père lui avait donnée. Quand il a appris la conduite de sa fille et toute cette histoire sordide, il a demandé à la voir. Dès lors, à l'aide du bijou, il a pu la reconnaître et s'occuper de ses funérailles.

Le récit de ces annales maritimes avait troublé Laura. Ce soir-là, avant de s'endormir, elle avait noirci plusieurs pages de son journal.

* * *

Deux ans plus tard, James et Laura cherchaient encore un moyen d'augmenter leurs revenus. Tout semblait indiquer que jamais ils ne retrouveraient le niveau de vie des premières années de leur mariage alors qu'ils employaient deux domestiques dans l'aisance de leur foyer. Au magasin, le chiffre d'affaires plafonnait : de nouveaux marchands s'étaient établis à Queenston et le Secord Store se devait d'affronter la concurrence pour survivre. Or, tout récemment, on avait commencé la construction d'un monument à la mémoire d'Isaac Brock et la ménagère entretenait l'espoir d'obtenir le poste de surveillante. Dès qu'elle avait eu vent du projet, elle avait adressé une demande en bonne et due forme au gouvernement ; elle attendait toujours une réponse. James était persuadé que le poste lui revenait de plein droit étant donné son propre engagement sur le champ de bataille aux côtés de l'illustre disparu et la participation de sa femme à la guerre. Le soir du 3 mai 1824, Laura en discutait chez Mary Powell Jarvis. Grâce aux fenêtres grandes ouvertes sur la nuit, les enfants s'étaient endormis. Samuel s'était assoupi dans sa berceuse après une journée exténuante. Assises à l'extérieur, les femmes bénéficiaient de la brise qui les rafraîchissait.

— Je ne suis pas la seule à convoiter ce poste, Mary.

— C'est votre chance, Laura. Qui donc que vous pourrait obtenir cet emploi ? Vous êtes la personne désignée.

— On m'a promis ce travail. On verra…

Tout à coup, des hennissements jaillirent des abords du chemin.

— Mon Dieu! Vous avez entendu comme moi, Laura? demanda Mary, portant les mains à sa bouche comme pour réprimer un cri de détresse. La falaise, la noirceur…

— Nous devrions allez voir. Quelqu'un a peut-être besoin d'aide. Si toutefois ce n'était pas le cas, nous en serions quittes pour une petite promenade dans l'air du soir.

Mary entra sans bruit, pour ne pas réveiller son mari. Elle alluma une lampe puis ressortit. Les deux femmes se rendirent au bord de la route. Elles ne voyaient que des touffes d'herbes longues et quelques arbrisseaux buissonnants qui parsemaient le sol pierreux. Mary et sa compagne avancèrent d'un pas hésitant.

— Regardez le foin, Laura, exprima Mary. On dirait qu'une voiture a dérapé par ici.

Les amies se regardèrent, stupéfaites.

— Passez en avant, Laura, j'ai trop peur. Allez-y lentement, nous sommes près du ravin.

Laura prit la lanterne et progressa d'un pas mesuré vers le précipice.

— Attention, Laura, n'allez pas plus loin!

— Tenez-moi solidement la main, Mary.

Laura étira le bras et balança le halo de lumière au-dessus du vide. Tout au fond du gouffre, à une cinquantaine de pieds plus bas, reposait un amas de pièces de bois et les roues d'un cabriolet.

— Vous voyez quelque chose?

— Attendez un moment, Mary.

Laura promena sa lanterne qui éclaira les alentours de la voiture brisée.

— Un homme est étendu au sol, inerte. Tout près de lui, un cheval repose sur le flanc.

— Qui cela peut-il bien être ? demanda Mary.

— Je ne sais pas. Nous devons descendre voir et, ensuite, nous irons quérir quelqu'un pour tirer cet homme de l'embarras.

— Il est mort ! C'est impossible qu'il ait survécu à une telle embardée !

Laura ne releva pas la remarque de Mary. Elle souleva ses jupes et précéda sa compagne le long de la route. Il fallait trouver un endroit où la falaise serait moins abrupte.

— Venez voir, Laura ! Nous pouvons descendre ici sans trop de risque. C'est par là que Samuel accède à la berge quand il va à la pêche, dit Mary en pointant du doigt.

Elles se frayèrent un passage entre les buissons, contournèrent des arbres, faisant craquer quelques branches basses, et empruntèrent un petit sentier qui dévalait vers la rive. Elles parvinrent finalement près du corps inanimé.

— Tenez la lampe, Mary, demanda Laura.

Elle s'agenouilla aux côtés du gisant. Dans sa chute, le malheureux s'était brisé les os et fracassé le crâne sur les roches. Laura s'inclina vers la poitrine de l'inconnu pour sonder le cœur.

— Il est mort ! annonça-t-elle.

Elle retourna le visage ensanglanté vers la gerbe de lumière.

— C'est Robert Nichol! s'exclama Mary. C'est bien lui! Je le reconnais! Il a fréquenté ma sœur Anne pendant longtemps. Quelle horreur! Qu'allons-nous faire?

— Nous devons prévenir sa famille. Savez-vous où il demeurait?

— Pas très loin d'ici. Je sais qu'il était marié à une certaine Theresa Wright. Je crois que le couple a trois ou quatre enfants. C'est triste!

— Vous sentez-vous capable de m'accompagner chez lui?

— Pas le moins du monde, Laura. Je me sens défaillir…

— Remontons la falaise. Nous irons ensuite demander à votre mari s'il peut venir avec moi chez madame Nichol.

Les deux femmes convinrent d'un tel arrangement. Une fois qu'elles eurent regagné le domicile des Jarvis, elles réveillèrent Samuel qui consentit à accompagner Laura. Ils se rendirent sans plus attendre chez les Nichol.

Une femme vint ouvrir:

— Oui? demanda-t-elle timidement dans l'entrebâillement de la porte.

— Nous sommes bien chez Robert Nichol? s'enquit l'époux de Mary. Je suis Samuel Peters Jarvis et voici madame Secord.

— Mon mari s'est absenté ce soir. Il rentrera bientôt de Niagara. Vous reviendrez demain.

— Permettez-nous d'insister, madame Nichol, intervint Laura.

— Je vous répète que mon mari…

— Votre mari a eu un fâcheux accident en revenant de Niagara, l'instruisit Laura. L'épouse de monsieur Jarvis et moi-même l'avons trouvé mort en bas de la falaise bordant la route de Queenston Heights.

— Grand Dieu! Le ciel s'abat sur ma famille! Que vais-je devenir? s'écria la veuve, la voix étranglée par l'émotion.

Jarvis et Laura entrèrent chez madame Nichol qui les invita à passer au salon. La femme s'assit dans un fauteuil, se repliant sur elle-même. Comme Samuel Jarvis s'apprêtait à parler, Theresa Wright Nichol explosa de rage:

— Ce n'est pas juste! Le ciel m'a volé mon mari. J'ai quatre enfants à nourrir.

La dame éplorée se tourna vers Laura:

— Vous êtes bien certaine que c'est lui, qu'il s'agit de Robert?

— Je ne le connaissais pas personnellement. Par contre, mon amie Mary, l'épouse de monsieur Jarvis, le connaissait. Pendant des années, il a fréquenté sa sœur, Anne Powell.

— Vous parlez de la fille du juge Powell, celle qui est décédée en mer voilà deux ans?

— Oui, acquiesça Jarvis. Anne était ma belle-sœur. Hélas, elle a connu une fin tragique elle aussi!

Avant de rentrer chez lui, Samuel Jarvis s'arrêta chez les Secord pour prévenir James. Laura avait décidé de passer la nuit avec la veuve Nichol.

* * *

Robert Nichol fut inhumé au cimetière de Queenston. Une rumeur circula selon laquelle le petit homme laid et repoussant devait être ivre au moment de l'accident. Cependant, le pasteur Addison rétablit la mémoire de l'homme en prononçant une oraison funèbre digne du personnage.

Quelques jours plus tard, en revenant du magasin, James feuilletait le journal en attendant le souper.

— Par tous les diables, Laura! ragea-t-il.

— Qu'est-ce qui te fait tant réagir, James?

— Tu vas sursauter, Laura, je te préviens. Figure-toi qu'on a accordé le poste de surveillant du monument Brock à quelqu'un d'autre que toi.

— On m'avait pourtant assurée que je l'obtiendrais; on me l'avait pratiquement accordé.

— C'est à la veuve de Robert Nichol qu'on a attribué la fonction.

— Après la mort de son mari, Theresa s'est retrouvée sans le sou. C'est un peu normal qu'on lui donne le travail, James. Mais c'est fâcheux pour nous. On dirait que les événements ne nous favorisent pas souvent...

James s'approcha de sa femme. Il prit un air coquin et déposa quelques baisers sur ses lèvres.

Laura se consola rapidement.

— L'important, c'est que nous soyons ensemble et unis, James. Et à ce que je sache, nous ne sommes pas à la veille de mourir de faim.

21
Les Patriotes de 1837

Plusieurs changements étaient survenus dans la vie des Secord. Les enfants avaient quitté le nid pour fonder une famille à leur tour. Voilà deux ans que le couple habitait Chippawa où James exerçait la fonction de receveur aux douanes. James et Laura habitaient dans une coquette demeure fournie par le gouvernement. Financièrement plus à l'aise, Laura avait néanmoins relancé à deux reprises James FitzGibbon pour obtenir gain de cause à la suite des événements fâcheux reliés au monument de Brock. Le capitaine l'avait accueilli avec une froide réserve en espérant qu'elle se décourage un jour de ses revendications harassantes, mais il ne nourrissait pas trop d'espoir. «Cette femme ne cessera donc jamais de me hanter; un être de sa trempe a de quoi réveiller les morts!» livra-t-il après la dernière requête que Laura lui avait remise.

Laura coulait à présent des jours plus paisibles dans la quiétude du village frontalier. Elle aimait toujours tenir sa maison propre, faire la cuisine et confectionner des vêtements pour elle et ses petits-enfants qu'elle chérissait. Depuis quelques années, elle avait repris une relation épistolaire assidue avec Mary Powell Jarvis maintenant établie dans la capitale – nouvellement rebaptisée Toronto – avec sa maisonnée nombreuse. Laura prenait également le temps de lire, de rédiger son journal intime et de parcourir le journal pour se tenir au courant de l'actualité. Des bateaux à vapeur munis d'une énorme roue latérale semblable à celle d'un moulin glissaient sur les eaux navigables. D'étonnantes découvertes scientifiques fascinaient Laura. Et elle s'émerveillait du chef-d'œuvre d'ingénierie que constituait le canal Welland, qui permettait de vaincre un escarpement magistral et de contourner les chutes du Niagara et ses rapides.

Plus tôt durant l'année, un article avait tristement souligné le vingt-cinquième anniversaire du déclenchement de la guerre de 1812-1814. Sur le plan politique, un fort vent de patriotisme soufflait au Bas-Canada. À la tête du Parti patriote, Louis-Joseph Papineau défendait la cause des Canadiens français opprimés par le régime britannique. En Chambre, il s'adonnait à de l'obstruction parlementaire et encourageait le boycottage des produits anglais. Des batailles s'engagèrent, notamment à Saint-Denis, à Saint-Charles et à Saint-Eustache. Des centaines d'insurgés furent tués, blessés ou capturés. Pendant ce temps, dans la province du Haut-Canada, l'ardent réformiste William Lyon Mackenzie, qui observait attentivement ce qui se déroulait chez ses voisins, en était venu à la conclusion qu'il n'y avait plus rien à espérer du gouvernement impérial. Il fomenta une rébellion à laquelle adhérèrent bon nombre de partisans.

— Crois-tu, James, que ce politicien est assez puissant pour renverser le gouvernement ? demanda Laura en épluchant ses légumes pour le souper.

— Il a l'appui de foules nombreuses et enthousiastes, mais de là à les conduire à Toronto, il y a un grand pas à franchir. Par contre, ma plus grande inquiétude, c'est que les forces britanniques régulières sont mobilisées au Bas-Canada pour contenir la rébellion qui sévit. Advenant le cas où nous aurions besoin de l'armée, nous serions drôlement mal pris.

— Mary Jarvis m'a glissé un mot sur ce Mackenzie dans sa dernière lettre.

— Ah bon, tu ne m'en avais pas parlé !

— Rappelle-toi ce qui s'est produit entre Samuel Jarvis et William Lyon Mackenzie en juin 1826.

— Ah oui, je me souviens ! Entre toi et moi, Jarvis s'est mis les pieds dans les plats. Il a mené son groupe de jeunes déguisés en Indiens à l'atelier du *Colonial Advocate* de Mackenzie. Ils ont saccagé l'intérieur, démoli la presse et lancé des caractères d'imprimerie dans la baie. Cet incident a fait les manchettes un bon moment.

— Il réagissait à des attaques de Mackenzie ; mais son tempérament violent lui a joué des tours. Mary s'en est désolée pendant longtemps.

— Surtout qu'il a été obligé de payer de sa poche une partie des dégâts matériels. Pourquoi Mary t'a-t-elle parlé de Mackenzie ?

— Attends un instant, je vais te faire lire sa lettre.

Laura s'essuya les mains sur son tablier et se rendit à la table d'écriture où sa correspondance était rangée dans un coffre. Elle y pêcha la dernière lettre de Mary, qu'elle remit ensuite à James. Il en murmura les premières lignes, mais il termina sa lecture à voix haute : « *Que Dieu nous protège de ces calamités !* »

— Mary vit beaucoup d'émois à cause de la rébellion initiée par Mackenzie, dit Laura. Elle craint pour sa famille. Elle ne se souvient que trop des occupations de la capitale pendant la guerre. En plus, Samuel veut se mêler de cette histoire d'insurrection et défendre la mère patrie. Il a encore des comptes à régler avec Mackenzie qui l'a traité d'assassin dans son fameux *Colonial Advocate* à cause de son duel avec le jeune Ridout. Je ne sais pas comment tout cela va tourner. Mais on prétend que, depuis l'affrontement des rebelles et des Loyalistes à Toronto, Mackenzie serait en fuite vers les États-Unis.

— Tu crois ?

— Relis bien, James !

Il parcourut le texte et s'exclama :

— Par tous les diables ! Il pourrait chercher à passer par Chippawa.

— Ce n'est pas impossible ! Mais si j'étais toi, je dormirais sur mes deux oreilles, James.

Laura rangea la lettre de Mary Jarvis. James prit son journal et décida de lire en attendant que le souper soit prêt. Il venait de s'asseoir dans sa chaise berçante quand des coups violents ébranlèrent la porte.

— Ouvrez ! s'écria-t-on d'une voix tonitruante. Ouvrez immédiatement, sinon on défonce !

James replia son journal et, la mâchoire serrée, se dirigea le plus vite possible vers la porte. Quand il ouvrit, un caporal lui tendit un mandat et annonça :

— Nous devons fouiller votre maison, monsieur.

Quatre soldats armés s'engouffrèrent dans la demeure et ratissèrent vitement les lieux.

— Qui cherchez-vous ? demanda Laura en s'approchant du caporal.

— Mackenzie, le rebelle ! répondit l'homme à la voix de stentor. Il rôde dans les parages. Nous devons lui mettre le grappin dessus avant qu'il ne traverse la frontière, madame. Verrouillez bien vos portes. On ne sait jamais, il pourrait surgir à tout moment au village et faire irruption chez vous.

* * *

Deux semaines plus tard, au début de la soirée, quelqu'un se présenta à la porte des Secord. Il faisait un froid intense à ne pas abandonner une bête aux crocs mordants de la nuit. Après le repas gargantuesque que Laura lui avait servi, James sirota bruyamment le reste de sa tasse de thé à la mélisse puis la déposa sur le manteau de la cheminée. Ensuite, il se réfugia près de l'âtre, s'assit dans sa berceuse. Il desserra sa ceinture et poussa un long soupir de satisfaction :

— Tu cuisines comme un vrai cuistot, Laura. Je ne te l'ai jamais assez dit : tu es merveilleuse ! J'espère qu'au ciel ils ont de bons cuisiniers. Sinon je vais insister pour revenir auprès de toi, Laura.

— Voyons, James ! Qu'est-ce qui te prends de me faire tous ces compliments aujourd'hui ? Et qui te dit que tu partiras avant moi ?

— Je blague, tu le sais bien ! Je ne suis pas prêt à quitter ce monde. Tu te rappelles les sermons du pasteur Ralph Grove à Queenston ? Il parlait souvent de paradis et d'enfer ; c'était à faire frémir le plus dévot des fidèles.

— Oui, je m'en souviens. Tu n'as jamais tellement été porté sur la pratique religieuse, James.

— Je te l'accorde. Mais j'ai toujours été un bon père et un bon mari.

La porte fut secouée par un poing insistant.

— Qui cela peut-il bien être ? s'étonna Laura. Je n'attends personne.

— Par un froid pareil, en plus !

James prit son arme dans le placard et se dirigea vers la porte.

— Attends avant d'ouvrir, James. Peut-être avons-nous affaire à quelqu'un qu'on connaît.

— Du genre Mackenzie ? se moqua James. Si c'est le cas, il va savoir à qui il a affaire !

Il recula de trois pas, braqua son mousquet vers l'ouverture, sa joue droite se moulant à la crosse du fusil. Par la fenêtre, Laura scruta la noirceur mais elle ne reconnut pas l'homme qui se tenait à la porte, armé d'un fusil qu'il portait en bandoulière, une tuque enfoncée jusqu'aux yeux.

— Qui va là ? demanda James, affectant une voix grave.

— Samuel Jarvis !

— Range ton fusil, James. Je vais ouvrir.

Le visiteur entra, secoua ses bottes sur la carpette, retira son bonnet de laine et ses mitaines.

— Bonsoir, Samuel ! dit Laura. Votre présence ici me surprend. Mary a besoin de moi ?

— Non, non, il ne s'agit pas de ma femme, mais bien de la révolte qui gronde dans la province. D'ailleurs, je n'arrive pas de Toronto, mais de l'île Navy.

— Prenez le temps d'enlever votre manteau ainsi que vos bottes et de vous approcher de la flamme, proposa James.

— Le temps me presse, monsieur Secord.

— Vous ne repartirez pas sans vous être réchauffé un peu et avoir pris un bon thé à la mélisse avec nous, insista Laura.

Ne se faisant pas prier davantage, l'homme se débarrassa de son vêtement épais, qu'il jeta sur le dossier d'une chaise. Ensuite, il s'assit dans un fauteuil près du foyer et, sans se déchausser, allongea les jambes pour se réchauffer les pieds. James remit des bûches dans l'âtre et Laura prépara le thé.

— Depuis quelques jours, je réside à l'île Navy avec ma petite milice, révéla Jarvis. Nous surveillons les activités des rebelles rassemblés pour refaire leurs forces et préparer une riposte à leur cuisante déconvenue à Toronto, débita Jarvis.

— Le traître Mackenzie s'y trouve-t-il aussi ? demanda Laura.

— Il est bien là, le vulgaire renégat ! dit Jarvis sur un ton courroucé. Avec ses partisans, il s'est emparé de l'île Navy.

Aussitôt installé, il s'est empressé d'instaurer un gouvernement provisoire et il a lancé un appel à tous les Canadiens pour joindre la cause des Patriotes. Il a même promis une récompense de cinq cents dollars pour la capture du gouverneur Head, et même des terres aux volontaires qui viendront grossir les rangs des rebelles. Et on ne sait pas ce qu'il adviendra des sympathisants américains qui participeront à l'aventure révolutionnaire sur notre territoire. L'heure est grave, vous savez ! C'est pour cela que les nôtres s'apprêtent à intervenir.

Il prit la tasse que l'hôtesse lui tendait, en but une gorgée du bout des lèvres :

— C'est brûlant ! dit l'homme au caractère aussi bouillant que la boisson chaude qu'il ingurgitait.

— Vous êtes trop pressé, Samuel ! le morigéna Laura.

Le chef de milice souffla sur sa boisson pour la refroidir et poursuivit :

— Pour être plus explicite, il est question qu'un certain Drew, un officier retraité de la Marine royale, mène un contingent pour détruire le *Caroline*.

— Le *Caroline*, dites-vous ? formula James.

— C'est un vapeur américain affrété au ravitaillement des rebelles sur l'île Navy.

Jarvis prit une grande lampée de thé. Après s'être raclé la gorge, il ajouta :

— Nous avons besoin d'un homme comme vous, Secord. Vous avez déjà servi comme milicien durant la guerre de 1812-1814.

— C'est exact ! Et puis après ? interrogea James, perplexe.

Laura se cambra, pointa ses yeux vifs sur le visiteur qui se tourna vers James.

— Actuellement, un de mes hommes entretient un feu sur la grève à l'embouchure de la rivière Chippawa pour guider les manœuvres du bateau.

— Je vous vois venir, Samuel. Vous allez demander à mon mari de garder le feu allumé jusqu'à ce que la manœuvre soit complétée.

— Tout à fait !

— Où voulez-vous en venir avec cette promenade en pleine nuit sur la Niagara ? s'informa James.

— Ça me semble clair, James ! s'exclama Laura. Le bateau va faire un petit saut dans les chutes du Niagara. Ainsi, les insurgés seront privés de nourriture. C'est votre plan, n'est-ce pas, Samuel ?

— C'est ce que nous souhaitons, acquiesça le chef de la milice.

— Cependant, il ne faut pas qu'il y ait mort d'homme, précisa Laura.

— Je ne vous promets rien, madame Secord. Vous savez comme moi qu'on ne fait pas d'omelette sans casser des œufs.

Comme si ses dernières paroles avaient déclenché le signal du départ, Jarvis éloigna ses jambes de la flamme bienfaisante et se leva. Il revêtit son manteau. En le boutonnant, il interrogea James du regard.

— Je vous accompagne, Samuel !

— Et moi ? s'indigna Laura, altière. Je ne suis pas un coton. Je suis encore capable de servir la Couronne…

* * *

Chaudement habillés et armés d'un mousquet chacun, Laura et James emboîtèrent le pas à Samuel Jarvis. Après des heures passées près de l'âtre, le froid piquant les transperçait, leur

452

donnant à espérer la chaleur du feu qui les attendait. Guidés par la flamme qui montait dans la nuit, ils marchèrent ainsi sur la neige durcie jusqu'à ce qu'ils atteignent la grève, à l'embouchure de la rivière Chippawa.

— Ah, vous voilà, Jarvis! fit un joufflu dans la quarantaine, heureux de voir arriver son chef.

Samuel Jarvis fit les présentations. Puis il rappela succinctement les consignes:

— James et Laura vont prendre la relève pour alimenter la flamme. Le détachement de Drew va tenter de s'emparer du bateau et, en se repérant avec le feu, de le faire dériver pour qu'il s'abîme dans les chutes. Cependant, pour nous assurer du succès de notre mission, nous viendrons chercher une torche qui servira à enflammer le bateau. J'ignore comment tourneront les événements mais, en tout cas, le feu devra être entretenu jusqu'à ce que le *Caroline* s'engage bien dans la rivière Niagara vers les chutes. Vous avez une bonne réserve de bois et de branchages de même que ce qu'il faut pour la torche. Bonne chance!

— À bas les rebelles! lança James.

— Dieu vous protège, Samuel! dit Laura. Et pensez à Mary et à vos enfants.

* * *

Samuel Jarvis et son compagnon regagnèrent l'île Navy à l'aide d'une chaloupe qui les attendait sur la rive enneigée. Pendant ce temps, le vétéran Drew et ses hommes repérèrent le vapeur amarré sous les canons du fort Schlosser, abattirent le gardien, coupèrent les haussières et dirigèrent le bateau dans les eaux glacées de la Niagara en se guidant par le feu sur la berge. Peu après, James et Laura entendirent le clapotement sourd des flots agités par des rames.

— Regarde, James ! C'est la chaloupe de Samuel qui revient au rivage. Prépare la torche !

James s'empara du flambeau enduit de suif, qu'il alluma et remit à Laura qui s'empressa vers le rivage où venait d'accoster la barque.

— Nous allons réussir ! s'écria Samuel qui empoigna la torche que lui tendait Laura.

Le joufflu qui accompagnait Samuel se mit aux avirons et la barque s'éloigna de la rive. À la lumière du flambeau, la petite embarcation accosta le vapeur. Quelques minutes plus tard, le *Caroline* était en flammes et glissait sereinement vers les chutes.

— Le bateau s'est transformé en un immense flambeau et ne s'est pas rendu aux chutes, James, dit Laura. Sa carcasse semble s'être échouée sur les récifs. J'espère qu'il ne restait plus personne à son bord.

— Je crois bien que c'en est fait du ravitaillement des rebelles. Du moins pour un temps.

— J'espère que la manœuvre aura pour effet de décourager Mackenzie, conclut Laura.

* * *

Quelques mois plus tard, à la fin d'avril 1838, Laura reçut un pli de Mary Jarvis.

Laura,

J'ai mis plusieurs mois avant de vous répondre. Vous ne devez pas attribuer ce délai à de la négligence, mais plutôt à la besogne qui m'accapare quotidiennement. Loin de moi l'idée de me plaindre, cependant. Mes plus grands sont aux études (le plus vieux désire suivre les traces de son père, ça promet !) et les domestiques abattent une bonne part d'ouvrage. Ce qui, par ailleurs, vous a manqué lorsque vous éleviez votre famille nombreuse. Je vous admirais, croyez-moi. Vous avez fait des merveilles avec peu. L'an passé, pour ajouter à tout le reste, Samuel s'est engagé à la défense de la colonie. J'étais donc très souvent seule pour assumer les responsabilités familiales. Les maris font les guerres et les rébellions, et les femmes assument les responsabilités courantes de la maisonnée. Quand les hommes cesseront-ils de se chamailler ?

Le pays achève de se purger de ses rebelles. Mackenzie a dû quitter l'île Navy avec sa bande de voyous après l'incident du Caroline. *Samuel m'a rapporté que le feu sur la grève que vous avez alimenté a contribué à la manœuvre. C'est très louable ! Sans qu'on puisse qualifier cette participation d'héroïque, vous avez encore posé un geste digne de mention. De toute façon, comme vous me le disiez dans votre dernière lettre, c'est FitzGibbon qui a recueilli les honneurs avec une somme impressionnante de mille livres pour la victoire de Beaver Dams remportée grâce aux Indiens alors que vous réclamiez une reconnaissance tangible pour les efforts exceptionnels que vous avez déployés. En ce sens, et dans une moindre mesure, bien évidemment, mon mari fait sa part depuis un bon bout de temps sans qu'on lui accorde le poste qu'il convoite. Pourtant, au début de l'année, il a pris le commandement de la garnison et, plus récemment, il a présidé le conseil de guerre pour juger un patriote américain.*

Tous les insurgés et les partisans n'ont pas eu la même chance que Mackenzie, qui a fui aux États-Unis, échappant ainsi à la justice. Vous avez certainement appris comme moi que deux de ses chefs ont été pendus ici même dans la cour de la prison de Toronto — malgré les requêtes de milliers de personnes pour obtenir la clémence de la Cour — alors que d'autres ont été déportés en Australie. Cela doit-il suffire à nous rassurer ? Lorsque je pense à ce qui s'est déroulé au Bas-Canada avec ce Louis-Joseph Papineau et sa rébellion, il y a de quoi frémir. Consolons-nous, car ce que nous avons vécu dans notre province a été moins grave.

Saluez les vôtres de ma part.

À bientôt, j'espère.

Votre fidèle Mary

Aussitôt la lettre reçue, Laura s'assit à sa table d'écriture. James était au travail. Elle estima qu'elle avait le temps de répondre à son amie avant de se mettre aux chaudrons pour préparer le souper.

Chère Mary,

À la frontière, des étincelles de rébellion jaillissent et me font parfois envier la quiétude retrouvée de la vie torontoise. En effet, depuis la poursuite de Mackenzie et le châtiment d'un certain nombre de ses rebelles, il se produit des incidents qui rendent difficile le travail de percepteur des douanes de Sa Majesté. À cet égard, je vous relate une mésaventure qui aurait pu tourner au vinaigre et qui nous a causé un certain désagrément.

L'autre jour, après être revenu précipitamment des douanes, James m'a informée que des contrebandiers s'apprêtaient à débarquer sur les rives canadiennes. Avec son assistant, il craignait d'avoir affaire à des récalcitrants et de s'écraser devant eux. Vous devinez ce que je lui ai proposé… Le chapeau rabattu jusqu'aux oreilles, vêtue d'une longue redingote et armée d'un fusil, j'ai accompagné James et son assistant. Inutile de vous dire que ma présence fut indispensable lorsque nous mîmes la main au collet de deux galopins qui tentaient de s'enfuir en clamant leur innocence. Acte de bravoure ou étourderie ? Peut-être les deux à la fois ! Mais je n'en suis pas à une imprudence près.

Vous me connaissez depuis assez longtemps pour savoir que je partage vos opinions concernant les ambitions de l'homme en général. Certes, on peut aisément se passer de mon humble avis dans la société, mais j'ai tendance à croire que ce n'est pas demain la veille que les hommes se mettront à l'écoute des femmes, beaucoup plus pacifiques. Je ne suis pas clairvoyante, mais j'ai pour mon dire que les conflits armés ne sont pas terminés en ce bas monde. J'ai l'impression, à l'instar de ce que vous pensez, que les dirigeants de notre pays cherchent leur petite gloire personnelle au moyen des grands événements qu'ils provoquent. Mais, au-delà de toutes ces querelles partisanes, et au risque de vous paraître contradictoire, je comprends le désir légitime de l'homme de lutter pour sa liberté, de défaire les chaînes qui l'entravent, de revendiquer la justice et de désirer la paix de l'âme au plus profond de lui-même. Mais l'humain est si faible qu'il en oublie parfois sa principale raison d'exister : l'amour !

Votre indéfectible amie,

Laura

22
L'héroïne ne s'éteint pas

— Mère, vous ne lâcherez donc jamais prise ! lança Charlotte à l'adresse de sa mère assise en face d'elle dans la diligence.

— Ma fille, au cours de ma vie, si j'ai pu servir d'exemple à mes enfants et à mes petits-enfants, je quitterai ce monde dans la sérénité. Et je ne dédaignerais pas vous laisser un petit héritage.

— À quatre-vingt-cinq ans, solide comme vous l'êtes, vous avez encore de bonnes années devant vous.

— En tout cas, c'est maintenant ou jamais ! J'en ai assez d'expédier des requêtes qui n'aboutissent à rien. Quand le représentant du gouvernement me verra en personne, ça devrait donner des résultats. Cette fois sera la bonne, je le sens, ajouta Laura qui écarta le rideau pour savoir où la diligence était rendue.

La voiture venait de s'arrêter. Dans la chaleur à peine tolérable de l'habitacle, les cahotements de la diligence avaient éprouvé la vieille carcasse de Laura. La porte grinça sur ses pentures. Le cocher fit monter un gros homme élégamment vêtu d'un habit marin et coiffé d'un chapeau qui surmontait son visage rubicond étouffé par une boucle qui lui étranglait le cou. L'habitacle s'inclina d'un côté, ce qui éprouva la suspension de la voiture. Laura agrippa vitement son porte-documents et le pressa contre elle en même temps que Charlotte libérait sa banquette pour le nouveau passager.

— Bonjour, mesdames !

— Bonjour, monsieur ! répondit Laura.

— Vous vous rendez dans la capitale ? demanda l'homme.

— Où donc croyez-vous que nous allions ? repartit froidement Charlotte. Si nous ne sommes pas descendues ici, c'est
qu'il y a de bonnes chances que ce soit le cas, précisa-t-elle
sèchement.

— Ah, il y a parfois de ces évidences qui nous confondent !
s'amenda le passager dans la cinquantaine.

Il tâta l'intérieur de sa veste et en sortit un énorme cigare qu'il
mouilla de ses lèvres épaisses. Il craqua une allumette et aspira
voluptueusement une bouffée. Puis il reprit :

— Parlant de capitale, vous êtes sûrement au courant que
nous aurons de la grande visite au pays cette année, dit l'homme
dont le cigare exhalait une fumée nauséabonde qui indisposait
les passagères. Le prince de Galles doit se rendre à Ottawa et
poser la première pierre des édifices du Parlement canadien.

— Tout le monde est au courant à moins de vivre au fond
des bois ou sur la Lune, monsieur, railla Laura. Le prince doit
débarquer d'un vapeur à Montréal et inaugurer le pont
Victoria.

— Il doit aussi venir aux chutes du Niagara, indiqua
Charlotte. Les gens vont se ruer pour l'occasion, surtout pour
assister au spectacle de Charles Blondin, le funambule français.
On attend des milliers de personnes.

Le passager corpulent aspira et expira longuement. Laura
toussota pour signifier son inconfort. Emballée par le souvenir
du passage du célèbre équilibriste, Charlotte poursuivit :

— L'an passé, Blondin a émerveillé la foule avec ses exploits.
Sur un câble tendu au-dessus des chutes du Niagara, il a
traversé entre les États-Unis et le Canada à plusieurs reprises.
Je m'en souviens comme si c'était hier. Il a marché avec un sac
sur la tête ou encore en vélo, et même en poussant une brouette.
Je n'avais jamais rien vu de pareil de toute ma vie. Le plus

impressionnant a été de le voir exécuter un saut périlleux arrière ! souffla Charlotte en croisant les mains sur sa poitrine.

— Il paraît que l'homme évite de monter sur le toit de sa maison pour le réparer tant il est pris de vertige ! blagua Laura.

— Vous vous moquez, mère. Vous n'y étiez pas l'an dernier, mais cette année vous avez tout intérêt à participer à l'événement si vous désirez rencontrer le prince de Galles pour lui présenter la requête que vous tenez entre vos mains.

Laura jeta un regard désapprobateur à sa fille. Le gentleman roula son cigare entre ses doigts, l'air songeur.

— C'est à moi que vous devez remettre le document, madame, dit-il. Je suis le fonctionnaire chargé d'étudier les requêtes avant de les acheminer au secrétaire particulier du prince de Galles.

— Ah bon ! émit Laura, décontenancée. Les demandes adressées au futur roi doivent être nombreuses.

— Pour ne rien vous cacher, elles affluent. Comment vous appelez-vous, madame ?

— Laura Secord.

Le fonctionnaire fouilla dans sa mémoire.

— Ce nom me dit vaguement quelque chose. Accepteriez-vous de me montrer votre requête, madame ?

D'une main, il dénicha une paire de lunettes qu'il chaussa en se donnant un air important. Laura lui tendit nerveusement son porte-documents.

— Tenez, dit l'homme avant de tendre son cigare à Charlotte.

L'employé du gouvernement retira la requête du porte-documents. Il lut attentivement, puis commenta :

— Il y a une note et la signature de James FitzGibbon au bas du document. Cela donne du poids à votre demande.

— Vous croyez? réagit Laura qui s'efforçait de regarder le fonctionnaire malgré la fumée qui l'incommodait.

— Une rumeur a longtemps circulé à l'effet que FitzGibbon était déjà en possession du renseignement que vous lui apportiez, madame. Si vous voulez mon avis, il ne faudrait pas que l'on prête foi à ces racontars parce qu'ils infléchiraient en votre défaveur.

— Vraiment? intervint Charlotte, embarrassée par le cigare qu'elle avait hâte de remettre à son propriétaire.

— Toute cette histoire ne date pas d'hier, madame, émit le fonctionnaire en rangeant la requête dans le porte-documents.

— Justement, il est grand temps que cette affaire aboutisse, monsieur! Mon mari, qui est décédé il y a presque vingt ans, et moi avons fait notre part pour la patrie…

Laura reprit l'essentiel de son argumentation avec la même ferveur qui l'avait toujours animée pendant que le fonctionnaire un peu agacé l'écoutait poliment.

La calèche se délesta de ses passagers devant le magasin général. Les femmes se rendirent à pied avec leur petite valise chez Mary Jarvis, Laura contrariant ainsi le désir de Charlotte de descendre à l'hôtel. Depuis la mort de Samuel survenue trois ans plus tôt, Mary habitait seule avec ses domestiques la grande maison dans laquelle elle avait vécu si heureuse avec ses enfants et son mari.

La vieille dame mit un temps à reconnaître Laura. Après une longue accolade, les femmes prirent place au salon. Mary était assise dans un fauteuil de velours grenat, les yeux à demi plissés:

— Ne plus vous écrire me chagrine, mon amie, dit-elle. À présent, mes yeux sont incapables de fixer la pointe d'une plume. Je n'ai pas hérité des yeux de ma mère, elle qui a rédigé une quantité phénoménale de lettres durant sa vie.

— Vous pourriez les dicter ou les faire lire par un proche, suggéra Charlotte.

— À mon âge, je préfère garder pour moi mes pensées et ne pas les soumettre à l'œil d'un intermédiaire.

— Ce sera comme vous le voudrez, dit Laura. J'essaierai de revenir plus souvent.

Jusqu'à la fin du jour, les deux veuves remuèrent les souvenirs d'une amitié sincère. La rencontre avec un officier du gouvernement étant devenue inutile, Laura et sa fille reprirent le chemin de Chippawa le lendemain, habitées par l'espoir que la demande serait favorablement accueillie.

* * *

Le jour du grand événement, Jean-François Gravelet, dit Charles Blondin, avait tendu sa corde de chanvre au-dessus des gorges bouillonnantes du Niagara. Au sol, une foule bigarrée et surexcitée s'animait près des stands installés pour l'occasion. Il régnait une véritable atmosphère de fêtes foraines. Des marchands profitaient de la manne passagère pour offrir bonbons et boissons, mais aussi casquettes, chapeaux et médailles commémoratives de cette année 1860. À pied, à cheval, en voiture ou en bateau à vapeur, on était venu de partout dans la péninsule et même de beaucoup plus loin. Les spectateurs feraient d'une pierre deux coups : ils verraient le prince de Manille se moquer du danger dans des numéros à couper le souffle et le prince de Galles saluer béatement les sujets de Sa Majesté la reine Victoria.

Un peu plus tard, les notes d'une fanfare militaire rivalisèrent de bruit avec la clameur du public qui se disciplina peu à peu sous les consignes des soldats. Un long cortège s'avança solennellement vers une scène le long d'une allée bordée de calèches et de charrettes aux ridelles décorées de guirlandes. Altier, monté sur un cheval blanc orné de fleurs, le fils de la souveraine agitait mollement la main. Debout près de l'estrade, Laura et sa fille Charlotte patientaient depuis un bon moment lorsque le défilé parvint jusqu'à elles.

— Comme le prince Albert Edward a l'air noble, mère! s'extasia Charlotte.

— Il faut saluer le prince, c'est le temps, dit Laura. Il regarde dans notre direction.

La fanfare cessa de jouer. Tout le monde se tourna vers la rangée de dignitaires et de dames poudrées portant des robes à crinoline et des chapeaux excentriques. Laura jugea les discours pompeux et tout aussi ennuyeux les uns que les autres. La foule salua leur fin par une salve frénétique d'applaudissements.

— Aucune mention de votre requête n'a été faite, mère, dit Charlotte.

— Ce n'est pas le moment, ma fille. Patience, ça viendra.

Après la partie protocolaire, des chanteurs, des violoneux et des danseurs occupèrent la scène pour divertir les invités et l'assistance. Enfin, le public délirant accueillit celui que le maître de cérémonie présenta comme le prince de Manille. L'athlète exécuterait des numéros que tout le monde attendait.

On n'entendit soudainement que des murmures diffus parcourir la foule. Dans un premier temps, muni d'une perche de trente pieds, sans harnais ni filet, l'équilibriste traversa la rivière avec une facilité déconcertante qui ravit l'assistance.

— Je vous parie, mère, que la moitié des gens présents sont venus pour le voir tomber dans les chutes.

— Je ne serais pas étonnée que tu aies raison, ma fille. Les hommes ont besoin d'émotions fortes… soupira Laura.

— Et pas nous, peut-être?

— Nous sommes ici pour un autre motif, Charlotte : pour voir Son Altesse Royale et non pour le prince de Manille, rétablit Laura sur un ton de badinerie.

Blondin se tourna ensuite vers le prince de Galles, l'invitant à traverser les flots sur son dos. Les spectateurs n'apprécièrent pas l'inconvenance du funambule. Comme on devait s'y attendre, le jeune Albert Edward déclina gracieusement l'invitation. C'est alors que l'équilibriste invita son agent, Romain Mouton, à venir avec lui. Ce dernier s'accrocha à Blondin par une sorte de large bandoulière qui le maintenait en place comme s'il faisait corps avec le maître. Cette fois, la foule se tut, attentive aux moindres mouvements de la corde raide, souhaitant de fortes émotions. Chacun des spectateurs retenait son souffle, n'expirant que très brièvement pour le reprendre aussitôt. La distance complétée, l'imprésario descendit et refusa de continuer.

— Ils s'obstinent comme des enfants, mère, dit Charlotte. Cela fait partie du spectacle, vous croyez ?

— À mon avis, Blondin a improvisé ce numéro. Et son agent en a assez. Je le comprends. Je t'avoue que je préférerais affronter seule une bande d'Indiens belliqueux plutôt que de me balancer au-dessus d'un gouffre en me fiant à mon sens de l'équilibre.

— Mon Dieu ! Regardez, mère, Blondin retraverse sur des échasses. C'est incroyable ! Cet homme se croit invulnérable. Il me donne des sueurs froides !

— Il y a de ces surhommes qui traversent les rivières ! réfléchit Laura à haute voix.

— Et de ces femmes incomparables qui traversent l'histoire sur le fil du temps, émit Charlotte, étudiant la réaction de sa mère.

— Si tu fais allusion à moi, ma fille, sache que j'aime mieux que l'on me compare au prince de Manille plutôt qu'au prince de Galles. Le premier lutte à chaque instant pour demeurer en vie alors que la voie du second est toute tracée d'avance.

— C'est la sagesse même qui se reflète dans vos paroles, mère.

— Regarde les femmes autour de toi, ma fille : chacune est l'héroïne de sa propre existence…

ÉPILOGUE

À la fin de son séjour dans la péninsule, le digne représentant de la famille royale se rendit à Queenston Heights pour le dévoilement d'un monument à la mémoire de Sir Isaac Brock, à l'endroit même où il était tombé sous les balles d'un canardeur ennemi. Une foule peu nombreuse s'était massée sur le site pour faire l'éloge du défenseur de la colonie et remiser dans le grenier du temps des souvenirs immémoriaux. Personne ne se souvenait de la petite femme courageuse qui avait accouru sur le champ de bataille, là, tout près de cette pierre, pour secourir son mari blessé. Cependant, dès son retour en Angleterre, le prince de Galles fit parvenir des cadeaux à des personnes qui lui avaient soumis des demandes. Laura Secord reçut cent livres d'or.

Par la suite, Laura vécut dans une grande quiétude, entourée de ses enfants et de ses petits-enfants. Elle acquit une renommée dans l'histoire, le théâtre et la poésie. La légendaire Laura Secord mourut en 1868, à l'âge vénérable de quatre-vingt-treize ans. Elle fut enterrée à côté de son mari – inhumé en 1841 – dans le cimetière Drummond Hill à Niagara Falls.

Plus tard, on érigea plusieurs monuments en son honneur, à Ottawa et dans la péninsule, même si les historiens ne s'entendent pas pour reconnaître le rôle qu'elle a joué durant la guerre de 1812-1814. Mais cela n'a pas empêché un certain confiseur de lui rendre hommage en 1913, exactement cent ans après le geste héroïque qu'elle aurait posé.

Sommaire

Transcontinental
IMPRESSION
IMPRIMERIE GAGNÉ

IMPRIMÉ AU CANADA